U0906819

十月的土地

津子围　著　湖南文艺出版社

目录 contents

第一章

1

章文德染上霍乱，生命垂危，那一刻他耳畔总在缠绕山风的尖叫，仿佛密匝匝的黑色森林摇撼呼啸，已经将他吞没得无影无踪。有意识的时候，他觉得自己飘浮在空中，很轻薄，很无力。飘飘荡荡之中，章文德想起了二爷章秉麟说过的古老预言，总有一天，世间百兽一齐下山吃人。

章文德十二岁，对于民间阴曹地府什么的传说，他知道得并不多，他不会把自己的感受与另外一个世界联系起来，当然，也不明白自己事实上处于濒死状态。他恍恍惚惚地觉得，这只是一个十分漫长、难以醒过来的梦魇。那个梦魇是这样的，他变成了一颗发芽的豆子，一点点伸展着腰身，一点点向上努力着，他在拼尽全力拱破地皮，只是，头顶的地皮太硬了，坚硬如石。他艰难地生长着，从泥土里挣扎着……露水打湿蒿草的时候，章文德闻到了腥丝丝的泥土味儿，好像女人生孩子后，丈夫在炭火铁盆烘焙胞衣时散发的那种令人钻心入肺的腥味儿，只是这里的气味更浓厚、更丰富、更复杂一些。甩开脸上的土，章文德看到了高天的启明星，那时天还没亮透，朦朦胧胧显现了蛋青色。章文德从泥土里爬了出来，他挣扎着起来，又浑身无力地瘫倒，再爬起来。章文德不知道他身处何处，只是本能地，一点点朝向有房舍的半山腰，踉踉跄跄走过去。

章文德再次从昏迷中醒来，发现自己躺的地方仍旧陌生，那是一个高大而空旷的房间。阳光从窗外斜着照进来，斑驳的疏影筛子一般漏在他的身边，他的视线一会儿清晰一会儿模糊，清晰的时候甚至可以看到光线中飘浮的粉尘，看到屋子角落里挂着的蜘蛛网。灰白色的蜘蛛网很密集，一层接着一层套在一起。他记得，在此之前，自己是从梦的泥土里爬了出来……再之前，他应该是躺在家的西炕上，他还听见母亲的叹气和抽泣声……再之前呢，他记得自己是得病了，周身发冷，浑身无力，爹请了郎中，恍惚中好像听到薛郎中说“霍乱”。他不知道什么是霍乱，但从大人的惊恐中，他知道那一定是令人惊恐的病。

第三次从昏迷中醒来，章文德倚坐在一个神龛的基座旁，基座上方塑像的影子斜映在斑驳的墙上，高大的轮廓几乎霸占了整个墙面。章文德挣扎着爬起来，他喊了喊，可是嗓子哑了，发不出声音。他甚至没有力气站起来，只能喘息着一点点地向着有阳光的地方爬去。实际上那是一段很短的距离，但是对于肌肉痉挛、好几天未进食、身体早已脱水的章文德来说，有一种没有尽头的感觉。等他爬到了门口，章文德看到了头上的匾额，尽管上面的字迹已经斑驳迷离，“义薄云天”几个字还是可以辨认出来。这是在关帝庙呀，章文德想。

去年的春天，章文德曾跟堂哥章文智来过虎山关帝庙。关帝庙离寒葱河不过十余里的样子。章文智曾告诉他，虎山在满语里叫库勒克阿林。章文德说：“不对吧，我听大伙儿都管虎山叫苦了渴山，为啥这么叫，我就不清楚了。”章文智说：“咱这儿的人一多半儿都是从关里家（山东）来的，满语换成咱们关里家的口音，就变了味道，不是原来的音了，所以不准。你信我的，我专门研究过这事儿，这山就叫库勒克阿林，库勒克的意思是老虎，阿林的意思是山。”

关帝庙位于虎山的半山腰，远处看是三座不显眼的房子，靠近房子周围的树木与周边稍远处的树木显得有些不同，房子周围的树木看起来高一些，有些稀疏，略显苍老。章文智说：“以前，这个关帝庙的香火可旺了，腰岭金矿淘金的、马鹿沟伐木头的都过来朝拜，人们不仅在农历节日的时候都到庙里进香许愿，祈求平安，遇到重大事情，像结拜兄弟啦，调解纠纷啦，举行各种仪式也到这里。我像你这么大的时候，常看见有人敲锣打鼓地进山，很是热闹。庚子年闹义拳，义拳团练在虎山下火车站跟老毛子打了一仗，都说练义拳有神力护体，刀枪不入，再加上关帝爷神力加持，本以为义拳这边必胜无疑，谁想，义拳兄弟血流成河，最后，坚守关帝庙的义拳兄弟也被老毛子一把火，连人带庙全给烧了，虽说义拳团练没有全军覆没，能够生还的也寥寥无几。后来重新翻修了庙宇，可是从那以后关帝庙就再也没了以前的光景……重修关帝庙咱章家也出钱出力，捐了善款。听我爹说，爷爷拿出了二百两银子，捐善款的榜单上属头牌呢，庙前石碑上都有记载。”

章文德在庙门前看过重修的碑记，果然在第一排就看到章兆龙的名字。章兆龙是章文智的父亲，章文德的伯父。

章文德有些好奇，问章文智：“捐银子的是二爷，庙前碑记上留名的却是大伯，真是有些奇怪。”章文智说：“爷爷自打庚子年后就把家业传给了我爹，性情也一天天变了，老三出生时，爷爷的草屋——玄微居就建好了，他整天闭门读书，修禅悟道去了。”

章文德对二爷章秉麟的事了解得并不多，他只知道自己的爷爷章秉麒是章秉麟的亲哥哥。再有就是，他知道章家现在的家产都是章秉麟攒下的，虽然大伯章兆龙现在掌管家业，可二爷在章家人心目中仍旧威望最高，起码父亲章兆仁就十分敬畏他，每每提起老掌柜的总是毕恭毕敬的。在章文德眼里，章秉麟是个神神秘秘的老头儿，性情也有些古怪，常神龙见首不见尾。过年过节，章家“近支儿”“远支儿”聚餐，作为晚辈的章文德靠不到近处，只有拜年磕头的时候，他才有机会真真切切地看清楚章秉麟那双黑帮白边棉鞋。接压岁钱的时候他也不敢抬头，所以，他从没清清楚楚地看过二爷。章文德从小胆子就小，为人腼腆，这一点与章兆仁很相像，按照母亲的话说，龙生龙，凤生凤，老鼠的崽儿只会打洞。

当然了，章文德也不是从没有近距离地接触过二爷，去年铲二茬地时，章兆仁要带他去田里铲地，也想让他见识见识庄户人的生活。爷俩刚走出章家大院，就在门外遇到了章秉麟。章兆仁爷俩立即停下来向老爷子请安。二爷得知章兆仁要带儿子下田学做农活，他对章兆仁说：“小小儿这么小，学做农活不耽误读书吗？”章兆仁说：“咱是种地的庄户人家，就靠种庄稼出力吃饭，能认识几个字、会写自己的名儿就行了。”二爷瞅了瞅章文德，问：“那你呢，你想念书吗？”章文德没敢抬头说话，他偷眼瞄了爹一下，随即低头瞅着自己打了补丁的鞋子，手心不知不觉出了汗。章兆仁恭敬地对二爷说：“老掌柜，俺跟屋里的商量过了，准备上了秋儿就让文德下学，我掂量过了，这小子将来准是个像样的庄稼把式。”章秉麟沉吟了一下说：“这样吧，今天我给小小儿做个主，还是先让他去私塾吧，实在不愿意念书也要等明年开春再说，咋样？”章兆仁当然不敢违逆二爷，连忙点头称是。

就这样，章兆仁跟在马车后面下地去了，院门口只剩下章秉麟和章文德，章文德仍旧低着头看自己的脚面儿。

“你的手指怎么了？”章秉麟问。

章文德吓了一跳，红着脸连忙把手背到身后。早晨，章文德跟章兆仁去仓房拿农具，不小心被镰刀划破手指。章兆仁回屋抓了一把烟灰，帮章文德止了血，拍了拍他的头说：“没事儿，皮实一些好得快。”

章秉麟还告诉章文德，手指出血可要小心呀，中指血是有灵性的，要是血滴到什么东西上，那东西就会成精。

章文德抬头看着章秉麟，只看到了二爷的侧脸。那是一副苍白、瘦削的面孔，下颌上一绺有些发黄的山羊胡须显得很柔软。

章文德被二爷刚才的话吸引，忘了对二爷的畏惧，他下意识地问：“什么东西都能成精？”

章秉麟说：“是呀是呀，关东跟咱山东老家不同，这地方啥都能成精。你听说过扫帚精吧？说以前有个小小儿，嗯，跟你岁数差不离，都是童子。一天，那个小小儿的中指出血，滴在了扫帚上，谁想，过了一百天，扫帚成精了，它开始淘气捣蛋。小小儿一睡觉，它就蹦蹦跳跳地过来，趴在他耳边说：‘尿炕，尿炕！’接着，小小儿就成了尿炕精。”

章文德瞅着章秉麟发愣，章秉麟呵呵地笑起来，笑过了，说：“上学去吧，不然先生该打手板子了。”

说完，章秉麟背着手走了，一边走还一边笑着。章文德望着章秉麟的背影，发了好一会儿呆，他觉得这个老头儿并不像他之前想的那么可怕，不仅没那么可怕，反而让他觉得有些和善可亲，也许，从前二爷在他心里那个可怕的印象都是大人误导和灌输的结果……

那次，章文智领着章文德来到关帝庙的正殿门口，抬头先看到的，就是门上方的牌匾，匾上雕刻着四个大字：义薄云天。大门左右有一副对联："赤面赤心扶赤帝，青灯青史映青天。”章文智告诉章文德，那些字是老掌柜写的，他练了很多年《张黑女碑》，写出的字刀锋犀利，笔墨厚重。章文德大声读了一遍。章文智问他："文德，你知道这副对联的意思吗？”章文德犹豫着摇了摇头。章文智把对联的含义给章文德做了详细的讲解，章文德听进去了，印象也十分深刻……还有一次，章文德陪章文智去庙里上香，章文智大概是为他的朋友祈求平安，但是章文智祈愿的具体内容章文德记得并不真切，直到后来他才联想起来，不过，那已是秋天的事情了。所以，当章文德看到庙门上方的匾额时，就知道自己身处关帝庙中。

现在，章文德要搞清楚，自己怎么会在关帝庙里呢？到关帝庙之前自己在哪儿？记忆像一条泥沙淤积的河道，一会儿流水，一会儿断流儿。

章文德一点点地回忆着，在这之前自己应该是在家里，在寒葱河章家大院西南角的土房里，他还记得自己头天夜里上吐下泻，接着好像是连续昏迷了两天，那么现在，是不是自己已经死了？可是，如果自己已经死了，怎么会在关帝庙里呢？现在，他几乎连想的力气都没有了，就像一盏青油灯，灯油即将燃烧殆尽，最后只能忽闪几下，进入死寂。

章文德又进入半昏迷状态，他的眼前是一望无际的天空，天空有稀黄的薄云，那些云彩有如从苍穹拆下来的淡纱，柔软地从无尽的高空飘落下来，仿佛伸手便可摸到，那似乎是联系这个世界与另一个世界的通道，当时的章文德恐怕是这样确信的。也就是说，只要他想，只要他情愿，他就可以触摸那些云彩，通过飘浮而下的云彩，爬到另一个世界去……

就这样，章文德恍若变成了打着卷的云彩，延伸到高天的一片昏黄之中。

2

那天是旧历年七月十八，那天的天空是无数次曾经有过的天空。

此刻，章兆仁正在河西的黄豆地里，他没有心情和精力仰望天空，甚至不知道天空中有过稀黄的薄云。

今年的气候猫一天狗一天的，黄豆在生长期里接连遭遇病虫害，花荚期有蚜虫和红蜘蛛，后来又出现了豆荚螟和瓢虫，更糟糕的是前几天还下了场暴雨，河西和北甸子黄豆地都被水泡了，所以，趁着天晴，章兆仁得赶紧带领长工们给大田排水，并且要把大片倒伏的植株扶正。

章家大院的劳力全部出动了，连赶大车的老庄头都挽着裤脚下了地。与往日不同，章兆仁没在地边指挥调度，而是当起了打头的，一头扎到地里，猫下腰就干，连口气儿都不喘，远远地把大伙儿甩在了后面。当然，章兆仁并不只是图快，活儿干得也十分仔细，扶正倒伏的黄豆秧，同时将地垄上的蓼吊子、苍耳、水稗草和接骨草统统拔掉。老庄头远远地看着，心想，章兆仁今天真是疯了！他心里焦急，一时也找不到好办法，只能隔着地垄沟喊：“二掌柜的，歇下抽袋烟吧！”

章兆仁似乎没听见老庄头的喊声。其实大伙儿都知道，章兆仁家里出了大事，儿子扔了！

章兆仁毕竟不是铁打的，持续到地中央，他扑通一下，结结实实摔倒在地。

大伙儿连忙跑过去。老庄头行动慢一些，他赶到时，章兆仁已经被拴马桩和二德子搀扶起来。章兆仁满身泥水，脸上也抹得一条儿一道儿的。老庄头过来拉章兆仁，发现他的手指还沾着血污。

豆荚进入成熟期已经坚硬锋利起来，不戴手套干活儿，白白自找罪受。

老庄头心疼地说：“二掌柜的，你……你这是何苦呢！”

章兆仁缓过气来，低声说：“大伙儿都在，我正好说一说，今年不少豆荚都被泥裹住了，能整就整一下，不然秋后，豆花脸就太多了。”

同一时间，章兆仁老婆章韩氏的手指也破了，殷红的血冒出来。

章韩氏的手是被锥子扎破的，她一边流泪一边说："甭管怎么说，咋也不能让孩子穿双破鞋走哇！"

大嫂章吴氏坐在炕沿边儿，帮章韩氏推着悠车，三岁的章桂兰正躺在里面睡觉。那个悠车是用椴木板做的，两端都围成了船形，整个悠车漆成了暗红色，四周用银粉描边绘画，虽然看起来花纹已经磨损了，但是上面"长命富贵"四个字还依稀可见。那个悠车吊在被称为"子孙椽子"的房梁上，横梁和悠车两端都镶嵌铁环，连接铁环的是牛皮绳子，上面还挂着小铃铛和布老虎。

章吴氏不停地安慰着章韩氏："哪个孩子不是娘的心头肉，可命是他自己的，爹娘纵有天大的本事，也管不了命的事儿啊。"

章韩氏说："你说，章兆仁那个死鬼的心有多硬啊，孩子扔了，他连屁也不放一个，照样去地里干活，就跟没事儿人一样。"

"要我看啊，不是兆仁兄弟心硬，他一个大老爷们，心里再怎么难受，也不能像咱娘们这样，哭哭啼啼地挂在脸上啊。再说了，心强不能跟命争，他也是没办法。"

"我那可怜的文德啊，前几天还活蹦乱跳的，怎么说没就没了呢？老天爷也太不公平了，我们一家子安分守己的，从没做过昧良心、丧良心的事儿，为啥要让这么大的灾祸，降到我们头上呢？"

"我听薛郎中说，文德得的是霍乱，跟前几年哈尔滨闹的黑死病一样厉害，是一种瘟疫，前段时间铁道线的几个车站都开始传染了。"

"文德也没去车站呀，他怎么会被瘟上了呢？"

"听说这种瘟疫传染起来风快，像春天闹鸡瘟一样，一死一窝儿……得，咱别想文德了，还是先管活人吧。"

章韩氏抽泣得更厉害了，肩膀一抖一抖的。

章吴氏拍了拍章韩氏的肩膀："他婶子，好生的，不看别的，看看文海和小兰子，怎么也得把这道坎儿迈过去……我刚才过来时，见薛郎中在伙房熬药呢，说是生姜、灶心土，预防瘟病可管用了。"

这时，门口有了响动。

“来了，一定是送药汤的！”

进来的是二儿子章文海。

章文海手里端着一个粗瓷海碗。

“娘，我饿了。”

“你饿，谁不饿？除了吃你还知道什么？”说着，章韩氏拎着鞋底子打了过去，端端正正打在章文海头上，鞋底子带起的线儿，一直扯到了线笸箩。

章文海哇的一声哭了，这一哭不要紧，悠车里桂兰也跟着哭了起来，两个孩子的哭声遥相呼应。

章吴氏连忙站了起来。

“他婶子，你这咋行呢？这样吧，我把两个孩子带我屋去吧，我给他们弄点吃的，你该忙啥忙啥。”

章韩氏有些过意不去，她连忙向章吴氏表示歉意，解释说，自己发火不是冲她去的，就是心里难受，这个时候嫂子来看她、宽慰她，自己感激还来不及呢。章吴氏理解章韩氏的心情和状况，安慰并嘱咐她一些话，刚要起身，三房姨太太曹彩凤冷不丁出现在门口。

章吴氏一手抱着桂兰，一手拉着章文海，低头向章韩氏告别，她没瞅曹彩凤，曹彩凤也没瞅她，她们擦肩而过，彼此连个招呼都不打，就像谁也没看见谁似的。

章吴氏和孩子的声音消失在屋外，曹彩凤回头对章韩氏说：“她二婶子，别怨我来得晚，为了你家的事儿，我跑前跑后，腿肚子都快转筋了……”说到腿转筋，曹彩凤似乎觉得有些失言，因为霍乱病后期，病人的典型症状就是转筋。“你猜我把谁找来了？”她忙转移了话题。

章韩氏站了起来，向门口瞅了瞅。

“是汤仙姑，我把汤仙姑给请来了。”

章韩氏伸长脖子向外张望。

“瞅啥呢？……汤仙姑傍晚的时候来，你可不知道啊，她有多难请。”

章韩氏在堆满布片的炕上划拉划拉，腾出一块地方来。没等章韩氏邀请，曹彩凤就自己上炕了，她盘着腿，从后腰挪移出烟袋。那是个长杆儿铜锅烟袋，烟嘴为淡绿色玉石，长杆儿应属檀木，深褐色磨得油亮，紫铜烟袋锅下系着烟荷包，悠悠荡荡。曹彩凤熟练地用烟袋锅在荷包里剜出烟叶碎屑来。

章韩氏连忙接过曹彩凤的烟袋，到外屋地去给她点烟。

曹彩凤先是问，章吴氏来做什么，章韩氏含糊了几句，曹彩凤就开始数落起章吴氏的诸多不是。接着，她问章韩氏：“这鞋是她让你做的？”还没等章韩氏回应，曹彩凤就表情夸张地说：“她这是害你呀。”

章韩氏说：“大嫂什么都没让我做，她就是来看看我。”

“可这是什么？”曹彩凤把布鞋拿了起来。

章韩氏解释说，给文德做双鞋是她自己的主意，她不忍心让可怜的孩子穿着那双露脚指头的鞋去阴曹地府。曹彩凤把鞋扔到了墙角，开始埋怨章韩氏糊涂，她告诉章韩氏：“章文德是个儿鬼，就是常说的讨债鬼，你越迁就他，他害你就越厉害。”听曹彩凤这么一说，章韩氏的心就像掉到冰窟窿里一般，转瞬凉了半截。当地民间传说的儿鬼是指偷生鬼，所谓偷生鬼是一些没资格投胎转世的鬼魂四处游荡，抢别的新生儿的身体，找到宿主后，他们就会趁着胎儿出生的瞬间把婴儿原魂挤走，鸠占鹊巢，这样的事情自然不能长久，所以，被儿鬼附体的孩子十二岁前必会早夭，然后，偷生鬼会再次寻找新的宿主害人。当然，儿鬼一般只会找那些前世与自己有仇怨的人作为宿主。

章文德正好十二岁。

“你别说了，文德不可能是儿鬼。”章韩氏的眼泪扑簌扑簌落下。

曹彩凤叹了口气说：“没人希望自己的孩儿是儿鬼，可是他婶子，生小小儿之前，你是不是掉过一个孩子？”

章韩氏愣住了。

“你咋知道？”

曹彩凤说："这个你别管，告诉我有没有这事儿吧？"章韩氏哭得更厉害了。的确，生章文德之前，她流过一个孩子。那还是跑毛子时在老宅莲花泡的事儿。曹彩凤认为，章韩氏第一次掉的孩子恐怕就是个儿鬼，充满了邪恶和怨愤，后来又偷胎在章文德身上。为了进一步确认，曹彩凤说："儿鬼一般都藏在茅房里，你怀小小儿的时候，半夜去过茅房吧？"章韩氏思忖一会儿，点了点头。曹彩凤说："那就应验了。"

章韩氏有些委屈地说："可谁怀孕没去过茅房呢。"

"他婶子，这事儿可大意不得，眼前这个儿鬼处理不好，以后再怀孕，他还会再来偷生，再来害你。"

章韩氏害怕了，她捂着脸，抽泣着问："那该怎么办啊？"

曹彩凤在炕沿儿上磕了磕烟袋锅，又装了一锅黄烟叶。她告诉章韩氏，老辈人处理儿鬼的办法，都是把早死的孩子埋在官道中间，压上石板，让那个祸害人的儿鬼千人踩万人踏，永不得超生。

"天黑前，汤仙姑就过来做法事，清净家门。"

说到天黑，章韩氏想，扔在后山的章文德早该咽气了吧，想到章文德穿着露脚指头的鞋离世，她的心里还是转不过劲儿来。

"你咋还哭出声了？"曹彩凤又磕了磕烟袋锅。

章韩氏不理曹彩凤，只管号啕大哭。

天快黑了，关帝庙里的章文德已经闭上了眼睛，最后一点能量也消耗殆尽。

这时，章秉麟派人到关帝庙把章文德背下了山，天黑前安顿到玄微居草堂的偏房里。

前一段时间，章家大院里折腾的事儿章秉麟都知道，都是章兆仁和薛郎中张罗着，几个人一会儿给章文德用捣碎的大蒜涂抹足心，一会儿用艾灸针刺少商穴，一会儿灌生姜和牛粪熬的汤药，所有办法都用尽了，仍旧无力回天。当家的章兆龙看不下去了，他和章兆仁商量，把小小儿扔后山吧，剩下的就只好听天由命了。按当地的风俗，得了瘟病没断气的孩子半埋在土里，大概是怕孩子的眼睛被老娃子啄出洞来，那样到阴曹地府也不至于瞎了。等孩子彻底没气了，再深挖深埋。那几天，章秉麟虽然没露面，可他也没闲着，白天夜里翻查《内经》《伤寒论》和《霍乱论》。就在章文德被扔到后山那天傍晚，章秉麟把薛郎中找了过去，寒暄一下就带薛郎中去了偏房，推开柴门，薛郎中吓了一跳。

章文德躺在炕席上，小货郎正蹲在他旁边忙活着。薛郎中扫了一眼，知道小货郎在给章文德做隔盐灸。汽灯下，章文德的眼眶和两颊塌陷，形容枯槁，覆在肚脐上的盐袋子摆放着冒烟的艾条，艾条烟燃成一根直线，只是随着薛郎中和章秉麟的靠近，艾灸的烟丝儿才扭动了几下。小货郎拨拉拨拉章文德，此时他已经两腿转筋，像断了线的木偶。小货郎露着豁牙说："人没气了，肚脐眼儿还温乎。"

薛郎中瞅了瞅章秉麟，刚要说什么，外面传来汤仙姑跳大神的鼓点和高腔声。章秉麟皱了皱眉头，嘟哝一句："瞎折腾什么呀。"

薛郎中眼巴巴地看着章秉麟，等待章秉麟吩咐。章秉麟说："我查到了一个古方：用巴豆霜、大黄和干姜配伍，或许可以救章文德一命。"薛郎中有些为难，他说："一时半会儿，凑不齐这几样药材呀。"章秉麟神秘地笑了一下，说："这些药材，小货郎都已经捎回来了，你只管研磨配药就行了。"

那天后半夜，章文德苏醒过来，不知道真是草药起了作用还是他自身顽强的生命力，总之，他从鬼门关爬了回来。而同样使薛郎中疑惑的是，他不明白小货郎怎么会先知先觉，提前两天就去古城药铺抓了药，还正好是章秉麟需要的那几种中草药。

薛郎中就自己的疑惑向章秉麟做过讨教，章秉麟笑了笑，告诉薛郎中，他和小货郎之间有一种特殊的联系方式，至于什么方式，那可就是秘密了，并认真地叮嘱薛郎中不要对别人再提及这件事。

章文德后来回忆，小货郎曾向他透露过这个秘密。章文德被扔到后山前一天，章秉麟正在书房里打瞌睡，迷迷糊糊，他梦见了在街上游逛的小货郎，于是，他请小货郎捎几味中药到寒葱河。同一时间，在街头墙根底下打盹的小货郎也做了一个梦，梦见二大爷托他买药，药名清清楚楚。他并不敢确信梦里的事，思前想后，抱着试一试的心态就买了药，没想到，他到寒葱河见章秉麟，还真对上了，那些药材正是章秉麟需要的，当然，草药种类并不是正正好好，多出了几味……小货郎的这个说法并没有得到章秉麟的印证，章文德也没机会向章秉麟求证，因此也就成了小货郎的一面之词。所以，关于这件事的谜底，章文德无法求解，他半信半疑，最终也没有确定的答案。

章文德死里逃生，在母亲和曹彩凤那里却是另一个结论，她们坚定地认为，章文德的魂儿是汤仙姑给呼唤回来的，以至后来曹彩凤一直觉得章韩氏欠她一个天大的人情，一条人命！

3

章文德恢复得很快，仿佛春天干涸、龟裂的土地，只要风从地皮上滑过、雨水浸透了，马上就现出了生机和活力。章兆仁对章韩氏说：“都说病来如山倒，病去如抽丝，在文德这儿，病来得快，去得也快！”章韩氏说：“咱家文德胃口壮，吃东西不挑，干的稀的都能吸收，前阵子还皮包骨头、黄皮拉瘦的，这几天眼见着发面糕似的，都找回来了。”

对于章文德死里逃生这件事，章家大院里的人关注程度不同，看法自然不一样，别的不说，章文德自己家里就有不同的认识。章兆仁认为是章文德自己命硬，与别人无关。而章韩氏则认为是娘娘庙里神灵保佑的结果，农历四月十八，她跟章吴氏等人去了下乜河的娘娘庙会，祭拜过三霄娘娘、眼光娘娘和痘奶奶，祈求神灵保佑她全家祛病免灾、平安健康。章韩氏坚定地认为，痘奶奶显灵了，应验在文德身上。

“我要带文德去娘娘庙还愿。”章韩氏说。

章兆仁不太赞成，他觉得不年不节的去娘娘庙不合适，可他又做不了章韩氏的主，无奈，只得安排章家的车老板老庄头赶车，陪着章韩氏、章文德母子去下乜河走一趟。

那天他们起得特别早，顶着卯子星就出发了，不然的话他们怕是晚上也赶不回来。章文德和章韩氏坐在马车上，四周朦朦胧胧的，伴随着马蹄声、喷嚏声和大车轱辘声，章文德在摇摇晃晃的马车上迷迷糊糊地睡着了。

天麻麻亮，章文德醒了。章韩氏问了章文德一句："睡惺惺了？"说着把一个苞米饼子递给了章文德："吃点干粮吧！"

老庄头侧头看了一眼，接着就啪啪地甩了两鞭子，吆喝着，人和马都欢实起来。随即，老庄头用烟熏嗓子唱了起来："终日奔波只为饥，方才一饱便思衣，衣食两般皆俱足，又思娇娥美貌妻……"章韩氏咳嗽了一下，听到的人都知道她是故意的。老庄头不唱这支小调了，过一会儿，又换了一个："太阳出来一片红，你骑马来我骑龙，你骑马来满街走，我骑龙来上江东……"

章家大院上上下下都知道老庄头是个穷乐和，一个没心没肺的老轱辘棒子。轱辘棒子是当地的叫法，关里家人叫老光棍儿。老庄头整天说大玄话、下流话，没脸没皮的样子，是有名的臊嗑儿老头。老庄头依仗他和章秉麟的交情和在章家的老资格，动不动就和人打嘴仗，不管爷们还是娘们，他一律平等对待，荤的素的统统一股脑儿地砸过来。很长一段时间，章家人没几个敢跟他打嘴仗的，直到章韩氏过了门，这个局面才有了改观。一次，老庄头和章韩氏两人犯了口角，老庄头骂骂咧咧、不挑荤素，章韩氏急了，骂他："老绝户！等你死了扔到乱坟岗子喂张三吧！"这一下，老庄头当场就哑巴了。真是一物降一物，从此章家大院的人都知道了老庄头的死穴，他最怕"绝户"二字。当然了，不到万不得已没人去动老庄头的死穴，毕竟，大家适应了这个大家庭的既定秩序，况且老庄头是个有趣、好玩的老头儿，没这么一个人闹哄，大院里就显得死气沉沉了。

章文德也觉得老庄头好玩儿，有时老庄头跟长工讲瞎话，他偶尔混到旁边听一两段儿，那些瞎话章文德似懂非懂，有些却让他印象深刻，比如老庄头讲的四大小：苍蝇肝，蚊子胆，蚂蚁腰子，跳蚤眼；还有四大急：狼叼猪，狗咬羊，孩子掉井，找茅房；四大白：头场雪，瓦上霜，大姑娘屁股，白菜帮……章韩氏多次告诫章文德不准去听老庄头讲瞎话，甚至阻止大院里的小孩儿和老庄头接触。老庄头大概也知道这一点，所以经常吓唬小孩，见到章文德和章文海就吹胡子瞪眼，小孩儿没反应，他就跺脚，有时还做出哈腰捡石头或者拿棍子打人的样子。章文德和章文海也捉弄过老庄头。有一天老庄头拉肚子，章文德和章文海就占了西南角长工专用的茅房，那个茅房不分男女，两个茅坑独立设门，小哥俩一人占了一个。老庄头来敲右门，章文海说"有人！"老庄头又过来敲左门，章文德吓得不敢动弹，死死地把着木把手。外面，老庄头忍不住了，开始大声吆喝，啪啪地拍门，小哥俩还是不开门。没办法，老庄头只好向大院外的野地跑去。老庄头走了，章文德发现自己的手心出了很多汗，其实，只要茅房里的那个木插销从里面插上，外面就拉不开门，他不必那么用力地拉把手，章文德就是太紧张了。一如章文德和章文海猜测的那样，老庄头刚跑出章家大院就拉了裤子，后来他知道是被章文德和章文海两兄弟捉弄了，扬言要"找机会收拾这两个'心肝儿被老鹰叼走'的小兔崽子"，不想没过几天，老庄头自己先忘了。章文德发现，老庄头的健忘不仅对小孩子，有时他和大人打嘴仗，警告对方"你等着，板板正正地等着，我不会善罢甘休"，他甚至还告诉你他会如何如何，可是过了没几天，见到对方时，他又主动搭话，似乎已经把先前发生的事情，早忘到后脑勺了。

章文德觉得老庄头的脑子有问题，记不住眼前的事儿，可他又觉得奇怪，既然老庄头的脑子有问题，他怎么还能记住那么多稀奇古怪的嘎啦话儿，说起来从不倒板儿，并且很少重样儿……

突然，老庄头"吁"了一声，拉住了马缰绳。

就在那天，俄国人的马队出现在锅盔山西侧的响马河火车站。章文德在山坡上看到了戒严后的火车站。在灰白色的气体遮掩下，铁皮车厢里走出一些毛烘烘的穿军服的男人，高头洋马随后也被牵了出来。章文德甚至可以看清楚洋马下车后急速漏下的粪便。

“我的妈呀，又跑毛子啦！”老庄头说。

章韩氏对跑毛子有着恐怖的记忆，听老庄头这么说，浑身软塌塌的，好像身子被厚土埋上了，嗓子开始如同旱洼地一般干裂起来。她几乎是伴着心跳的鼓点儿说：“他大爷，快往回走！”

老庄头跳下马车，拉着马向回转，大车还没完全转过身来，他就喊出一声“驾！”一鞭子抽在马背上，马车单轮着地，一个侧立大回转。好在车没翻，马车稀里哗啦直响，快速向寒葱河跑去。

马车回到章家大院时，太阳已经升起老高了。章文德跳下马车，气喘着向院子里大喊：“赶快逃吧，老毛子来了！”

此时，章家已经得到了消息，章兆龙正召集家人商量应对的办法。没多大工夫，章兆仁就从正房出来，看到了院子里的章韩氏和章文德，他舒了口气。

“收拾一下，吃了饭就走。”

“去哪儿？”章韩氏问。

“去老宅。”

“都走吗？”

“我不走，大哥带家眷走。”

“你，为啥不走？”

“正是收割时节，寒葱河得有人照料。”

“这个时候倒显得你重要了？”章韩氏不满地说。

章兆仁紧张地向身后瞅了一下：“小点声儿……我没事儿，我一个大老爷们怕什么。再说，你也知道，我胆子小，从不惹事，危险的地方我沾不上边儿。”

章韩氏仍冷着脸，说：“我就知道会这样。”说着拉了章文德一下：“走！”

章文德没防备，被扯了个趔趄。

“还有……”章兆仁似乎有话没说完。

章韩氏站住了。

“一大家子人凑在一起，妯娌媳妇的，脾气收着点儿，该谦让就谦让……好生的啊。”

章韩氏没说话，领着章文德向西南院的房子走去。

在章家大院提起老宅没人不知道，老宅在莲花泡，是章家发迹的地方，当年二老爷章秉麟在那里开垦了大片土地。莲花泡紧邻古老的驿道和细鳞河，水陆交通便利。但是，中东铁路通车之后，原来的驿道荒废，加之细鳞河改道，莲花泡从此变得远离人烟了。庚子年之后，章秉麟陆续将家当迁移到了寒葱河，莲花泡只留下老宅和一些雇工，那里是章家的农场，也是不显山不露水的大粮仓。在章家人看来，莲花泡属于深山老林，可以藏身避难。实际上，莲花泡既无深山也无老林，而是一块丘陵环抱的平原，所谓的深山老林，不过是与交通便利的寒葱河比较而言，莲花泡相对偏僻而已。

晌午没过，章家的家眷就呼呼隆隆上路了。一共四辆马车，章文德一家四口被安排在最后一辆马车上。那是一辆老旧的板车，出了寒葱河大车就颠簸起来，仿佛要散架一般。颠簸不说，车轴还发出吱扭、吱扭的噪声，一刻也不停歇。

章韩氏抱怨起来，说：“我就知道咱摊不上好车，可也不能用这么个破车对付我们啊。”赶车的矮个子老头儿，有明显的大骨节病，外号曲罗锅。曲罗锅大概不喜欢听章韩氏的话，嘟哝了一句：“前面车是大份儿坐的。”

大份儿是城里话，就是近支儿直系，章兆龙家的人。

“大份儿？从老太爷那儿论，我家才是大份儿呢！”章韩氏说。

曲罗锅没理章韩氏，章韩氏也不再理论下去。理论不下去自然有理论不下去的道理，起码证明章韩氏不够理直气壮。按理说，章韩氏说得没错，章秉麟是章兆仁的叔叔，章兆仁这一支才是大份儿，据说，章兆仁的父亲章秉麒吃糠咽菜，勒紧裤腰带供弟弟读书，弟弟章秉麟才有了后来的功名和家业。后来，山东老家遭遇天灾，章秉麒因病过世，章兆仁只好带着弟弟章兆义到关外投奔叔父章秉麟，不想逃荒路上章兆义丢了，生死不明。好在章秉麟认亲，收留了章兆仁，帮他娶妻生子，留下这一支血脉。

章兆仁失去“大份儿”地位也是有原因的，一方面，他投奔到叔叔门下，端的是人家的饭碗，自然硬气不起来，而他本人又老实厚道，胆小怕事，说他是“大份儿”，伙计们看他也不像。另一方面，章兆龙比他年长十一岁，生于清穆宗同治八年（1869），属蛇，他章兆仁则生于清德宗光绪六年（1880），属龙。如果从他们这一辈论起来，章兆龙算“大份儿”也有道理。

在章文德的印象中，娘一直对“二份儿”的地位心存芥蒂，平日里对爹也多有抱怨。“你死心塌地地为老章家卖命，早晚有哭的时候。”爹的话少，抽冷子顶过来一句，也挺噎人：“咱不都是老章家的？”娘说：“是，你姓章，人家也姓章，可家业是章兆龙的，不是你章兆仁的，别人天天喊你二掌柜的、二掌柜的，你还真以为你自己是二掌柜的了？你不过是个长工头儿罢了，还拿不上长工头儿的份子。”爹不高兴了，声音大了一些：“有话好好说，别在那挑拨离间。”娘不服气，说：“我挑拨什么了？你说说看，这么大一个章家，你章兆仁名下有什么？地无一垄，房无一间，空有个二掌柜的名分罢了。要是哪一天你们兄弟俩闹掰了，我们娘们都得跟着你喝西北风，睡露天地去！”

“说啥呢？有完没完？我一个庄稼把式，还能让你们娘几个要饭？”

娘说：“可不是吗，你也就是个庄稼把式，当初嫁给你们章家，还以为自己掉进了福窝，衣来伸手，饭来张口，坐炕上有人侍候呢。谁想，高枝儿没攀上，落在高枝儿旁的草棵上，自打出嫁那天起，我这双手就一天也没闲过……”

章文德就是在娘对爹的数落和抱怨中，了解到他们之间的过去和身世的。其实章韩氏也不是什么大户出身，娘家从里城宽甸逃荒到了暖泉子，一家人开荒种地，日子过得紧巴巴的。

章韩氏除了对章兆仁的身份抱怨，再有就是看不上章兆仁的性格。“兔子胆儿，哪像个爷们？”“窝囊废，一竿子压不出个狗屁来。”“当家的熊，一家人都跟着受窝囊气。”这些话常挂在章韩氏嘴边。不过章韩氏也是个矛盾体，她与章吴氏唠嗑或者回娘家时，总会自觉不自觉地把自己的丈夫和章兆龙比较，话里话外，不免夸耀起丈夫来，“老实厚道”“诚实可靠”“心眼好使”等等。章兆龙是读书人，常把仁义礼智信什么的挂在嘴边，不过他城府太深，心肠太硬，按章韩氏的说法，笑面虎，心里毒。别的不说，章兆龙已经娶了三房老婆，不像章兆仁那样就厮守着结发妻子和田地踏踏实实地过日子。章兆龙和大老婆章吴氏，生下大儿子章文智后，他不甘于眼前的日子，又去海参崴那边跑买卖，领回了二老婆金桂花，生下了二儿子章文礼，自此章吴氏就吃斋念佛，与章兆龙分居生活。可惜金桂花命不长久，四年后喝药自尽。后来章兆龙又从宁古塔领回了第三房老婆曹彩凤，生下了女儿佳馨。所以，这些事都埋在章韩氏心里，再和自己的丈夫比较，怎么都觉得章兆龙花花肠子，太不安分。

章文德十岁才回姥姥家一趟，姥姥家住在暖泉子屯。章文德一直认为暖泉那儿的水是热乎的，学写字时，他还专门写过“暖泉”二字。到了姥姥家他才知道，暖泉是满语绿色的意思，据说以前，屯西有条河，河水中生长着很多水草，水中卵石上也有很多青苔，后来开荒种地的人多起来，河水就改道了。暖泉子不仅没有暖泉，反而嘎嘎冷。正逢腊月，西北风如刀割脸，到外面尿尿，尿冻成了黄褐色的冰柱儿，像房檐下倒立过来的冰溜子一般。

章文德到姥姥家时，正赶上几个舅舅闹分家，吵吵闹闹，空气里弥漫着紧张气氛。三个舅舅分头来找章韩氏谈话，一方面争取支持，一方面也都想在章家讨点好处，毕竟，章家是远近闻名的富贵大户。章韩氏处境十分尴尬，既无法答应兄弟们的请求，又不能将自己在章家的地位照实说，所以，她在娘家只住了三天，就带着章文德和章文海，挂着满脸霜花回寒葱河，草草结束了省亲之行。

回到章家大院，章韩氏就把闷气发泄到了章兆仁身上，找碴儿跟章兆仁过不去，章兆仁懵懵懂懂，不知所措。

章秉麟对于章文德来说一直有着太多的未解之谜。比如章秉麟在莲花泡定居之前的身世，有一个说法是，章秉麟祖籍山东蓬莱，科举考中过举人，先后在墨尔根和宁古塔做过官。也有一种说法是，章秉麟曾随三品卿吴大澂到吉林帮办“移民实边”事务，驻军屯田，光绪十七年（1891）在三岔口参与官垦，当时，任帮办委员，月薪银十两，车价钱三十千文，因此渐渐置办起家业。光绪二十六年（1900），庚子年事发，官垦大遭破坏，驿路再度荒废，章秉麟就移居莲花泡老宅。还有一种说法是，章秉麟二十八岁就弃官从商，往返于俄境双城子、海参崴和三岔口之间，还曾在佛爷沟采参、在交界顶子淘金，渐渐积攒起家业，光绪二十二年（1896）来到山清水秀的莲花泡，开垦土地……最后一种说法是章秉麟失踪之后出现的，已无法查证。

章文德在章秉麟失踪之前是不会搜集他的身世证明的，等他为章秉麟的身世问题困扰不休时，才觉得如果章秉麟没失踪，事情就好办多了。不过，那样也就不会有困扰不休的苦恼，也就没了意义，就会与其他大量的日常琐事一样，常常视而不见。

晚上十点左右，逃难的马车才抵达莲花泡老宅。留守老宅的是章兆龙的大儿子章文智和儿媳妇郑四娘，刚巧章文智不在家，郑四娘问明了来由，连忙下厨为一群又饥又渴的人擀面条。

面条上了两大盆，一盆是连汤面，葱花卧鸡蛋，一盆是过水面，兑蒜酱。章文德和章文海饿极了，不顾章韩氏的一再提醒，一连吃了两大碗，狼吞虎咽，吃相难看。

放下碗，章文德才注意到，这次吃饭与以往有很大不同，平日里从不在一起吃饭的都围坐在长条案子旁，章文德一家自不必说，一向不同桌用餐的章吴氏与曹彩凤也只能围坐在长条案子旁，在场的还有油头粉面的二哥章文礼以及他的跟屁虫曹双举。曹双举是曹彩凤的弟弟，依仗着姐姐掌管章家内务，常年在章家混吃混喝。曹彩凤的女儿章佳馨身边坐着两个女佣，一个是曹彩凤身边的老妈子冯嫂，另一个是章吴氏身边的侍女小丁姑。特殊环境下，大家不分长幼尊卑，都围在了一起。

大家围坐的那个水曲柳木案子，据说是章秉麟早年写毛笔字用的，现在成了临时餐桌。

章家亲眷中，除了章吴氏四十多岁，其他人的年龄都不大，章韩氏三十岁，曹彩凤二十七岁，郑四娘二十一岁，章文礼比章文德大八岁，应该十九岁了，佳馨比章文德小一岁，还有那个曹双举，应该比章文礼大一岁。

吃过饭，郑四娘进来解释，由于事先没有准备，今晚只能委屈大家临时凑合一宿，明天把那些平日空闲的房间打扫出来，才能一一安顿好。曹彩凤替大伙儿拿主意，对郑四娘说："没事儿，你照顾好你亲娘就行了，我们一起挤挤，热闹！"

郑四娘领着章吴氏和小丁姑走了。临走，发现章文礼直勾勾地瞅她，不高兴地垂下了眼皮。郑四娘离开之后，剩下的人都留在了西厢房，简单洗漱一番，大家一个挨一个上了南北大通铺。

也许是因为一路上的紧张和恐惧，大家谁都睡不着，讨论起跑毛子的事。冯嫂说："都说老毛子是老天爷在火焰山管的妖魔，赶上年头不好，那些妖魔就偷偷跑下山来，开始祸害百姓。看见老毛子的人都说，老毛子黄头发，绿眼睛，全身都是毛。那些人的牙有半尺长，舌头伸出来滴滴答答淌血。"曹彩凤说："不是，老毛子是野蛮人，他们住在北边黑乎乎的林子里，同山猫野兽住在一起，专吃人的生肉。俺娘说，老舅死的时候，她做了一个梦，梦见家里的房梁被大雪压塌了，大清早走到外屋地，就看见老舅的头挂在门口，老舅就是在亮马河死的，被老毛子用马刀挑了，心给挖去了，说是让他们给煎着吃了。"章韩氏说："听说闹毛子那年，半截河子的一个媳妇让老毛子祸害了，大出血，眼睁睁看着就没气了。"……章文德越听越害怕，他几乎不敢闭眼睛，一闭上眼睛，眼前就有游动的血污。曹彩凤她们讲老毛子时，他迷迷糊糊，每过一会儿，就睁眼望一望土墙上的影子。他听娘说过，人死了，影子就没有了。那些关于老毛子的恐怖传说让他觉得自己越缩越紧，最后缩成了传说中的耗子屎，他当然不想自己变成小耗屎。

章文德从小就被吓破了胆，娘哄他睡觉的晚上总是对他讲老毛猴的故事，她的口头语是：快快睡吧，老毛猴要吃小孩了。以至于在以后很多年里，章文德都无法摆脱老毛猴的阴影，他搞不清老毛猴到底是什么，你想象它是什么就是什么。即使成年之后，章文德仍旧对老毛猴充满了恐惧。

令章文德恐惧的还不只老毛猴，还有章文礼死去的母亲金桂花，她不但让章文德害怕，还让整个章家人都害怕。据说金桂花这种横死的，按当地人的说法，死后已经变成了厉鬼。曹彩凤说过，她亲眼见过金桂花的鬼魂儿，那个女鬼穿着黄色短褂，脸上有紫黑色的点子，时常在章家大院里游逛……所以，章家大院里有人生病了，曹彩凤就请有阴功的汤仙姑或关婆婆来劝治、跳大神，杀鸡、摆供、扶乩、烧纸、许愿。章文德听说，那个金桂花平时话很少，待人接物也一副热心肠，他不理解的是，为什么人死了就令人害怕，让人谈鬼色变呢？

第二章

4

章文德在天还没大亮的时候就醒了，他是被尿憋醒的。章文德爬了起来，小心翼翼地摸索着下地，或许炕上的人睡得太晚了，发出一片轻微的鼾声。

章文德在靠近北窗的尿壶里撒了一泡尿，他尽力控制着尿的流速，可还是发出水柱冲击金属的响声。

尿毕，章文德抖了抖身子，系上裤带，慢慢回过头来，突然，他两腿间的神经激灵了一下——他发现佳馨正用疑惑的眼睛偷看他。见章文德回头，佳馨连忙用亚麻被单罩住了头。

章文德顿时有了缺氧的感觉，口干舌燥，脸颊涨热，他无比羞臊地跑到屋外。

天刚麻麻亮，院子里显得格外寂静。佳馨看到自己的鸡鸡了吗？章文德寻思着，如果自己的鸡鸡被佳馨看到了，自己以后怎么有脸再和她见面？章文德四下探寻着，似乎要找个藏身的地方，眼前，哪怕有个树洞他都可以钻进去。

章文德来到院子门口，突然发现一个人影闪进了后院，从背影看像是大嫂郑四娘。还没等他定住神儿，紧接着一个男人的身影也闪了过去。难道他们又干坏事去了？章文德一阵紧张，一紧张，他的牙开始打战，别人是不是这样他不知道，打从记事起，他就有这个毛病。

郑四娘是大哥章文智的媳妇，露水河郑家烧锅的女儿，比章文智小四岁。章文智和郑四娘结婚三年，一直没有孩子。听娘和曹彩凤唠嗑时说，章文智和郑四娘是娃娃亲，可他对这门亲事并不满意，曾躲在宁古塔书院读书，过大年都不肯回家，不想宣统元年（1909）冬天，郑家遭了灭门之灾，老太爷和当家掌柜的都被胡子绑票，随后撕票抛尸荒野。章秉麟与郑老太爷早年有过过命的交情，一次聚会时借着酒兴，口头定下了孙子和孙女——章文智和郑四娘的亲事。这门亲事并没有履行相应的程序，只是郑家出事之后，章秉麟想起了当初的承诺，他力主章文智迎娶郑四娘。那个时候，读书的章文智已经在心里悄悄埋下了别的花种，自然不情愿与郑四娘结婚，他借读书之名躲到宁古塔两个月不肯回寒葱河。章文智的做法出人意料，但更出人意料的是，章秉麟和章兆龙带家人都去了宁古塔，干脆在宁古塔办喜事，章文智的小胳膊终究没拗过爷爷和爸爸的大腿。堂拜过了，喜酒也喝了，章文智就是不肯入洞房，躲在外面和朋友喝酒吟诗。

新婚第三天，章文智才摇摇晃晃回家，那时已经星辰满天。章文智嘟嘟囔囔走到章家大院门口，在大门口张望一会儿，转身走向反方向。走着走着，脚下一滑，扑通一声掉到路边的水坑里。倒卧在水坑里，章文智的酒也醒了一半，索性就躺在水沟里望星星，好在那是两天前积蓄的雨水，还不算是臭水沟。

天上繁星点点，一会儿就有一颗流星划过。

不知什么时候，章文智好像看到了爷爷，果然，章秉麟蹲在他身边。

章文智有些委屈地哭了起来，嘤嘤的声音。

“起来吧，”章秉麟说，“是个爷们就站起来！”

章文智从水沟里爬了起来，见章秉麟端着烟袋蹲在路边，他也跟着蹲下来。

章秉麟吐了口烟，慢慢地说：“吞得下委屈才是条汉子，这一关你怎么都得过。”

章文智想了想，没怎么当回事儿。

章秉麟说："早年间，郑家对咱家有恩，人家遭难了，咱不能不管，做人一定不能丧良心，这是一条。还有一条，做事得讲信义，答应人家的事，头拱地也得办，失信于人也就是失信于己。"

……那天夜里，章文智回到自己房里。

章文智结婚后就不再读书，跟章兆龙四处打理生意，断断续续跑了一年左右，主要受章兆龙指派联系城里油坊、皮货店的生意，总之，在家的时间短，在外面的时间长。郑四娘是章家的长孙媳妇，在大院上上下下走动也挺频繁。她性格随和，见了人就打招呼，渐渐混出了人缘，只是婆婆章吴氏有些看不上她，私下里对章韩氏说，四娘这女人水性，不会过日子。章文智在外地跑买卖回来，每次都与郑四娘同屋住着，可三年过去了，郑四娘还是不打鸣不下蛋，大院里猜忌的、背地里议论的人渐渐多了起来。郑四娘忍不住了，她找章兆龙谈了一次，具体说了什么不得而知。没过几天，章兆龙就做出一个决定，让章文智带着郑四娘回老宅，掌管莲花泡的大小事务。在章家大院，章兆龙是大掌柜的，统领整个家业，但他主要管理钱财和对外经营。章兆仁是二掌柜的，全面负责农作物生产。章文智去管理莲花泡的农作物，等于是给他章兆仁添了个帮手，所以，当章兆龙跟他商量时，章兆仁立即说："好啊好啊，文智管莲花泡，我就不用跑来跑去了。"章兆龙说："说是这样说，你也别期望太高，他不见得是块料……我之所以让他们小夫妻回老宅，主要是考虑让他们天天住一起……他们结婚三年了，连个谎花都不开，还整天在大家眼皮底下晃荡……我琢磨着，这事儿八成出在文智这小子身上，四娘跟我讲，她时时刻刻都想报章家的恩，做梦都想给章家生个胖小子……"

章文智和郑四娘离开章家大院正值深秋，大家在秋天的冷风中给他们送行，一直把他们送出了小镇。以前，郑四娘对章文德和章文海很亲热，时不时还送些毛嗑儿和芝麻糖，送行时，郑四娘一手抱着章文海，一手牵着章文德，难舍难分的样子。

送走章文智和郑四娘的那个晚上，章文德心里空落落的，难过了好长一段时间。

有一年，莲花河东坡地的高粱大面积出现“乌米”，章兆仁带寒葱河的劳力去帮助解围，高粱乌米要一个一个人工排除，所以去了三挂大车，大小劳力十七八人。章文德也跟着去了，他主要是想见一见章文智和大嫂四娘，章兆仁没等章文德央求，就答应带他去，答应之痛快，令章文德十分意外。

到了老宅，章文德并没见到章文智，章文智去宁古塔给老师过寿诞。吃过午饭，章兆仁就督促章文德“一起下地”。章兆仁之所以同意章文德来莲花泡，主要是想让他多熟悉、多接触农务。章文德情绪低落地跟着雇工们去了高粱地。

很显然，章兆仁看出了章文德的情绪，他认真地对章文德说：“文德呀，今天我要正儿八经地跟你说件事儿。以前你年龄小，我一直等，等你懂事儿了，才能跟你说。现在，是时候说了。文德你要记住，咱是农民，对农民来说啥是大事？”

章文德眨巴眨巴眼睛，问：“是啥？”

“地呀！你知道，小孩最怕啥？”

章文德没说话。

“小孩怕没娘。可对农民来说，没了地就没了娘。”

章文德似乎还没听明白。

“农民没有土地，就像没娘的孩子！文德你要记着，一辈子都给我死死地记着，没啥也不能没有土地，地就是咱农民天大的事儿。”

章文德懵懵懂懂地点了点头。

应该说那个下午还是蛮有收获的，章文德真真切切地认识了“乌米”。“乌米”一般都长在矮小的植株上，旗叶紧包的病穗中间鼓突，剥开包叶，里面多是豆绿色的丝状物，有的瘤子里包着黑粉。章文德还知道，发现“乌米”就得将高粱棵子砍倒，不能把“乌米”包弄破，不能抖落出粉末来，割下的高粱棵子要拉到地外边烧毁埋掉，不能喂牲畜，也不能沤粪，以消灭病毒传染源。

土地对于章文德来说，一时半会儿还热爱不起来。第二天他就不想去高粱地了，他想等大哥章文智回来。吃过早饭章文德先让自己“消失”，他躲到苞米楼子里，从高粱秆的夹缝中，目送着雇工们三三两两地去上工。老宅安静下来，章文德就在苞米楼子里玩了起来。玩累了，不知不觉睡在苞米堆里。不知什么时候，他被一阵气喘声和女人哼哼唧唧的声音惊醒了，从苞米楼子底层柞木空隙望去，看见了自己似懂非懂、让他心跳不止又脸红发烧的事。

章文德看见二哥章文礼在上，大嫂郑四娘在下，两个人正躺在苞米楼子下的草地上蠕动着，郑四娘的手还紧紧抓着二哥的肩膀。

开始，章文德以为他们两人在打架，但大嫂的表情并不像被打的样子。章文德一动不敢动，大气不敢喘，一直等二哥起身，穿好衣服。

章文礼说：“我先走，你过一会儿再走！”

章文礼走了。大嫂慢慢坐了起来，她向二哥走的方向望着，望了好一会儿，拿起身子下的花布被单擦了擦大腿，卷起放在身边，开始系腰下的扣子。

章文德想：大嫂该走了吧，大嫂走了，他才可以喘口大气儿。

扑通！一个人影从另一个苞米楼子里跳了出来，章文德吓了一跳。

他眨了眨眼睛，见是三婶曹彩凤的弟弟曹双举。曹双举快速冲了过去，一把将大嫂抱住，大嫂刚要喊叫，曹双举的大手已经把大嫂的嘴捂住了。

曹双举说：“刚才你和文礼的好事我全看见了。”

大嫂呜呜着。她伸手去打曹双举，手还没落下，就被曹双举挡开了。同时，曹双举的另一只手又将大嫂搂住了。

“你想死呀？……你再动我就出去喊，满章家大院里喊，看你还有没有脸活？”

大嫂不动了，她只是深深地低着头。

“若是老掌柜知道了你们干的丑事，还不扒了你的皮？……还有你公爹，他知道了，不打折你的腿才怪呢！”

大嫂掰着曹双举的手，曹双举松开了手。大嫂支吾半天，弱声问：“你想咋办？”

“让俺也尝尝你的臊味儿。”曹双举笑嘻嘻地说。

“臭不要脸！”

“我不要脸？看看张扬出去，谁还要得起脸？”

“你臭不要脸！”

“你才不要脸呢，章文智不在家你跟小叔子跑臊，你要脸？反正你也不是干净货了，能让章文礼干，就能让俺干！”

“你丧了八辈良心！你不得好死！”

“好，你骂吧，大声骂。我这就走，回大院你可别后悔。”

曹双举起身要走，刚站起来，大嫂带着哭腔说：“可你是叔呀，你这样做违背天理，会遭报应的呀。”

曹双举冷笑着：“狗屁叔吧，我比章文智还小呢，违背个屁！论辈分，我姐应该管你公公叫叔，结果还不是做了他三太太。”

郑四娘捂着脸抽泣着：“你欺负人！”

曹双举说：“好，我不欺负你。”转身要走。

郑四娘拉了他一下。曹双举笑了，说：“这就对了，这回让俺好好疼疼你。”说完，曹双举就将大嫂压到身子底下……

这件事之后，章文德最怕见到的人是大嫂，他觉得不是苞米楼子上的他发现了苞米楼子下的大嫂，而是苞米楼子下的大嫂发现了苞米楼子上的他。晚上在大屋吃饭，章文德有意无意偷瞄了大嫂几眼，大嫂还和平常一样，一点也看不出什么不同。再看二哥章文礼，章文礼的脸阴沉着，不同大嫂说话，也不看大嫂。

…………

现在，章文德又联想到苞米楼子下那惊心动魄的一幕，他想，莫不是大嫂和二哥又在一起鬼混了？他本想跟过去看个究竟，可向前走了几步，他又胆怯了。站在那里，向院门外走也不是，回西厢房也不是，正在发愣时，听到有人说话。

章文德来不及躲闪，只好颤颤巍巍地站在原地。晨光中走过来两个人，一男一女，女人是大嫂郑四娘，男人竟然是章文智。

“大哥？……你不是去宁古塔了吗？”

章文智四下望了望，小声对章文德说：“我没走，我不想见这些人……不过，你不算，我不烦你！”

5

章文智叮嘱章文德一番，独自去了老宅后院的菜地，那片菜地是他用来搞试验的地方。章文智对于农作物改良有着浓厚的兴趣，他把茄子嫁接上辣椒，把洋柿子嫁接上黄瓜……诸如此类的尝试让他着迷。可这些在郑四娘看来，章文智的行为已经荒唐到了不可理喻的地步，茄子秧上面能长出辣椒才怪呢！郑四娘怎么想都觉得自己的丈夫一定是脑子坏了，要不然就是魔鬼附身了。然而章文智却坚信，自己的试验一定能够成功。

昨天晚上，章家的家眷从山下慌慌张张来到莲花泡老宅时，章文智满心地不高兴。他几乎整个夏天都在老宅搞他的试验，对章家大院的事儿一向不上心。

郑四娘拖着哭腔对他说，老毛子来了。那副表情就好像老毛子正拿着马刀捅她的后腰似的。章文智只是眨了眨眼睛，他的表情却没一点儿变化，仿佛一切都跟他无关。他沉吟一番，一句话也没说，转身继续搞他的试验。

按理说，章文智是兄弟几个当中读书最多的，原本章兆龙还打算让他参加科举，可自从章文智参加宁古塔的乡试落榜后，说什么也不再考了，接着，民国来了，章文智无需再参加科举。无奈，章兆龙只好带他去打理生意，想的是让他经风雨、长见识，以期将来继承章氏的家业，不想，经历几件事之后，章兆龙对章文智大为失望。他觉得章文智心性不定，好高骛远，脑子里的那些想法总是和别人拧着劲儿，与现实之间隔阂很大。怎么说拧着劲儿呢，你说东好，他偏说西好，明明在河的左岸播种，他偏到右岸去收割；隔阂呢，他好像不是这个世界的人似的，我行我素，特立独行。“百无一用是书生”，章兆龙觉得这句话在自己亲儿子身上得到了不折不扣的应验。

原本，章兆龙把章文智送到老宅是退而求其次的策略，实在不中用，学点务农的本事，将来吃穿不愁也就罢了，谁想，章文智在外面接触了洋人和洋玩意儿，开始痴迷地搞起了试验。在章兆龙看来，那些行为简直是不务正业，精神错乱，冠冕堂皇地糟害自己家里的东西。

章文德对章文智的事，了解得比其他人都多。去年冬天，章文德陪章兆仁去莲花泡拉粮食，赶上下大雪，他们被困在老宅好几天。章兆仁着急啊，所以，天一放晴，他就赶紧领着十几辆大车，顶着飞扬着雪末子的西北风下山了，章文智却被留在了老宅。也就在大烟泡沿着沟膛咆哮的那天，章文智在二道岗子救了三个人，一个是搞地质资源勘探的日本人，陪同的还有两个朝鲜人。三个人在章家莲花泡老宅住了半个月，临走，那个叫岩下的日本人留给章文智一些搞试验的试剂和一个放大镜。

在这之前，章文智着迷的是一个瑞士座钟。

小货郎跟章文智的关系不错，几乎每个月都要到莲花泡来一趟，给郑四娘带些花布、针线和胭脂，可真正的大客户却是章文智，他花大价钱从不眨眼睛。刚入冬时，小货郎给章文智带回一个瑞士座钟，买那个座钟，章文智动用了“私钱”，所谓的“私钱”是他和弟弟章文礼偷卖黄豆的钱，章文礼一直鼓动他卖黄豆，章文智这头出货，他那头接应，一直没有人注意。

章文智完全被那个座钟迷住了，几个小时不动地方，眼睛直勾勾地盯着座钟看。日光下，座钟变幻着奇妙的光泽，它不可思议的神秘气质、精致的结构和神奇的功能仿佛勾住了章文智的魂儿。

终于有一天，章文智自己磨制了一把螺丝刀，将座钟全部拆开了。他将那些大小齿轮一个一个排列起来，在眼花缭乱的结构中，他对于游丝小轮感到十分惊奇，在拆那个小轮子时，不小心碰到了上弦用的发条，那个钢条弹性十足，突然展开身子，爆发起来，声音琅琅地将他摆好的零件扫得七零八落。章文智出了一头的汗，呆呆地坐在背对阳光的老式地桌前，一整天滴水未进。

在那之后的半个多月里，章文智都是坐在桌子前聚精会神地研究那个已经散了架的座钟，他几乎研究到精神恍惚的地步，然而他怎么都没能把那座钟复原，最终还是放弃了。

应该说放大镜救了他，自从有了放大镜之后，他的注意力就从座钟转移到了放大镜上，自然也就无法从复原那个座钟的困惑和迷境中解脱出来。

章文德还记得文智大哥从老宅回寒葱河的情景，那天，他身穿狐皮大氅，头戴貉壳皮帽，围着羊绒围巾，那是他比较正式的一套装束。大哥在章文德家屋门口站着，神秘地向他招了招手，笑盈盈的，一直不说话。

当时，章文德趴在被窝里没起来。冬天的早晨，他最不愿起炕，虽然早晨章韩氏已经把炭火盆端了过来，房间里的温度也升高了许多，可章文德还是不愿起来。

那段时间里，章文德总是躺在被窝里看窗户上的霜花，那些窗花在他眼里是一个又一个神秘的世界，是一些只存在于他的想象，只有他自己知道的秘密，他就这样看着那些窗花，在那个没有边界的世界想象着，一直等到棉袄和棉裤在被窝里焐热了，才肯爬起来。

“猜一猜，我得了什么宝贝？”章文智问章文德。

“元宝？”

“不对。”

“金卢布？”

“不对。”

“那，猜不着了。”

“猜不着就不告诉你了。”章文智两只手抄在袖子里，习惯性地眨了眨眼睛。

“不告诉拉倒。”章文德嘟起嘴来。

章文智笑了起来：“赖被窝，虱子多。起来，起来！”说着，他伸手去被窝里胳肢章文德，大哥的手冰凉，章文德有些恼了。

大哥说：“酸唧样儿，长大娶媳妇也是个麻子。”

章文德有些委屈，他瘪了瘪嘴，竟然从眼角挤出几滴眼泪。

“好了，好了。”章文智替章文德擦了擦眼角，“大哥给你看，还不行吗？”

章文智拿出了一个放大镜。章文德第一次看见那个新鲜玩意儿，一个木把柄，一个圆圆的铜套，套子中间镶一块厚玻璃。

“这有啥稀罕的。”章文德扭过头去，很不以为然。

“你看看这儿。”章文智从口袋里拿出一个大钱，把放大镜对准了大钱，然后神秘地对章文德说，“念念上面的字。”

章文德的眼睛立即睁大了。奥秘就在那块厚玻璃上，大钱的字一下子大了，他移开了放大镜看一看大钱，还是原来的样子，然而，在放大镜底下一看，大钱的字就变大了。

“咋回事？”章文德诧异地问。

“宝贝呗。我现在还不会咒语，如果会咒语，想让什么变大什么东西就可以变大。”

“真的吗？”

“那当然。”说着，章文智用放大镜将晨光聚焦到章文德的小腿上，章文德立即感觉火辣辣地疼，他“妈呀”叫了一声。章文智哈哈大笑，一边笑一边说：“这东西真神了。以后做个比锅盖大的，放在大院的门楼子里，假如胡子来了，一照，就把胡子烧成了灰。”

“胡子都是晚上来呀！”章文德认真地说。

章文智想了想，哑口无言，似乎觉得章文德说得有道理。

章文智走了，悬念却留给了章文德。从那以后，他总想办法接近章文智，想那个什么都能放大的宝贝。后来，章文德在老宅白美发那儿得知，大哥的宝贝是从小鼻子和两个朝鲜人手里得到的。章文智救那日本人和两个朝鲜人的事情章文德是知道的，那个时候他正在老宅，只是他不知道放大镜的来历。

那天，章文智跟着白美发去打狍子。

“白美发”不是女人，是老宅的管家兼护院，也是猎手，他本姓陈，外号“白美发”。起因是他说话有些“咬舌头”，把苞米花叫成“白美发”，后来大家都管他叫“白美发”了，其实他咬舌头并不严重，只有少数字的音发不准，只是大家叫他“白美发”多了，渐渐地自己也习惯了，一叫他就答应，时间长了他的本名反而被人们忘记了。

代马沟的雪大，积雪厚得能没人的大腿根儿，狍子都跑到迎风砬子旁边，那些地方能裸露岩石和泥土，所以，狍子常集中在那儿。人去了，狍子就开始奔逃，跑到大雪地里就跑不动了。等白美发上去，抓起狍子撅它的腿，咔一声断了，就像撅苞米秸子似的。

“掌柜的，那边……那边好像有人！”白美发说。

章文智一看，果然有几个人影。

他们喘着粗气移步到砬子下，发现三个外地人冻僵在那里。

“赶紧用雪给他们搓一搓，再扛爬犁上拉回家。”章文智吩咐白美发。

“狍子咋办？”白美发犹豫了一下。

“人比狍子重要。”章文智说。

“好咧！”白美发应声道。

那三个人是在下午被雪爬犁运回莲花泡的。到了老宅之后，章文智和老宅人忙活起来，有的用茄子秸和麦叶草根水为他们擦洗，有的涂抹獾子油，一直折腾到半夜，那几个人才缓了过来，发出哼哼唧唧的声音。

白美发对章文智说：“看这几个爷们不像是本分人……可别是哪个绺子的？”

章文智说：“先别管他们是谁，救活了再说。”

“如果是胡子，咱们不是没事找事吗？”

“不会是胡子，”章文智说，“我在宁古塔见过挂在城头上的胡子人头，那些胡子土鳖相，没他们这么有文气儿。”

白美发想了想，似乎觉得章文智的话有道理，在他看来，胡子都应该是满眼凶光、皮肤粗糙、满脸胡子的家伙。

白美发说：“就算他们不是胡子，看他们也不像是老实客儿，带那么多的钱不说，还有两杆快枪。那些钱可以买好几间房哩。”

那三个人身上带了不少钱，还有一把长枪、一把短枪。

“钱是人家的。”章文智说。

“咱不管他们，反正他们也得死……等冻死了，咱们再去捡不就行了吗？”

章文智说：“见死不救，违背天理……再说，丧良心的事咱不能干，离地三尺有神明，知道吗？无缘无故拿人家的钱，拿人家的枪，行吗？来历不明的东西不能要，要了就是病。”

白美发不再言语了。

第二天，被救的人脱离了危险，不过，他们恐怕要落下残疾。三个人中，日本人叫岩下木，两个朝鲜人分别叫金英豪和朴银高，只有朴银高会汉语，吭哧吭哧的。章文智与岩下的交流都是由朴银高翻译的。

那个朴银高在翻译的时候一定搞了名堂，小眼睛眨巴眨巴的，翻译过程中犹犹豫豫的样子。其实章文智是聪明人，一开始就没打算向对方索取钱财，如果救他们是为了钱财，他完全可以按白美发说的那样——第二天再去代马沟就行了，那样的话他们可以名正言顺地捡到所有的东西。

章文智是在风停的第二天上午回寒葱河的，他骑着青斑马走在银白色的大岭上，太阳出来了，晃得人睁不开眼睛……无云的蓝天瓦蓝瓦蓝，远处的林子也如清水洗过了一般，大雪掩盖了沟膛里的小河沟、塔头甸子、乱石滩，四野变得平坦而辽阔。

青斑马打着响鼻，有韵律地走着，骑在马上的章文智，眼前仿佛跳跃着多种色彩交织的光芒：红色、紫色、草绿色……他觉得自己走进了一个童话般的世界。

章文智到达寒葱河时，老街已经开始挂灯了。他在中药铺里买了药，又到济生店里买了稻米。章文智把买来的东西放在褡裢里，挂在青斑马上，牵着马出了老街。

老街离章家大院只隔两条街，别说骑马，牵着马走路也不到一袋烟的工夫，章文智想了想，他还是骑上马向莲花泡的方向走去。

章文智回到莲花泡已经是后夜了。他回来时，三个外地人还没睡，听到青斑马的声音，他们全都爬了起来，朴银高拿起捅炭盆的铁炉钩子，站在挡着棉帘子的门后。岩下和金英豪则趴到结了冰溜子的窗前。莲花泡老宅的窗户是老式的，木格子上面糊着牛皮纸，不像寒葱河章家大院有玻璃窗，所以，冬天的晚上外面挡着草帘子，什么也看不见，岩下和金英豪趴到窗台上，或许只是想听一听动静，或许出于自我保护的本能，随时做好反抗的准备。

屋外传来白美发和章文智的对话声。当三个人判断大门外只有章文智一个人时，他们悬着的心才多少安稳了。

降雪之后的冬夜最为寒冷，当地人管这种天气叫“小鬼龇牙”，鬼都冻得龇牙咧嘴的，那会冷到什么程度。章文智进屋时，他的脸上满是银白的霜花，眉毛、睫毛、胡须都上了一层厚厚的白霜。章文智把从寒葱河带回来的东西放到地上，回头对安顿青斑马的白美发说：“叫你大嫂给几位掌柜的焖点大米饭，他们不习惯吃大碴子！”

疑虑消除，岩下连连给章文智鞠躬致谢。那天夜里，他们几个人在煤油马提灯下，围着一盆炭火，一边喝宋家烧锅的高粱酒，一边有滋有味地交流着，这工夫，章文智也不觉得他们之间有多大语言障碍了。

岩下十分高兴，他目光有神地对章文智讲着，还拿出地图和一些勘探资料，指着地图说牛信山南面那一片低洼地的土质非常好，微酸性到中性，有机质、氮磷钾均衡，还有较高的阳离子代换量和盐基饱和度，可以种出优质的寒地大米，质量不会比日本新潟大米差。牛信山西面，山里有煤炭和黄金，“你们这里可是了不起的宝地呀”。他还说要不了多久，这里就会成为新工业区，到时候，这里到处是机械，有楼房和高高的烟筒……章文智被他描述的前景所吸引，目光闪烁着异样的光芒，想了想，问岩下，那时候，这儿可以骑洋单车（自行车）吗？岩下说不仅可以骑自行车，而且还有汽车。

岩下开始给章文智描述汽车的形状和功能。章文智没见过汽车，对汽车没有概念，所以，无论岩下怎样描述，他还是会把汽车与木轱辘牛车联想到一起。这个联想导致了章文智后来自己研制起汽车来，他模仿大陆型内燃机车，就是那个一九〇三年中东铁路通车时在东北使用的火车头的原理，让韩铁匠做了一个蒸汽铁罐，由于缺乏压力测试，铁罐爆裂，把章文智和白美发烫伤了，这是两年以后的事儿。

在接下来的几天里，章文智和几个外国人相处得很愉快，跟着混了两天的章文德也接触了岩下。那个晚上，就着马提灯幽暗的灯光，章文德从岩下半敞开的帆布包里拿出了反光的物件，那是些广口的玻璃瓶子。令章文德好奇的是，那些玻璃瓶子里面装的都是泥土，他打开瓶盖，一个瓶子一个瓶子地闻着。岩下站在他身后静静地观察着，突然说了一句什么。章文德吓了一跳，不过从岩下的表情上看，他大概在嘱咐章文德小心，别把瓶子碰碎了。朴银高随即过来了，他翻译了岩下的话，却是说，小孩子不要淘气，这个东西不是玩具。章文德说，这里边的土不一样，这个适合种大豆，这个适合种土豆，这个适合种苞米……岩下笑了，好奇地接过瓶子看了看，看瓶子上面的标签，看着看着，他的脸突然严肃起来。背过手去将瓶子交换一番，再次让章文德闻。章文德又做出了选择。岩下问章文德：“你是怎么知道的？”通过朴银高翻译，章文德和岩下有了一段有趣的对话。章文德说他用鼻子知道的。岩下固执起来，他第三次试验，偷偷换了瓶子上的标签，再让章文德做出判断，章文德闻了闻，一一给出了答案。中国有句老话叫事不过三，岩下偏偏不信邪，他再次换了标签，同样的流程测试章文德，章文德仍旧做出令岩下难以置信的判断。岩下问章文德：“你的鼻子是怎么知道的？”章文德说：“我可以闻出土的味道，一闻就知道土从哪儿挖的，山坡来的还是河套来的。”岩下惊讶地看着章文德，随后，收拾好玻璃瓶子，默默走开。那之后，岩下好长时间都不说话。事后，岩下对章文智说："你的堂弟是个了不起而且神秘的人，他是从泥土里长出来的吗？"章文智没听懂岩下的话，他大概觉得翻译那方面出了问题，就含混过去，没多加留意。

岩下等人在莲花泡住到第十四天，白美发套了马车，章文智和章文德一起送岩下他们下山，一直送到响马河火车站，看着他们登上了火车。上车之后，岩下从车窗伸出头来，对章文德竖了竖大拇指，突然叫了一声："土地爷！厉害！"章文智莫名其妙地看了看章文德，章文德反而不好意思起来，不停地摸着后脑勺。

望着火车冒着白烟消失在山弯里，章文智对章文德说："咱应该去外面的世界走一走，很多新鲜玩意儿咱都没见识过。章文德茫然地点了点头，他理解的新鲜玩意儿和章文智理解的肯定不一样，不过，受到章文智激情的感染，他也觉得自己充满了活力……

接下来的日子里，章文智经常拿着那个放大镜四处观察，在后院河沟边看蚂蚁窝，在太阳下用放大镜把场院里的干草烤着。在屋子里他也不清闲，挪动酸菜缸，看缸下面蠕动的粉白色潮虫，"这个叫鼠妇。"章文智对白美发说。

白美发不解，自言自语："不就是看玻璃片儿，有那么舒服吗？"

6

章家家眷躲避到老宅的第二天，郑四娘就让下人把老宅的房间打扫干净，分派给大家。章文德家分到的是东厢房南间，比较曹彩凤的东厢房西间，条件虽然差不多，却有地利的优越感，尽管那间房子住不长久，章韩氏的心情还是很好，觉得这一回终于被当作章家的内眷看待，心里暗自感激郑四娘，认为这个小媳妇做事情还算公道。

其实房子并不是郑四娘分的，背后有没有章文智的主意就不清楚了。由于老宅条件有限，加之那里是临时住所，所以也没过分计较。

章文德一上午都在后院河套的菜地里，像个跟屁虫似的跟在章文智的身后，他犹豫再三，吞吞吐吐地对章文智说："你家要是养条大黄狗就好了。"章文智问他怎么想起这一出儿，章文德说："没什么，听白美发说你常去外地，总出远门，留大嫂一个人在家里，大黄狗可以给她做伴儿呢。"章文智看了看章文德，他的脸有些严肃，沉吟了一下说："你这孩子想得还挺多，不过狗这玩意儿不能随便养，一旦成精就麻烦了。"章文德当时并不明白章文智话里的含义，只是后来他听说了老掌柜章秉麟和大黑狗的故事，才想起章文智当初说的话，那些话的背后是有特别意味的。

中午过后，章文德才回到东厢房。

房山角的阴凉地里，章佳馨和章文海如同红了眼的斗鸡一般，面对面比顺口溜儿。"雨天下雪，冻死老鳖；老鳖告状，冻死和尚。"佳馨来了一段儿。文海拉着桂兰，扯着嗓子喊："大肚子蝈蝈游四海，荞面饺子吃二百，西红柿汤喝两缸，巴巴橛子拉四筐。"章佳馨背着手，伸出脖子，毫不示弱："跟我学，长白毛。白毛老，吃青草。青草青，长大疔。大疔大，穿白褂。白褂白，今天死了明天埋，明天埋！"章文海对不上了，他看到了站在章佳馨身后的章文德，用求助的眼神瞅着章文德，章文德没有理睬弟弟的意思。

章文海用哀求的口气叫了一声："哥！"

章文德走到文海身边，也学章佳馨的样子，背着手，伸长了脖子，面向对方大喊："蛤蟆蛤蟆气鼓，气到八月十五，八月十五杀猪，气得蛤蟆直哭！"

佳馨对突然杀将出来的章文德没有防备，一时反应不过来。章佳馨想了想，突然盯着章文德的大腿根儿瞅，手指还在自己脸上点了点，意思是"丢""丢"。章文德开始有些疑惑，随即想起被章佳馨看到小鸡鸡的事儿，顿时脸上发热，头脑晕眩，气鼓鼓地说："没人搭理你个小丫头片子！"说完，转身回屋。

章韩氏见章文德进来，上来就打了他一脖溜儿，厉言厉色地呵斥道："一上午都见不到你的影儿，跑哪儿撒野去了？"

章文德支支吾吾，说不出话来。

"去水井打两桶水来，下午我洗衣服。"

章文德转身要走，娘又问："晌午饭吃了吗？"

"没。"章文德小声说。

"饭在锅里热着呢……吃了饭再去吧！"

章文德蹲在外屋锅台前吃饭，母亲在里屋说："明天赶车的就回寒葱河了，我想让你跟着回去……你爹吃的药我藏在花瓶下的木匣子里，谁都不知道，你爹也不知道。这两天他吃不上药，还不知齁巴成什么样儿呢。"听这话，章文德心里暗自高兴，一方面他心里惦念爹的安全，另一方面他也不愿意见到郑四娘、章文礼和曹双举，还有那个章佳馨，他巴不得早早离开这个令他尴尬的地方。章文德心口不一，嘴上说："让老庄头告诉爹一声不就行了。"娘说："那不行，药是我偷着给你爹抓的，用的是我的私房钱。太子参、玄参啥的都挺贵重呢，还有老虎姜、川贝什么的。我跟你爹说给他抓的都是普通的草药，所以我藏着，怕你爹知道了会心疼钱不肯吃。还有啊，大份儿那头知道了就更不好了，他们会眼气咱家的。"说着，娘来到外屋："这事儿你可不能告诉外人啊，知道吗？这事儿就咱娘俩知道，不能对外人讲，对你爹都不能讲。"章文德含糊不清地说："我知道了。"

"跟你说多少次了，不能咽下饭再说话吗？"

章文德将一大口高粱米饭咽下，嗓子眼儿里发出"咕嘟"的响声。

到了下午，老庄头几个人给马喂草料，章韩氏看着看着，突然又变卦了。她对章文德说："你别跟着回寒葱河了，那里太危险。"章文德本想跟娘争辩几句，见章韩氏一脸严肃，到嘴边的话又咽了回去。

晚上熄灯后，玩累了的文海和桂兰很快就睡着了，娘也发出了微微的鼾声，可是没多大一会儿，章文德就听到娘在翻身子，翻来覆去的，还伴随着轻微的叹气声。

夜晚的月亮很圆、很亮，章家大院很少这样安静。

玄微居草屋还亮着灯，章秉麟在瓢形的古灯下看线装古书，在跳跃的灯光下，章兆仁声音混浊地吟唱着："秋风吹木叶，还似洞庭波——常山临代郡，亭障绕黄河——心悲异方乐，肠断陇头歌——薄暮临征马，失道北山阿……"

章秉麟不肯离开寒葱河。章家人都知道，谁也别想改变章秉麟的想法，不管章秉麟的状态如何，他还是大院的老主人，这一点十分关键。章兆仁披着长衫在屋外坐着，时不时透过纸窗，观察章秉麟灯光下的影子，他的头不知不觉也随着章秉麟一起一伏的影子起伏着。

突然，章秉麟站了起来，大声说："兆仁啊，去大门外看看，有人来了！"

章兆仁的身子一抖，嘶哑地咳嗽了几声，听了听，除了自己气管的嘶嘶声，没听出院子里有动静。

章兆仁转身向大门的方向走去，突然，马的嘶鸣声传进院内，他的身子抖了一下，心想，老掌柜的真神人呀！

章兆仁跟随章秉麟差不多十五年了，他时常被章秉麟变幻莫测的举止搞得心惊肉跳。

"那啥……那啥，是谁？"章兆仁向院门外大声问。

门外嘈杂的声音中有嗓音沙哑者说："逃难的。"

"那啥，咋的啦？"章兆仁继续问。

"老毛子来啦！"门外有好多人的声音在喊。

"那啥，等一会儿。"

章兆仁爬上了院墙，那个院墙并非砖石垒造，最早是用木桩子和板材围起来的，被称为"板院儿"，后来匪患增多，就加固了院墙，以木桩、木板为筋骨，再将灌了沙土的麻袋垒起来，麻袋外面抹上黄泥，黄泥用糯米浆搅拌了麦壳，既结实又坚固。现如今的章家大院被厚重的院墙环绕着，前面的大门上有一个院门楼子，院墙四角还有角楼，遇上匪患或者其他紧急情况，角楼可以驻扎炮手。平日里章家不养专门的炮手，雇工里舞枪弄棒的人不少，比如拴马桩和二德子，他们打过猎，会使枪。章兆仁上了院墙，拍打着院子的木门。这两天拴马桩和二德子就住在里面。二德子嘟嘟囔囔地开了门。章兆仁说："你们睡得太死了，门口来了那么多人都不知道。"

拴马桩也跟着出来了，三人站在院门楼子上向下看了看，楼下一大群人，大概有四五十名男女老幼。"我好像看到了蚂蚁河的宋老大，应该是逃难的。"

二德子说："真有意思，咱这的人往大沟里跑，山下的人往咱这儿逃。"

章兆仁对院门楼子下的人群喊道："大伙儿等一下，我回去禀报一声。"说着，章兆仁下了院门楼子，一路小跑回到章秉麟住的后院，规规矩矩地敲了房门。

"老毛子来了吗？"章秉麟在屋里问。

"那啥，逃难的。"

章秉麟不再出声，他继续念古诗，还是那首："秋风吹木叶，还似洞庭波——常山临代郡，亭障绕黄河——心悲异方乐，肠断陇头歌——薄暮临征马，失道北山阿……"

章兆仁在门外站着，一直等章秉麟读了一遍又一遍。

"那啥，咋办？"

章秉麟继续读古诗，是另外一首："山际见来烟，竹中窥落日——鸟向檐上飞，云从窗里出……"

章兆仁仍在门外站着。

过了好一会儿，章秉麟吱扭一声开了房门，他背对着光线，面部表情隐在黑暗之中。

"你站在这干啥？"章秉麟问。

“等你的话儿。”

“什么话儿？”

“门外的人都咋办？”

章秉麟沉吟一下，说：“怎么又来人？先前来的人呢？”

“就一伙人。”

“有我兄弟没有？走，带我去看一看！”

章兆仁懵懵懂懂地跟在章秉麟身后，他不知道章秉麟说的兄弟是啥意思，指的是谁，他不便多问，只是一步不落地跟在章秉麟身后。

章兆仁将院门打开，逃难的人潮水一般涌了进来。回过头来，章兆仁又不见了章秉麟。

“二叔！……老掌柜的！”

逃难的人一眨眼的工夫就全拥了进来，前院满是黑压压的人头。

突然，章兆仁听到有人喊：“郑兄弟，郑兄弟！”

章秉麟的声音在院门楼子里响了起来。

借着夜色里微弱的光线，章兆仁向上望去，院子里的人也向上望去。章秉麟坐在院门外墙沿儿上，两条腿像小孩儿一样悠荡着，白色的绑腿显得十分抢眼。

“郑兄弟，你来了吗？”

院子里乱哄哄的，嘁嘁喳喳议论起来。

不想，一转眼章秉麟又不见了。

章兆仁找了几圈儿也没找到章秉麟，就去正房和偏房查看，见房门已经上锁。他又去后院的玄微居，里面也空空如也。

章兆仁知道章秉麟还在大院里，他觉得胆子很壮，不管章秉麟的样子怪异到什么程度，只要有章秉麟在，他就觉得心里有底，觉得腰板直。

章兆仁提着马灯反身回来，让拴马桩和二德子把雇工都召集起来，帮助安置逃难的人。“谁也不敢保证自个儿没有落难的时候，咱要好好招呼这些人，就像待自家亲戚一样，都安排到房里过夜。那啥，一个也不许住露天地啊。”

章兆仁在雇工当中的威望很高，就如同早晨在地边派活儿一样，大家领了任务立刻分头行动，不到半夜，一切就都安排妥当。章兆仁前前后后检查了一大圈，在人们感激声里走了回来，他不自然地张着嘴，这大概是他此生中最出彩的一次。以前章家曾多次接待过难民，但主事儿的都是章秉麟或者章兆龙。现在他成了这个院子里的主人，他在张罗这些事，而且张罗得很好。

走到章秉麟住的草房，见屋里的灯黑了，他想，老掌柜的怕是躺下了。

章兆仁从马棚里拿出一个草垫子，放在草房门口，慢慢地躺了下来。

躺下之后，章兆仁听到了蛐蛐的叫声，“嚁嚁……嚁嚁……”，时断时续。眼前则是满天的繁星，湛蓝色的夜空星光闪烁，一会儿远，一会儿近，近的时候就像挂在房檐上，远起来比那梦境还遥远……老掌柜的睡着了吗？想起章秉麟，章兆仁心里掠过一丝痛楚，他觉得章秉麟的身体还硬实，怎么会得这样的怪病呢？在章家大院的人看来，他章兆仁像老哑巴似的，整天蔫不唧儿的，其实他的心思没人知道。

当年，章兆仁带着章兆义闯关东，一路奔波，讨水讨饭，多苦、多累、多险，难关都一个一个挺了过来，可在公主岭那个客栈，弟弟跟一个老乡出门之后就再也没回来。本来，他们打零工挣了点钱，刚松口气儿，弟弟就丢了，活不见人，死不见尸。弟弟章兆义是章兆仁的主心骨，主心骨没有了，他的情形可想而知。章兆仁在公主岭等待和寻找了半年，最后相信章兆义一定是没了。从那以后章兆仁就如同行走在恐惧的深渊里，像一只吓破胆的小兔子，苟活在接踵而至的漫长岁月里。

第二年夏天章兆仁才来到莲花泡，他像一个叫花子似的出现在章秉麟面前。章兆仁结结巴巴说了自己的情况，章秉麟什么都没说，让人领章兆仁洗了脸，换了一身衣服。再次看到章兆仁时，章秉麟眼含热泪，说：“你不用说了，一看模样俺就知道你是俺哥的儿子，是俺亲侄子。”

章兆仁投奔到章秉麟门下，第二天就被打发到荒沟种地，吃发霉的干粮，喝山涧里的水，晚上住地窝棚，头上有蚊子，地下有长虫。章兆仁咬牙坚持着，反正他也没有别的地方可去，心想，死哪儿算哪儿吧，死了说不准还可以见到弟弟章兆义，知道他是怎么死的。

十天头上，章兆龙来了，给章兆仁带来一担子好吃的。

“你可别怨我，都是老掌柜的主意，他是想磨磨你的性子。”

吃饱喝足了，章兆仁就跟章兆龙回到莲花泡，章秉麟当着全家人的面宣布，从今儿个起，兆仁就是章家的二掌柜。

不知不觉间，章兆仁的眼角已经流了泪，泪水开始有点温热，沿着他脸上的旧疤向下流，流到耳朵根儿处痒痒的。就这样，章兆仁伴着还没完全干透的泪水沉沉入睡。

章文德醒来，发现天已经亮了，他连忙爬起来，蹑手蹑脚走到门口，从门缝向外屋看，他看到娘正在灶前做饭。

外屋水汽蒙蒙，趁着章韩氏没注意，章文德偷偷摸摸地跑了出去。

前院空空荡荡，看来老庄头他们已经走了。

章文德出了大门，大门外的老驿道上也空无一人。

此时，莲花泡老宅笼罩在一片牛乳般青白的雾气中，隐含着藕荷色、鸭蛋青色。

章文德来不及多想，顺着驿道向寒葱河方向追去。

追出了三四里路，章文德才看到马车的影子，他大声喊了起来：“等等，等等我！”老庄头看到章文德，吁的一声，拉住了大车的马缰绳。

章文德气喘吁吁地追了上来，他的裤子染上了青草和树叶的颜色，手背和面颊也划出了血痕。

“我妈让我跟你回寒葱河。”章文德说。

“干啥？”

“给我爹送药。”

老庄头未加怀疑，用命令的口气说：“上车！”

那个车队很奇怪，一共四辆大车，另外三辆车的车夫都坐在头车——

老庄头的车上。另外三辆车用绳子牵引着。他们创造出这种方式，无非是想听老庄头讲瞎话。章文德上车后，老庄头继续讲他的瞎话，章文德饶有兴致地听着，几乎忘记大板车的颠簸。

“四大香：开江鱼，下蛋鸡，回笼觉，二房妻……四大红：杀猪的刀，接血的盆，大姑娘裤裆，火烧云……”

曲罗锅大概觉得不过瘾，他鼓动老庄头：“说说四大埋汰、四大恶心……”老庄头头也没回，说：“别胡闹，有孩子在车上呢。”

莲花泡老宅那个藕荷色、鸭蛋青色雾气的早晨，章家大院门外也飘浮着淡雾，只是那淡雾是乳白色的。

第二天天刚刚放亮，章兆仁就醒了，他先去马棚添了草料，从马棚出来，就慢慢爬上了院门楼子。从院门楼子上望出去，那些淡雾是浮在地面上的，房舍和院门楼子露在外面，整个寒葱河河套被白雪覆平了一般，远处的虎山也仅仅遮了个裙脚。

在院门楼子上，章兆仁吃了一惊，他清清楚楚地看见章秉麟像卫兵一样站在章家大院的门外，他直立在离门口四五步远的地方，一动不动，手里握一根竹鞭子，那根鞭子头上的红缨子在雾气中隐隐约约，十分撩眼。

“老掌柜的！”章兆仁压低了声音喊。

章秉麟毫无反应。

“那啥，二叔！”章兆仁提高了音量。

章秉麟突然回过头来，面部表情十分严肃，并快速做了一个单腿跪地的动作，朗声道：“下官章秉麟，营盘里的黎民百姓安然无恙。”

“二叔，那啥，我是兆仁啊。”章兆仁说。

“下官如实禀告，不敢有诈。”

章兆仁慌了，他踉踉跄跄跑下院门楼子，直奔院门外仍在行礼的章秉麟……

天亮了，雾也散了。

吃过早饭，雇工和逃难的人都聚集在前院里，大家三三两两地聚在一起议论，有人问章兆仁，今天出工吗，章兆仁说怎么不出工，刀没架在脖子上就得下地干活，干庄稼活是农民的本分，天经地义。

突然，院门楼子上的二德子喊了起来。

“不好了，老毛子来了！”

瞬间，大院里的人慌乱起来。不知谁喊了一声：“慌什么，反正也没好了，不如跟他们拼了！”

院子里安静下来，大家都把目光投射在章兆仁身上。

章兆仁紧张起来，手有些发抖。

“那啥，老掌柜的在哪儿？”章兆仁问身边的拴马桩。

拴马桩说没见到人影。

“快去找啊。”

大家分头去找章秉麟，找遍了大院里所有房间，都没见到章秉麟的影子。

二德子在院门楼子上喊：“二掌柜的，老毛子越来越近了。”

拴马桩只好架着章兆仁上院门楼子，他的腿直打战。身后有人喊：“抄家伙，跟二掌柜的上院墙，今天跟老毛子干到底了！”

院子里的人一哄而起，嚷嚷着，纷纷爬上院门楼子。在众人的激励下，章兆仁的恐惧感居然慢慢消退，他站在院门楼子上向下看去，果然看到南面的杨树林边有牵着大洋马、穿着军装的俄国兵。

“好像没几个人。”章兆仁说。

拴马桩眯缝着眼睛，说：“是不是躲在树林里了？”

章兆仁身后有人说：“动手吧，二掌柜的！说不准这工夫别的毛子兵正包围章家大院呢，咱一动手他们就知道咱有防备，不敢轻易上来了。”

二德子说：“对，镇唬镇唬，看咱人多势众，说不准吓回去了呢。”

拴马桩说：“下决心吧，二掌柜的，等他们靠近、进了大院就来不及了。”

“他们一旦攻打进来，先杀男人，后奸女人，再烧房子……”

章兆仁不知哪儿来的勇气，随手接过事先预备好的火把，点燃了一门抬炮。抬炮轰的一声在大院三十米开外冒起一股浓烟。随着炮声，院门楼子和角楼上的土枪和火铳响了起来，没有武器的人站在院墙上呐喊助威，顿时显得声势浩大。

树林里的俄国士兵向大院墙上放了两枪，骑上马就跑没影了。

谁也没想到这一仗打得这么顺利、这么简单，没有伤亡就赶走了毛子兵。大家高高兴兴地相互祝贺、相互鼓励。章兆仁偷偷溜出人群，回到自己屋子里，他气喘得很厉害，嗓子眼儿像拉了风匣，他在里屋到处翻腾着找药，忙乱中不小心刮倒了鸡毛掸子，鸡毛掸子碰倒了瓷花瓶，章兆仁看到了花瓶下面的檀色木匣子。

章兆仁拿出药剂，没时间就黄酒了，走到水缸边舀了一瓢水，咕咚咕咚，连水带药都喝到肚子里。随后，坐在炕沿儿上发呆。

——章兆仁发现，自己的裤裆早就湿了一大片。

章兆龙是傍晚时分回到章家大院的，听了事情的经过，他直摇脑袋："谁？二掌柜的？章兆仁？绝对不可能！"

拴马桩说："千真万确，我一点都没说谎。"

二德子在旁边帮衬道："没错，二掌柜的还亲手点了抬炮。"

章兆龙笑了起来："看来太阳真可以从西边出来……"他笑一笑，脸又阴沉下来："完了，这回可有大麻烦了。"

第三章

7

事后证实，响马河站跑毛子事件是一场波及十几个村屯的误传，那些所谓的俄国兵不过是一些中东铁路路警，因为参加检阅集中在响马河站校场操练，而章兆仁击退的毛子兵，刚巧是那天巡查通信线路的两名俄国路警。

跑毛子风波一过，章家家眷就被接回寒葱河。

章兆龙亲自去了莲花泡，在老宅门口，迎接他的是一位小个子“男子”，脸膛黝黑，穿青色的对襟棉袄，头戴毡帽，说话却是女人的声音：“大掌柜的，你可来了。”

章兆龙愣住了，问：“你是谁呀？”

那个人撸下帽子，露出了头发：“我是彩凤呀，你自己老婆都不认识了？”

章兆龙仔细看了看，哈哈大笑起来。

不只是曹彩凤，到老宅避难的成年女人，脸上都抹了锅底灰，还束了胸，穿着男人的衣服。回到寒葱河后，大家说起这事儿都觉得可笑，女扮男装的事当笑话在章家大院有滋有味地讲了很久。

章韩氏回到家里，章兆仁却病倒了。

章兆仁是痨病底子，当年在莲花泡开荒时落下的病根，按章韩氏的话说是“丧力了”，为老章家卖命累出来的病。章兆仁结婚之后，章韩氏千方百计为他治病，虽不敢说彻底治愈了，可这些年也没怎么发作，当然，痨病鬼的模样还是挺明显，人瘦得骨骼清奇，脸庞上有一些细微的红血丝，嗓子里还时不时发出拉风匣一般的声音。这次发病显然是和毛子兵的事情有关，他哪里经历过这么大的事儿，恐惧、操劳、急火攻心，多重因素一齐发力，他想不倒下都不行。

每天一到下午，章兆仁就脸颊泛红、脚心发热、胸部闷痛，受点刺激就一阵一阵地干咳，咳嗽大了就痉挛起来，吐出的黄色脓痰里掺杂着血丝。

这天上午，章文德和娘在房后小菜地里给秋白菜和萝卜浇水，那块地很小，原来是章家摆咸菜缸的地方，窄窄的一长溜儿，严格意义上说算不上真正的菜地。章韩氏很会因地制宜，在那里种了四垄青菜。春天栽发芽葱和韭菜，夏天种豆角、黄瓜、辣椒和洋柿子，秋天种秋白菜和大萝卜。章韩氏侍弄菜地很精心，也很有道眼儿，每样菜数量不多，却基本解决了一家人的吃菜问题。章文德跟章韩氏也学了不少，他能分辨出白皮葱中哪个是鸡腿葱，哪个是仙鹤腿，还能分辨出宽叶韭菜、窄叶韭菜、马莲韭菜和竹竿青，分辨出辣椒中的猪嘴椒和羊角椒，豆角的种类更多，章文德认识兔子翻白眼、大姑娘挽袖、长豆角、油豆角、刀豆角、胖孩腿、玻璃翠、黄眼夹等等。章韩氏也觉得奇怪，她对章兆仁说：“文德这孩子怕是不会有大出息，读书认字他记性不好，可讲起农活农事却头头是道。”章兆仁说：“这样好，实实在在做个农民比啥都强，一辈子心里踏实。”

菜地浇了头遍，章文海领着桂兰就出现在房山头。

“娘，我爹叫你！”

“没看正干活吗？啥事儿？”

“家里来人了！”桂兰说。

章韩氏叮嘱了章文德几句，扑落扑落身子就回屋里去了。

章文德很快给菜地浇了第二遍水，回家一看，娘和曹彩凤在西屋说话，他找了一个小板凳，凑了过去。

曹彩凤正讲到老宅，讲到郑四娘。

“不会吧？”章韩氏疑惑的样子。

曹彩凤趴在娘的耳边嘀咕了几句。

“如果真是那样，文礼也太不是东西了……文智一点都不知道吗？”

“估摸现在还不知道呢。”

“败坏家风，接下来灾祸就得临头了。”

“我琢磨着，这根儿上啊，还是四娘的问题。”

章韩氏说：“四娘的命够苦的了……”

曹彩凤说：“你还可怜那个狐狸精，依我看，事儿都坏在她身上。女人跟男人不一样，娘们坏起来还了得，能毁家业、毁江山，说书的不是说过妲己、杨贵妃吗？从古到今不都是这样？”

“别这么说，咱也是娘们呢。”章韩氏说。

“咱？咱可不一样。”

章文海和桂兰正在抢一个布老虎，桂兰尖厉地叫了一声。章韩氏打了章文海一把：“多大了，还不知道让着妹妹！”

曹彩凤问：“二掌柜的病咋样了？”

“这次犯得挺重，夜里都咯血了。”

“我在娘家时听说，老娃子蛋治老痨病，生吃就行。”

“唉，办法都想尽了，他这一倒，我们娘几个指望谁去？”

曹彩凤狡黠地笑了一下：“告诉二掌柜的别太担惊受怕了，官府那头大掌柜的正在使银子，上上下下打通关节，阻止官府到咱这儿拿人。……按说这事儿不是小事，按过去旧法论，可算是谋反，谋反的人必被杀头，还得把头挂城头上十天……”

章韩氏的脸立马撂下了：“打老毛子算哪门子谋反，咱这是在自己家门口，谁请他们来的了？如果他们是好鸟，咱家娘们为啥还跑山里躲起来？……彩凤，我不是戗着你说话，你说跟老毛子打，怎么能扯到谋反上呢？”

“我也是听大掌柜说的……具体我也说不清楚。”

章韩氏的情绪进一步高昂起来，她说："既然话说到这份儿上，我还真要说道说道，兆仁是什么样人谁不知道，他的胆儿比兔子还小，他敢和老毛子打？烧成了灰我都不信……要说打，也是大家一起打的。"

"可点炮发号施令的是他……"

"他肯定是被逼的，章家上上下下一堆爷们，资格老的有，本事大的有，按说哪能轮到他出头，他没当缩头乌龟，还不是为了保全章家老小的身家性命，他忠心耿耿为了章家去拼命图个啥？"

"弟妹呀，我就是和你随便唠扯唠扯，怎么倒引出你这么多话……"

章韩氏没理曹彩凤的茬儿，接着说："官府要抓人是吧？让他们来抓吧，我替二掌柜的去，砍头砍我的，挂城头也挂我的……"

曹彩凤也拉下脸来："咱不就说说话儿嘛，你何苦翻脸呢？……好了，怪我多嘴。"说着，曹彩凤起身往屋外边走。

章文德在门口说："三婶子走啊。"

曹彩凤没好气地说："走啊，我走了，让你娘好好消消气儿。"

曹彩凤走了。章韩氏啐了一口："呸！真欺负人！"

对面东屋传来章兆仁剧烈的咳嗽声……

曹彩凤回到正房见到章兆龙，立即向大掌柜的哭诉，说自己受到了章韩氏的奚落，埋怨章兆龙花钱为章兆仁买平安，人家还不领情。章兆龙说："这事得分怎么看，说是为章兆仁买平安也没错，可主要还是为咱章家买平安。铁路那边老毛子向官府提出交涉，官府认得了章兆仁吗？还不是冲我们章家来的？幸好没有伤亡，不然，事情就不好办了。"

"依我看，你就该让官府拿章兆仁，让他在大牢里待几天，也好压一压他家娘们的邪气儿，不知道谁给她撑腰，这家伙嚣张的！"

"拿人容易，就章兆仁那把身子骨，出了事怎么办？剩下一个寡妇领仨孩子，你养活啊？"

曹彩凤一时无言以对。

"老娘们就是老娘们，头发长，见识短，以后家里的大事别跟着瞎掺和。”

曹彩凤还不肯善罢甘休：“要不这样，你让官府里的人来吓唬吓唬他，杀一杀他家娘们的威风……”

“这可是你说的，如果官府来人吓唬，他要是出了什么事儿，咱可吃不了兜着走。”

“起码……起码得让他家知道感恩，他总不能吃咱家的花咱家的，临了咱还落个冤大头！”

章兆龙虽然不赞成曹彩凤说的话，可话在他心里还是起了作用。本来，平时他就没少在那些官员身上使银子，这次与俄国路警发生冲突，他并没有单独花钱打点，只是打了个招呼而已，可经曹彩凤这么一说，他还真觉得自己花了银子，心中不觉生出一些不平和嫌隙。

“看看情况再说吧。”章兆龙不耐烦地说。

“还有，郑四娘怀孕一个多月了，”曹彩凤说，“文礼的事你打算怎么处理？”

“能怎么处理？我又没凭证。再说，有凭证也不好处理，丢人不是丢他们的人，是丢老掌柜的人、丢我的人……算了吧，只要是章家的骨肉，老大、老二的还不都一样。”

“你脸皮真够厚的，平日讲的仁义道德都哪去了？小叔子霸占嫂子，算不算伤风败俗？”

“按旗人的传统，弟弟娶嫂子那是司空见惯的，那叫肥水不流外人田，你懂什么，别跟着咸吃萝卜淡操心……”

“好啊，那你走着瞧，将来出了大事情，别说我没提醒你。”

章兆龙严肃起来，语气冰冷，仿佛从冰窖里吹出来的风一般：“闭上你的乌鸦嘴！从今儿个起不许再提郑四娘，不许再提章文礼，如果这件事走漏了风声，我就找你算账！”

“找我？找我什么？”

“我随时都能找人把你的嘴缝上，让你永远讲不出话来，你信不信？！”

“……去老宅那么多人，怎么知道走漏风声的是我？”曹彩凤的语气还是软了下来。

“这我不管，我就找你！”

曹彩凤哇的一声哭了起来，不知道是因为委屈还是真的被吓到了。

章兆龙行事风格干净利落，快刀斩乱麻，处理完百草沟金矿的事，回到寒葱河就把章文德叫去了。章文德几乎从未单独见过章兆龙，不知道章兆龙找自己有什么事儿，来到前院，心就突突乱跳。走进正房，章文德见章兆龙坐在书桌前，笑眯眯地对他说：“文德呀，过来，坐大伯腿上。”

章文德心里七上八下的，走近章兆龙，坐也不是，不坐也不是。章兆龙伸手把章文德抱在怀里。

“文德呀，大伯问你一件事。”

“啥事儿？”

“听说，你知道你文智大哥和文礼二哥卖黄豆来着？”

章文德愣住了，继而摇了摇头。

章兆龙指了指书桌上的漆木糖盒，告诉章文德，如果他跟大伯说实话，就可以吃里面的糖。

章文德犹豫起来，他看了看糖盒，又看了看章兆龙。

“说吧，跟大伯说实话！”

章文德犹豫了一会儿，突然用手把嘴捂上。

“告诉大伯，是不是知道文智大哥和文礼二哥卖黄豆……”

章文德摇了摇头。

“说吧，跟大伯说没关系。”

章文德还是没说话，不由自主地向糖盒瞅。

章兆龙虎下脸来，一把将章文德推开。

“不说实话不是好孩子，大伯不喜欢你了。”

章文德傻了，低下头呆呆地瞅着自己的鞋。

章兆龙啪地一拍桌子：“说！……你今天要是不说就别想回家，我让人把你关菜窖里去。”

章文德吓得一哆嗦，眼泪立刻含在眼圈儿里了。

“说不说？”章兆龙厉声问道。

章文德大脑一片空白，只是呆呆地站着。

“来人啊，把小小儿扔菜窖里，让耗子陪着他……”

二德子走了进来，他观察了一下章兆龙的眼色，伸出胳膊将章文德夹了起来，转身向门口走去。

章文德吓得哇的一声哭出声来。

“放下他。”章兆龙说。

二德子将章文德放在地上。

“说吧，到底有没有这回事儿？”

章文德嗫嚅着说：“……大哥用……用黄豆换过一个洋座钟……”

章兆龙笑了，说：“这就对了嘛，就应该做个诚实的孩子，诚实的孩子才是好孩子……”

章文德从正房里出来，手里攥着几块糖，他愤愤地把手里的糖块儿扔掉了，走了几步，又停住，想了想，回身把地上的糖块儿捡了起来，拿起其中一块含在嘴里，咔吧咔吧嚼了起来，嘴里嚼着糖，眼泪还没干。

回到家，章韩氏问章文德：“你大伯找你说什么了？”章文德没说话，只觉得自己大腿根儿痒痒的，低头一看，裤裆里早就湿了一大片。

接下来的两天，章兆龙分别找了章文礼和章文智谈话，谈话的内容不得而知，不过章兆龙做出的决定，大院里的人都知道。章兆龙当众宣布，由于章文智看管不严，导致莲花泡粮库黄豆丢失，损失严重，即日起免除章文智莲花泡管理之职，限其在莲花泡闭门读书，思过悔改。鉴于章文礼游手好闲，不思进取，即日送他到边境小城绥芬河章家兴隆货栈打杂，跟客栈掌柜的学习打理生意。另外，男大当婚，女大当嫁，为帮助章文礼早日自立，今年八月十五前为章文礼定亲，正月十五之后择良辰吉日举办婚礼。

章兆龙在正房的待客厅里宣布这些决定之后，章兆仁拖着病恹恹的身子从正房出来，刚一出门就觉得头顶发凉，那时，天空正稀稀落落地下着冷雨。

回到家，章兆仁感叹道：“一场秋雨一场凉，三场白露一场霜啊。”

章韩氏问章兆仁：“大掌柜提咱家的事了吗？”章兆仁说“没有，说的是他两个不省心的儿子。章文智被他爹撸得精光，莲花泡的事儿还得我管着。眼看就快下霜了，莲花泡地里的庄稼麻烦事儿可不少，我就是个操心受累的命呀。”

章韩氏说：“眼下你是病人，当官的还不撵病人呢。干脆你借这次有病，撂一撂挑子，看大掌柜的能咋样？”

“撂挑子？”章兆仁说，“这还没怎么着呢，人家背地里已经说我装病了。”

“啥银价铁价的，你管他别人说什么呢。再说了，章家大院谁不知道你有病啊？痨病是能装出来的吗？我想好了，这次你就好好在家养病，看少了你能咋样！”

“说得轻巧，咱这一大家子人吃啥喝啥？”

“要么这样，等你啥时候病好了，咱再去给老掌柜、大掌柜的卖命还不成吗？”

“行了，老爷们的事，你少操点心吧。”

章韩氏还真要操这份心，她去玄微居找章秉麟，向他哭诉章兆仁多不容易，病得多严重什么的。章秉麟一直缄默，最后才说了一句上不着天下不着地的话：“老爷岭丛佩祥在哪儿呢？在河套里？按说，这几天他也该来了啊。”

说完就不再与章韩氏说什么，独自读他的诗：“昏鸦尽，小立恨因谁？急雪乍翻香阁絮，轻风吹到胆瓶梅，心字已成灰。”

章韩氏背着章兆仁找老掌柜，章兆龙知道后十分恼火，他想起曹彩凤跟他说的话，心里盘算着，还真得请官府的人出面，替他教训教训“二份儿”媳妇，得让他们知道自己的身份，知道自己应该安守的本分。

下第一场雪的时候，章文智回到了寒葱河，他骑着青头大马，打扮得十分利索，进了章家大院，饭没吃水没喝，嚷着要见章兆龙。章兆龙扔下一句话："不好好在家里读书闭门思过，来寒葱河干什么，不见！"

章文智站在正房门口大声讲明来意，他的想法是，民国县政府改组后，推行新式教育，他的同学正在组建宁安县中学，想请他去做教员。经过一段时间闭门思过，他已经认识到自己的错误，想有所作为，干出个样子让爹瞧得起，不想成为家里的负担……章文智说了很多，屋子里的章兆龙肯定听清楚了，然而，屋子里一点动静都没有。

章文智就在正房外的雪地里站着，纷纷扬扬的雪花一会儿就白了章文智的头发、肩头以及他脚下的砖地。

其实，章兆龙一听章文智说要到县城去教书，他心里已经同意了，只是不急于表态，章文智唠叨第二遍时，他还把灯熄灭了。差不多到了半夜，章兆龙才开了门，借着朦胧的夜色，他看到门口站着一个雪人。

"进来吧！"章兆龙说。

章文智扑通一声倒在地上，接着又爬了起来，噼里啪啦拍打起自己，挪动僵直的腿进了正房。

章兆龙详细问了章文智的计划和想法，涉及办学经费、招生人数、学制等等。章文智从口袋里掏出一封信，那封信是晋棋校长写给章文智的。章文智对章兆龙的询问一一做了说明，甚至把课程设置都提供出来。章兆龙接过信，对着马提灯看，上面罗列着国文、数学、历史、地理、自然、物理、化学、英文、法制、经学、卫生、体育、乐歌、工艺美术。章兆龙问："啥是地理？还有自然是啥意思？"章文智解释了半天，章兆龙一半明白一半糊涂。章兆龙说："课程设置我不懂，当先生终归是好事，好好做吧，也算给老章家长了脸，没辱没门楣。"

章文智没想到章兆龙居然这么痛快就答应了，心里一阵激动，扑通一声跪在了章兆龙面前。章兆龙把章文智拉了起来，对他说："爹可能对你严格了一些，可是不对你严格对谁严格呀，等你将来有了儿女，就会明白当爹的有多不容易，也就能理解当爹的良苦用心了……好了，放心去当教书先生吧，需要什么跟爹说，爹会帮你的。"

章文智眨了眨眼睛，流出了眼泪。

章文智要离开章家大院去县城教书，临别的那天，章家的大人孩子集体出门送行，章文德觉得自己没脸见章文智，也不敢见章文智，他认为，逼走章文智的是自己，自己是惹祸的根源，自己对不起文智大哥。

章文智走了没几天，两个穿制服的人就来敲章家大门。来人声称是宁安巡警三分局的巡警，要找章兆仁。拴马桩问找二掌柜什么事儿，巡警训斥拴马桩，声称要见章兆仁本人，要带他去分局核实情况。巡警被请到了前院，消息很快传遍了章家大院。

二德子跑到章兆仁家，劝章兆仁躲起来。章兆仁望着章韩氏，章韩氏也没了主意。

不知什么时候，章秉麟突然出现在前院，他对巡警说："这个家我说了算，家里发生的事儿都跟我有关，章兆仁只听我指令，什么事儿都跟他无关。"

巡警坚持要见章兆仁，章秉麟说："章兆仁不在大院里，我派他收苞米去了。"

巡警不信，要去章兆仁家搜查，章秉麟火了，他横在巡警面前，拉着年龄大一些的巡警说："要找章兆仁，得先从我糟老头子的身上过去。"

两个巡警面面相觑，年龄大一些的软了下来，对章秉麟说："老掌柜的，你这是何苦呢。好吧，等他回来你告诉他一声，让他去分局一趟，我们要跟他核实一些情况。"

巡警走了，大家都松了一口气。

章兆龙是下午回来的，听了情况就直接去找章兆仁，他对章兆仁说："我已经找了人，疏通了关系，怎么还有巡警来抓人？兆仁老弟你放心，有啥事儿由我顶着，坐牢我去坐，砍头先砍我的。"章兆仁说："出事那天你不在，要说错也是我的错。"章兆龙说："你哪儿错了，你还不是为了保卫章家？我是章家大掌柜，有事得由我顶着，你安心做你的事儿，我扛得起来。他们再来找，我去对付他们……"安慰章兆仁一番之后，章兆龙说："晚上请你吃饭，压压惊。"

章韩氏听了章兆仁的转述，她说："咱不吃他的饭，今晚我做好吃的，咱家自己热闹热闹。"

章韩氏去了后街的集市，买回小鸡、猪肉和鱼，一只手拎着篮子，一只手拎着鱼，进了章家大院，见人就打招呼。

可惜，大院里的人不多。章韩氏干脆又绕了一圈儿。

"去集市了，这不，买了肉和鱼……今天的鱼挺新鲜的，就是贵了点儿……本来我想买条大鱼，挑了半天，这是最大的了。"

曹彩凤从房门口探出身子，见外面嚷嚷的是章韩氏，露一下头连忙缩了回去。章韩氏大声招呼："他三婶子啊，今晚我做好吃的，来家吃饭啊！"

曹彩凤家的门开着一条缝儿，却没一点动静。章韩氏忍不住笑了起来。

章韩氏做菜，章文德跟在屁股后打杂，他问章韩氏："为啥我爹在老掌柜面前说话，总是那啥、那啥的？"章韩氏叹了一口气说："你爹恩敬老掌柜的，也畏惧老掌柜的。""我爹他怕大掌柜吗？"章韩氏说："他怕大掌柜，可他不敬大掌柜。"

那天晚上，章韩氏还真下了大功夫，做了四道东北地方名菜，有猪肉炖粉条、排骨炖豆角、小鸡炖蘑菇、鲇鱼炖茄子。章韩氏说："过大年也没这么全乎过，都是你们喜欢吃的。猪肉炖粉条，馋死野狼嚎；排骨炖豆角，天下没处找；小鸡炖蘑菇，吃傻老大夫；鲶鱼炖茄子，撑死老爷子。"

章兆仁不停地咳嗽，面对丰盛的大盘菜，看的时候多，吃的时候少。三个孩子可开斋了，大大地解了一回馋。

章韩氏的心情不错，拍桂兰睡觉时还喃喃哼唱起童谣："迷楞迷楞摸摸，迷楞迷楞摸摸，里面住个哥哥。哥哥出去买菜，里面住个奶奶。奶奶出去烧香，里面住个姑娘。姑娘出去梳头，里面住个老头。老头出去打水，里面住个小鬼。小鬼出去点灯，烧了鼻子眼睛……"

然而，章兆仁的心情却相反，他的情绪怎么也高涨不起来。

8

大雪覆盖了广袤的山川田野，仿佛覆盖了被子一般。雪青白无比，在阳光的照射下晃得人睁不开眼睛。那天中午，从佩祥蹚着还没结壳的积雪来到了章家大院。

从佩祥的马爬犁上拉着一个铁笼子，里面有一只活獾子。他把铁笼子拿到院子里，大院里的人都来围观，指指点点，嘁嘁喳喳说个不停。那只本该冬眠的獾子看到围了一圈儿的“天敌”，愤怒又惊恐，“噗、噗”地叫着，随时准备做最后一搏。

从佩祥把铁笼子放到院子里就先去拜访章秉麟了。他离开之后，有人用柳条棍儿往笼子里捅，獾子锐利的爪子和犬齿瞬间就把柳条棍儿折得七零八落，咬断时嘎巴直响。大家随即发出一片惊叹之声。

章秉麟并没有露面。午饭后，从佩祥脸色红扑扑地出了玄微居的小院，说话时，白色的哈气中飘浮着酒气。

从佩祥是老爷岭一带头号炮手，名气很大。这一带方言中，炮手和猎户常常混用，很多人都知道从佩祥，一则，从佩祥与老掌柜的交情深厚，每年大年前他都送一些山珍野味过来。二则，从佩祥的枪法被称为天下第一。当然了，这里所说的“天下”，也许仅仅是他们认知的范围，如果说在老爷岭一带，从佩祥的枪法第一还靠谱一些。

从佩祥的枪法在传说中神乎其神，说他有空手打鸟的本领。有一次他在草地上站着，看到空中有一只花老鹞子，赶巧他没带枪，身边也没有石头瓦块，情急之下，他抡圆了胳膊向空中的花老鹞子做打击状，不想，那只花老鹞子竟然扑棱着翅膀，一头从空中栽了下来，两片羽毛还在空中飘荡着。这故事说得有鼻子有眼的，有人信也有人不太信，但信的竟然比不信的人多。

从佩祥对围观獾子的人作了作揖，也没说话。在老庄头的引导下，从佩祥拖着铁笼子，直接将獾子送到章兆仁家。从佩祥把老掌柜的嘱咐和他来的意图跟章兆仁讲明，然后，在章兆仁家后院，宰杀了那只獾子。

据说，新鲜的獾子血是治疗痨病的特效药。但是，獾子血必须要趁热生喝，所以，从佩祥才那么辛苦地拖着活獾子来到章家大院，当场宰杀，并看着章兆仁喝下去。从佩祥剥了獾子皮，分割好獾子肉，并细致地给章韩氏讲解獾子油的熬法。“烫伤抹獾子油最管用，还有痔疮和胃病，都管用。”从佩祥说完，看了看天空，他想趁着第二场雪还没下之前赶回山里，于是就告辞离去。

章文德没去看从佩祥宰杀獾子的过程，他和章文海一同出的屋，但是走到房山头，他迟疑了。章文海拉了他一下，没拉动。章文海说：“你不去看，我自己去看了。”

弟弟走了，章文德更加迈不动脚，一种莫名的恐惧感袭上了后背。就在章文德迟疑时，房后传来獾子被杀的叫声，章文德一哆嗦，仿佛自己一下子掉到了深沟里。

雪后，天一放晴就开始起风了，寒风把新雪刮起来，一绺一绺地弥漫着。章家大院虽然有围墙遮挡，可风还是绕着弯儿刮进来。风雪交加打在人的脸上，就如同被糜子笤帚抽打过一般，火辣辣地疼。

章兆仁十分感激从佩祥，为了给他治病，那么远冒着大雪天运来獾子，还亲自动手宰杀，看着他喝下獾子血……他不知用什么报答从佩祥，等从佩祥走了一个多时辰，章兆仁才想起自己珍藏的锡壶。那把锡壶是他从关里家带过来的，一直是自己的稀罕物儿。

不知道是偏方真的治大病，还是章兆仁自身的免疫力发挥了作用，或者心理和情绪引起的变化，喝了獾子血之后，他竟然一天一天地好了起来，进入腊月，就连咳嗽都不多见了。

章兆仁病情好转，最高兴的当然是章韩氏，大年前她给每个孩子都做了一套新衣服，同时也给自己做了件鲜艳喜庆的衣服，她想把自己也打扮打扮。章家大院有个传统，大年是给小孩过的，大人一般不在过年的时候置办新衣服，新衣服一般都是换季的时候添置，以示恪守勤俭持家的美德。章韩氏不是不知道这个传统，这个传统不是章家大院独有，也属于这一带的旧风俗。也许章韩氏过于大意了，大年初一，她穿上新衣服在章兆仁身前晃来晃去，章兆仁没什么说的，看媳妇穿戴整齐漂亮，他的心情也不错。可是问题出在章韩氏不该到外边招摇。

东北讲究大年初一拜年，先是在自己家的大院里拜，长幼尊卑有序，你家拜完我家拜，然后是大院之外的亲戚朋友家，拜年活动一直要持续到初三。

初一拜年的时候章韩氏穿了新做的衣服，走东家，串西家，格外惹眼，难免引起了一些人的注意，尤其是曹彩凤，她看到章韩氏穿的新衣服，脑瓜子生疼，受了不小的刺激。曹彩凤在背地里一番添油加醋之后，大家开始议论起章韩氏来。章韩氏听到了风声，不用猜就知道是曹彩凤搞的鬼，所以见到曹彩凤，她就故意对曹彩凤说："大掌柜的咋没给你扯块布做件新衣服呀？……也难怪大掌柜的了，给你添新衣服就不能不想到他大婶子，可他大婶子念佛，对俗家的事儿不会搁心上。"

曹彩凤一抹脸，怼了过去："可惜呀，我白白挂了个空名头，说是大掌柜屋里的，不知道多富有呢，其实我才真的穷，哪敢跟你二掌柜屋里的比呢！"

章韩氏觉得无趣，曹彩凤也觉得无趣，两人趔不答地错肩而过。

曹彩凤一回家就跟章兆龙哭天抹泪，她还有鼻子有眼地提出她的怀疑："我给二掌柜的算过一笔账，怎么算他家的开销都有问题，你看看他一家人的穿戴，再看看他家平日里的吃喝，我敢肯定二掌柜的私贪咱家的钱了。外鬼好挡，家贼难防……"

"别胡说八道！"章兆龙呵斥曹彩凤，"你有什么证据？你抓住人家手脖子了？光看吃喝穿戴能说明什么？别总是扯些不着边儿的事，吃饱了撑的？乱嚼舌头根子！"说完，皱了皱眉头，转身离开。

照理说，一件新衣服不至于引起两个女人这么大的矛盾，她们之间的底火到底是什么呢？其实，新衣服引发的只是事件表象，这背后隐藏的深层次原因，就是章韩氏和曹彩凤两个人之间的鄙视，对，是鄙视。她们相互看不起，表面上有说有笑，暗地里却较着心劲儿，谁也不服谁。章韩氏认为，曹彩凤不过是个偏房姨太太，一个小妾而已，狗肉上不了正席，凭什么狐假虎威的，好像她是个什么人物似的。曹彩凤当然不会这样认为，她觉得，大太太章吴氏现在吃斋念佛，家里的事横草不过，油瓶子倒了都不扶，也就是个有名无分的摆设，她曹彩凤才是这个家真正的女主人。况且，她年轻貌美，章兆龙只要回到章家大院就住在她房里，和她睡一个炕上，他们才是真正的夫妻。加之章兆龙格外宠爱佳馨，佳馨是她的亲生女儿，她自然母随子贵。说来不可思议，章兆龙一向不疼爱孩子，对两个儿子管教严格，甚至有些不近人情，唯独对女儿佳馨，捧在手里怕掉了，含在嘴里怕化了，百依百顺。爱屋及乌，反过来说也一样。从曹彩凤的角度看章韩氏，章韩氏不过是“二份儿”的媳妇，在她心里，章兆仁和章韩氏基本是比下人高一个等级的管家，属于在章家大院里跟着混饭吃的穷亲戚，虽说章兆仁和章兆龙属于本家，可毕竟不是一奶同胞。而章韩氏不这样看，她认为章兆仁也是章家人，尽管是“二份儿”，可自己是大太太呀，明媒正娶、光明正大的大太太。还有，章韩氏觉得章兆仁是章家大院里出力最多的人，不说章兆仁支撑了整个章家，但章家的家业起码有一半是章兆仁苦巴苦业挣来的，可是他自己一家老小却没有受到公平的待遇，丈夫为人忠厚老实，不说什么也就罢了，她可不能自认㞞包，她要挺起腰杆儿，要站直溜了。

所以，章韩氏和曹彩凤的冲突看似画蛇添足、毫无缘由，实际上根源在于两个人的地位不同、身份不同，看问题的角度自然也不会相同。她们的想法不可能在一个道道儿上，尤其是她们之间存在着利益冲突，这就使她们相互间的矛盾更加难以调和。

手摇发电无声电影首次出现在寒葱河市场街里，一下子引起了轰动。正月十五傍晚，章文智拉着佳馨来到章兆仁家，说是要带孩子们去看“洋皮影儿”。章文德不敢见章文智，立即趴在炕上装睡。“文德，文德！”章韩氏喊了几声，章文德还是不吭声。

章文智和往常一样，乐呵呵地拍了章文德屁股一下：“文德，大哥请客，带你们去看‘洋皮影儿’，你不起来可别后悔！”章文德还是不肯起来。章韩氏不明就里，问怎么回事儿，章文德没反应，章韩氏连忙摸了摸他的头，又用手在他鼻子下探了探，生气地说：“不稀的理他！”说完，开始给章文海和桂兰穿棉袄、戴帽子。

“一会儿就开演了，我们走喽。”章文智冲炕上说了一句，说完，领着穿戴好的章文海和桂兰出了屋子。

章文智一走，章文德一骨碌爬了起来。

“闹啥妖儿？”章韩氏问。

章文德没说话，戴上狗皮帽子就跟了出去。他实在无法拒绝“洋皮影儿”的诱惑，强烈的好奇心冲淡了他内心的羞耻和愧疚感。

章文德远远地跟随在章文智一行人的身后，刚能望到市场，就看到黑压压的人群。章文智好像预知章文德会来似的，进街之前就停住了脚步，站在断断续续的清雪中等着他。

章文德走到离章文智七八米远的地方，突然又站住了。

这回，章文智真不高兴了，大声说：“文德你怎么了？再要怪，我可真生气了，真不管你了。”

看“洋皮影儿”是要花钱的，无奈，章文德硬着头皮跑了过去。

“洋皮影儿”在粮食仓库里放映。那个仓库能容纳五六十人，更多的人围在外面进不去。实际情况是，“洋皮影儿”的诱惑真的无法抗拒，仓库里没取暖设备，大家却热气腾腾，当影像出现在新糊了毛边纸的墙壁上时，现场发出各种惊叹和疑问声，有人小心翼翼地试着去摸有影像的墙壁，有人甚至想去墙壁的后面探个究竟。章文海和桂兰拉着章文智的手，央求章文智，把他们送到墙壁的影像里去玩。

可惜，“洋皮影儿”放映的时间太短了，还没看明白怎么回事儿，仓库里又恢复了黑暗。大家熙熙攘攘地向外走着，他们仿佛河套发水时浮在水面的塔头甸子，顺着大流被挤出门去。

回家路上，章文海和桂兰都有很多疑问，章文智就按自己的理解一一解答着，只是佳馨的表现与以往不太一样，她好像厌恶章文德和章文海，章文德走在章文智左边，她就转到右边，章文德走在章文智右边，佳馨又躲到了左边。

桂兰拉着章文智的手，不肯走了。

“我还想看。”桂兰说。

这时，佳馨说话了：“别臭美了，让你们看就不错了！二份儿，又不是我们家里人。”

章文智站住，大声说：“佳馨别乱说。”

“本来嘛……给脸不要脸。”

章文德不高兴了，他走到佳馨跟前：“你说谁家呢？”

“就说你家，就说你家……”

“你家好？你再好，也是三房生的！”

“那也比你家强，在我家蹭饭吃，蹭饭手脚还不干净……”

“谁不干净？你说清楚！”章文海上前推了佳馨一把，佳馨脚底一滑，摔倒在地……

这之前，孩子们并不知道大人之间的龃龉事儿，正月里吃着好嚼咕，整天蹦蹦跳跳一起玩，佳馨看好章文德的冰灯，章文德还特意为佳馨做了一个。那个冰灯也算是章文德的发明，有一天他出去倒脏水，发现水桶边冻了一层冰，倒水时将那个形如水桶的冰层也倒了出来。他想，如果里面点上洋蜡，不就可以做灯笼了吗？于是，章文德用干净水做了一个冰灯。为了感谢章文德，初五那天，佳馨还偷偷给章文德两个黑色的冻秋梨，一个橘黄色的冻柿子。

事情就是这样，大人之间的矛盾潜移默化地影响到孩子身上，不知从什么时候开始，孩子们之间渐渐地产生了对立情绪，并毫无掩饰地表达出来。

佳馨摔倒了，不巧挫伤了胳膊，她大骂章文德，一骂自然就骂到大人身上。

章兆仁和章韩氏带着章文德、章文海两兄弟反复几次去章兆龙家赔礼道歉，章兆龙和曹彩凤嘴上都表示“没有大碍”。不过，无论怎么看，都觉得对方的眼神有点不对劲儿。

农村过年，耍正月，闹二月，哩哩啦啦到三月。“猫冬”似乎不适合章兆仁，正月没过，他就开始为新一年的耕种忙活了，苞米脱粒，大豆选种，现场查看水渠工程，安排轮换耕种地块，等等。二月下旬的一天，章兆仁回到家里已是半夜时分，家里的灯还亮着，好像知道他今天回来，专门等他似的。章兆仁敲门，章韩氏没问是谁就把门打开了。“你怎么知道是我敲门？”章兆仁问。章韩氏说：“你走路的动静我听得出来。”

“你还吃点啥不？我给你热一热。”

“不了，晚上在鹿道沟吃的，挺饱。”

章兆仁开始脱衣服，一层一层脱去外衣，解下了包脚布，坐在炕沿儿上等着。这时，章韩氏用膀子顶开了棉门帘儿，端着洗脚水进来。

“把你的臭脚伸过来！”

章兆仁的脚试了试水，觉得有点热，两只脚放在盆边上。

“烫一烫，你走了这么些天，烫烫解乏。”

章韩氏为章兆仁洗了脚，安顿他躺下后，独自坐在炕梢，就着窗台上的油灯，做剩下的针线活儿。

章兆仁一直看着章韩氏。

“还不快睡，瞅我干啥？”

章兆仁也不说话，用脚钩了钩章韩氏，章韩氏打了他一下。

章兆仁伸手去拉章韩氏，章韩氏向后挣脱一下，章兆仁再拉，她就小声说：“干啥呀，别把孩子吵醒了。”

章兆仁干脆靠近章韩氏，噗地吹灭了油灯，把章韩氏拉进了炕头的被窝。

章兆仁和章韩氏在被窝里的事儿被章文德听到了，他们动作的声音、控制呼吸以及小声说话反而让章文德睡不着。农村孩子成熟早，不知道与生活环境是不是有关，反正章文德的性启蒙来源于大火炕，来源于自己的父母。

章兆仁和章韩氏运动之后，两人开始说悄悄话，章韩氏说章兆龙刚刚当选了民国县议员，在家里大摆宴席。章兆仁说他已经听说了，不过议员啥的他不懂，也不关心官府的事儿。章韩氏说你不关心官府的事儿，可要关心自己的事儿，整天为章家操心，整个章家大院就忙你一个人、要你一个人，到头来，钱人家把着，权人家攥着……章兆仁已经发出了鼾声。

章韩氏不满地嘟哝："死鬼，完事了你就睡，哪回都这样！"

第二天早晨吃饭，章韩氏继续和章兆仁唠叨昨天的话题，章韩氏说："你趁早为自己打算打算，别到头来两手空空。"章兆仁说："说话得有根儿，怎么两手空空了？"章韩氏说："你没两手空空？你说说看，章家那么多产业，那么多地，哪个是你的？有一间房一亩地也行啊。"章兆仁说："咱现在不挺好的吗？不挨饿、不受冻，老婆孩子都旺兴，想东想西干啥？"章韩氏说："在人家房檐底下搭窝，总不是长久事儿。我娘舅说，现在官府正在放荒，一方（约合六百七十五亩）地一方地招垦，开春就可以开荒了。依我看，咱去柞木台子开荒地吧，辛苦几年，家业也攒下了。"

"不能去。"

"机不可失，时不再来，这一拨放荒赶不上，下一拨还不知道猴年马月呢。"

"咱有今天的好日子得感谢老掌柜的，没有二爷就没我，就没有咱这个家，咱得知道感恩。"

章韩氏不屑地说："我也知道，当初老掌柜收留你，你欠人家的感情债，可你在章家卖命十五六年，感情债也早该还上了。"

"恩情不能算账。"

"这回我知道你为啥是出力的命了，你看人家章兆龙，花天酒地，吆五喝六，最后还赚了个人人感恩。这人啊，要是熊了狗都能欺负……"

章兆仁火了，啪地把筷子拍在饭桌上。

"你咋还火了，我说得不对吗？你看那章兆龙做事，不愧和曹彩凤是一窝的，核桃皮熬汤——全是坏水。还有老掌柜的……"

"我警告你啊，不许提二爷不好！"

"二爷这个人倒还好，可他那么好，怎么不把家业传给你，还不是全交给他亲生儿子，到头来，你不过是地垄沟打头的……”

“闭上你的臭嘴！”

“你不让我说二爷，我还真要说，我看二爷心机深着呢，大皮不叫大皮——真刁（貂）。”

章兆仁已经忍到了极限，他抬起手，将一双筷子甩到章韩氏脸上。

章韩氏被打疼了，她也抄起饭碗，扣在章兆仁身上。

“反了你了！”章兆仁伸手薅住章韩氏头发，两人厮打在一起。

东北乡下流传这样的话：“打到的老婆揉到的面。”“三天不打，上房揭瓦。”打老婆虽然算不上风俗却也司空见惯，不打老婆的爷们在外面抬不起头，被称为“熊爷们”。章兆仁基本属于“熊爷们”一类，娶了章韩氏之后，他没动过几回手。正因如此，三个孩子对他们打架毫无准备，桂兰哇哇大哭，章文德和章文海过来拉架，怎奈小哥俩身单力薄，章兆仁的胳膊一挡就把章文德顶了个跟头。无奈，章文海照顾桂兰，章文德出去喊人，他在院子里大喊大叫：“不好了，我爹打我娘了！”见没有人，他喊得更凶了：“快来人啊，我爹打我娘了，再不来人，我爹就把我娘打死了！”

院子里前屋后屋的人陆续来了，章兆仁和章韩氏的战斗也基本结束，章韩氏鼻子、嘴角都见了血，章兆仁的胳膊也被抓出了一道道血痕。章韩氏没有善罢甘休，他找二爷告状，找大掌柜的评理，闹了两天才算消停。

东北两口子的生活就如同那火爆的气候，头天晚上还在一个被窝里热乎，第二天早晨就大打出手。当然，没过三天，章韩氏和章兆仁就和好了，用獾子油相互涂抹伤口，心疼得要命。

章兆仁和章韩氏打架后的第二天，章兆龙去后院找章秉麟，不知道两人是怎么谈的，章兆龙从后院出来后就找了章兆仁，他让章兆仁去莲花泡老宅，要把莲花泡的整个营生都交给他。

9

早年间，东北乡下有一首民谣这样唱道：“一九二九，在家死守；三九四九，棒打不走；五九六九，加饭加酒；七九八九，东家再留也不回头。”此刻，章韩氏不知怎的想起了这首民谣，也许这个调调儿契合她现在的心情，反正她就是觉得，只要能离开章家大院，躲开巨大而无形的控制，去哪儿她都高兴。

章韩氏愿意去莲花泡，那是她心目中的理想家园，在莲花泡她可以自己说了算，真正过自己的小日子，还不用见那些让她闹心的人，只要她愿意，也可以不听、不想知道的那些糟心事。章兆仁呢？应该说他的心情还真有些复杂，起码他自己觉得，他是章家二掌柜的，掌管章家所有农事，春天播种，夏天施肥灌溉、除草灭虫、田间管理，秋天收割仓储，等等，事无巨细，样样都要他思虑周全，还得亲力亲为。忙归忙，累归累，可是他觉得自己重任在肩，身负使命，是章家的担当之人。现在，派他去老宅，仅仅管理个莲花泡，起码表面上让人觉得，似乎不被重用，不免心中犯了嘀咕，难不成是老掌柜不信任自己了？左思右想，又觉得不像。那啥，他还清楚地记得，以前老掌柜当着章兆龙的面对他说：“兆仁呀，咱一家人不说两家话，你就跟我亲生儿子一样，甚至比我亲生儿子还亲……小时候我就没了娘，是你爹把我拉扯大的，长兄如父，恩重如山啊。再说，这个家你也立下了汗马功劳，你一辈子都是章家的二掌柜的。”还有，章兆龙对他说：“兆仁老弟，劝劝你家屋里的，以后不要再说生分的话，尤其不要再提分家啥的……我知道，分家的话不是你说的，过去的事儿我也不追问了，老掌柜的说了，今后莲花泡就交给你了，押金、租金、劳金都由你说了算，你是莲花泡的当家人，你知道该怎么做。兆仁啊，别再提分家了，那样会伤老掌柜的心。以后，你不能提，你屋里的也不要再提……”

章兆仁想，如果是老掌柜的不信任自己，能把章家的底牌交给他吗？

章家在莲花泡的土地有一百二十多垧，占了章家所有土地的七成，那可是老掌柜大半辈子攒下的老底儿啊。

章兆仁的顾虑是，虽然他当了多年的二掌柜的，主要操持的也就是农事，其他事情，尤其是涉及钱财的，从来轮不到他拿主意。现在不一样了，整个莲花泡都交给了他，不单单是农事，还有钱财的进出管理，什么押金、租金、劳金等之类的事情都要由他自己拿主意，他还真没了底气，着实怕自己肚子里那口气儿顶不住。

说起来，这一家子里最不愿离开寒葱河的要数章文德和章文海两兄弟了。寒葱河是个小镇，有上百户人家，不要说过年过节，就说平时婚丧嫁娶，富贵人家添丁进口，孩子过百天、周岁，老人家过寿诞，等等，仅请戏班子唱戏的热闹事情就不少。小孩子都爱热闹，况且镇里还有那么多一起长大的小伙伴可以一起玩耍……老宅莲花泡那头就十几户人家，住的大多是长工和短工，冷冷清清，住得稀稀拉拉，一户人家距离另一户人家很远，几乎看不到可以一起玩耍的小孩儿。不想离开也没有办法，章文德他们还是孩子，一切还都由父母做主。

迁居路上，章韩氏心情少有地愉悦，一路上她都笑吟吟的，仿佛是出了牢笼的鸟儿，对遥远的天空充满了无限的想象。三挂马车到了莲花泡地界，章韩氏看到天空中北归的大雁，几十只大雁排成人字形雁阵，在高空中“嘎嘎”地叫着。

“桂兰，快看大雁，大雁回来了，大雁回来了！”

三个孩子都伸长脖子，仰头看着大雁。尽管那天的天空算不上晴朗，堆积着一层一层的乌云，可大雁还是带来了一道美丽的风景。

章韩氏喃喃道：“大雁飞回，春天就来了。”

傍晚时分，章兆仁一家到了莲花泡老宅，郑四娘、白美发和小丁姑等人已经在门口迎候了。白美发说：“大嫂在大门口等了一个多时辰，总算把你们盼来了。”

下了车，章韩氏就关心起郑四娘的身孕，关切地问这问那。小丁姑说：“大嫂的肚子越来越大了，搞不好是双胞胎呢。”郑四娘抿着嘴笑了，有些自豪地摸了摸肚子。

章韩氏问："感觉怎么样？这段时间可要照管好自己的身子，多吃好东西，别干重活。"

郑四娘说："没事，都挺好的！这还得多谢婆婆照顾哩，把贴心的小丁姑都舍给我，有小丁姑帮我，我哪还会干重活呢。"

白美发领几个雇工过来帮着卸车，章兆仁说："不用你动手，让他们去卸吧，你陪我去河西地边走走。"接着，回头对章韩氏说："你带孩子先回屋吧，我和陈管家去河西大地遛一趟。"

章兆仁和白美发走了，郑四娘对章韩氏说："二婶，带孩子进屋吧，饭也预备好了。"

"辛苦你们了。"

"不辛苦，前两天听说二掌柜一家要搬过来，我们可高兴了，房子早就收拾干净了。"

"还说不辛苦呢！"

"应该的，我们高兴还来不及呢。"说着，郑四娘的眼圈儿微微发红，"二婶你来就好了，有啥事儿，我也有个人说话，有个长辈给我做主。"

章韩氏拉住郑四娘的手："这孩子，有人欺负你吗？"

郑四娘摇了摇头。

"有事儿就跟二婶说，二婶帮你拿主意。"

两个人一边走一边说着话，郑四娘把章韩氏带到了正屋门前。正屋门敞开着，里面空空荡荡。"这是怎么回事儿？正屋不是你和文智住的吗？"

郑四娘说："我搬到后屋去了，这间房子留给你和二掌柜的住。"

"这不行，我来可不是跟你争地盘的……"

"这是哪里的话，二婶，你和二掌柜是长辈，这屋子就该你们住。"

"不行，绝对不行。"

"房子已经空出来了，也打扫干净了。二婶，你就别为难我了行不？！"

小丁姑在旁边帮衬一句："二婶你们来之前，大掌柜就传过话来，让二掌柜住正房，二婶，别为难大嫂了。"

"这多不好，我们一来就把你赶后院了，不行不行，这事儿我可做不了主，要住也得等你二叔……等二掌柜的回来定夺。"

雇工开始往车下卸东西，问东西都搬哪儿。章韩氏说，先放院里吧，等二掌柜回来，让他决定搬到什么地方吧。说是这样说，其实章韩氏心里早就拿定了主意，只是她要做比成样，确立章兆仁在老宅的权威，从此以后，她就是莲花泡的女主人，她不能像以前那样随性了，想事情要周全一些，特别是要维护好章兆仁的权威和形象。

见此情景，郑四娘也不好再说别的，只好说："那就先到我屋里歇歇吧，喝点水，孩子们也都饿了，先让厨房把饭菜送过来。"

章文德早已饥肠辘辘，他瞅了章文海一眼，章文海拍着手说："我饿了，要吃饭。"桂兰看了看，模仿起章文海，也拍着手："要吃饭，要吃饭！"

"好好，一会儿就吃饭！……这几个孩子真没出息，就知道吃。"章韩氏虎着脸呵斥道，回头对郑四娘慈祥地笑了笑。

此刻，章兆仁和白美发已经到了河西，河西有章家四十垧田地，那些地都是章兆仁带人开荒开出来的。望着一直延伸到天际线的坡地，章兆仁心里生发出一股莫名的成就感和自豪感，想起山东老家那可怜巴巴的一小块山坡地，爹看得比自己的命都金贵，如果爹闭眼之前能看到这片土地该多好，哪怕看上一眼也好啊！他没亲眼看到，无论你怎样对他讲，他都无法想象，天底下会有这么辽阔的土地，黝黑黝黑的土地。爹要是能见到，一定会安心的。

"文德！"章兆仁叫了一句。回过头来，才想起章文德没跟过来。

章兆仁蹲在背阴的垄沟里，此时，泥土里还残存着冰碴。他伸手抠了一把土，用力攥着，土块儿一点点软了，从他的指缝间流了下来。也许是命运捉弄，他章兆仁最爱泥土也最恨泥土了，后来到了章文德那里，爱和恨都传承下来，泥土的成分里融合了爱和恨，如同自己的身躯和血液一样，注定一辈子无法分离。这是后话。

章兆仁站了起来，眼前的大地，残雪尚未消融，高粱茬子在大地里密密麻麻，星罗棋布。一阵风刮了过来，带着春的气息，沿着坡地掠过。

“今年这块地轮耕，种黄豆！”章兆仁说。

白美发看了看章兆仁，似乎没明白章兆仁的意思。

章兆仁说：“按理说，今年这块地还可以种一年高粱，不过从年景看，种高粱不如种黄豆收成好，别辜负年景，牛马年，好种田啊。”

白美发点了点头，说：“对，今年是牛年。”

“得抓紧时间备耕了，九九加一九，耕牛遍地走。”

白美发说：“好，回头我就安排。”

“以后上地，喊文德一起来。”章兆仁吩咐道。

“明白。”白美发说。

天色一点点暗下来，章兆仁还在地边站着，不知道是不是他的眼里，已经出现了春耕的繁忙景象。

新家刚刚安顿好，章韩氏就开始侍弄菜园子了，在老宅后院移栽了两床韭菜。老宅与章家大院不同，土地多的是，你想种多少菜都行。章文德和章文海到了老宅之后，不能读书了，就只能跟着章韩氏下地学做农活。章韩氏想，孩子不读书也罢，做个勤劳本分的庄稼人，将来踏踏实实过日子比什么都强。这一点上，章韩氏已经妥协了。

“韭菜是起阳草，春香、夏辣、秋苦、冬甜。”章韩氏尽可能地教小哥俩。

一阵微风，传来了小货郎转动拨浪鼓的声音。

章文德和章文海循声跑了过去。

小货郎歪斜地骑在一头骡子上，一副威风凛凛的样子。

“嫂子好啊！”小货郎隔着板杖子，向菜地里的章韩氏打招呼。

“小货郎啊，你真是及时雨呀，我正愁着要去大集买东西呢。”

小货郎说："我就知道你们需要我了……二掌柜不在家？"

"他哪能闲住，天没亮就带人出工了。"

"二掌柜的药，我也给带来了。"

"走，快进屋喝点水。"

章韩氏简单归拢一下农具，转身沿着小道儿往老宅走，路过郑四娘住的房子，吩咐章文德先去大门口接小货郎，自己去敲郑四娘的窗户："四娘呀，小货郎来了！"

屋里传来小丁姑的声音。

"小货郎来了，我们一会儿就过去。"

小货郎牵着骡子，骡子背上驮着叮当作响的杂物，等他沿着板杖子从院外绕过来走近大门时，章文德和章文海已经站在门口等候他。

"有糖块吗？"章文海问。

"有，不过现在不能给你们，得你娘发话才行。"

没多大一会儿，章韩氏过来了："小货郎啊，我们搬到莲花泡之后，你是第一个从寒葱河来看我们的人呢，二掌柜看到你一准高兴。"

"我好长时间没见着二掌柜的了，有些想了呢。"

"今天别走了，晚上我给你炒俩菜，你们哥俩喝两盅。"

不知什么时候，小丁姑站在章韩氏身后。小丁姑说："小货郎，昨天我们还说起你呢，真是不扛念叨啊，一念叨你就来了。"

章韩氏小声问小丁姑，郑四娘怎么没过来。小丁姑趴在章韩氏耳边小声嘀咕，告诉章韩氏郑四娘身子不舒服，要买的东西她都记好了。

"走！快进屋歇息歇息。"

小货郎和章兆仁一家的关系向来不错，除了章秉麟，他也就和章兆仁章韩氏夫妻俩走得比较近，特别是章文德得霍乱的时候，人都扔后山了，如果不是章秉麟和小货郎出手相救，恐怕章文德坟上的草都一枯一荣了，虽说把章文德从庙里接回来的人是章秉麟，但是在救命这件事情上，小货郎也功不可没，没有他带来的草药，救治也不会那么及时。章兆仁和章韩氏一直对小货郎心存感激。

从小货郎的角度来说，他对章韩氏也很感激。有一次，曹彩凤在背后讲究小货郎，章韩氏替小货郎打抱不平，消息传到小货郎耳朵里，小货郎自然对章韩氏心存感激。关于小货郎，有很多不同的说法，章家绝大多数人都知道他跟二爷章秉麟的关系不错，他经常给章秉麟带一些适用的物件，章家的内眷跟小货郎也混得熟稔，她们平日不便去逛货栈，想要买什么东西一般都通过小货郎来完成。对章家一部分人来说，他们知道小货郎有特殊本领，据说他可以召唤亡灵，转述鬼魂儿和在世亲人的想法，如同阴阳两界的信使，这方面，小货郎与跳大神的汤仙姑不同，汤仙姑是请神相助，小货郎是自己游走于阴阳两界，据说很消耗精力体力，所以，小货郎从不主动给别人看病，帮人沟通阴阳也不索取钱物。而对于章家极少数人来说，他们之间还流传着一个诡异的传说，说小货郎是章秉麟和大黑狗生的孩子。二十多年前，章秉麟老婆过世，他就独自离开了莲花泡，在寒葱河驿道口经营货栈，那时寒葱河还没开发，虎山脚下就章秉麟一户人家，陪伴章秉麟的只有一只大黑狗，那只大黑狗是母狗，一陪就陪了章秉麟十三年。那期间，不少热心人劝章秉麟续弦，也有媒婆在中间撮合，却被章秉麟一概回绝。正值壮年的章秉麟表现出的态度如此坚决，令人心生联想，猜测出好几个不同的版本，其中一个就是，章秉麟和大黑狗配了对儿。当然，那些猜测随着岁月的沉淀大都灰飞烟灭，只是后来小货郎出现了，章秉麟对小货郎格外喜欢，特殊关照，他与小货郎的往来比亲生儿子章兆龙还密切，于是有人就联想到章秉麟和大黑狗，小货郎会不会是章秉麟和大黑狗生的儿子？不然，他们的关系怎么解释呢？还有人为这个猜测提供了佐证，所谓的证据就是，下雨时，小货郎身上会发出腥味儿，狗毛被雨淋湿后的那种腥味儿。在章家，没人提起这个诡秘的传说，但章家不养狗，人们也忌讳提黑狗这一字眼儿。

章韩氏热心地招待小货郎，迟疑婉转地向小货郎提了一个要求。

“小货郎啊，嫂子见你一次也不容易，嫂子想，求你一件事儿。”

“没事，嫂子，有事儿就说。”

“我想……我想请你帮忙找一找二掌柜的弟弟。十七年前，二掌柜和他的弟弟，在往东北逃荒的路上，我的小叔子失踪了，活不见人，死不见尸。”

“这个……”小货郎面露难色。

“嫂子知道你不愿意做，听说消耗元神……”

小货郎说：“倒也不是怕消耗元神……嫂子不瞒你说，除了老掌柜的，我谁都没答应过。”

“算嫂子求你了……你可能知道，二掌柜现在管老宅这头所有的事儿，眼见着就开春了，繁杂琐事会成摞地堆过来，担子会越来越重……可二掌柜心里还压了块大石头，那个大石头压在背上还不怕，顶多压弯了腰，可压在心里不搬走，我怕他顶不住啊……”

“你是说二掌柜丢了的弟弟？”

“是啊……他弟弟叫章兆义，他们见最后一面是在公主岭客栈。”

“公主岭，那离咱这疙瘩可远了。”

“是啊，所以说，嫂子不好意思求你呢，这也是实在没辙了，拜托大兄弟了！”

小货郎想了一会儿，应承了，不过小货郎提出个条件，他沟通阴阳时需要一个地方可以独处，不能有人打扰。章韩氏连忙说：“那是、那是，我一定安排好。”

章韩氏安排小货郎到后屋客房里通阴阳，她自己则在门口把守，不许任何人靠近。章文德和章文海来找小货郎，章韩氏不让他们进屋，他们就从后面扒窗，后窗还封着冬天的棉帘子，无奈他们又转了回来，章文海掩护，趁章韩氏不注意，章文德偷偷溜进门去，看到小货郎四仰八叉地躺在炕上呼呼大睡。“小货郎，小货郎！”章文德轻声叫道。章文德没叫醒小货郎却招来章韩氏，她进屋揪住章文德的耳朵，将他薅到了屋外。

章韩氏啪啪打了章文德两个耳光。“让你不听话，让你不听话……滚回前院去！”

章文德没想到娘那么狠地打他，哭着和章文海离开后院。

小货郎傍晚才醒过来，醒来之后告诉章韩氏，二掌柜的事儿办妥了。

“咋样？”章韩氏问。

小货郎说：“他弟弟被人害了，是一个自称老乡的人，叫肖老大。”

“为啥害人？”

“谋财害命呗，肖老大以为章兆义有钱，其实他身上没多少钱……章兆义的尸首在一个枯井里，骨头渣子都烂没了。……我把二掌柜这边的情况跟他讲了，他挺安慰的，还说他托生之前，会来看二掌柜的，会保佑二掌柜的……”

章韩氏思忖着。

小货郎说：“二掌柜弟弟章兆义是不是属羊，比二掌柜小三岁？”

章韩氏愣住了，含混地点了点头。

“章兆义生于光绪九年七月，对不对？”

章韩氏继续含混地点头。

“他的眼眉上边有颗黑痦子……”

“大概是吧。”

“行了，我能为嫂子做的就这些了……”

“辛苦大兄弟了，这些嫂子已经够感谢的了……不过，嫂子得求你个事儿。”

“啥事儿？”

“见章兆义的事儿你别跟二掌柜说……还是我找机会跟他说吧，你知道的，二掌柜胆小怕事，他的胆儿可能就是那时候吓破的，我怕照直了说会加重他的心病，所以，我琢磨琢磨，看看怎么说好……你知道，嫂子之所以求你沟通阴阳，就是想找个法子解了他的心病，一把钥匙开一把锁……”

小货郎说：“我明白了，等你说的时候别忘了嘱咐二掌柜，今年阴历七月十五去一趟公主岭，到铁道桥西那个枯井烧点纸，祭奠一下。”章韩氏说：“我一定记得。”“还有，”小货郎说，“我帮你通阴阳的事，除了二掌柜，不要对别人讲，谁都别讲，切记切记。”

章韩氏用力点头：“我记住了。”

大概十天之后，章韩氏对章兆仁提起她请小货郎通阴阳的事。“章兆义找到了，他已经死了，被一个叫肖老大的人害了，本来那个肖老大是要害你的……”

“为啥要害我？”

“人为财死，鸟为食亡……你弟弟为保护你跟他拼命，那个肖老大会功夫，你弟弟没打过他，尸首埋在铁道桥西一个枯井里。你弟弟很勇敢，他的亡灵至今都不服气。小货郎把咱家的情况都告诉你弟弟了，你弟弟还说要来看你，托生之前，一定会保佑你平平安安、顺顺利利。”

章兆仁问：“是客栈那个老乡害的兆义吗？”

章韩氏点了点头。

章兆仁疑惑地说：“那个老乡不姓肖啊，他说他姓赵……”

章韩氏知道章兆仁有些不信，她说：“那个姓肖的既然想干坏事，就不能说真名实姓……说真的，开始我也不信小货郎有这样的神通，可后来他说出一些情况我就傻了……”

“啥情况？”

“他说你弟弟属羊……”

章兆仁愣住了。

“他说你弟弟生在七月份，是光绪九年七月……”

章兆仁惊讶地张大了嘴巴。

“他说你弟弟眼眉上边有颗黑痣子，这些都对吗？”

“这……这些，小货郎怎么会知道？”

章兆仁呆呆地坐在炕沿儿上，沉默了好久。

睡觉前，章文海悄声对章文德说：“啥阴阳，都是骗人的，我不信。”

章文德说：“爹说过，信神有神在，不信神泥垃块。”

章文海撇了撇嘴说：“反正我不信。”

章韩氏说：“你们俩嘀咕啥？还不睡觉？”

章文海对章文德伸下舌头，做个鬼脸……

第二天早晨，章文德一出门，就看到小货郎在大门口跟章兆仁和白美发说话。小货郎拿出一把刀递给章兆仁。当地很多人都知道小货郎不是一般的货郎，他是“赊刀人”，莲花泡也好寒葱河也罢，都有人赊过他的刀，他赊刀时表情古怪，不管你需不需要都送你一把刀，实在过意不去要给他钱，他会说几句令人费解的话，还故意重复几遍，最后说：“我说的话灵验的时候，再来收钱。”

这次，小货郎又开始赊刀了，将一把菜刀递到章兆仁手里之后，他就说：“黑狗趴窝黄狗跳，蝗虫遍地血染庙；四分五裂鸡无架，老马难睡回笼觉。”

章兆仁和白美发你看看我，我看看你，谁也不明白小货郎想说啥。小货郎不厌其烦，又重复了两遍。最后说：“等我的话应验了，我再回来收钱吧！”

第四章

10

民国初年，东北很多地方都还沿袭旧时的称谓，管村镇叫屯、堡子或是营子，例如腰毛屯、瓦窝屯、佛塔堡子……还有黄旗营子、蓝旗营子、高丽营子什么的。有的名称是满语或蒙古语的音译，寒葱河和莲花泡两个村镇的名称里则没有屯、堡子等字眼儿，显得有些与众不同。

春耕时节，章兆龙去了一趟莲花泡。他到莲花泡并不是来查看春耕情况，别说莲花泡已经交给了章兆仁，就是原来还没交给章兆仁之前，他对农耕的事情也不怎么上心，他的精力和心思主要用在生意上，百草沟金矿、绥芬河货栈、三岔口油坊和烧锅等等，有太多事情需要他来操持，在他看来，这才是大事，至于春种秋收的日常事务，他觉得交给像章兆仁这样的庄稼把式就足够了。

按原来计划，他本来要去五站绥芬河，因为想起要跟章兆仁商量一下给章秉麟过生日的事情，所以临时决定绕道先去莲花泡。章秉麟属狗，生于道光三十年农历三月末谷雨时节，他在老家有一个小名叫雨生。今年六十四岁，来东北整整四十年了。

“老掌柜同意过生日吗？”章兆仁问。

章兆龙说：“我跟他说了三次，他含糊其词，不说过也不说不过，后来就不言语了，不言语应该是不反对。”

“那好，要我做什么，大哥你尽管吩咐。”

“按老规矩，杀猪宰羊、置办酒席的事还得你张罗，今年我要请一些贵客，排场要大些，摆二十桌酒席。”

“我知道了。”

“对了，你家小小儿呢？”

“你问哪个？文德还是文海？”

章兆龙说：“大的，叫章文德吧。”

章兆仁冲门外喊着：“文德你过来一下，大伯要见你。”

章文德一身干农活的装束，从屋里跑了出来。

章兆龙打量章文德一番，笑了，指着门边挂的对联说：“文德呀，你读一下上面的字。”

章文德读道：“上联是‘铁石梅花气概’，下联是‘山川香草风流’。”读罢，抬头看了看：“笔耕堂。”

章兆龙说：“对，这间屋子是你二爷爷当年的书房，我小时候在这里读过书……这段日子，你读书了没有？”

章文德瞅了瞅章兆仁。章兆仁说：“种地的后生，哪是读书的料。”

章兆龙叹了口气：“我看文德这孩子是读书的料，这么小就下地干活，可惜了。”

“不可惜，识几个字，不是睁眼瞎就行了，读多了也是白费。”

章兆龙说：“我这次来还有一层意思，老掌柜以前关心小小儿读书的事儿，我想跟你商量商量，可以把文德送回寒葱河，那里可以读书。如果小小儿读书了，也算是给老掌柜一个交代。”

章兆仁说：“那啥，二叔的好意我领情，小孩子读书这事儿，那啥，就别再让他老人家太费心了。”

“反正话我是跟你说了，怎么做还得你们两口子自己拿主意。”

“知道了，谢谢大哥。”

晚上，章兆仁把章秉麟过生日的事情以及章兆龙的话都对章韩氏讲了，章韩氏有些犹豫。“我倒不是为别的，老掌柜过生日，咱没理由不去，再忙也得去，我主要是懒得见大院里的人。要不这样，你带孩子们去，就说我在老宅陪郑四娘。”

章兆仁告诉章韩氏，郑四娘也得回去给章秉麟过生日，哪有爷爷过寿诞，长孙媳妇不去给爷爷拜寿的道理。

“郑四娘怀着身孕去给二爷拜寿，没什么讲究吗？”

“过生日也不是别的啥事儿，没听说有啥讲究。”

“这么远的路程，她挺个大肚子，不太方便呀。”

“这个你就别操心了，到时候人家大掌柜自会派车来接她。”

“文智会去吗？咱到莲花泡这么久了，你见过文智回来看过郑四娘吗？”

章兆仁想了想，说：“是啊，文智这小子一次都没露面，他们之间有啥事儿吗？”章韩氏意味深长地笑了一下，刚想对章兆仁转述曹彩凤讲的“内情”，可是话到嘴边又咽了回去。

“八成，文智和四娘两口子天生八字不合吧。”

章兆仁带着家眷提前两天回到了寒葱河，随后，郑四娘、小丁姑和白美发傍晚也赶到了。章家大院彩灯高挂，杀猪宰羊，洋溢着一派喜庆的气氛。

生日宴那天，章家人都早早起来了，大院里熙熙攘攘，热气腾腾。主事的管家正忙着统计礼单，章兆龙忙着迎接宾客，和他们寒暄谈笑一番后，由下人引领各位宾客入座。章兆仁则负责安排菜肴和酒席，女人们都去后厨帮忙，大家都忙得不亦乐乎。

二进院里，章佳馨和一个比她高半头的女孩儿在玩踩格子，章文德领着章文海和桂兰走了过去。章文德不认识那个女孩儿，女孩儿长着一双大眼睛，皮肤白白净净，看章文德时还礼貌地笑了笑，笑的时候脸上有两个明显的酒窝。章佳馨回头看见章文德，对他翻了一个白眼。

桂兰过去拉佳馨的手，要一起玩，章文海也走过去了。章文德见此情景，独自溜了。

章文德路过后院，沿着一条崎岖小道走到掩于树林中的玄微居。在章文德的印象里玄微居是个神秘的地方，深不可测。他得霍乱的时候，曾被抬进玄微居草屋里，不过他对那里的记忆十分模糊，这次他才看清了里面的全貌。玄微居不大，是一栋三间屋的草房，自己有一个独立的小院子，它的位置在章家大院外面的西北角上，出了大院又与大院相通，那里十分幽静，虽然紧挨着喧闹的大院，却是独辟蹊径，别有洞天。

“是小小儿吧，进屋吧！”

章文德愣了一下，随后慢慢走进草屋。

“到书房里等我。”

章文德向西屋看了看，见门上挂着“读舍”两个字，门两边挂的对联是：“读书随处净土；闭门即是深山。”

章文德心想，这个屋子应该是书房了。他走进屋里，四下打量起来。

房门斜对着一个书案，书案前有两张太师椅，太师椅前是一张小圆桌，小圆桌上放着茶具。书案另一侧是香案，香案上摆着紫铜香炉，香炉里还生发缕缕青烟。北面墙上有两幅水墨画，一幅为菊，一幅为竹。菊画上的题字是：不畏风霜向晚欺，独开百花已凋零。竹画上的题字为：人性直节生来清，自许高洁老更坚。

章文德走到书案前，见上面一张宣纸已经写了毛笔字，字迹似乎没干。那些字写得工工整整，很容易辨认：“一觉睡西天，方知梦里江山；何处眠净土，只道世间风尘。”落款是“了苦居士”。

这时，章秉麟咳嗽一声走了进来。

章文德规规矩矩地站着，没敢吭声。

“小小儿，你叫章文啥来着？”

章文德小声说：“章文德。”

“对，文德，章文德。章家轮到你们这一辈范文字，家谱上一共二十个字，二十辈转一大圈儿，咱这几代人是二十字中的最后五个字，秉兆文廷喜。你爹这辈范兆，你这辈范文，你下一辈范廷，再下一辈范喜，不知道那个喜还有没有，如果有，会是什么样的喜呢？”

章文德似懂非懂，眨了眨眼睛。

“文德，你属什么？”

“属虎。”

“应该是黑虎，金箔金命，壬寅年生的。我属狗，庚戌年的寺观之狗。虎好啊，与我的属相合，要不我怎么总看你顺眼呢，说明咱爷俩对撇子。”

章文德紧绷的神经放松了很多，他鼓起勇气问章秉麟：“了苦居士是你吗？”

“了苦居士是我的号。”

“什么意思呢？”

“意思是……你把二爷爷的字号记住吧，当你上了年纪有了一些经历，你就会明白了。”

“字号怎么用呢？”

“你读过书，应该对称谓的礼数和规矩知道一些。一般来说，对长辈要尊称其号、字，不好直呼其名；平辈之间可以互称字，也不直接叫名；对晚辈和下人，自称或谦称时可叫名。”

章文德点了点头。

“我听说，你不想读书了？”

“嗯。”

“你爹和你娘不同意？”

“嗯。”

“那你呢，你想不想读书？”

章文德眨了眨眼睛，说：“不想。”

“为啥？”

“我喜欢种地！”

“你喜欢……种地？”

“原来不喜欢，后来一点点适应了，喜欢是什么感觉我还说不好。庄稼活儿累，可读书更累，两个必须选一个，我选种地吧。”

章秉麟想了想说："命该如此吧，也罢，种地有种地的好处，朝土背天，春耕秋收，平常年月里一辈子不会大起大伏，只是，不知道这世道会不会总是风调雨顺呀。"

章文德眼巴巴地看着章秉麟，章秉麟的意思他没全懂。

接下来，章秉麟说的他就更听不明白了。章秉麟说："小小儿，人都是有魂的，魂散了，人就成了行尸走肉，剩下了空皮囊。"

"魂散了，人是不是就死了？"

"是啊，可从灵魂到鬼魂是非常痛苦的，我是死过了的人，我经过了那些事。你听我跟你讲讲。"章秉麟对章文德讲了灵魂脱离身体之后的经历，他说，"灵魂脱离身体之后的第一件事是向土地庙报号，土地庙有账簿，详细记录你做的好事和坏事，土地爷根据你的功德和罪孽下判书，分配你去不同的地方，好的上天，其他的入地。我属于不好不坏的，所以我得变成鬼魂，到阴曹地府去报到。难就难在去阴曹地府的路上，黄泉路上阴雾紧锁，湿冷透骨，脚下沙石硌脚，无边无岸，都说黄泉路上无老少，我还真看到一些小孩和年轻人，他们跟我一样胆战心惊、表情麻木地向前走着……走过了沙石路，就来到了恶狗岭，那些恶狗有皮没毛、饥肠辘辘，惨白的犬齿、发蓝的凸睛，有些手里拿着干粮和打狗棒的魂儿，也得跟恶狗纠缠、挣脱。我没有打狗棒，也没有干粮，不知道怎么闯过这一关。就在三只恶狗扑向我的时候，一只大黑狗蹿了出来，挡住了三只恶狗。我惊魂未定，几只恶狗已经离我而去，扑向别的猎物。我想，可能是我生前善待狗的缘故吧，尤其是那只大黑狗，让我想起我的大黑狗，大黑狗陪伴我十三年，死的时候还流着眼泪……如果我不善待狗，不知道能不能过恶狗岭，能不能到下一关。下一关是金鸡山，一说金鸡山你就会想到鸡了吧，鸡没啥可怕的，伤不着人，可金鸡山的鸡就不一样了，那些鸡又大又凶，人的魂儿就像小兔子，而鸡成了凶猛的老鹰。那些鸡有尖利的爪子，一爪子下去，你的骨头就碎了，那些鸡还有锋利的嘴，啄开你的脑壳，叼出你的脑子……还好还好，我从金鸡岭死里逃生，这样就来到了望乡台。望乡台可以看见你生前的人和事，想什么，什么就来了。这样一说，望乡台没那么凶险了，可事实上，望乡台更难过，它会把你的心都撕碎。我过不了望乡台，所以我的魂儿又飘了回来……魂儿回来了，往后，还得重走黄泉路……”

章文德听蒙了，也吓傻了。

章秉麟说：“小小儿啊，我之所以讲这些是想告诉你，人的一辈子不容易，一定要做个好人啊。”

章文德心惊肉跳，木然地点头。

章秉麟站起来，走到古董架前，拿起一个木漆小盒。

“你过来！”章秉麟向章文德招手。

章文德走到章秉麟跟前。章秉麟打开小盒，盒里是带壳的谷子。

“这是什么？”章秉麟问。

“谷种。”

“你怎么知道是谷种？”

“如果是小米，就不带壳了。”

“那你说说看，这个谷种还能发芽吗？”

章文德愣住了。

章秉麟说：“不能发芽了，三十多年了……这是我垦荒第一年的种子，我一直宝贝着它，今天，二爷爷送给你了……”

“这样的宝贝送给我？我还没跟爹和娘说……”

“不用说，爷爷送的不用说。”

“可是，这是宝贝呀。”

章秉麟笑了，问：“你说的宝贝是盒子，还是种子？”

“种子。”

章秉麟收住笑容，意味深长地说：“看来，你这辈子还真得跟泥土打交道呀。”

外面传来了鼓乐声，章文德向外瞅了瞅，说：“今天大伙儿都是来给你过生日的……”

章秉麟背诵道：“乐以忘忧，不知老之将至云尔。”

“你不过去吗？”章文德怯生生地问。

章秉麟说：“你去吧，去热闹吧！”

章秉麟的生日宴在章家大院的前院举行。来宾也是分等级的，一般的客人由专门负责引领的下人，带到事前安排好的桌子前坐下就行了，而重要的客人要由大掌柜亲自迎接。每过一会儿，大门外就传来二德子的喊声——“油坊的陈掌柜到！”“蚂蚁河的宋老爷到！”

孩子们则被拦在二进院，还没轮到他们上桌的时候。不过，宴席的香味儿已经飘了过来。章文德和章文海被香味儿诱惑，躲在房山头伸头向前院探望。

“欸欸，看啥呢？”

章文德吓了一跳。回头一看，见章文礼和章佳馨站在他身后。章佳馨说：“小耗子想偷吃呢。”

“我没想偷吃。”章文德说。

章文海比比画画，说：“小耗子，上灯台，偷油吃，下不来。喵喵喵，猫来了，叽里咕噜滚下来。”

章佳馨瞪了章文海一眼，根本没跟他玩的意思。章文德也瞪了章文海一眼：“滚一边去。”

章文礼一挥手，做出要打人的样子：“你们家都是耗子。滚回后院去，不滚我踢死你！”

章文德恨恨地瞪了章文礼一眼，拉起章文海转身就走。

“滚回莲花泡去，滚得远远的！”章文礼在他们身后喊。

章文德平时就不喜欢章文礼，这次见到他，觉得他比以前更嚣张。听说他在五站绥芬河混得挺阔，有钱有势。大半年的时间结交了一些狐朋狗友，参与种大烟赚了大把的银子。回寒葱河之后，他在大院里转过来，转过去，唯恐别人不知道他“出息”了。跟章文礼去五站混的曹双举更是不可一世，据说他在保安队里当了队长，后来又说是分队长，背一杆洋枪，耀武扬威地在章家大院晃荡。拴马桩、二德子他们都对他身上背的家伙羡慕得要命。为了显摆，曹双举向院墙外的大树上开枪，说是要打乌鸦，打喜鹊，结果只打落几片树叶。

章家都知道郑四娘也回来了，头一天晚上，章文礼和曹双举都去后院找过郑四娘，郑四娘没让他们进屋，他们也不敢明目张胆地嚷嚷，后来骑着马去响马河车站酒馆喝酒了。

“小人得志！”章韩氏说。

章秉麟生日那天发生了两件大事。一是宴会开席时见不到章秉麟，玄微居的书房只留下四个字：云游四海。一场精心筹备的生日宴收不了场，无比难堪。二是章文智“丢了”。章文智也是生日宴头一天回寒葱河的，第二天上午还在前院帮着接待客人，坐在桌子旁陪客人说话。章文智本来就不十分引人注意，所以，他什么时候“丢的”，谁也说不清楚。

那天上午，蚂蚁河的徐荫棠、郑云卿来赴宴，开宴之前，章文智陪他们唠嗑，小时候他们一同上过私塾，关系比较亲密。其间，心直口快的徐荫棠向章文智讲了章文礼霸占嫂子，曹双举也插一杠子的事儿。章文智不信，尽管他听到过一些风言风语，可他认为那不过是有人挑拨离间、从中使坏罢了。“你们从哪儿听说的？”章文智问。

郑云卿小声说：“根儿是从响马河的李大姑娘那儿传出来的。”

“李大姑娘？”

“李家大炕的李大姑娘。”

章文智明白了。李家大炕的李大姑娘是响马河的私娼，和她相好的人多，章文智以前就听说过，章文礼和曹双举都偷偷私会过李大姑娘。章文智还曾认为是曹双举带坏了章文礼，事实上，他只知其一，不知其二。一开始是曹双举给章文礼带道儿，可上了道儿之后，很多事儿都是章文礼拿主意了，他更浑、更狠、更大胆。当然，章文礼和曹双举关系最好，一起嫖过娼就等于交换了共同的私密，所以，在章家大院他俩的关系最“铁”。章兆龙把他打发到五站时，曹双举马上追随而去。

郑云卿说：“这事儿，肯定是章文礼和曹双举那两个王八蛋酒后跟李大姑娘讲的，可能分头讲的，到李大姑娘那儿就合成了一块儿，她再讲给找他的男人，一传十，十传百，我估摸，就这么回事儿。”

徐荫棠愤愤不平地说：“混账，你不好出面收拾那俩王八蛋，我找人收拾他们……”郑云卿也表示，如果需要，他也不会站在旁边看热闹。

不知什么时候，章文智溜出了章家大院，下午到了响马河，一番打听后找到了李姑娘大炕。

所谓的李姑娘大炕，不过是一间普通的草房，矮趴趴像要坍塌似的，好在屋里的陈设尚好，收拾得也算干净。李大姑娘身上一件紫红绣花偏襟夹袄，二十六七岁的样子，笑吟吟地迎接章文智。“官老爷打哪儿来呀？”李大姑娘问。

章文智告诉她自己从宁古塔来。

“官爷贵姓呀？”

“免贵姓陈。”

“当官差还是跑买卖？”

“当先生。”

“喔，哪位爷介绍你来寒舍小坐？”

“蚂蚁河的陈大东家。”

“哎呀，那就不是外人喽……敢问你和陈大东家是亲戚吗？”

“是本家。”

“好好，快请进里屋，炕里坐！”

李大姑娘一边吩咐老妈子准备酒菜，一边搂着章文智的胳膊进了里屋。坐在炕桌前，章文智掏出一沓刚刚流通的吉林银行纸币。李大姑娘说：“官爷，不，陈爷，不，还是叫陈大哥不外道，赶紧把钱收起来，知道的还好，不知道的还以为我李大姑娘是贪财鬼呢。”

没多大一会儿工夫，烧鸡、煎鱼、炸酥果和花生米就端了上来，东西应该是事先准备的，都没热乎气儿。接着老妈子端来一个套装壶，外一层是热水，里一层是瓷胎的酒壶。李大姑娘脱掉了外罩，穿着散发香草味儿的红兜兜陪章文智喝酒。

章文智先是连干了三杯，没多大一会儿，眼窝、耳朵都热起来。李大姑娘看在眼里，“这个陈先生年轻健康，文文静静，口袋里的钱还厚实”。她暗自欢喜，也连着干了好几杯酒。

酒越喝越近，两壶酒没喝完，他们就移动到了一块儿，勾肩搭背。章文智假装迷糊，打听起当地的一些事儿。“听说寒葱河章家势力挺大，不过他家的事儿也不少。”李大姑娘说：“那要看你想知道啥了，他家的事儿我知道的海了去了……”章文德越听喝得越凶。

后来的事章文智记忆模糊了，他醒来时，已经躺在了荒郊野外。

自己被扔到这里来的吗？好像不是，他记得在梦里他走了很久，来到白花花的月光下，一片白生生的草甸子里。他实在太累了，就在一块土坡上躺了下来。微风吹来，像有人用拂尘扫过他的身子。

现在是什么时辰？看月亮的位置应该是下半夜了。章文智的眼前是满天的繁星，忽远忽近，近的时候就像挂在眼前，远起来比小时候的梦还遥远。草甸子里的夜空常有流星划过，一会儿一个，拖着长长的尾巴。天上一颗星，地上一口丁，章文智想：自己会不会成为流星，在这草甸子里被狼叼走呢？

第二天天刚放亮，章文智就醒了，他站起来一看，才知道自己昨天夜里睡在离铁道线不远的乱坟岗子里。以往，打死他，他也不敢在游弋着孤魂野鬼的地方过夜，据说那些坟是修铁路的时候留下的，尽是些冤魂野鬼。

章文智的心怦怦直跳，觉得自己的两腿也有些发软。这时，章文智看到有两个人骑着马跑了过来。章文智连忙站起来，向他们打招呼。

骑在马上的两个人，大的二十多岁，小的十七八岁，大的留着胡楂儿，脸黑黢黢的，像刚从砖窑里出来，被烟熏火燎过一般。章文智暗吃一惊，以为活人遇见了鬼。

两匹马围着惊魂未定的章文智转了几圈，其中的一个人说话了，问章文智是干啥的，不走大道怎么跑乱坟岗子来了。章文智说自己喝多了酒，原本应该回宁古塔，可能夜里迷瞪了，走错了方向，他希望两个兄弟帮个忙，送他到车站，他必有酬谢。

来的两个人，一个叫石龙，一个叫石豹，石龙和石豹两兄弟是南面锅盔山下的烟农，主要种黄烟，两兄弟原有一个瞎眼老娘，去年老娘去世，孝字当先的兄弟俩为发送老娘借了一屁股债。当下，两人被债主跟着屁股追债，正一筹莫展，考虑是不是当胡子算了，当了胡子债主就不敢再追债了，他们也不用吃苦受累种烟叶，就此谋得一条生存之道。

在石龙和石豹的视野里或者认知范围内，他们并不认为当胡子是逼上梁山，属于脑袋掖在裤裆里的凶险营生，相反，他们觉得当胡子威风、快活。老娘在的时候，他们还规规矩矩，现在他们就成了两匹脱了缰绳的野马，可以西，可以东了。

当地流行这样的歌谣，兄弟俩都会唱："若要官，杀人放火受招安；若要富，跟着皇帝卖酒醋。""当响马，快乐多，骑着大马把酒喝，搂着女人吃饽饽。"兄弟俩虽然想当胡子，可一时还找不到当胡子的门路，常在一起商量怎么能找到入伙的机会。哥哥石龙十四五岁时曾跟着上过西山，那时他不过是个小拉巴丢儿，连黑话都没学会几句。所谓的上西山，就是每年立春以后，个别荒沟一带的农民到西山沟建"胡子窝棚"，三五成群，表面上放山采人参、采木耳，实际上干抢劫、砸孤丁、绑票的勾当。秋后落雪就插枪下山猫冬，变成"良民"。后来肖大当家的横死，再没人主持"胡子窝棚"了。石龙学艺未成，只好安守本分种烟叶。不过，在弟弟面前他可不肯掉价儿，吹嘘自己当胡子多厉害，胡诌些亲身经历。"那时候，俺们主要是绑票，绑票叫接财神，盗牲口叫吃毛疆，偶尔也盗墓，盗墓叫吃臭。"石龙每次讲，都能吸引石豹羡慕的目光。

为了将来有机会能融入胡子行列，他们经常练习一知半解的黑话。

"绺子见面都说报上蔓来吗？"石豹问。

"也有这样问的，蘑菇溜哪路的？"石龙说。

石豹说："大哥你身上背的是喷子，兄弟我背的是海青子。"

喷子指鸟枪，海青子指大刀。

"没错儿。"石龙说。

“咱石姓是山根蔓吧？”

“对，山根蔓，也有叫山根方的。”

兄弟俩遇到章文智之前，只是有当胡子的想法，时不时地扮演一下胡子过过瘾罢了，没想到，章文智成全了他们，让他们实现了梦想。

石龙和石豹下了马，牵到旁边商量起来。石豹说：“哥，我看这人，像有钱的主儿，咱不如绑了他这个花票，就此落草为寇。”石龙说：“瞎嚷嚷啥呀，话都整不明白，花票是绑女人，咱这叫赶边猪，就是遇见谁绑谁，全凭撞大运。”

“好，说干就干。”石龙从背后拿过枪来，石豹抽出大刀。石豹在前，石龙在后，他们虎嘈嘈地向章文智走了过来。

“你们要干啥？”章文智有些警觉地问。

石龙吓了一跳，枪从手中滑落。石豹回头看了看石龙，也有些害怕了。石龙咬着牙对石豹说：“熊样，还能不能干大事儿？”又抬头对章文智喊道：“算你今天倒霉，遇到胡子了！”

听说对方是胡子，章文智吓傻了，一屁股坐到地上。

兄弟二人走了过来，先是一阵恐吓，随后把哆哆嗦嗦的章文智给绑了起来。他们的绑法极其简单，也十分适用，有点类似绑猪。用一根细麻绳将章文智的大拇指勒紧，吊到背后，这样，别说章文智是一介书生，就是武功高强的人也难以动弹。

绑过章文智之后，石龙和石豹心里一阵惊喜，觉得真是有山神相助，应了那句老话：踏破铁鞋无觅处，得来全不费工夫。兄弟俩把章文智扔到马背上，催马就向老黑山的方向走去。

傍晚，他们才来到密林中一个黑色石砬子下的窝棚前。章文智被扔到满是腐叶和苔藓的地上，他的胳膊已经失去了知觉，两个大拇指也勒脱了皮。兄弟俩开始审问章文智，章文智讲了实情，告诉他们自己是寒葱河章家大院的章文智，还讲了自己在章家受到的欺负和委屈。兄弟俩高兴了，行家一出手，就知有没有！他们刚一试水，就抓了条大鱼。

关于怎么处置章文智，他们争论了半天，他们没有处理肉票的经验，也不懂胡子的规矩，既不知轻重，也不知深浅。

“咋办，插了他？”

插了是黑话杀了的意思。这个场合没必要讲黑话，大概是为了使自己更像土匪，他们把有限的黑话都用上了。

“插了他谁给钱？”

“那咋办？”石豹问。

石龙想了想，说：“抹尖子吧。”

抹尖子是黑话割耳朵的意思。问题就出在这儿，或者说他们对土匪行当一知半解，老练的土匪会像买卖人那样盘算，尽可能地在肉票身上换取更大的利益，而不是鲁莽胡来。

石豹说“好”，接着就兴高采烈地出了窝棚，没多大一会儿就拎着镰刀、拿着两只血淋淋的耳朵进来了。石龙不满地说：“谁要抹两个尖子？一个足够了。”

那天天刚擦黑，有人把章文智的两只耳朵送到了章家大院，这时，章家人才知道章文智被报号“穿山甲”的胡子绑票了。

与此同时，小丁姑哭着跑来找章韩氏，说郑四娘昏过去了，满大腿都是血。

章韩氏连忙让章兆仁去喊人，吩咐小丁姑赶紧去找接生婆，小丁姑刚走，她又派章文德去找薛郎中。“薛大夫家你去过吧？在街西头第二栋房，你快喊他来，就说你大嫂不好了……”

章文德走到大门口时天就黑透了，见门口几个长工围着老庄头，听老庄头说瞎话。

“大年三十亮晶晶，正月十五黑咕隆咚，天上无云下大雨，树梢不动刮大风，公鸡得了月子病，克朗（公猪）得了产后风。”

大伙儿笑着：“真是赖大玄，真是赖大玄！”

拴马桩见章文德傻愣愣地站着，问他在这儿干啥呢。章文德支吾着说：“天太黑，我想借灯笼用用……”

“借灯笼干啥？”

“去叫薛大夫，我大嫂不好了……”

老庄头说：“那还不赶快去，傻愣这儿干啥呀！”

11

那天晚上，章家大院忙成了一片，说是忙还不如说是乱，乱成了一锅粥。从后院到中院，从中院到前院，往来的人接连不断。

章吴氏到后院之前，章韩氏已经守在门口。大门上方挂的红布条掉了，她正往门梁上拴布条。

“咋样了？”章吴氏问。

章韩氏凑到章吴氏耳边说：“放心吧，接生婆已经在里面了。”

说话的工夫，陆续有人过来，有的送鸡蛋、红糖、小米，还有的送来鲤鱼和白条鸡。曹彩凤客气地接应着，对每个送礼的人都说些感谢之类的客套话。

“现在，咱们可以进去吗？”章吴氏问章韩氏。

“我也说不好，问问接生婆吧。”

章韩氏来到里间，里间屋门半开着，那个门上方也被章韩氏挂了红布。

“媳妇的婆婆来了，能进来看看吗？”

屋里问：“有属虎的吗？”

“没有。”

“身上有铜啊铁啊啥的吗？”

“没有。”

“进来吧。”

章韩氏陪着章吴氏进了屋，屋里点着三盏灯，把人影叠成了三重。

炕席卷曲在炕梢，炕上铺满了稻草。躺在稻草上的郑四娘脸色苍白，剧烈的宫缩痛得她几乎窒息。小丁姑跪在旁边，眼睛哭得红肿，紧紧地攥着郑四娘的手。

“折腾累了，刚刚消停点。”小丁姑说。

接生婆不停地忙碌，用温热的毛巾给郑四娘擦脸。章韩氏四下看了看，突然，她发现窗台上一个首饰盒没打开。按照老说法，产房里要“开缝儿”，屋子里所有的箱子、柜子、抽屉、盒子、锁头之类的东西，凡是能打开的都得开一道缝儿。怎么把首饰盒给落下了？章韩氏连忙用下巴示意着，小丁姑向窗台望一眼，立刻明白了，连忙过去打开首饰盒。

首饰盒里并没有首饰，而是一个布偶，上面还扎着针。大家愣住了，正在交换眼神，郑四娘哼哼一声，大家又把注意力转移到郑四娘身上。

接生婆对章吴氏和章韩氏说：“看看就行了，你们到外面等吧，有啥情况我立马喊你们。”

章韩氏和章吴氏走到屋外，曹彩凤问：“咋样？有动静了吗？”章吴氏摇了摇头。

章韩氏对章吴氏和曹彩凤说：“你们回去睡吧，我在这儿盯着，孩子落地，我就告诉你们。”

这时，屋里又传来郑四娘一阵紧似一阵痛苦的哀号，还有其他人的劝慰声、哭泣声和催促声，几种声音混杂在一起，听起来令人恐怖，也让章韩氏觉得自己头皮发麻、身子发冷。

“天哪！这都是什么呀？……哎呀我的妈呀……”

屋外三个女人正准备进屋，接生婆就出来了。

接生婆惊慌地瞪着眼睛，气喘吁吁地说：“鬼胎，生的是鬼胎！”

章吴氏一听，收住了脚步，转身就走，曹彩凤连忙跟了过去。章韩氏正迟疑着，屋里传来小丁姑的喊声：“快来人啊，大事不好了！”

章韩氏慌忙随接生婆进去，见郑四娘眼睛瞪着直捯气儿，身下汪出一大摊血。

接生婆哭天抢地地说：“这是血崩了！我的妈呀，这可怎么好啊？我是没辙了，看来人是保不住喽……”

“这……这……就没办法了吗？……救人要紧啊！您……您老人家……行行好，快想个法子吧！”章韩氏也慌得语无伦次。

“我是没法子了，只能祈求老天保佑，看她自己的造化了……”接生婆哭丧着脸说。

章韩氏的眼泪瞬间就涌出了眼眶，捂着脸转身向外走，刚跨过门槛，与正进屋的薛郎中撞了个满怀。薛郎中身后站着章文德，他手里拎着灯笼，满脸疑惑。

薛郎中进屋看了看，回头对章韩氏说：“恐怕真的不行了。”

章韩氏拉住薛郎中的胳膊，扑通一声，双腿跪在薛郎中面前带着哭腔哀求道：“薛大夫，求你救救这孩子吧，她的命好苦啊……”

薛郎中叹了口气说：“兄弟媳妇快起来，别这样，我尽力是自然的，没话说……不过看现在的情形，我也只能死马当成活马医了……”

说完，薛郎中吩咐在场的人都行动起来，烧开水，用铜盆溶化一些食盐，准备盐水备用，还要收集一些灶膛里的草木灰……后院忙着救人，前院正房里的灯也一直亮着。章兆龙、章兆仁、章吴氏和曹彩凤都聚集在客厅里，静静地听着动静。这时，屋外传来跑动的脚步声，几个人都站了起来，向门口望去。

正房的门开着，并没有人进来。

一会儿，脚步声消失了，大家面面相觑，又都叹着气无奈地坐下。

曹彩凤打破了沉默，她说：“横竖都是命呀……我看这郑四娘就是到咱章家来讨债的……我在娘家就听说，怀葡萄胎的都有鬼魂附体……”

“这之前怎么一点兆头也没有呢？”章兆仁说。

“怎么可能没兆头，”章吴氏说，“一定是郑四娘不让小丁姑说，等这事儿过去以后，我要好好跟小丁姑说道说道。”

“扯那么远干啥，还是先顾眼前吧。”章兆龙说。

章吴氏说：“话可不是这么说的，要是小丁姑早点跟咱说实话，咱们早些做准备，或许还可以保郑四娘的命……”

"命都是定数，"曹彩凤说，"你们别嫌我说话不中听，要我说啊，早准备也没用，郑四娘就是个讨债鬼，她娘家被她祸害得倾家荡产、家破人亡，现在到咱家来祸害了……要我看呀，她要是现在走了，那是债讨完了，要是现在不走，指不定以后还有什么倒霉事找上咱们章家呢……"

"闭上你的乌鸦嘴！"章兆龙厉声道。

一直到下半夜，后院仍旧没有任何消息。

夜色沉沉，油灯青黄，书房里的几个人已经昏昏欲睡。章兆龙也闭着眼睛，眼帘下面的眼珠儿却时不时滚动着，他的心事很重，心头如同长满了杂草。章文智现在还不知道是死是活，大家都等着他这个一家之主拿主意，下一步该怎么办？以前遇到生死抉择的大事儿，他还可以傍依章秉麟，现在依靠不了啦，生日宴那天之后，再没人见到章秉麟，谁也找不到他。好像章秉麟已经预知家里要发生大事儿，故意躲得无影无踪似的，是老太爷真的放弃了俗世生活，还是在故意考验自己的儿子？谁也搞不清楚。也许他正隐身在某处，袖手旁观。这几天接连发生的事情，就像一场没有预兆的暴风雪，狂风卷着雪片弥漫在天地之间让人辨别不出方向，积雪越来越厚，眼看就要压塌了房梁，一个人抱着柱子去支撑房梁，他有些力不从心，宛若屋顶房梁的咔咔断裂声依稀可辨，章兆龙觉得，那个抱着柱子苦苦支撑着的人就是他自己啊。

说起来，章家一向与胡子井水不犯河水，仿佛彼此间已经形成了一种互不侵犯的默契，或者是一种不成文的约定。章秉麟在莲花泡的时候，曾与老爷岭最大一股绺子"占山好"较量过，"占山好"忌惮章秉麟的实力和头脑，加之其做过官，有很深的官府背景，也给足他面子，并且，章秉麟曾与"占山好"老当家的结拜过兄弟，所以胡子也从没到章家来"砸窑"。当然，过年过节的时候，章家也会往山上送一些"交情礼"。这些年来，无论在莲花泡还是寒葱河，章家都不用担心土匪来骚扰，家里也只养了两个炮手。养炮手也不是为了对付大股的胡子，而是为了应付散兵游勇和小毛贼。

章文智被绑票这件事实在出乎大家的意料，谁有这么大的胆子，竟然敢跟有权有势、财大气粗的章家作对呢？并且，章家也从没有人听说过“穿山甲”这个报号。“穿山甲”是什么时候冒出来的呢？新拉的绺子还是从别的地方来的？不管怎么说，这个胡子太没人性了，太凶残了，上来就割掉了两只耳朵，并且胆大妄为，居然上门来送信。真是不知道马王爷三只眼呀！章兆龙牙根儿生疼地想。好吧，既然你“穿山甲”来捅我这个马蜂窝，我就让你厄运缠身，死无葬身之地！当然，现在他还不能动刀动枪，章文智还在人家手里，枪炮不长眼睛啊，毕竟，章文智是他亲生儿子，就算再怎么不待见他，他也是自己的骨肉。事实上，章兆龙早就打定了主意，只是还没最后下决心罢了，他总的想法是先礼后兵，先按胡子的要求送赎金，把章文智接回来之后他再组织围剿，一个也不留，彻底将“穿山甲”从老黑山一带抹掉！

章兆龙睁开眼睛，侧过脸看了看躺在椅子上歪头沉睡的章兆仁，心里很不是滋味，现在自己真的成了孤家寡人了，遇上事情连个商量的人都没有。突然，他脑子里闪出一个念头，明知道章兆仁一点也指望不上，他还是想把自己的打算告诉章兆仁，听听他的想法。

“兆仁，你睡着了吗？……兆仁，兆仁！”

章兆仁肩膀一抖，抬头四下瞅着，毛愣愣地问章兆龙：“大哥，你叫我了吗？”

章兆龙看着章兆仁。章兆仁一脸茫然，用手擦了一下嘴角的口水。

章兆龙想了想，说：“啊，没事儿，没事儿啦。”

三更的梆子敲响了，油灯忽闪忽闪的。

曹彩凤迷迷糊糊地瞌睡着，她仿佛看见郑四娘蹑手蹑脚地走了过来，还在她胳膊上拍了一下，小声对她说：“三娘，我是来告别的，我要走了……”曹彩凤觉得郑四娘的表情很平静，面孔十分清晰，连她的睫毛都能看得清清楚楚。郑四娘说：“三娘，我也没啥好礼物留给你，送一条带子吧。”说着从身后拿出一条白色的丝绸带子。“我要走了，这次真的想走了……三娘，我要告诉你，我是冤枉的……我命好苦好苦啊……”曹彩凤挣扎着睁开眼睛，郑四娘的身影一闪，忽地不见了。曹彩凤“呸呸呸”地连呸了三口，接着骂了几句：“臭不要脸的鬼东西，别招惹我呀，我可不是好惹的！”

章吴氏随即睁开眼睛，问曹彩凤怎么了。曹彩凤说，没什么事，就是稀里糊涂地做了一个噩梦。

天亮了，正房的房前屋后传来踢踢踏踏的脚步声，曹彩凤刚要去看，房门开了，章韩氏披头散发，一身血污，踉踉跄跄地闯了进来。

曹彩凤吓得连忙后退着捂住了眼睛，惊讶得说不出话来。紧随其后的章吴氏说：“哎呀妈呀，你这是咋了？”

章韩氏说：“四娘这孩子命硬呀。”

章兆仁问：“那什么，人保住了？”

章韩氏说：“亏得薛郎中了，一定要好好酬谢人家啊。”

章兆龙松了口气，说：“好啊，人保住了就好。”

章兆仁对章兆龙说：“大哥，这回你该好好歇息歇息了。”

章兆龙说：“你也回去歇息吧。”

大家都出了正房，纷纷去了后院，章兆龙则回到自己的房间，他紧急召见了老庄头，拜托老庄头去给胡子送赎金。老庄头没丝毫犹豫就答应了。章兆龙有些过意不去，充满感激地对老庄头说：“我一时找不到比你更合适的人了，想来想去，也只有你，我最信得过。再说，这事儿冒风险，大院里没几个人敢去。”老庄头说：“我一个老轱辘棒子，上没爹娘，下无儿女，无牵无挂，我啥都不怕，有掌柜的你这份信任，我就是掉脑袋也没啥可惜的。”章兆龙从椅子上站起来，刚要下跪，被老庄头拉住了，连说：“掌柜的，这可不敢，这可不敢。”章兆龙对老庄头说：“按辈分你是叔，你受得起这一跪。”章兆龙坚持要跪，老庄头死死地拉着。无奈，章兆龙说：“我向你保证，把文智救回来，我一定让他认你作干爷，让他给你养老送终，给你披麻戴孝。”

老庄头一时感动得说不出话来，眼圈儿含泪，喃喃道：“外道了，太外道了。”

那天早晨，老庄头拎着一把砍刀，背着一个包裹就出发了。包裹里是一个朱红漆的盒子，盒子里装着一千现大洋。老庄头对当地的沟沟岭岭十分熟稔，他没走弯路，直奔胡子约定的地点而去，太阳没出来之前他就进山了。

自打割了章文智耳朵之后，石龙和石豹就一直争吵不休。先是因为止血问题意见不一致，好在他们收烟叶时砍伤过胳膊腿儿，还有些止血的经验，总算把血止住了。接下来，章文智开始发高烧，昏迷不醒，石龙又开始骂石豹二虎吧唧、猪脑子，“割一只耳朵和两只耳朵有啥区别，这回好，肉票要是死了，咱啥也得不到了”。后来两人商量，石龙回家取红伤药，石豹下山给章家送信。石龙取药回来看见了石豹，石豹告诉石龙，信已经送到了。石龙怕章文智死了，没顾得上问送信的细节，给章文智上好了药，他才出了窝棚，向石豹要一个饼子，吃着吃着，想起了送信的事儿。

石豹一五一十讲了送信的过程。

石豹下山后就来到了章家大院，在章家大院门口转了两圈儿，看到街对面有一个锔缸锔碗的补锅匠，他就把脸蒙上了，过去跟补锅匠说他是胡子，绑了章家孙少爷章文智的肉票，让补锅匠把透着血迹的烟荷包送给章家，荷包里装着章文智的两只耳朵。石豹还让补锅匠给章家传信，限他们明天天黑之前送一千现大洋到后山老窑地窝棚，晚了就撕票。那个补锅匠吓坏了，不敢不听话，哆哆嗦嗦地去送信，石豹眼看他进了章家大院才离开……听到这儿，石龙挥手打了石豹一巴掌。

“你猪脑子啊。”

石豹辩解说：“我没让他发现我，我蒙着脸……”

“说你猪脑子你还觉得委屈不是？谁让你告诉他们到窝棚交赎金的？”

“可是，不到窝棚……”

石龙又打了石豹一巴掌。

“你也不动动脑子，指定别的地方不就完了，非得上门交货，你以为自己开货栈呢？”

“那咋办？”

“咋办，今晚就得换地方。不然，明天咱就得让人家包了饺子。”

石龙决定连夜离开地窝棚，去哪儿他一时也没想好，反正得马上离开地窝棚，在他看来，地窝棚已经不安全了。按理说，他们两个人两匹马，年轻力壮的，行动起来应该不算麻烦，问题是，还有个伤号——昏昏沉沉的章文智，根本不能走路。只好用一匹马驮着章文智，作为惩罚，石豹跟在马屁股后，一路小跑。

路上，石豹问石龙下一步怎么办，石龙说他都想好了，跟着走就是了。

第二天上午，老庄头到了老窑后山的地窝棚，窝棚里空落落的，他以为胡子躲藏在树林里或者岩石后的隐蔽处，就放声喊了起来。老庄头觉得他的声音够大的了，每喊一次，山谷都有回音儿。老庄头的嗓子都喊哑了，仍不见回应。林子里只有鸟的鸣叫。也许胡子已经离开了，也难怪，露了行踪的地老鼠都会挪窝，何况狡猾的胡子呢。老庄头自言自语一番，歇息下来抽袋烟。突然，老庄头想到，胡子离开之前一定会留下信儿，告诉他下一步该怎么做。他开始四处寻找起来，窝棚里外找了好几遍，毫无收获。老庄头傻了，他也不知道下一步该怎么办了。

同一时间，石龙和石豹带着章文智已经到了细鳞河，细鳞河与老庄头距离六十多里，石家曾在细鳞河南面一个山窝窝里种过烟叶，那个地方叫马蹄沟。由于马蹄沟土质含沙量大，长出的烟叶成色一般，后来他们家就搬走了。马蹄沟虽然荒芜了，可石龙对那里毕竟还算熟悉，而且那里有个废弃的马架子房，可以暂时避一避风雨。

安顿下来，石豹问石龙的打算。石龙说，这回他们一定得盘算周全了。他的想法是，送银子的地方和绑肉票的地方一定要分开，那头收到银子了，这头才能放人，信上一定说清楚。说到“信”这个字眼儿，兄弟俩面面相觑，他们都是睁眼瞎，斗大的字不识一个，更别提写信了。当胡子之前，他们没觉得“信”是道命运的坎儿，当他们确实需要写信的时候，他们可以求屯里的先生代笔，现在不同了，他们是胡子，已经和屯里人隔绝成了两个世界，现在只有他们兄弟两人，一封信就把他们彻底难倒了。

石龙很气恼，他觉得自己想了一路的好办法都白搭了，那些周全的筹划也泡汤了。

石龙瞅着石豹，石豹瞅着石龙，大眼瞪小眼，唉声叹气。

老庄头走了一天，两天，三天，一直没有消息。到了第四天晚上，章兆龙有些沉不住气了，他猜测，“穿山甲”这伙胡子不讲信义，拿到钱之后就撕了票，顺便把老庄头也捎带上了。知道内情的曹彩凤已经开始失望，她心里还有另外一种猜测，认为老庄头拐了一千现大洋赎金溜了，一个老跑腿子，一千现大洋足够他养老用了，所以，他找一个谁也不认识的地方藏匿起来也不好说。

对于曹彩凤来说，郑四娘比章文智更能牵动她的心，想起自己在正房客厅里做的那个噩梦，就觉得后脊梁骨透凉、头皮发麻。“一准是个灾星。”曹彩凤固执地认为。

曹彩凤是个想到了就去做的人，她先是找章吴氏游说，从郑家的不幸说到葡萄胎，从葡萄胎说到老掌柜的失踪，一连串的灾祸和诡异现象，郑四娘都脱不了干系。本来她想联系到章文智被绑票的事儿，想起章兆龙的叮嘱，话到嘴边又咽了回去。章文智出事在章家大院不算秘密，唯独瞒着章吴氏。说了半天，曹彩凤最终目的是要让郑四娘离开寒葱河，把她送回莲花泡。章吴氏不反对送走郑四娘，郑四娘毕竟怀了鬼胎，这些对她来说是无法承受的，只是她在考虑送郑四娘的时机。“她刚从鬼门关爬出来，现在送她走，会不会有什么闪失？”曹彩凤说：“她命硬着呢，你听说过大流血的有几个能活？……早一天送走她，就早一天送走了瘟神，文智也能早一天回来。……我找汤仙姑看过了，她说郑四娘是黄皮子精，只要她在，文智就……”章吴氏问：“文智去哪儿了？”曹彩凤发觉自己说走了嘴，连忙说：“文智不愿意见她你还不知道啊，她在章家大院，文智就不愿意回家。大姐，我的话你不信吗？”章吴氏沉默了一会儿，说：“四娘的事儿我不管了，小丁姑可得给我送回来，本来我也是让小丁姑去帮忙的。再说，小丁姑也不小了，也该给她考虑婆家了。”曹彩凤转了转眼珠，说：“这个，不应该有问题吧。”

找过了章吴氏，曹彩凤又去游说章兆龙，把她对章吴氏说的话对章兆龙又重复了一遍。章兆龙似乎不反对送郑四娘回老宅，不过他有些顾忌章兆仁和章韩氏的想法。曹彩凤说：“他们凭啥有想法？老宅又不是他们的。况且，原来郑四娘就住在老宅，碍不着他们的事儿，也犯不着他们指手画脚。”章兆龙眉头紧锁，没说话。曹彩凤还提到章吴氏要收回小丁姑的事儿，说：“当初派小丁姑去郑四娘身边帮忙，是因为郑四娘怀了章家的孩子，既然她怀的是鬼胎，该生也生了，小丁姑也就该回来了。”章兆龙说：“四娘身体还没恢复，现在收回小丁姑，外人怎么看章家？再说，这也违拗了老掌柜的处世之道。”曹彩凤说：“你还当郑四娘是你儿媳妇呢？她已经被魔鬼附身了，她是黄皮子精，不是人了。如果不是考虑章家的面子，我早请汤仙姑给她做法事，让她原形毕露，暴尸街头了。考虑到章家在方圆几百里的影响和老掌柜的名声，只能把她送回老宅，让她下地干活，自食其力。等文智回来了再另做打算，我觉得文智知道她的情况，一定会休了她，这样既甩了包袱，也没违背老掌柜的嘱托。”

章兆龙说：“你想得倒是挺周全，可我的预感并不好，你们躲灾星，兆仁家里的就不躲灾星了？我担心兆仁家里的会炸庙。”曹彩凤鼻子哼了一下：“她凭啥炸庙，家是大份儿的，他们跟着混饭吃，凭啥炸庙啊？过去老掌柜的给他们撑腰，她不知道姓啥了，现在老掌柜也没……老掌柜也云游四方去了，你这个家长的腰板得挺起来。”

“欸，怎么说一说又下道了。”章兆龙冷下脸来。

这时，章兆仁和章韩氏进来了。章兆龙的脸上有了点笑模样，连忙给章兆仁和章韩氏让座。曹彩凤对章兆龙使了个眼色，借口有事躲了出去。

“兆仁呀，你们两口子一起找我，一定有事吧？”章兆龙问。

章兆仁说：“那啥，我们想……那啥……”

章韩氏说："大哥，是这么回事儿，我们想回老宅去了。眼下正是春耕时节，节气不等人，莲花泡一大堆事儿等着……按说，文智的事儿还没个着落，这个时候我们不该提走的话，可你也知道兆仁的本事，我们在这儿一点忙都帮不上……"

章兆龙说："你们还惦记着莲花泡春耕，有这份心就让我知足了。说实话，文智的事儿你们的确插不上手……弟妹呀，别说帮不上忙的话，回老宅把地种好就帮我的大忙了。"

章韩氏和章兆仁交换了一下眼神。

"还有，"章韩氏说，"我还想求大哥一件事儿。"

"说吧，只要我能办到。"

"我想带四娘一起走。"

"你想……"章兆龙愣住了。

章韩氏向章兆龙解释，从道理上说，应该让四娘多养些日子，可她觉得四娘这孩子命硬，鬼门关都能爬回来就不是一般人，所以，有她照顾应该没什么大碍。章兆龙明白了，他显得犹豫起来，问章韩氏为什么有这个想法。章韩氏说，四娘跟她说过要回莲花泡养病。"她可能是因为没能为章家生下一个孩子觉得羞愧吧。"

章兆龙看了看章兆仁，章兆仁木然以对。

"彩凤找过你吧？"章兆龙问章韩氏。

章韩氏摇了摇头。

"那就是大嫂找过你啦？"

章韩氏又摇了摇头。

章兆龙沉默起来，一时不知道该说点什么。

章韩氏察言观色，趁热打铁地对章兆龙说："大哥啊，大嫂和彩凤嫂子那头我去说，我想我能说服她们，她们都是通情达理的人。"

章兆龙长出了一口气，下了决心似的，说："也罢，你们就带四娘回老宅吧，小丁姑也带着，让她再照顾四娘一阵子，四娘身子恢复好了再把小丁姑送回来，你大嫂答应过，要给她找个人家。"

章韩氏高兴地站了起来："谢谢大哥……大嫂和彩凤嫂子那头……？"

"你不用管了，我去说。"

章兆仁一家子和郑四娘离开寒葱河回老宅那天，章兆龙亲自送出了屯子，望着远行的马车，他心里生出一些感慨，也生发出一些感叹，他轻声念叨着："爹，你现在在哪儿？你真的预知世道要变，躲个清静，还是想考验考验你的儿子？"

下午，章文礼和曹双举回到了寒葱河。

章兆龙和章文礼在书房里密谈了一个多小时，交谈中，父子俩发生了好几次口角。章文礼说，他与曹双举讨论过，他们从没听说过"穿山甲"这股胡子，搞不好是三两个胆大妄为的散兵游勇，打着胡子的旗号唬人，能捞一票是一票。对付他们绝不能手软，要以血还血，以牙还牙。章兆龙说："收拾这小股胡子不难，可你大哥在他们手里。"章文礼说："咱去打胡子，不是打我大哥，事先筹划好，保护好我哥就行了。"

"枪子儿不长眼睛，伤了胡子还好，伤着你哥咋办？"

章文礼说："爹，如果你信我，让我带头去打胡子，我会保护好我大哥，不管怎么说，他是我亲哥……"

"你想怎么打？"章兆龙问。

章文礼提议，一方面让章兆龙去县里报官，让县保安队出面征剿。另一方面，他和曹双举花钱请响马河镇自卫队出面帮忙，两面出击，一定能把"穿山甲"这股胡子剿灭。

"我也想过怎么收拾他们，可是眼下，我担心的还是你大哥……"

章文礼说："爹，你想过没有，拿赎金把哥接回来，那咱家的日子可就难了，还想挺着腰板走路？哥现在已经残废了，两只耳朵长不出来了，以后别人一看我哥的耳朵，就会想到咱家，认为咱家尿泥、咱家怕事儿，能花钱买平安……接下来，八竿子打不着的胡子都会来凑热闹，找咱家的便宜……那可真是倒了镇妖塔，妖魔鬼怪都放出来了。现在只有一条道儿能走，就是打！打死胡子，把我哥抢回来，这样，即使有人看到我哥没耳朵，也会敬畏，毕竟是蹚过血水，混了出来的！”

章兆龙想不到章文礼会说出这番话，令他意外的是，章文礼一个下午就把乱麻一般的事态给捋出了头绪。

章文礼和曹双举先找到补锅匠，那个补锅匠还在街头吆喝着：“锔盆锔碗锔大缸，锔老太太的尿盆不漏汤。”曹双举二话不说，揪起补锅匠就把他拎到一个房头后。

通过补锅匠的描述，他们查访了一些人，查出那个蒙面送耳朵的人是种烟叶的石豹。章文礼和曹双举带响马河自卫队的人直奔南面锅盔山下的烟地，闯到石龙、石豹家里，他们捋着线索追查下去。

其实有一个秘密是章兆龙绝对想不到的——章文礼心里对章文智十分仇视，这种仇视已经延续了十多年。表面上，章文礼认为他娘的死，哥哥章文智是负有责任的，而深层的原因却是，章文礼把章文智看成自己天然的竞争对手。章文礼与章文智两个人的性格截然不同，章文礼城府过深，咬人不露齿，且不说他与郑四娘之间的事儿，前年他与章文智联手倒卖黄豆，其目的是挖坑让章文智往里跳，不想此事提前败露，使得章兆龙震怒，章文智对章兆龙说了什么他并不知道，结果是，章兆龙对两兄弟一起责骂，各打五十大板，把他发配到了五站货栈……章文礼知道，这次自己的机会来了，他要好好把握。

傍晚，章文礼告诉章兆龙，不用请县保安队出面了，明天早晨他带响马河自卫队的兄弟去细鳞河，那里是石龙和石豹的老家，头晌午就可以把那两个小毛贼解决了。

那天晚上，章兆龙独自喝了二两陈年高粱烧，心想，老二不是善良之人啊，可章家这么大一个家业，有时候还真需要个能狠下心来，下得了手的硬实人。

同一天晚上，石龙在干松枝火光下闷闷地抽着旱烟袋。石豹在快坍塌的马架子房里哼唱着：“当胡子不发愁，吃香喝辣逛窑头，花钱好似江流水，真比神仙还自由。”

“别他妈唱了！”石龙喊了一声。

石豹连忙出了屋，不知所措地看着石龙。

石龙敲了敲烟袋锅，愁容满面地说：“现在咱哥俩已经骑虎难下了，再不早点拿主意，事儿就难办了。”

“为啥呢？”

“多过一天，咱俩的危险就多一天，别说赎金了，恐怕命都难保了。”

“那，咋办？”

“想辙呀，怎么把信送下山……”

“谁说不想呢，脑袋都想爆了，可咱哥俩……”

“我来吧，我写……写信。”他们身后传来章文智微弱的声音。

石家兄弟相互对视，瞅着瞅着，两人大笑起来。石龙对石豹说：“真缺心眼儿，这么简单都没想到？”石豹对石龙说：“我缺心眼儿？你想出来了吗？”

石龙安排章文智写信，章文智要笔墨纸砚，马架子房里怎么会有笔墨纸砚？石豹找来火棍和破旧的糊墙纸，章文智不肯用，坚持要笔墨纸砚。无奈，石龙让石豹下山去找。

石龙送石豹下山，叮嘱他要小心，买了笔墨纸砚就回来，千万别伤人。

石豹说：“你放心吧，现在，我知道啥事儿重要了。”

“你知道啥？……现在，咱只有一条出路了。”

“啥出路？”

“拿到赎金，咱投奔‘占山好’的大掌柜曲德金……”

“人家能接受咱们吗？”

“咱手里有个宝贝呀……把他送给大掌柜的，这样，咱也有了见面礼。”

石豹小声问：“你的意思，拿了赎金也不放人？”

石龙说：“咋样？这回我不缺心眼儿了吧？”

石豹龇着一口高粱米牙说：“还……还是大哥厉害！”

但是石龙和石豹无论如何也没想到，石豹从山下拿回笔墨纸砚那个傍晚，他们已经被自卫队包围了。

来人是章文礼和曹双举带来的，他们一共十个人，九条快枪，而石龙和石豹只有一条鸟枪，一场力量悬殊的战斗毫无悬念，没多大一会儿就结束了。交火过程中，石龙、石豹拉着章文智沿河边逃跑，石豹被当场打死，石龙和章文智掉到细鳞河里，被湍急的水流淹没。细鳞河原本是一条平缓的河流，只在春天水源丰沛时才流速增快，恰巧这个季节山涧水来势迅猛，河水混浊，泛着泡沫急速下泄。很快，天就黑了。

第二天，章文礼带人沿河查了十多里路，没找到活的章文智和石龙，也没捞到他们的尸体。

老庄头回来了。这些天，他一直在找“老窑的地窝棚”，本来，他以为自己对当地十分熟悉，找到了老窑的地窝棚，到了地窝棚之后，没找到人，他以为找错了，又去找下一个，没想到，真的找起老窑来，老窑还远远不止一个，那些天他居然走出了两百多里，找到大架子山下。令人无法相信的是，老庄头肩上背了一千现大洋，走了那么多地方，居然分文不少地背了回来。只可惜他回来时，章家正派人沿河通知，找到活的章文智或者他的尸首都将得到奖赏。

老庄头感到沮丧，心里十分难过。

12

那个春天，章文德作为半个劳力，整天跟着章兆仁下地干农活，小一个月下来，他的模样几乎全变了，被太阳晒花了脸，像得了白癜风似的，脸上一块一块的白斑。尽管每天累得筋疲力尽，可也学了很多种地的本领。他里倒歪斜地扶过犁杖，撒过种子，踩过格子，撒那些拌了猪血、炕洞土、牛油的苞米、高粱种子，手掌都直起茧。

“春天不忙，冬天无粮。”章兆仁说。

春耕结束时，章文德不知不觉学会了很多东西，他知道粮食怎么种了，也知道种粮食有多不容易，还学会了很多农家谚语，比如：“春天地盖一床被，秋天枕着馒头睡。”“牛粪凉来马粪热，羊粪啥地都不错。”“燕子来在谷雨前，放下生意去种田。”“五月立夏到小满，查苗补苗浇麦田。”还有看天气的，比如：“日光生毛，大雨滔滔。”“天上扫帚云，三日雨淋淋。”

那天下工回家，章文德见大屋里热热闹闹的，聚集了很多人，他扒着门框向里面探看，听到娘说：“你下工了，去洗洗，来拜见你薛大爷。”

章文德知道，薛郎中来了。

娘说的薛大爷，是大伯的另一种叫法，当然，大爷这个称谓用在别的地方，也有不同的意思。章文德打扫一下身上的尘土，又洗了脸和脚，就去大屋向薛郎中问好。薛郎中见到章文德，笑着说：“小小儿黑了，壮了，个子也长高了。”

章文德羞涩地笑了一下。

这时，薛郎中身后闪出一个小姑娘，冲着章文德乐了一下。章文德更加羞涩，想到自己的大花脸，连忙把正脸变成了侧脸。

这个小姑娘在什么地方见过呢？章文德仔细想着，他想起来了，是在老掌柜过生日的时候，他在寒葱河的中院见过她，当时她正和章佳馨一起玩，那张圆圆的、白白净净的脸和脸上深深的酒窝，让章文德一直记忆深刻。

薛郎中对小姑娘说：“莲花，叫哥哥……应该是哥哥吧？”

章韩氏说：“文德属虎，莲花属兔，应该叫哥哥。”

小姑娘对章文德说：“我叫薛莲花，你呢？”

“章文德。”

薛莲花看到章文德害羞的样子，咯咯地笑了起来，走到薛郎中身后，又侧过身子向他招了招手，章文德走到薛莲花跟前。

薛郎中正和章韩氏讨论郑四娘的病情，郑四娘坐在章韩氏的旁边，她一脸浮肿，软弱无力的样子。章韩氏说：“这阵子，四娘总想吃腥的东西，生鸡蛋呀，黄鳝呀，还有带血的猪肝。”四娘说：“我小肚子总是胀胀的，有时候扯着后背疼，像有根筋连着似的，疼一会儿停一会儿，停一会儿疼一会儿，两条腿也肿得跟青萝卜似的。”

薛郎中说：“你脉象沉弦，舌头边儿有紫斑，怕是‘干血痨’呀。”

章韩氏有些紧张，她说：“我在娘家时听说过这种病，不及时诊治，往后肚子里就会往外爬小虫，治不好会没命的……”

薛郎中说：“我事先预备了一些药，你先喝十服归丹银蒿汤吧，这里有当归、丹参、败酱草、青蒿和红花什么的，主要是调理中气，活血祛瘀，益气养阴。”

章韩氏说：“薛大夫真是神机妙算，你怎么知道四娘得了这种病？”

薛郎中说：“我也不是神仙，哪会神机妙算。前阵子四娘生产时大流血，若是调理不当，就可能得干血痨。我不过有些经验，做了点准备罢了。”

郑四娘眼圈儿发红，细声说道：“不知道怎么感谢你呢！”

这时，章文德在薛郎中的椅子后面噗地笑出声来。

很久以前，章文德在靠背椅子背上用滑石笔画过一只小王八，刚才，薛莲花在那个王八后面添了三只小王八。

薛郎中和章韩氏都回头看了看，章韩氏拉下脸来，严肃地对章文德说：“你在那儿捣什么乱？带妹妹出去玩儿！”

章文德和薛莲花来到院子里，听到房后有喊声，他们转过房山头，见章文海和桂兰正对着天空喊：“老天爷，快快下，高粱谷子没长大！”

薛莲花问：“他们干啥呢？”

章文德说：“喊雨呢。我爹说，今年春天旱，他们可能听说了。”

薛莲花捂着嘴，哧哧地笑。

章文德说：“瓦片云，晒死人，今晚没有雨，明天也没雨。”

薛莲花奇怪地望着章文德问：“你咋知道这么多？”

章文德仿佛受到了鼓励，随口背诵一些农谚：“头伏萝卜二伏菜，三伏好种麦。淹不死的白菜，旱不死的葱……”

章文海和桂兰围了过来。桂兰说：“我也会，我也会……大毛愣出来，二毛愣撵，三毛愣出来干瞪眼。”章文海扒拉桂兰一下，站在桂兰前面，大声说：“谁不会呀！一斗穷，二斗富，三斗四斗卖豆腐，五斗六斗背花篓，七斗八斗绕街走，九斗一簸箕，吃喝不愁一辈子。”

薛莲花笑了，她说：“我也会。大麻子有病二麻子瞧，三麻子买药四麻子熬，五麻子买板六麻子钉，七麻子挖坑八麻子埋，九麻子坐炕哭起来，十麻子问他哭什么，他说大麻子有病我没来。”

他们几个如同五月节的赛诗会一般，你来一段他来一段，一直到小丁姑过来喊他们吃饭，才怏怏地散了。

薛郎中来过不久，小货郎也来了，他来得正是时候，章韩氏正为桂兰发愁。

那几天，桂兰被半夜里的雷声惊吓，浑身发热，直打冷战。晚间不睡，白天迷糊。章韩氏对章兆仁说：“我看桂兰眼眶子发青，一准是掉魂了。”章兆仁说：“别着急，明天有人去寒葱河，找老先生给写个拘魂码。”正巧这时，小货郎来了。

“拘魂码？”小货郎的头摇得跟他的拨浪鼓似的，“可我不会写字呀。”

章韩氏突然想到了章文德。

“知道都写什么吗？”章韩氏问。

小货郎说：“以前听说过。”

“记得全吗？”

“应该错不了。”

傍晚，章文德在小货郎的指导下，用毛笔在黄表纸上写了起来，一次没写好又写了一次，第三次又写错了，第四次章文德总算完整地写完了。

“好了？”小货郎问。

“好了。”

“你念一下。”

章文德念道：“荡荡游魂，何处留存？荒郊野外，庙宇山林。当庄土地，送于家门。家宅灶君，送于本身。失魂人：章桂兰，清晨起来抖精神。吾奉太上老君急急如律令敕！”

“对了。”小货郎说着回头瞅了瞅，问，“小丁姑没在吗？”

章韩氏说：“小丁姑在郑四娘房里呢。”

小货郎说：“一会儿让小丁姑过来帮忙，在心里默念三遍，再吹三口气。等桂兰睡了，嫂子你到灶坑，把这个拘魂码烧了。”

章韩氏连说“好”，说着拿起章文德写的黄表纸，那上面的字她认识不了几个，越发觉得神圣，对章文德说：“文德你多写几遍，记死记牢，不说别的，以后凭着写拘魂码的本事，也饿不死了。”

事实上，那个拘魂码还是写错了，写错并不怪章文德，是小货郎把咒语记漏了。少了一句“山神五道，河陆神仙”，因为叫魂还得请夜游神和五道将军帮忙，少了这关键的一句，拘魂码能算对吗？当然，章文德知道自己写的拘魂码不正确是多年以后的事儿了，当时他不知道，也不会那样去想。

小丁姑过来，小货郎心情更好了，处理完拘魂码的事，他还分别给章韩氏、郑四娘和小丁姑送了礼物，有发卡、胭脂盒和铜顶针。

章兆仁回来了，吃饭时小货郎才说起此行的主要目的，他告诉章兆仁和章韩氏，前几天他见到老掌柜了，老掌柜特意嘱咐他来找章兆仁，托他给章兆仁送一封信，不过这个信现在还不能看，只有到了危急关头才可以打开。小货郎说：“老掌柜说了，到爬不过坎儿的时候再拆开看！”

章韩氏问：“这么神秘，是锦囊妙计吗？”

小货郎说：“这个，我就不知道了。”

章兆仁接过油皮纸信封看了看，封口压着火漆，他小心翼翼地将信封收好，问小货郎：“二叔现在咋样？”

“安然无恙。”

"他人在哪儿？"

"这个，我就说不好了……不是我故意隐瞒，我也找不到他，都是他找我。"

章韩氏知道那个信封里装的一定是重要的东西，所以她不露声色地观察着章兆仁拿信封的动作。心想，只要放在家里，藏什么地方她都能找到。

阴历六月初六，寒葱河传来了噩耗，章吴氏老了！

章兆仁一家赶赴章家大院吊丧。那几天正是雨季，阴雨绵绵，道路泥泞。他们赶到寒葱河时天色已暗。

也许是心理暗示，章文德进了章家大院就觉得阴森森的，加之各个房子的门口都挂着黑布和白布，更加重了诡异的气氛。

章文智出事之后，家人一直瞒着章吴氏，连门口讨饭的小孩儿都知道章家孙少爷被绑票了，唯独章吴氏被蒙在鼓里，直到胡子被剿，章文智下落不明，章吴氏才知道实情。知道情况后她谁的话都不信了，她确信章文智已经不在了。自此之后，章吴氏一病不起，除了念佛，茶饭不思，不出一个半月就溘然逝去。

那几天，给章吴氏发丧送葬成了整个章家大院最重要的事情，院子里人来人往，忙忙碌碌。发送仪式十分烦琐，既有山东老家的讲究，也掺杂了关东风俗。章兆仁一家抵达章家大院的晚上，作为晚辈男孩的章文德和章文海就被安排夜里守灵。章吴氏要在她住的屋子里停灵三天。

守灵的还有章文礼，他跪在章文德和章文海前面。跪了没多久，章文礼就盘腿坐了起来，手里在摆弄着什么，章文海也没坚持多久，歪斜着身子打瞌睡。

夜深了，一片寂静。灵堂里油灯昏暗。章文德渐渐觉得身子发冷，头皮酥麻。

章文礼两只手扒着眼睛，伸长了舌头，突然回过头来。章文德被章文礼的鬼脸吓了一大跳，好像魂儿都被吓掉了。

看到章文德被惊吓的样子，章文礼哧哧地笑着。

“二哥，别这样好不好。”章文德哀求道。

章文礼小声说：“别这样？还早着呢，小反贼！……你装糊涂是不是？我和大哥卖黄豆的事儿是不是你出卖的？”

章文德一脸蒙相。

章文礼说：“就是你向我爹告的密！”

章文德说：“我没告密。”

“你不承认是吧？你等着，等我腾出空来，好好给你松松筋骨、熟熟皮子。”

“我没告密。”章文德委屈得快哭了。

章文礼说：“反正你把我得罪了。凡是得罪过我的人，我一个都不轻饶，都不放过。”

说完，章文礼不再理章文德，继续摆弄着什么。

章文德在后面默默地抽泣着。

突然，章文礼又回过头来，他的脸上贴着黄表纸，眼睛处抠了两个洞，嘴边的唾液湿出了口形。

章文德“啊！”的一声，身子发抖，紧紧闭着眼睛。

章文海醒了，愣怔怔地看着章文礼，突然爬了起来，向门外跑去，一边跑一边喊：“不好了，见鬼啦！诈尸了！……鬼来啦！”

白天，大人都各自忙活去了，几个孩子被安置在章文德家过去住过的老屋里。章文德、章佳馨、章文海、桂兰，还有薛郎中的女儿薛莲花和莲花姨表妹赵阿满。

薛莲花、章佳馨和赵阿满三人在炕上抓嘎拉哈，桂兰小，人家不带她玩，章文德和章文海两个半大小子，更加掺和不进去。抓嘎拉哈是旗人那边传下来的玩法，所谓的嘎拉哈是羊膝盖上的小方骨，四面分别叫坑儿、背儿、珍儿和轮儿。抓子时要先抛“布子儿”，“布子儿”是六块布片缝成的小口袋，里面包着粮食。嘎拉哈有好几种玩法，可以“抓子儿”，也可以“掷珍儿”，两个人可以玩，多人玩也可以。薛莲花她们玩的是抓子儿，先是将“布子儿”高高抛起，随即快速将四个嘎拉哈摆出同一个面，或坑儿，或珍儿，一边抛“布子儿”一边摆，等四个面都摆到了，最后抛起“布子儿”，一把将所有嘎拉哈都抓起来，这样，一局才算赢了。玩的过程中，赵阿满赢得最多，章佳馨第二。可在章文德心里，他希望薛莲花赢，所以每次薛莲花出手他都跟着紧张，也许是因为薛郎中的缘故，薛郎中和他家的关系好，总给他们帮助，可惜，薛莲花技术不够娴熟，每次一掉子儿，章文德的心都跟着揪一下。薛莲花输了，章文德也跟着惋惜。

章韩氏回屋取东西，见几个孩子能融洽地在一起玩挺高兴的，脸上露出满意的神情，只是这个表情很快就发生了变化，看到桂兰将裹脚布扔在炕头，她不高兴了，呵斥桂兰把脚缠起来。桂兰说：“这几个姐姐都不裹脚，为啥让我受罪！”章韩氏哪肯听桂兰说话，二话不说，抱起桂兰就给她缠脚。桂兰见周围的人多，故意大声哭起来。章佳馨对章韩氏说：“二婶，民国都这些年了，你怎么还老封建呢！”薛莲花也在旁边说：“是啊，现在很多家闺女都不裹脚了。”章韩氏不高兴了，说：“别人家的事我管不了，我自己的闺女，必须管！”

章韩氏给桂兰缠好了脚，警告桂兰一番才离去，章韩氏走了，孩子们玩的兴趣也没了。

事后，章韩氏对三个孩子说：“咱可不能学人家，赵阿满是旗人，薛莲花也算半个旗人，佳馨就不说她了，有那样一个妈，能带出好孩子才怪呢。”章韩氏还说：“看看那个赵阿满，大手大脚、大大咧咧的样子，将来婆家都不好找。”

章吴氏下葬当天下午，薛郎中带着两个孩子来老屋见章兆仁和章韩氏。

薛郎中说：“这个闺女叫阿满，是莲花的姨表妹，本来我要送阿满回碱场屯她娘家，赶上大太太老了，就耽搁下来了。”

章韩氏热情地拉着两个姑娘的手，冲着薛莲花说：“多好的姑娘啊，将来我儿子要是能娶到这么好的姑娘，我家可是祖辈烧高香了。”

薛莲花已经到了懂事的年龄，听章韩氏这样说，不免有些害羞。

薛郎中先是询问郑四娘的情况，听了章韩氏的介绍，脸上有了些笑模样。薛郎中说："这次你们回去，我给郑四娘捎十服药，再调理调理。"

"还是上次那个药吗？"

薛郎中说："不一样，这次是归丹三鳖汤，主要是鳖甲、玄参、地骨皮、太子参什么的，功效与之前的药有些区别。"

"还是一天吃三次？"

"这个吃法不同，每天早晚两次就行。"

"我爹还带酒来了呢！"薛莲花在一旁插嘴说。

薛郎中笑了，说："我带了坛酒过来，想请兆仁兄弟喝点酒。"

章韩氏连忙说："这怎么行呢，理应我们请你喝酒，你咋还自己带酒来了呢。"

章兆仁用胳膊肘儿捣了一下章韩氏："去，快去弄几个下酒菜。"

晚上，章兆仁和薛郎中两人在炕上喝酒，一个时辰过去，他们的情绪高涨起来，丝毫没有结束的意思。章韩氏担心章兆仁的身体，自己又不好说什么，私下嘱咐章文德过去传话。"要对着你爹的耳朵眼儿小声说，别让薛大夫听见了，知道不？"章文德点了点头，还没等他进屋，就听到章兆仁在里屋叫章韩氏。

"来，坐桌子边儿来。"章兆仁对章韩氏说。

"你待客，我哪能上桌呢？"章韩氏说。

"上来吧！"章兆仁伸手拉了章韩氏一把，"薛大哥正说大事儿呢。"

原来，薛郎中跟章兆仁提到，要给章文德和薛莲花定娃娃亲。章兆仁受宠若惊，连忙把章韩氏叫过去。章韩氏听明情况，先是欢喜，继而又有些不安。和薛郎中结亲是巴不得的大喜事，可又怕章文德配不上薛莲花，委屈了人家闺女。章韩氏把自己的想法说了出来，薛郎中笑着摆了摆手，说："现在是啥时候？兵荒马乱的年月，咱不图闺女大富大贵，只求她一辈子平平安安。你们家我掂量了好久，本分厚道，知根知底。再说文德那孩子，心地好，勤劳，踏实，靠得住。"

听薛郎中这样说，章韩氏的心里安稳踏实了许多，不禁喜形于色，说：“那敢情好啊，你这么瞧得起我们，我们感激不尽呢。”

章兆仁跟着溜话儿：“对，感激不尽。”说着，自己喝了一盅。

章韩氏用胳膊肘儿捣了捣章兆仁，小声说：“你少喝点，多敬敬亲家！”

章兆仁套车准备回莲花泡那天，天仍旧阴沉着，早晨薛莲花在老屋门前走了两趟，没看见章文德，只有章文海和桂兰冲着东方天空喊着——“老天爷，别下雨，包子馒头都给你。”“一盆炭，一盆火，太阳出来晒晒我。一盆火，一盆炭，太阳出来晒晒王八蛋。”

“你们喊啥呢？”

“喊太阳。”桂兰说。

章文海说：“俺们要回莲花泡了，可不想路上被大雨给浇了。”

薛莲花笑了，说：“你们喊就能把太阳喊出来呀？”

“能啊，看你喊的声大不大，太阳公公能不能听见。”桂兰认真地说。

薛莲花咯咯地笑：“太阳公公也要睡觉呢。”

说来也真是巧合，云层中露出了光芒，出现了彩色的晕圈。

“快看快看，太阳要出来了。”章文海大声说。

“虹，有双虹！”桂兰伸手指着。薛莲花抬头看了看，学着大人说话的口气告诫桂兰：“小孩不能用手指双虹，指双虹要烂手指的呀！”

章文海撇了撇嘴说：“那是骗小孩的。”

临分别，很多人都到大门口送行，人群中，章文德发现了薛莲花，薛莲花也看到了章文德，她有些难过的样子，意味深长地瞅了章文德一眼。

那年秋后，莲花泡老宅的场院着了场大火，大家都集中精力去场院扑火时，火随风势蹿到了老宅院内，老宅的房子都是草房，木梁架子，加之草木干燥，大火很快蔓延开来。等大家从场院跑回老宅救火，火势已经无法控制，开始还能冲进屋里抢些东西出来，后来过火面积增大，浓烟滚滚，人都进不去了，只好眼睁睁看着，任由它烧了下去。

不消一个时辰，着火的房子都烧落架了，冒出一股股黑烟，发出难闻的焦煳味儿。老宅院子里一共十一间房，烧毁了七间，只剩下后院郑四娘和长工们住的房子，还有北面的磨坊、马棚和仓房得以幸免。

大家扑余火的扑余火，整理物品的整理物品。章兆仁坐在倒扣着的水桶上，卷着蛤蟆头烟叶，一边抽一边咳嗽。章韩氏放下獾子皮和手里的被褥，径直走到章兆仁跟前，把他嘴里的烟抽了出来，扔到脚底下踩死。“你个老鳒巴，还敢抽烟。”这时，章韩氏突然想起了什么，她四下张望，问有人看见章文海、桂兰没有。被问到的人都摇着头。章韩氏大声叫着：“文海！桂兰！”没有回应，章韩氏开始四处找人，在通往后院的过道，章韩氏碰到了担水的章文德。“文德，看见弟弟妹妹了吗？”

章文德想了一下说：“应该在大嫂那里吧。”

章韩氏连忙跑到后院，推开郑四娘的房门，见章文海和桂兰正在吃苞米。章韩氏走到两个孩子跟前，一把把孩子搂了过来，眼泪噼里啪啦往下掉，有几滴还落在了正抬头的桂兰脸上。桂兰不知所措，也跟着哇的一声哭了。

“四娘，谢谢！”

郑四娘眼圈儿也有些发红，对章韩氏说：“二婶，你咋还谢我呢。”

“爹！”章文海对门口叫了一声。

章韩氏回头一看，见章兆仁和章文德站在门口。章兆仁手里又拿着一根点燃的卷烟。

郑四娘对章兆仁说：“二叔，我领后厨做好饭了，一会儿招呼大伙吃饭吧。”

章兆仁点了点头，转身走了。

章韩氏追上章兆仁就埋怨起来，埋怨他不该对郑四娘冷脸子。“人家帮你这么多忙你不说个谢字也罢了，干啥还脸上挂霜，不搭不理的？”

章兆仁仍板着脸说：“我没有。”

“还说没有？看看你现在，驴脸拉得老长……我知道大火烧了东西你心疼，可已经烧了，你难过也没用，幸好大人孩子都平安，牲口也都安全，别难过了，难过也没用，如果难过管用，我陪你难过，我去叫老宅上上下下的人都过来陪你难过。”

章兆仁说：“糟践东西我是心疼，可我最心疼的不是那些……哎呀，这回完了。”

“啥东西呀？”

“我藏在房梁下的墙缝里……救火的时候咋就没想起，先把它抢出来。”章兆仁说着，又拿起烟来抽。

“还抽，你不要命了？”章韩氏把烟抢下来。

章兆仁摊开双手，哀叹着：“完了，彻底完了。”

“到底啥东西呀？”

“老掌柜留的信呀，老掌柜留话说遇到大事儿的时候打开……真说不准老掌柜已经预见了这次火灾，后悔没早点打开看看……”

章韩氏说：“老掌柜也不是神仙，火灾他也能预见？况且，那根本不是啥锦囊妙计，是一份地契。”

“啥地契？”

“老宅的地契呗。”

“……嗯？你是咋知道的？”说着，章兆仁举起了手，要打章韩氏，“好啊，你竟然敢私自拆信，反了天了，你个臭老娘们。”

章韩氏闪身躲开，大声说：“真是狗咬吕洞宾，不识好人心。我要不拆开，能把它保存到我的首饰盒吗？若不是保存到首饰盒里，早让火烧了，到时候你哭干了眼泪都没用。”

“那东西在你手里？”章兆仁怔怔地问。

“在我手里，你要不好好谢我，那就是我的，你的在棚顶呢，已经让火烧了。”

章兆仁松了一口气，小声嘟哝着：“这臭老娘们，真不守妇道。”

吵归吵，晚上章兆仁和章韩氏就和好了。郑四娘一再劝邀，章韩氏一再坚持，最后，章兆仁和章韩氏还是住在马棚里。躺在充满马尿臊味的棚子里，他们不知不觉搂在了一起。按理说，刚刚经历了惊吓和劳累，他们本已疲惫不堪，可很多事就是这样说不清楚，他们亲热得反而比平时更急迫、更激烈。

汗消了，章兆仁和章韩氏说起孩子来，章韩氏觉得章文德除了生性怯弱之外，优点还挺多，勤劳本分，心地善良。她担心的倒是章文海，总觉得他病恹恹的，做事还莽撞，不计后果。章兆仁说："入冬前修好房子，生活就稳定了，你使使劲儿，明年再生个儿子吧。"

"要是闺女呢？"章韩氏说。

章兆仁立即转过头去，不说话了。

火灾过后，曹彩凤带章佳馨来了一趟老宅，代表章兆龙来慰问大家，送了两车过冬的棉衣被褥和一些日常生活用品。章佳馨单独找过章文德，送章文德一本书，是线装版的《新国文》。章佳馨对章文德说："没事时看看吧。"

章文德瞄了书一眼，问佳馨："寒葱河河西那片高粱是不是受病了？"

佳馨有些摸不着头脑，想了想说："可能吧。"

章文德说："今年那块地土热，加上夏天雨水大，那片高粱怕是没什么收成了。"

佳馨愣了一下，问："你听谁说的？"

章文德说："没听别人说，种地的时候我就知道了。"

佳馨叹了口气，说："你不读书真是可惜了。"

章文德说："我读书没用，也不是读书的料。"

佳馨一本正经地说："种地也是学问呀，种地更应该好好读书。"

章文德对佳馨轻蔑地笑了一下。

第五章

13

寒来暑往，草青草黄，春秋旋转着画了几个圈儿，章文德下巴上就冒出了毛茸茸的胡楂儿。

那年深秋，莲花泡周边的山冈已经变成了五颜六色，几年不见的稀客从佩祥突然出现在莲花泡老宅。

章兆仁对从佩祥一直充满了感激，把他看成是救命恩人，所以见到从佩祥就如同见到亲人一样。一向单枪匹马、神出鬼没的从佩祥这次还带来了一个“儿子”，一个虎头虎脑、眼睛发亮的小小儿，从佩祥管小小儿叫“儿子”，可那个小小儿却管从佩祥叫“叔”。

从佩祥向章兆仁介绍：“这小子大名叫从勤致，小名狗剩儿。”

“从勤致，哪几个字？”

“还是叫他狗剩儿吧，叫大名他也不会答应。”

“狗剩儿好，名好记。”

从佩祥说：“大哥，我这次带狗剩儿来，是来给你添麻烦的。”章兆仁说：“你这样说就外道了，那年要是没你的獾子血，我早去阴曹地府了，哪里还有今天。”从佩祥也不再客套，向章兆仁讲明了来意，他是想把狗剩儿寄养在章兆仁家一个冬天。

从佩祥不想让狗剩儿跟他一样当猎人，他希望狗剩儿能跟章兆仁家的孩子一起读书。章兆仁有些犹豫，狗剩儿寄养在他家没问题，要读书就不好办了。莲花泡老宅没有现成的教书先生，他也没打算请一个教书先生到家来教孩子们读书，他想让自己的三个孩子务农，至少到目前还没有让他们读书的打算。听完丛佩祥的来意，章兆仁也只能把莲花泡老宅没有读书条件的情况对他讲了。丛佩祥笑着说："不打紧，我知道狗剩儿这小子不愿意读书，你家文德肚子里有墨水，让文德带带他就行，能识几个字算几个字。退一万步说，就算狗剩儿不读书，跟着你学做人、干农活，我也放心，总比跟着我整天钻山沟儿强。"章兆仁说："你这么瞧得起我，我还有啥说的，把狗剩儿留下吧！"

丛佩祥来，章韩氏也十分高兴，她让后厨多加了四个菜。晚上吃饭时，章韩氏还张罗着让几个孩子见面，把狗剩儿介绍给章文德兄妹三人。他们四个孩子中间，章文德和章文海已经算是整劳力了，章文德虽然不到十八岁，章文海也只有十五岁，可他们的个头儿已经比章兆仁高了，身子骨也壮实，只有桂兰和狗剩儿年龄差不多，狗剩儿属马，比"老疙瘩"桂兰大一岁。

章兆仁对章文德说："以后你多带带狗剩儿，教他识字，从今儿个开始，他就是你弟弟，就是咱家老三。"

桂兰抬头问："那我呢？我是老四吗？"

章文海对桂兰说："这是男人之间论的，没你的事儿。"

章文德说："哪有工夫识字，我一天到黑都在地里。狗剩儿也跟我下地吗？"

章韩氏说："狗剩儿才十二岁，我可不舍得让他下地干活。"

章文德斜了章韩氏一眼，说："我十二岁可下地干活了，娘你真偏心眼儿。"

丛佩祥说："狗剩儿既然住在你家，你们就当是自己家的孩子，该打就打，该骂就骂，该干啥活儿干啥活儿，这样我才真的放心呢。"

章兆仁瞅了瞅章韩氏，章韩氏笑着说："佩祥兄弟，你就放心得了，不放心你也别走了。"

章兆仁说："是啊，你的岁数也越来越大了，不能老是一个人待在山里，也该下山了。"

"我命中注定，就得一辈子待在深山老林啊。"从佩祥说着，自己哈哈大笑起来。

吃过饭，章文德兄妹三人送狗剩儿到院子里，狗剩儿被安顿到章文德和章文海的屋子。那个屋子以前是郑四娘住的，郑四娘身体恢复之后回了一趟露水河。露水河虽说是郑四娘的娘家，现在也只剩下娘家舅舅一个亲人了。她舅舅在火车站前面开了一个杂货铺，郑四娘回去后向舅舅讲起自己在章家的遭遇，舅舅唏嘘不已，很是心疼。

"娘亲舅大，"舅舅说，"老姐姐没了，只剩下你这么一个女儿，我也没个一儿半女的，你就留下给我当闺女吧，别再回章家了。"就这样，郑四娘留在了露水河，帮着舅舅打理杂货铺的生意。

郑四娘走了之后，后院的房子空了一年，直到确认郑四娘不再回来了，章韩氏才把房子分派给了章文德和章文海哥俩，现在，狗剩儿也住了进来。

章文海好奇山里打猎的生活，向狗剩儿问这问那。狗剩儿几乎不说话，只是点头或者摇头。章文德以为，狗剩儿刚来怕生才不多说话，所以也没太在意。

"听说猎人身上都有狼牙，狼牙辟邪吗？"

狗剩儿瞅了瞅章文海，想说什么，又把嘴巴闭紧了。

桂兰在一旁插嘴："从大叔有狼牙吗？"

不想，狗剩儿说话了，他说："狼牙算啥呀，我叔才不稀罕挂那东西呢？我叔戴的是虎牙。"

桂兰更加好奇，问："虎牙？虎牙是啥样儿呢？"

狗剩儿想了想，不再说话了。

东北深山老林里，老早就有虎牙辟邪、防止中风、提增内气的说法，这种说法流传了多少代无从考证，不过，很多上了岁数的人还坚信这一点。

据说，真正的虎牙是乳黄色的，牙上有明显的裂纹。而判断虎牙真伪的重要依据就是裂纹，虎牙的裂纹十分特别，与其他任何动物的牙齿都不同，得明白人才会看，比如判断象牙的真伪，也是看裂纹，象牙有井字纹，假象牙是烤不出井字纹的，还有，用干草试验，象牙经过草木都是顺茬儿，俗称“横草不过”。虎牙的裂纹藏着秘密，暗藏了霸气。早些年，猎人就有佩带虎牙饰物的习惯，在虎牙的根部用金刚钻打上眼儿，再用浸过猪血的麻绳系牢，挂在腰上，遇到险情时，虎牙就会提示你，向你报警。民国之前，一些胡子头儿，也在腰间挂虎牙，他们不再把虎牙的根部钻眼儿，而是用金银镶嵌虎牙，那样，少了一些血腥之气，多了一些美感。一般来说，小绺的土匪是没有虎牙的，虎牙如同富贵人家的镇宅之宝，有虎牙的绺子一般都声势浩大、声名显赫。

虎牙还有一种特别的功能，佩带虎牙的人看到他人时，可以洞察到对方的前世，也就是说，只要你佩带虎牙，就能看出别人上辈子是什么托生的，比如猪、羊、鸡什么的。传说早年有个猎人打死了一只老虎，带着虎牙回到家，看见自己家院子里有头老母猪正在拱杖子，他心想，这方圆几十里也没人养猪啊，一定是野猪了，于是就开枪射杀了那头母猪，结果发现杀死的是自己媳妇。

说到佩带虎牙的猎人，也不是谁都能有那样的福分。在老爷岭一带，真正打死过老虎的只有丛佩祥一个人，而他腰里的确挂了一个虎牙。

狗剩儿来了之后，章兆仁和章韩氏几乎没听他说过话。他总是把自己一个人关在屋子里，整天无精打采、闷闷不乐的样子。章兆仁把“带”狗剩儿的任务交给了章文德，章文德觉得狗剩儿生性，怕自己驯服不了他，于是和文海商量，让文海帮他一起“带”狗剩儿。

冬天农活少，培养狗剩儿对庄稼的感情得从积肥开始。章文德先是对狗剩儿讲了粮食对人的重要性，俗话说，民以食为天，几天不吃就得饿死。接着他又讲粪肥是庄稼的粮食，没有粪肥是长不出好庄稼的。农村的粪肥来源很多，牛马、猪羊、鸡鸭，当然还有人的屎尿。那些粪肥的成分和功用不同，适合不同的大田作物和庭院蔬菜。章文德带着狗剩儿一边分类归集粪肥，一边耐心地向他讲解不同种类粪便的用途。狗剩儿一言不发，也不知道他听进去没有。

东北农村的积肥方式与关内不同，屎尿冰冻之后，已经没了味道，他们用尖镐将粪肥刨成块状，再用牛车拉到积肥场，那里堆着一个一个粪堆。开春之前沤肥，粪堆要用树枝、秸秆什么的围住，上面覆土，里面点火。粪堆十天半个月慢慢地冒烟儿，慢慢地沤肥。沤肥是一个再发酵的过程，也是为了消灭粪便中的虫卵，减少第二年虫害。章文德有滋有味、头头是道地讲着，狗剩儿却不感兴趣，让他刨粪，他十分不情愿，实在没办法也不好好干，故意刨得里倒歪斜，带粪的冰碴四下飞溅。

晚上吃饭，章文德和章文海都觉得身上臭烘烘的。前面说了，冻成冰的粪便是没味儿的，可狗剩儿蹦到他们身上的冰碴，融化了就不一样了。

第二天早晨，章文德喊狗剩儿出工时，发现狗剩儿已经无影无踪，他在大院里找了几圈都没找到人。

章文德抱怨章文海没带好狗剩儿，章文海不愿意听了，说："你咋不说你没带好呢？"

"你咋还跟哥顶嘴呢？"

"哥咋的啦，哥说啥就是啥？错都是别人的，自己永远是对的？"

章文德心里清楚，章文海对自己并不服气，很多年以前，他们哥俩就拉牛筋草较量，那个也叫野鸡爪的草茎，韧性强劲，得使出浑身的劲儿才能拉断。小时候，章文海不是因为牛筋草草茎断了，而是体力不支，这两年，他长壮实了，兄弟俩很容易拉断牛筋草，不分伯仲。

章文德在章文海那里碰了壁，他就去找章韩氏，对章韩氏说："狗剩儿这小子又懒又滑，出息不好就成了二流子。"章韩氏问："你是怎么看出来的？"章文德说："他一点都不愿意做活。"章韩氏说："谁愿意做活？谁不知道待着舒服？你小时候也不愿意做活，现在不是成大劳力了？狗剩儿还是小孩子，迁就他一些吧。"

章文德默不作声，反正他把情况反映了，以后也可以理直气壮地不带狗剩儿出门了。

大院里，狗剩儿从不主动跟别人搭腔，别人跟他打招呼，他也不稀的搭理，眼睛斜楞着瞅你，只有桂兰能跟他说上话，桂兰管狗剩儿叫“剩哥”，狗剩儿管桂兰叫“老疙瘩”。

“小丫蛋儿，梳俩辫儿，踀达踀达上河沿儿。挖两坑，下两蛋……”狗剩儿对老疙瘩喊，老疙瘩听他这样喊，就追着打他，狗剩儿边跑边笑，样子十分开心。

狗剩儿似乎天性就野，到了山林野外，他的胳膊腿儿就如同卷曲久了的弹簧，弹力十足，不知疲倦地撒起欢来。“虎卧石砬上，鹿趴岗鼻中，猪居松树根，黑瞎蹲仓洞，狍子找窝风。”说起这些嗑儿时，西风吹在狗剩儿的脸上，一副信心十足的样子，桂兰心里不知不觉生发起敬佩之情。

秋天落叶之后，很快就下了雪。狗剩儿带着老疙瘩在山前河边玩出不少的花样儿。刚一下雪，狗剩儿就带老疙瘩去后山下兔子套，头一天晚上下的套，第二天早晨遛的时候，就拎回两只野兔。

第二场大雪后，天刚刚晴，狗剩儿的眼睛就开始铮亮，眼波中跳动着难以自禁的喜悦，他对桂兰说：“走，带你去抓狍子。”

“抓？咱能跑过狍子呀？”

“反正你跟我去就行了。”

狗剩儿领着桂兰去北山石砬子抓狍子。之前那场雪特别大，下雪的时候天显得很低，大片的雪花悠闲、安静地飘着，漫天飞舞，下了两天。雪一停，北风就吼叫着刮了起来，把地上的雪再扬起来，天地之间白茫茫一片。经过风吹的积雪层或深或浅，薄厚不均，围墙、土坎的地方可以没人深，一般的低洼地也齐腰深，而冰封后的河道里雪却很浅，有的地方甚至露出了晶亮的冰面。

雪晴了，林子里的狍子就跑了出来，它们习惯到高坡地带觅食，常常跑到石砬子下岩石裸露的地方闲逛。

狗剩儿肩拉柞木爬犁，手拎着一根榆木棒子。桂兰领着六个月大的

“四眼儿”——那条东北笨狗，它也显得异常兴奋，活蹦乱跳地跟在桂兰身后。

北山石砬子下面，果然有四五只狍子，听到狗剩儿的喊声和狗的叫声，距离一百多米时，几只狍子就慌乱了，它们开始四处奔跑，怎奈到处都是深雪，两只慌不择路的狍子已经陷到雪窝里。狗剩儿一点点靠近狍子，陷在雪窝里的狍子跑不起来，移动十分困难，当然，蹚着大雪，狗剩儿追赶起来也很吃力，那是一场智慧和耐力的比拼，狍子拼命逃，狗剩儿拼命追赶。一个时辰过去了，狗剩儿已经捕杀了两只狍子，等到天擦黑的时候，狗剩儿一共捕杀了五只狍子。

天色一点点暗了下来，狗剩儿也消耗了他全部的能量，他走不动了。这个时候，桂兰也由原来的兴奋变成了恐惧，她四顾白茫茫的山野，看不见人，也望不到家，桂兰紧张得哭了起来。

东北冬天的气温就是这样，比起太阳落山后的严寒，白天的寒冷实在算不了什么。如果刮起了北风，夜晚的气温会骤然下降到零下四十摄氏度左右，滴水成冰绝不是传说。没多久，狗剩儿和老疙瘩白天跑湿的衣服先是挂了白霜，后来结起冰来，稍一摩擦就沙沙直响。“四眼儿”也围着他们打着转儿，汪汪地乱叫。

天黑了，狗剩儿把几只狍子围在一起，他和老疙瘩坐在狍子中间，他们相拥着，靠彼此的体温来抵抗寒冷。这时的桂兰有些绝望，她瞪着大眼睛，直勾勾地，眼里没有泪水只有恐惧。

好在晚上起的风还没有把他们的脚印抚平，天没黑透，章兆仁就带着人找了过来，在狗剩儿和桂兰没被冻透冻僵之前找到了他们。

虽说桂兰回来了，章韩氏却吓坏了，她对章兆仁说：“真是老猫炕上睡，一辈传一辈。狗剩儿这孩子玄乎啊，天生就不是种地的料儿。”章兆仁说：“别乱讲话，老从兄弟没成家，狗剩儿哪是他的孩子……”章韩氏说：“你瞧狗剩儿那眉眼和下巴，不是老从兄弟的才怪呢。”

章兆仁说：“咱俩说就算了，当外人面可不敢说啊，宁说玄，不说闲！”

“说真格的，狗剩儿是谁的孩子不打紧，这不关咱们的事，我也不挂心，我担心的是桂兰，这样下去，桂兰就让狗剩儿给带坏了……”章韩氏迟疑着说，“当家的，依我看，咱还是把狗剩儿送回去吧。”

章兆仁立刻拉下脸，说：“那怎么行，哪个孩子不淘气，不犯错？好好规矩规矩他就是了，要是这样把狗剩儿送回去，咱也太不仁义了吧？你好意思跟老丛兄弟张嘴呀，反正我是不好意思。”

章韩氏见说不动章兆仁，一时也没了主意，就不再勉强他了。

章文德对狗剩儿不发表任何看法，吃了狍子肉，他觉得很香。章文海对狗剩儿刮目相看，以前他跟白美发和几个长工打过猎，套过野兔和狍子。狗剩儿比自己小那么多，却一次空手捕获五只狍子，这个，他可从没想过。不过章文海还有些不服气，觉得狗剩儿的运气好，有机会他要跟狗剩儿比试一下，较量一番。

过大年时，章兆仁一家要去寒葱河章家大院拜年。即使是一家人，每个人的想法也不一样。章兆仁一直希望能见到章秉麟，哪怕见一面也好。章韩氏则不同，她去寒葱河算是为了“顾全大局”，如果依她自己的想法，不去最好。章文德当然想去寒葱河，朦朦胧胧之中，他对薛莲花有一种惦记或者期待。对于章文海和桂兰来说，他们无所谓，只要有热闹他们就高兴。

来到寒葱河，怀抱着希望的人，希望落空了；心存朦朦胧胧愿望的人，没想到竟然获得了惊喜；不抱任何希望的反而有了意外收获。先说落空的，章兆仁没能见到章秉麟，因为根本没人知道章秉麟在什么地方。关于章秉麟的传说，家里已经有了好几个版本，有的说章秉麟去了南方，有的说在蓬莱阁见过他，也有的说章秉麟就在老爷岭，他隐居在过去参农的窝棚里。不知道章秉麟是把这个世界看透了，还是他人情练达，预知了风云变幻、风雨飘摇的年代。总之，章秉麟并没出现在章家大院，自从生日宴之后，他就没在章家大院出现过。惊喜先不说了，先说收获。拜年时，章兆龙隆重地请下人送上一块牌匾，牌匾上书“贤良淑德”。章兆龙解释说，这四个字一字千金，是前朝二品大员龚老爷的手迹，表彰弟妹对章家做出的贡献。章韩氏自是心满意足，觉得这次回寒葱河非常有意义。回到客居的老屋，章韩氏问章兆仁："唉，你说前清大臣给我写的牌匾挂哪儿呢，挂大门口不太合适，挂正房门口吧，有二爷写的牌匾，你说挂哪儿好呢？"章兆仁不会说话，说："挂内室吧，你一起炕就看见了。"章韩氏噘起嘴来，说："你咋这不通人情呢，挂咱屋里，谁能看到？"章兆仁说："那你看着办吧，你说挂哪儿，就挂哪儿。"

最后再说说惊喜，惊喜只关章文德一个人的事情。正月初三傍晚，章文德要去寒葱河主街上看秧歌表演。出门时，他随手把外屋地里的垃圾带走了，没用的扔在大院外，可以沤肥的扔到了地头的粪堆旁。

那天街上聚集了很多人，大家都等着秧歌队来。没多大一会儿，秧歌队出现了，先是踩高跷的走到街中央，他们的扮相大家都熟悉，不是仙女就是老寿星。接着，又一支秧歌队来了，唐僧、孙悟空、猪八戒、孙二娘、嫦娥、哪吒等都出现了，那是一个不同时空的大杂烩。有趣的是，街道两旁的人更喜欢"媒婆"和"傻柱子"，他们出现之后，气氛热烈起来，鼓掌声、喊叫声、口哨声响成一片。就在这时，章文德闻到一股气味儿，那种气味儿是平时在香草、瓜果中找不到的，是一种他从未闻到过的香味儿。他觉得身子如干柴点燃了一般。章文德斜眼一看，发现薛莲花站在他身边。第一次闻到少女诱人气味儿的章文德，羞涩和紧张感立即笼罩了全身。

薛莲花没跟章文德说话，章文德也没跟薛莲花说话，他们本分地看着街道上灯火下的表演，有意无意地听着大家的喝彩声。

突然，章文德觉得自己张开的手里填充了什么，他没敢看，可他知道那是一只手，温热的、肉乎乎的小手。

章文德知道那只手是薛莲花的，他紧张而兴奋地把那只手攥住了。

章文德和薛莲花谁都没说话，他们只是默默地攥着彼此的手，出了汗，仍旧紧紧地攥着。

此刻，秧歌队的表演已经模糊了，章文德只感觉到薛莲花的手，他们默默地、长久地攥着，将身体灼热的激情都传递到手上。

秧歌队表演结束，大家陆续散开，章文德手里的“手”也消失了。

章文德四下望着，已经没有了薛莲花的影子，他奇怪，薛莲花为什么没跟他说一句话。

章文德喜气洋洋地回到家，章韩氏却冷着脸堵在门口。

“是不是你，把垃圾拿走了？”

章文德看着大惊小怪的娘，丈二和尚摸不着头脑，笑嘻嘻地说：“还是我勤快吧。”

章韩氏大声说：“不该勤快瞎勤快！正月初三之前不能扔东西，扔就扔掉一年的财气，这个你不知道哇？”

章文德真不知道。他仍沉浸在喜悦的心情里，对娘嬉皮笑脸地挠着头。

在寒葱河，章兆仁态度谦恭地参加了薛郎中举办的家宴，说是家宴，实际上是在小镇“福来酒馆”里举办的。薛郎中说，章兄章嫂自不会见怪，家里没夫人主事，只好借助小店来行家宴之请。

章兆仁自是无话可说，章韩氏表示在哪儿见面都不重要，重要的是和谁见面。“亲家公，你如果太客气了，我们反而不知该怎么办了。”

薛郎中说：“不知道兆仁兄和弟妹对小女和令郎的婚事如何打算？”

章兆仁说：“我们盼着越快越好。”说着瞅了瞅章韩氏。章韩氏说：“我们巴不得尽快娶新媳妇进门，文德过了年十八岁，莲花也十七岁了吧，都到了男大当婚女大当嫁的时候了。”

薛郎中说：“我找先生看过，明年是合婚的好年景。你们看，如果觉得行，过了年就选个双月双日，把他们俩的喜事办了？”

章韩氏说：“那太好了。”章兆仁则默默地喝了一大杯酒，喝过之后，自己就趴在桌子上了。

正月过后，章文德和章文海在莲花泡见到了狗剩儿，他仍旧沉默寡言的样子。

章文德知道狗剩儿对农事话题不感兴趣，就和他谈起了北山的张三。果不其然，狗剩儿的眼睛立刻亮了起来。

章文德说："北山的张三是只独狼，它祸害莲花泡好多年了，可它神出鬼没，时有时无，来无影去无踪，没人能确定张三到底在哪里。"狗剩儿说："我知道它就在那儿，它比人聪明，知道什么时候该来什么时候该走。"

"你怎么知道？"章文海问。

狗剩儿问："你见过它吗？"

章文海说："没有。"

"莲花泡的猪丢过吗？"

章文海点了点头："年前，莲花泡西张白坎家的猪没了，说是半夜里吱吱乱叫，天亮一看，两百斤的猪无影无踪了。"

狗剩儿说："让张三赶走了。"

章文海张大了嘴巴："真的吗？"

章文德说："怎么可能，张三能叼动两百斤？"

狗剩儿说："张三会赶猪，它咬着猪的耳朵，用尾巴打猪的屁股，猪就乖乖地跟着走了。"

章文德紧张起来，问："真的？"

"还好，现在它还有得吃，如果没有吃的，它就会攻击人了。"

章文德张大嘴巴，一时说不出话来。

狗剩儿说："现在是冬天，如果张三长时间没东西吃，太饿了，人就要小心了。晚上走夜路，觉得肩膀上搭个东西，千万别回头，一旦回头，脖子就会被张三咬断了。"

"是吗？太吓人了。"

狗剩儿说："不过你也别害怕，狼是麻秆腿，豆腐腰，铁脑袋。张三要攻击你，你就往它腰上踢，踢着它，它就掉了腰子，瘫在地上站不起来了。"

"是吗，是不是传说的呢？"章文德问。

狗剩儿说："信不信由你！"

“那你，”章文海试探着问，“有办法除掉那个祸害人的张三吗？”

狗剩儿想了想，说：“现在还不是时候，再饿它一段时间。”

事后，章文德和章文海说起张三的事儿，章文海说狗剩儿还小，对付不了张三。他提议他们兄弟几个联手除掉祸害人的张三。“我听白美发说过，可以赶张三进陷阱……”

章文德说：“他们以前不是试过了吗？那条老狼可精呢。”

章文海说：“我听过一个法子，带着几条狗一同围猎，把张三赶到冰面上，说不准能抓一条活的呢。”

章文德直摇头，说：“刚封冻的时候还行，河面上的冰溜滑，现在河面都是沉雪，又厚又硬。”

章文海皱了皱眉头，说：“你别着急，总能想出办法来。”

天放晴了，狗剩儿肩搭一条麻袋，手拎一根比他个子还高的铁钩子向后山走去。这些日子，章文海一直暗中盯着狗剩儿，他想，狗剩儿一定是去打张三了，可他那身行头，别张三没打着，反而让张三给伤了。章文海腰里塞了一把砍刀，扛一把铁锹，紧紧尾随在狗剩儿身后。

他们一前一后沿沟膛边的羊肠小道走着，小道一边是长垄坡地，一边是幽深的山涧沟底，枯黄的干草又高又密，章文海稍不留心就容易把狗剩儿跟丢了。

快到山根时，章文海看到了张三的粪便，狼的粪便与狗的粪便有很大的区别，石灰白色，干巴巴，中间还夹杂着毛发什么的。老虎是不留粪便的，据说每次排泄后都自行掩埋起来，也有人说老虎的粪便是药材，可以治跌打损伤，不过，既然找不到粪便，治疗的事儿就说不上了。张三的粪便经常可以见到，这说明什么，说明它一定光顾过这些地方。

狗剩儿走到山根，突然又折回身子，向山下走来。章文海躲闪不及，主动跟狗剩儿打招呼。“你去打张三，怎么也不告诉我一声？”

狗剩儿瞅了章文海一眼，没说话，闪身从他身边走过。

章文海跟在狗剩儿身后，大声说：“我总能帮你一些忙吧！”

狗剩儿停下了，冷冰冰地说："谁说我要打张三？"

"那你去山根干啥？"

"刚才去狐狸洞前溜套儿啦。"

"啥？"章文海有些惊讶，"狐仙你也敢套？"

"啥狐仙，以前在山上，叔经常领我套狐狸。……咋的？你不敢了吧？"

"我？"章文海被将军了。

"谁说我不敢，我才不信邪呢。"

"那好，现在我去场院边打黄皮子，你过来帮忙吧。"

"打黄仙？……"

狗剩儿轻蔑地笑了一下："怎么？到底还是不敢吧。"

章文海瞪了瞪眼睛："谁说我不敢？走！"

走了一个时辰，他们来到场院西侧，那里有一个松土包儿，上面长着稀疏的杂草。狗剩儿先是确定了黄皮子的前洞，在洞口堆了一些树枝和干草，随后找到黄皮子的后洞，用石块和土块垒出一个一丈长的封闭通道，将麻袋套在通道出口。

"一会儿我在前洞生火，把黄皮子熏出来，你在后洞收口袋，如果它不进口袋，你就用铁钩子赶它。"说完，狗剩儿一路小跑去了前洞。

前洞的火燃烧起来，浓烟滚滚，没多大一会儿工夫，封闭通道里有了动静，章文海的心也随之往上提，好在很快就平复了，精神高度集中起来。很快，封闭通道里有了响动，只是响动只停留在封闭通道中。章文海将铁钩子从石块和土块的缝隙中伸进去，驱赶着里面毛茸茸的活物儿，不知道是缺乏技巧还是铁钩子认生，无论他怎么使劲儿，里面的活物儿怎么都不肯钻进麻袋里。

狗剩儿过来了，他接过章文海手里的钩子，捅了几下，活物儿噌的一下钻到麻袋里。狗剩儿立即锁紧麻袋口儿，拖着里面吱吱乱叫、扭动的麻袋，走了几步，在一块青石上摔打起来，每摔一次，里面的叫声都十分惨烈。渐渐地，叫声越来越小，直到没了声息。狗剩儿将麻袋放在地上，捏住麻袋后角，腾的一下，倒出了一只黄皮子，那只黄皮子嘴角流血，身子瘫软，咽气后还睁着眼睛。

章文海蹲在黄皮子尸体前仔细查看，他想起前屯张白坎家媳妇，扑哧一声笑了。张白坎是章家长工，做农具的木匠，几乎所有的农具他都会制作，最高难度的是弯钩犁杖和大车轱辘，很多硬质木料都臣服在他的锛子下。张白坎乐于助人，谁求他“砍一砍”他都帮忙，久而久之，得了“张白坎”的外号。张白坎的老婆是“小人儿”，个子刚刚到张白坎的胸口，人长得小，精神头儿却十足，嗓门也大，家里家外一把好手，唯一的毛病，经常被黄皮子附身。有一次，张白坎老婆又犯病了，她变成了莲花泡曾经冻死的长工，据说，说话的腔调儿、说的事儿都像那个长工，总之是来讨冤情、找碴儿的。长工头儿白美发当时在现场，他拿起一把砍刀比比画画，指着张白坎老婆大骂，还真把两个人都按不住的小女人镇住了……章文海想，如果不是狗剩儿，恐怕打过猎的白美发也不敢打黄皮子吧，当地人都认为黄皮子有灵性，是“黄大仙”，招惹不起。

章文海问狗剩儿：“你为啥要打黄皮子精呢？”

狗剩儿说：“我不想在你家白吃白喝。”

狗剩儿趁黄皮子身子还有温度，动作熟练地扒皮，没多大工夫，一张完整的皮子就里朝外地晾晒在草地上。

那一过程，章文海只有眼睁睁地看着。

狗剩儿打死了黄皮子的事传到章韩氏的耳朵里，她惊悸万分，险些昏了过去。

晚上吹灯，屋里一片漆黑。章韩氏带着哭腔说：“狗剩儿是个惹祸的根苗儿，赶快把他送走。”章兆仁叹了口气：“老丛兄弟于咱有恩，怎么张得了口啊。”章韩氏说：“你张不开口我说，咱不怕白养一个孩子，也不怕小小儿淘气惹祸，可招惹什么也不能招惹神灵呀。”章兆仁说：“你一个老娘们家家的，就别掺和这事儿了。”章韩氏说：“不行，这回我还就要掺和到底，明天我去山里找丛家兄弟，让他来接走狗剩儿。”章兆仁说：“你去山里，凭啥？就凭你那双小脚，你能找到丛家兄弟？”章韩氏说："大山里我走不到，可我能找到小货郎，我出钱，让小货郎帮我办。"章兆仁大概觉得章韩氏动真格的了，厉声道："你敢！"

接着，两个人吵了起来，吵着吵着还动起手来，霹雳轰隆，折腾到大半夜。

第二天天亮，章兆仁发现章韩氏的眼睛肿了，章韩氏发现章兆仁的脸上增加了挠伤的血痕。章韩氏仍旧下地做饭，章兆仁闷头吃了一碗稀粥，太阳没出来就下地干活去了。

最后，章兆仁和章韩氏达成了妥协，不送走狗剩儿，但必须整尸埋葬黄皮子，立砖瓦坟，焚香烧纸，花钱请道士到坟前超度。

大年和农历立春有着天然的联系，立春虽然预示春天的来临，但实际上，立春与真正的春天还有一段难熬的距离。

北山那个张三出来活动了，搅得莲花泡不得安生。

章文海多次向狗剩儿提议要除掉北山那个张三，狗剩儿一言不发。章文海想，狗剩儿大概汲取了打黄皮子的教训，不敢轻易惹出什么祸端来。章文海不便提黄皮子的事儿，只对狗剩儿说，张三是祸害，除掉张三，谁都赞成，说不准还会成为大家心里的英雄呢。

狗剩儿还是不说话。

最后，让狗剩儿下决心的只跟一个人有关系，那就是桂兰。有一天桂兰问狗剩儿："虎牙到底啥样儿？听说虎牙也不一样，有好的也有次的。"狗剩儿说："我也说不太清楚。听我叔说过，虎牙分上中下三等，上等的虎牙中央有一个小黑孔，叫'太阳心'；中等的虎牙中央有好几个小黑孔，叫'芝麻心'；下等的小黑孔更多了，叫'糟心'。"桂兰说："不管啥等的，虎牙我是不敢想了，有个狼牙我也就心满意足了，都说狼牙可以辟邪，不知道真假。"狗剩儿问桂兰："你真想要狼牙吗？"桂兰说："要能辟邪，谁不想要呢？"狗剩儿说："那好，一时半会儿弄不到虎牙，狼牙立马就可以给你弄到。"

那段时间，张三经常出现在古驿道拦路，莲花泡居民为了避免张三祸害，夜间路过山冈的人都准备了小鸡、猪或者羊的生肉，以免遭到拦路张三的祸害。狗剩儿对桂兰说，北山上的张三是一只瘸腿的老狼。桂兰很好奇，反复问狗剩儿是怎么知道的。狗剩儿告诉桂兰是从脚印上判断出来的。桂兰明白了。狗剩儿决定除掉那只拦路的张三。桂兰试探着问："你不怕被张三吃了吗？"狗剩儿说："不会，我打算活捉那老迈的张三。"狗剩儿向桂兰讲了活捉狼的办法，桂兰听着，越听越有兴致。"真的不会被张三咬着吗？"

"不会。"狗剩儿信心十足地说。

"我也想跟你去。"桂兰说。

"你，不行。"狗剩儿一口拒绝。

桂兰坚持要跟狗剩儿去。"你不说张三咬不着人吗？那我怕啥？"

"你一害怕，叫起来……耽误事儿。"

"我保证不叫……"

"你现在保证有啥用？"

"我不管，反正……不让我去，你也不许去。"

"你能拖住我的胳膊还是腿儿？"

"我拖不住你，我告诉娘，让娘管你。"

狗剩儿不高兴了，转过头去，气喘吁吁地生闷气。

桂兰走到狗剩儿身后，两只胳膊围抱住狗剩儿，央求着说："你就带我去呗，你就带我去呗！"

狗剩儿还是不说话。

"不让我去，我就不让你去！"

狗剩儿生硬地拨开桂兰的胳膊，起身要走。桂兰从身后把他抱住了："你一个人去……要是张三把你吃了怎么办呢？"说着，桂兰眼圈儿满含眼泪。狗剩儿回过头来，桂兰透明的泪珠滚落下来。

狗剩儿想了想，咬一下嘴唇说："带你去得有个条件，你不许告诉任何人。"

桂兰点了点头，破涕为笑。

狗剩儿捉狼的方式十分特别，他先是找后院长工屋的张白坎把锅盖掏一个小孩儿拳头大的小洞。张白坎专门砍弯曲的榆木的，在锅盖上掏个眼儿，就是手拿把掐的小活儿。狗剩儿还和桂兰去了张三拦路的山坡，在距离古驿道二十几米的地方挖了一个土坑。一切准备停当。那天傍晚，狗剩儿去莲花泡后屯农家，偷偷抱了人家一个小猪崽儿。狗剩儿和桂兰扛着锅盖，抱着猪崽子，来到岗子上那块已经挖好的土坑里蹲下来。两个小人儿蹲在土坑里，上面盖了一个锅盖，锅盖沿儿刚好盖住坑口儿，严丝合缝。只是，土炕里面空间逼仄，狗剩儿和桂兰加上小猪崽儿，他们几乎成了包子里的肉馅儿，抱成一个团儿。桂兰怀里抱着猪崽儿，狗剩儿一只手拉着上面的锅盖，一只手时不时还捅一下猪崽儿，让它发出吱吱的叫声……等狼的过程需要足够的耐心，没多久，狗剩儿和桂兰就捂出汗来，他们热乎乎黏巴巴地挤在一起，呼吸都有些困难。奇怪的是，他们似乎没感觉到时间难挨，仿佛时间本来就不存在一样。终于，猪崽儿发出的声音把老狼引来了。那条老狼用嘴掀了几次锅盖，没有掀开，用鼻子嗅着，找到了锅盖上的那个小洞，不知道是不是猪崽儿的气味掩盖了章桂兰和狗剩儿的气味儿，还是它太饥饿了，总之，那只狡猾的老狼大意了，它冒险将前爪从锅盖留下的洞口伸了进去，抓挠着吱吱叫的小猪。一瞬间，狗剩儿一把将狼腿拽住，紧紧地拉着，拉紧之后就站了起来。

狼是活的，这一点儿桂兰没有心理准备，等从坑里站起来，她才感到害怕，脸色煞白地看了看狗剩儿，看了看他后背上的活狼，随即喊叫起来："不好了！张三来了！"

桂兰一边喊一边跑，她不敢面对已经被束缚的狼，却能跑出很远。跑了一会儿，桂兰想起狗剩儿，她又折回身子向回跑，与狗剩儿相距十几米的地方停下来，她看到狗剩儿安然无恙，这才不跑也不喊叫了。

此刻，在桂兰眼里，狗剩儿的身影十分高大、威武。

狗剩儿活生生地把拦路的狼给扛了回来，老宅的雇工和仅有的几户人家都出来围观，他们像对待英雄一样对待狗剩儿，狗剩儿的名字也随风飘扬，不久就传遍了老黑山一带。

狗剩儿立了功，同时也让章韩氏更加不安，她一方面为桂兰担忧，另一方面也为章文海担忧。这回她决心送狗剩儿走，章兆仁不同意，她就往死里磕章兆仁，吵起来不顾情面，动起手来不管死活。章兆仁知道章韩氏动了狠心，无奈，他也只好妥协了。

不久，老宅有人传话，就把丛佩祥找来了。章韩氏向丛佩祥哭诉狗剩儿的“悬乎事儿”，章韩氏的话还没说完，丛佩祥叹了口气：“命该如此吧。”第二天，丛佩祥就把狗剩儿带走，狗剩儿一步三回头，跟着丛佩祥进了深山老林。

狗剩儿走了，桂兰哭了好几天，眼睛都红肿了，这不说，她躺在炕上就不起来。章韩氏为桂兰的身体担心，对章兆仁说，不如送老疙瘩去寒葱河读书吧。

章兆仁说：“寒葱河哪有女孩子读书的地方，要去也得去县城啊。”

“那你说怎么办，总不能眼看着老疙瘩出事吧？”

章兆仁苦思冥想，最后说：“老疙瘩十二岁了，不行，就给她寻个婆家，先把亲事定下来吧。”

章韩氏想了想，实在也没有别的更好的办法了。

那年开春，寒葱河发生了更大的事情，那件事搅得章兆龙坐卧不安。

春节过后，一股胡子攻打了百草沟金矿，护矿队被打散，章文礼也受了伤。章文智出事之后，章文礼在章兆龙心目中的地位大大提升，由原来遭贬到委以重任，不过是几天的工夫。章文智出事之后，章文礼就被章兆龙安排到百草沟金矿，负责金矿的大小事情。曹双举并没有跟随章文礼去百草沟金矿，他在五站保安队有吃有喝，狐假虎威，关键是，章文礼似乎也没有邀请他随行的意思。

百草沟对章家来说太重要了，那是老掌柜章秉麟开创的家业，也是章家重要的经济命脉，收入比莲花泡不知道要多多少倍，至于能占到章家总收入多大的比重，也许只有章兆龙心里最清楚，所以，他无论如何不会轻易放弃百草沟。问题是，百草沟已经被人盯死了，按章文礼的说法，大架子山新拉起一股绺子，报号“云中雁”，大当家的叫姜照成，他已经跟章家耗上了，非要从章家手里夺去金矿不可。

令章兆龙百思不得其解的是，姜照成这股绺子仿佛从另一个世界来的，他们跟其他的胡子都不一样，颠覆了他对胡子的所有认知。过去，胡子只要钱财不占矿，为了不掐断资金来源，甚至还或多或少、明里暗里帮你护矿。“云中雁”不一样，他们想要夺矿，也就是说，要把金矿从章兆龙手里真的夺走。夺走，总还算能够理解，可据说姜照成夺矿的目的不是为了占为己有，而是要把金矿分给矿工，章兆龙糊涂了，这是演的哪一出呀。以他的理解，他觉得背后一定另有奥秘，只是那个奥秘他一时无法破解而已。

章兆龙感叹，看来世道真的变了，连胡子都不守规矩了。前一段，章文智被不守规矩的胡子撕了票，现在，章文礼又碰到另一伙不守规矩的胡子。他预感，用不了多久，必天下大乱。

章兆龙处于两难境地，不放弃百草沟，就必须有章家的人在，如果让章文礼在百草沟坚守，就等于把他唯一的儿子放到了悬崖边儿，随时都有掉下去的可能，万劫不复。想来想去，他还是找不出一个万全之策。那天半夜，章兆龙仿佛从梦中惊醒，突然坐了起来。曹彩凤也吓醒了，问：“大掌柜的，你咋了？”

一头冷汗的章兆龙抹了抹额头，自言自语：“我梦见文礼出事儿了。”

“那就把文礼招回来呗。”

“文礼回来，金矿咋办？”

“金矿不是有掌柜的、把头一大伙人吗？”

“现在跟以前不一样了，世道变了。金矿的人再多也没用，必须得有章家人影乎着，不然，百草沟就散架子了。”

曹彩凤想了想，说：“我倒是有个主意，让二份儿的章文德去顶替文礼，怎么说他也是章家人，吃章家的喝章家的，现在该他们家也顶顶风、卖卖力了。……章文德和文礼还是一辈儿，都范文字，就算他是个草包，影乎影乎，立个牌位总还行吧。”

章兆龙一敲脑袋，自言自语：“这个我怎么没想到呢？”

曹彩凤说：“这回别总说我头发长见识短了。”

章兆龙犹豫了一下，迟疑着说：“这事儿，我怎么跟兆仁开口呢？事情不挑明还好，如果挑明了，明摆着是拿文德的命换文礼的命，人家凭啥答应呢？”

曹彩凤说：“凭啥？就凭咱是大份儿，他兆仁家是二份儿。凭啥？就凭咱养活了他们一大家子。再说了，章文德的命本来就是我找汤仙姑捡回来的，如果没有我，他家小子十二岁就成野鬼了，这笔账我还没跟他家算呢？”

“这是你这样说，没人认的。”

曹彩凤的嗓门更大了，她说：“她不认行吗？上有天，下有地，人要拍拍胸口，摸摸良心……你不好意思，我去莲花泡跟二份儿媳妇理论理论，一直以来我不跟她一般见识，她还真以为她挺厉害。”

章兆龙说：“得了得了，你就别跟着添乱了。”

曹彩凤说：“我不管，就是这次你饶了他们，我也不会放过他们，早晚得跟他们算算账。”

章兆龙抽了一袋烟，起炕穿衣服。

“深更半夜的，干啥呀！”

“睡不着了。”

章兆龙抄着袖子，在屋地里走过来，走过去，他的影子在墙纸上忽远忽近，忽大忽小。

突然，章兆龙停下了，一板一眼地说：“早晨你吩咐老庄头套车，白天我去莲花泡一趟。”

“去莲花泡，凭啥呀？把二掌柜叫来不就得了，还非得劳你大驾？”

章兆龙说：“现在是咱求人家，不能太生硬了。不是说吗，人都喜欢吃软乎口儿，还是礼贤下士好！”

14

春天的大地升腾起一阵一阵的潮气，那股潮气中挟带着草木发酵后的味道。以章文德自己的经验判断，他无法确定那是一种什么味道，那味道里隐含着一股酸味、一股腥臊气，还裹挟着一丝丝的甜味儿。

春天是万物生发的季节，山川、大地、河流，动物、植物都在萌动和鼓胀，章文德的身体里也有一种不可抑制的能量在向外萌动和鼓胀。

翻地休息的间隙，章文德躺在倒伏的木犁上，温软、黏腻的风从他的脸上、身上吹过，他的小腹下痒痒的，好像有什么东西要向外生长一般。通常这种时候，章文德并没有打盹，而是沉湎于那些脸红心跳的事情上。

想起“跑毛子”那天晚上，章文德和女眷们挤在同一个房间的大炕上，后半夜他醒来时，不小心看到了曹彩凤的大腿。曹彩凤睡得很死，支棱着的大腿青白青白的，肥大的裤腿露出了红色内裤，内裤空隙露出卷曲的黑毛。当时，章文德浑身发抖，被一种莫名的惶恐和羞涩笼罩了，他连忙转过头去，闭上眼睛，可眼前仍晃动着曹彩凤大腿根的影子……初春的夜晚，章文德偷偷手淫，他影影绰绰记得老人说，一滴精千滴血，手淫会掏空身子，要了性命。老人们还有一种说法，精子不能随便撒到地上，那样会带来霉运的。所以，章文德只是实在憋不住时才偶尔手淫一次，他将自己撸出的乳白色液体装在一个掉了茬儿的盐罐子里。前几天，章文德打开那个罐子看了一眼，吓了一大跳，松开手，那个罐子就掉到地上摔碎了。

罐子里如同生发的豆芽，涨得满满的。实际上，那里长出的不是豆芽而是绒毛般的白色菌丝，罐子摔落地上之后，那些长长的白色绒毛很快消失，变成了白醭。章文德并不知道那些疯长的东西是什么，可他总觉得那些东西，一定跟自己的精液有关。

章文德觉得，自己排出的乳白色的液体很奇妙，有一股淡淡的清香，有点像椴树芽儿剥皮后的味道。

这个春天里，章文德沉湎的幻想只跟一个人有关，那就是薛莲花。一闭上眼睛，他几乎就感觉到薛莲花的存在，薛莲花身体的气息飘浮在他鼻子周围，久久不肯离去。他想象着薛莲花的身体，她身体神秘的部位，以及他们睡在一起的那些情景……想到自己今年六月就可以和薛莲花结婚了，章文德的心跳开始加速，并伴随着呼吸急促的喜悦。

老庄头吆喝着马车出现在地头。

章兆龙从马车上下来，他招呼着章兆仁。章兆仁走了过去，两人先是说着什么，然后，离开马车向背人的大地里走去。

章文德不清楚章兆龙为啥事儿这么急迫地找他，如果不是火烧眉毛的事情，他是不会到大地来的。章兆龙和章兆仁在地头讨论着什么，至于什么内容章文德无法听到，远远地，他只听到了老庄头唱的小调儿——“光棍儿苦，光棍儿苦，衣裳破了没人补……进屋冷膛冷灶，上炕凉被凉铺；闲了没人唠嗑，病了没人搀扶……谁知光棍儿苦，谁怜光棍儿苦……”

章文德向老庄头走了过去。

“大掌柜的咋来了？”章文德问。

老庄头说：“找二掌柜的。”

“知道啥事儿吗？”

老庄头摇了摇头，随即又叹了口气，说章家大院出事了。前阵子章文礼从金矿回来，丢盔卸甲的，小命差点扔百草沟了。老庄头把大院里劳金之间关于百草沟的传闻对章文德讲了，说大架子山有一股报号“云中雁”的绺子，前阵子到百草沟金矿砸窑，抢金子抓人，章文礼带金矿护卫队跟他们交了火，胡子好几十号人马，人多势众，矿上护卫队也就那么十来把枪，哪是胡子的对手，章文礼他们边打边撤，他的胳膊也挂了彩，护卫队也打散了，章文礼现在还在寒葱河养伤……大掌柜和二掌柜的没准是说这事儿吧。

章兆龙和章兆仁说的正是百草沟的事儿。章兆龙简单向章兆仁讲了胡子打劫金矿的过程，对章兆仁说，现在金矿一片混乱，章家必须派人出面，不然，淘金工就跑光了。

“你想让我去？”章兆仁有些紧张地问。

章兆龙说："你哪能去呢，你去了谁管庄稼？我想来想去，你家倒是有一个合适的人选。"

"我家，谁？"

"你家大小子……"

"文德？"章兆仁连忙摇头，"不行不行，他不行！你也知道文德这孩子的秉性，他跟我一样，㞞包一个，兔子胆儿。"

"后边不是有我吗，不用他主持啥事儿……只要他露面就行，他代表的是咱章家。"

"那也不行，他不能代表章家……文礼不是在吗？他最合适了。"

"他刚从百草沟回来，受伤了，现在还在养病……"

"文礼那样有勇有谋的都顶不下来，文德更是白费，不行，真不行……"

章兆龙忧郁地点了点头："我知道你担心什么，你担心的也是我担心的。按理说，金矿在我的名下，我应该去担责任，不该让文德去冒风险，可我没的选啊……"

章兆仁说："文德这孩子身子骨弱，他担不了大风险。"

章兆龙有些哀求的语气说："兆仁兄弟你知道，文智没了，现在我就剩下文礼这一条根苗儿了，你起码还有两个儿子……危难之际见真情，就算老哥我求你，帮帮老哥吧，谁让咱是一家人呢。"

章兆仁眼睛有些潮湿，他不知道该说什么，只是一个劲儿地摇头。

"你看这样好不好，你帮了我这件事，我把莲花泡河西那四十垧地过给你，你这辈子做梦不都想有一块自己的地吗？"

章兆仁愣了一下，犹豫着。

章兆龙说："你信我，我不会把文德送到老虎嘴里，他啥也不用说，啥也不用做，他只是去矿山稳定军心。这头我已经派人给宁安镇守使赵将军送信了，百草沟金矿他有股份，他不会袖手旁观。你信我，我一定保证文德的安全，打胡子的事儿不让文德沾边儿……你帮我，我会感激你的……你好好掂量掂量，文德不会有事儿，你还得了四十垧地……

章兆仁的心有些活了，土地可是他一辈子的念想啊！要是能拥有莲花泡河西那四十垧地，他这辈子也就别无他求了，章韩氏再也不会看低他。当然，无论怎样，他也不能用儿子的命来换，儿子的命可不是儿戏……但如果文德没什么危险，就是去百草沟当个摆设，后面有章兆龙、有镇守使的军队，他还能得到那四十垧地就最好不过了……可他还是不放心章文德，迟疑中，章兆龙在他的肩膀上捏了捏。

章兆仁不想让章兆龙觉得自己是对那四十垧地动了心，他在心里掂量着、琢磨着话该怎么说才合适。

"那啥，大哥，你给不给那四十垧地倒不打紧，你也知道我的为人，我也不是怕事儿不愿帮大哥，我是怕文德这小子没能耐，坏了章家的大事……你想啊，文礼都顶不住，你说文德那熊样去了不白给吗？"

"我说了，文德去就是稳定军心。凡事都是我顶着。"

"……你保证，文德去……真的没事儿吗？"

章兆龙说："这个你一百个放心！派文德去我是经过反复思量的，文德和文礼比起来，最可贵的正是胆小怕事，性格懦弱，万一……我是说万一，万一胡子来骚扰了，文礼肯定硬碰硬地出头和胡子干，文德就不会了，都说一个巴掌拍不响，胡子再怎么叫唤，你不应他、躲着他，那胡子不就打空拳了吗？这么说来，文德肯定没事，他安全了，金矿也就安全了……你觉得，我说的有没有道理？"

章兆仁想了又想，摇了摇头，又点了点头。

大地这头儿，老庄头驾辕的公马大概在空气中嗅到了什么，连踢带蹦，要奔远处一匹拉犁杖的小矮马而去，那是匹母马。

老庄头拉了车闸，用鞭子使劲抽打公马。附近蹚地的劳金们都凑到老庄头跟前，有的看热闹，有的起哄。老庄头说："春天，啥都开始发情了。"

有人问老庄头，他怎么知道马发情了。

老庄头说："马浪吓吓叫，牛浪哞哞叫，驴浪呱嗒嘴，猪浪跑断腿。"

大家哄笑起来。有人喊了一句："车老板儿，都说你臊嗑儿多，说几个给兄弟们解解乏、解解闷。”老庄头说：“那就说个四大白吧：天上雪，地下鹅，大姑娘肚皮，白粉坨。”

“再来再来。”有人嚷嚷。

老庄头又说了四大累：叉大墙，脱大坯，养活孩子，操大×；说了四大软：老头的鸟，新棉袄，霜打的茄子，烂心的枣。

章兆龙和章兆仁走了过来，老庄头立即闭嘴，大家也嬉笑着散开了。

晚上，章兆仁回家对章韩氏把白天与章兆龙商量的事儿讲了。章韩氏一听就炸了，坚决反对送章文德去百草沟金矿。章兆仁说，大掌柜下了保证，不会让文德出事儿。

“他既然那么有把握，为啥不派他亲生儿子去？”

章兆仁又把章文礼脾气暴躁、争强好胜，章文德去只是个牌位，不招惹胡子，胡子来了躲在房子里不出来，一个巴掌拍不响什么的都讲了。

任由章兆仁讲出花来，章韩氏就是不同意。

章兆仁虎下脸来，硬朗朗地说：“你赞不赞成都没用，我已经答应大掌柜的了！”

章韩氏说：“你答应了还跟我商量啥？”

“我只是告诉你一声。”

章韩氏的眼泪攒上了眼圈儿，她说：“好，你是当家的，你拿主意。可我把丑话说在前边，老倔巴头子，如果我大儿子有个三长两短，我跟你对命！”

百草沟原来叫白草沟，据说那个绵延几十里的大沟膛里长着一种细草，秋天，细草的穗子粉里透白，在阳光下闪着银光，从远处看那里白茫茫、银闪闪一片。一百多年前，白草沟就发现了沙金矿脉，陆续有人去那里淘金。淘金人忌讳“白”“黄”，管黄瓜都叫“刺儿瓜”，管黄烟叫“元烟”，白自不必说，没人希望白干了、白瞎了、白扔了，所以，白草沟就改名为百草沟。

章文德懵懵懂懂来到百草沟金矿。金矿里矿坑左一个右一个，尾沙堆一个挨着一个，站在沙堆中间，仿佛置身于大片坟场之中。矿场里的人不是很多，可以看到稀稀拉拉的淘金工，他们三五成群地在一起挖沙、淘金。陪同章文德去见淘金工的是大把头金锁，刚见面时他的眼睛转来转去，上上下下打量着章文德，想了想，露出几颗金牙。之后，金锁再就没了笑模样，在他看来，章文德仿佛是冒充的，更像一个庄稼汉，一点章家少爷的样子都没有，打扮土里土气的，十足一个土包子。

章文德和金锁来到几名淘金工跟前，他们跟章文德打一下招呼，手里的活计一直没停下来，有人在抬沙运沙，有人在流子边儿“唰哗、唰哗”地撮沙淘金。金锁对章文德说，出事前这个场地百十号人，现在剩下的人还不到原来的一半。

“那些人呢，走了？”

“走倒是走了一些，很多人都窝在工棚里等发饷钱呢。出工的是胆子大的，也有心急想要挣钱的。”

章文德这才了解到，淘金比种大田还辛苦，一天吃五顿饭，他们自己不想休息，一锹下去想下一锹，似乎锹锹都有希望。章文德想，金子这东西真有一种神奇的魅惑力啊。

金锁站在一个小沙坡上，大声对淘金工说：“东家三少爷章文德来了，大家都抽袋烟吧，听三少爷给大家训话。”

金锁话音一落，淘金工们便呼呼啦啦地放下手里的工具——锹、镐、钉、丝、麻什么的，围拢过来，有的坐着，有的站着，直勾勾地瞅着章文德。章文德瞅了瞅金锁，金锁小声对章文德说：“给大伙儿说说，打打气儿。”章文德没有讲话的准备，他谨记章兆仁的嘱咐：多看，少说，别乱动。他的嘴紧紧地闭着，好像别人要拿杠子撬他的嘴似的。金锁又动员了两次，见章文德死活不讲话，他只好替章文德打圆场，大意是说，三少爷章文德代表大掌柜章兆龙来管理百草沟金矿，很快就会恢复金矿秩序，大家只管安心淘金，不要为别的事情担心，等等。金锁讲完话，章文德对着金锁和众位淘金工拱了拱手，表示感谢或者拜托的意思，总算应付了过去。

事后，章文德问金锁："你一喊抽烟，大家就都放下活计了，可他们没几个抽烟的。"金锁说："淘金行当说道多，不吉利的话、不顺当的话都不能讲，抽烟就是歇息的意思，可淘金工忌讳说歇息，还有收工不能说收工，得说'喝水'。收工时太阳落山了，说出来不吉利。矿场里忌讳的话老鼻子了，慢慢你就知道了。"

金锁还对章文德说："你刚来，好好歇两天，后天是阴历十五，得拜山神爷……这也是矿场上的规矩，挣钱不挣钱，一月两个年，初一、十五都得敬山神爷……后天有个祭拜仪式，到时候你可得说话了。"

章文德说："你替我说吧。"

金锁说："那可不行，我就是一个把头，你才是掌柜的。掌柜的不主持祭拜仪式，那可坏了大规矩。"

章文德说："我没拜过山神，不知道该说什么话。"金锁说："这样，我在你身边儿小声说，你跟我念叨就行。"

章文德说："还是你替我说吧，上香、祭拜，我来。"

说完，章文德逃走似的，背着手就走。

金锁把章文德喊住了。

"三少爷，大掌柜派你来管金矿，就是金矿掌柜的，有个规矩我得告诉你，以后在金矿里走，不能背着手，还……不能说丧气话……"

章文德没说什么，刚要习惯性地背手，又将胳膊放了下来，甩着胳膊，慢慢向泥木房走去。

金锁撇了撇嘴，心想，这个章文德不是个二彪子吧？上次那个章文礼是个二愣子，这回再来个二彪子，百草沟金矿的命运可真难说了。

接下来几天，淘金工也看出了章文德的古怪，章文德经常扛一把镐头，在沟膛两边的山坡转悠，刨出土来还闻着。与章文德讲过话的淘金工说，章文德很少说话，说的几句话也都是和种庄稼有关。淘金工们产生了这样的疑问："新来的掌柜的不会要在百草沟开荒种地吧？"

世道说变就变了，也许章秉麟那个时代已经过去了。

章秉麟不养家兵的规矩还是被章兆龙给破了。章兆龙破这个规矩，也实属无奈，外面的胡子越来越多，而且都是些不按旧规矩出牌的胡子，他们经常发生内讧、拼伙，原来老爷岭“占山好”的大掌柜朱德泉死了之后，“占山好”这股土匪分化出了三股绺子，大架子山那股绺子应该是朱大掌柜的旧部。旧的平衡打破了，就一定需要新的平衡来补充。章兆龙主动出资，拿了大头，在寒葱河成立了自卫队，自卫队长由曹双举担任。

上次，百草沟金矿护矿队与胡子交手，曹双举带响马河镇自卫队的几个兄弟也参与了，虽然没发挥什么作用，可按他的说法，真正经历了你死我活的考验，回到寒葱河之后，逢人就讲他带六七个兄弟与几百个胡子打仗的“辉煌历史”。在一些人的眼里，尤其在章兆龙眼里，曹双举是条讲义气、有本事的汉子，所以自卫队成立时，就推荐曹双举当了大队长。自卫队一共四十多人，其中有一半人驻守在章家大院。按照章兆龙的安排，莲花泡也成立了自卫队，章兆仁在农户和雇工中挑选出家庭背景清楚、本人又没前科的青壮汉子十人，组建了莲花泡自卫队，队长由白美发担任。当地人管自卫队叫大排队。

另一方面，章兆龙谋划的全歼“云中雁”绺子的打算也有了进展，远在吉林的赵将军回了信，说已经协调有关方面出动军队，派驻到响马河剿匪。

响马河小镇在民国之前叫曹六营子，中东铁路修建的时候，那里只剩一些坍塌的土坯房子，修铁道的苦力“老薄待”曾在那里住过。铁路通车后，那个地方有了一个站点，一幢丁字形的俄式建筑，黄色的墙，墨绿色的铁皮房顶。站长是地中海来的黑毛子，叫尤拉。与他同住的还有一个人高马大的白俄太太，棕麻色的头发，脸上还有不少雀斑。起初小站冷冷清清，只有一个货场和一些季节性的搬运工。后来中东铁路哈尔滨当局在响马河站建了铁路疗养院和护路军警训练基地，加之边境易货贸易兴起，响马河也随之繁荣起来，小镇的街道上聚集了高矮胖瘦、南腔北调各色人等，十字街上也花花绿绿，色彩纷繁起来。

突然有一天早晨，响马河站进驻了不少军队。

进驻响马河的是一个步兵连和一个骑兵连，带队的是一个相貌英俊、书生气十足的年轻人，他是中东铁路护路军司令部参谋，叫袁骧。袁骧出现在响马河时，穿着笔挺的军装，他身后跟着警卫，勤务兵牵着枣红色的蒙古马，威风凛凛，走过显然不如往日喧闹但仍繁华的十字街，吸引了很多人的目光。

袁骧到响马河镇的当天晚上，喜欢拍马屁的僚属就在“迎春院”给袁骧选好了姑娘，并在迎春院喝起了花酒。迎春院是响马河最有名气最讲究的妓院，两层拱角相倚的小楼，青砖青瓦，飞檐上描龙画凤，镏金的匾额下挂着大红灯笼，装饰考究气派，人气很旺。

袁骧与一些行伍出身的年轻军官不同，他从不嫖妓，可不知为什么他喜欢喝花酒，所谓的花酒是喝酒过程中有女孩陪伴，斟酒、唱曲什么的，也许他身上还残留着古代文人墨客的遗风余韵吧。

开席之前，小翠被安排在袁骧身边侍候茶点。很快，袁骧被小翠的清秀和妩媚给吸引住，他觉得，看到小翠之后，围在他身边敬酒的女人就都俗不可耐，像枯萎了的花瓣儿，黯然失色了。

袁骧的目光随着小翠的腰身转悠时，招待他的人却为难了，招待袁骧的人叫洪麻子，他是响马河自卫大队的大队长。他知道袁骧对小翠有好感，如果不选袁骧满意的，他这马屁就等于没有拍正，没拍正还不如不拍。可把小翠介绍给袁骧，他还没那个胆量。原来，小翠是寒葱河章兆龙寄养的人，那时小翠还小，不满十三岁，章兆龙是想等小翠长大一些，长丰满些，他再择一个好日子与小翠“办喜事”。那个年代，首次给雏妓“开苞”是要付出高昂代价的，像真的结婚一样，过财礼，摆酒席，行夫妻之礼。当然，第二天还得承受假“死”的诅咒。被“开苞”的妓女会哭哭啼啼给“丈夫”送葬，此后，妓女才正式步入风尘。

小翠被章兆龙“订盟”的事，出入迎春院的老嫖客大多知道。尽管他们对小翠也垂涎三尺，也只能忍着，等章兆龙办过“喜事”之后，他们才有机会。问题是，袁骧初来乍到，不知道这里的隐情。开席之后，喝了几盅酒的袁骧的血热起来，嗓门也高了，对洪麻子说："把刚才泡茶那个小姑娘叫来。"

洪麻子倒吸了一口冷气，他连忙说："那个丫头是侍候人的，从不陪客。"

袁骧的脸立刻拉了下来，说："我只让她陪我喝酒，也没让陪睡，怎么，本座还委屈她了吗？"

洪麻子连忙说："不是，是怕委屈了长官。"

袁骧说："本座不怕委屈，叫她过来。"

洪麻子的脸渐渐扭曲变色，支吾起来。袁骧看他的态度暧昧，也不高兴了，"老子为你们流血打仗，找一个丫头陪陪还那么费劲儿吗？"

洪麻子连忙站了起来，解释了一番，只是他越解释漏洞越多，越引起袁骧的疑心。袁骧一摆手，不听洪麻子解释，对他带来的人说："那就不劳驾洪大队长了，你们去把刚才那个丫头请来。"

洪麻子傻眼了，他的话在喉头里滚了滚，一把拉住了袁骧的袖头，小声说："这个小姑娘已经让人包了……"

"谁？谁包了？"

"包她的人叫章兆龙，财大气粗，在这一带势力最大。"

"是个财主？"

"是是，是个大掌柜。"

袁骧此行兴兵至响马河，受命进剿大架子山"云中雁"胡子。军人只服从上级的命令，他并不知道此次进剿的背后原因，更不知道章兆龙才是幕后的调动者。

袁骧放声大笑，他正值年轻，血气方刚，一肚子野心，哪里会把一个土财主放在眼里，说："我还以为是镇守使呢，怎么，有几个臭钱就了不起啦？"说着，袁骧站了起来，一脚踏在椅子上，顺手把腰里的"马"牌手枪掏了出来。那支手枪是德国造的，泛着幽幽的光泽。"你说，是他的钱好使，还是我手里的家伙好使？"

洪麻子哆嗦着："当然，长官的枪好使。"

袁骧在嫣红厅大嚷着要叫小翠陪客的时候，大茶壶早把消息告诉了老鸨，老鸨手下的打手也早把消息传到了“富源”货栈。“富源”货栈的徐掌柜立刻开始了“救援行动”，他组织一伙人去大闹迎春院，还在迎春院的院子里用汽油点了一把火。

趁外面乱糟糟的时候，小翠被人接走了。

袁骧刚到响马河就碰了一鼻子灰，他心里很不是滋味，心想，早晚得与这个章兆龙会会面。不相信那个章兆龙神通广大，总不会有什么三头六臂吧。

其实，那天小翠真的过来斟酒、唱个小曲什么的，这件事就过去了，可对方错判了袁骧，反而激发了袁骧的斗志，他暗自打算，还真想干预干预这事儿，阻止那个老财主霸占小翠。

章秉麟以云游名义消失之后，章兆龙成了章家真正的大掌柜的，做事也无所顾忌起来。人就是这样，人性上总有弱点，章兆龙没成气候的时候，他的行为多少还有所收敛，可当他确信自己完全掌管了章家之后就不同了，霸道劲儿也上来了。与当地一些财主不同的是，章兆龙不抽大烟，但是他却好色，凡他看上的女人，总是想方设法要搞到手。所以在这方面，章兆龙与他爹章秉麟的名声有着云泥之别。

15

章文德到了百草沟之后，发现那里的土质非常好，不种地可惜了，巧的是，他在库房里还真发现了农具和种子，可惜那些种子不是用来种大田的，是菜种。菜种就菜种吧，反正自己闲得难受。章文德不想辜负春天的好时光，起早贪黑地翻地、起垄、撒种、浇水。他的行为把百草沟的淘金工看蒙了，不管怎么说，章文德也是章家的少爷，大掌柜的代表，是百草沟的东家。可他一点少爷的派头都没有，反倒像一个劳工，劳工也没他那么勤勤恳恳、任劳任怨。一开始，很多淘金工都怀疑他是冒牌的。

天刚刚亮，章文德就下地了，一直到太阳升高了一扁担，他才歇息，回饭堂吃饭。如果仅仅是做做样子，不可能那么快就开出菜地，一块一块菜地整整齐齐，井然有序。而且，菜地里陆续长出秧苗，一场春雨过后，几方菜地绿油油一片。那里有韭菜，有辣椒、茄子、洋柿子，还有黄瓜和豆角。淘金工们的看法一点点改变了，他们觉得章家这个少爷动真格的了，并且还有真本事，毕竟，大多数淘金工是农民出身，他们知道什么活儿好什么活儿差。先试探接触章文德的是淘金工老七和老黑。

那天天亮，老七看到章文德在茅房挑粪水，一次两桶，一点点挑到菜地边的粪池子里。“东家，你咋自己挑粪呢？”老七问了章文德。章文德笑呵呵地说：“萝卜白菜葱，全靠大粪攻。”

老七怕章文德让他上去帮忙，远远地看着他。奇怪的是，章文德并没有招呼老七，只是对老七笑盈盈的。

老七立刻跑去告诉他叔叔老黑，老黑眨巴半天眼睛，闷闷地嘟哝一句：“我敢肯定，这个少东家是冒牌的。”

老黑和淘金工商议，派老七去接触章文德，以帮工为名探一探新来的少东家的虚实。

大把头金锁当然知道章文德的来历，他正为眼下的困境忧愁，章文德翻地、种菜什么的他并不关心，心想，反正他只是过渡一下，只要不出什么大格儿，愿意折腾就折腾去吧。问题是，章文德跟他的想法很不同，一条河水分成了两股汊儿。章文德也知道自己在替章文礼看摊儿，章文礼的伤好了，他就万事大吉，继续回莲花泡种地。可出于本能，章文德见不得土地糟蹋了，他自己也闲不住，遇到下雨天不能出工，他都觉得浑身直痒痒。这样说来，章文德的目的就是种地，只管耕种，没想收获，或者说收获是谁都没关系，比如他种的豆角和黄瓜，成熟需要一定的时间，但这不能说明章文德有在百草沟长期待下去的打算。可当章文德与金锁谈起养羊、养鸡时，金锁明确表示反对。

金锁说："百草沟是金矿，不是农场，养鸡养羊成何体统！你没脑子啊！"

章文德没有东家的自我认知，自然不认为金锁在顶撞他，甚至在教训他。他反而态度谦和，用央求的口吻对金锁说："我了解过了，这条沟里的草非常适合喂养山羊，山羊产奶，还可以吃肉。翻过沙的老矿带到处是蚂蚱和爬虫，养鸡节省饲料，鸡下蛋，也可以吃肉。有了羊和鸡，供矿山饭堂足够了……"

金锁不耐烦了，说："你不懂就别跟着添乱，金矿的讲究和规矩不能破，如果把金脉给端了，淘金工不活吃了你，也会生剥了你。"

金锁这样说，章文德就没话可讲了。

见章文德不言语，金锁多少意识到了自己的态度不妥，他的口气和缓下来，对章文德说："三少爷呀，你一天啥事儿不想，忙忙叨叨的还挺乐呵……我跟你说实话吧，咱爷俩现在在一条舱底漏水的船上，很危险。"

"危险？危什么险？"

"你一点也不知道？"

章文德摇了摇头。

"怎么跟你说吧，咱们前边有狼后边有虎，里外都难受……外边吧，护矿队被打散了，一个人都没留下，可胡子没走远，说不准在那片树林里猫着，想啥时候来啥时候就来，咱的命都攥在人家手里呢……里边呢，也不安生，上次胡子来鼓动淘金工成立什么工会，联合起来对付东家。现在，十几个淘金工离开了，可离开的都是胆小怕事的，剩下的都欠人家工钱，哪天窝里反了，先得从咱爷俩的身上蹚过去……"

章文德越听越紧张，脸色苍白，额头冒汗，渐渐地汗珠儿挂在眉毛上，眼看着就要滴落下来。

金锁问章文德："三少爷，你没事儿吧？"

章文德说不出话来，颤颤巍巍地用袖头擦了一下额头。金锁意识到自己说错了话，要是把这个胆小鬼给吓坏了，那才真的惹了大麻烦。金锁连忙改变了说法——他要把话给说回来。

金锁说："我这样说是让你警觉起来，现在，我最怕你不警觉，还乐呵呵地种菜。你不用怕，能想到的危险就不是危险了，对不对？……真格的，咱爷俩并不危险，我说咱爷俩不危险就不危险，为啥呢？先说外边吧，确实有胡子来砸过窑，也跟护矿队交过手，金矿被他们清理了一遍，护矿队也散了。他们还会再来吗？八成不能来了。你想胡子图个啥？图财？矿上空了，没金子没银子，还欠淘金工一屁股债呢，溜地垄沟的事儿，胡子也知道不值得。再一个是报仇，跟他们交火的是护矿队，现在护矿队没了，也就是说他们的对手没了，他们来打谁？……打淘金工？绝对不会，蹊跷就蹊跷在这里，他们不仅不打淘金工，还组织淘金工成立工会，我活了大半辈子，头一回听说工会这码事儿，工会是个啥玩意儿，我是不明白……说一说就说到了里边，这里边呢，淘金工被搅和得不安分了，可多数淘金工像我一样，也不知道工会是啥玩意儿，到现在，那个什么工会也没整成。还有，我琢磨着，淘金工怎么都反不了，胡子鼓动淘金工窝里反，对付东家，可淘金工没啥兴趣，他们来金矿是为了赚钱的，不是惹是生非的，况且矿上还欠他们工钱，他们不想要工资了吗？……现在，大掌柜正在疏通关节请官府围剿胡子，啥事儿都在大掌柜的掌握中，等胡子剿灭了，二少爷的伤也养好了，百草沟就恢复到原来的样子，三少爷你也可以回家了。"

"那要多长时间？"章文德问。

"要不了多久，我估摸也就十天半个月吧。"

章文德又沉默了。

金锁观察章文德一番，走到他背后，双手按住他的肩膀，语气坚定地说："三少爷你把心放在肚子里，我保证你平平安安的，你只要老老实实待着就行。"

章文德没有真的放心，可整天担心也不解决问题，唯一解脱的方式还是种地。当然，他也预感到自己不会在百草沟待太久，只是他看不得大好时光都浪费了，看不得肥沃的土地撂荒了。

章文德每天仍旧日出而耕，日落而息，不想金锁却听到了什么风声，他在道儿上混的时间长，消息灵通，章文德菜地里生菜发芽的早晨，金锁来找章文德，他对章文德说，大掌柜章兆龙派人送信，让他去一趟寒葱河商议事情，百草沟的事就拜托章文德打理了。

章文德一时不知道如何是好，金锁说不打紧，过几天他就回来了。“你放心吧三少爷，你只要老老实实待着就行！”

金锁走了，淘金工却有些慌了，他们怕章文德也跑了，每天派两个人看着章文德，白天黑天都有人看着，轮班看护。

章文德不知内情，还以为自己的菜地吸引了淘金工，每天都有两三个人跟在他身边帮工，他也不客气，指挥帮工锄草、浇水。看到老黑和老七来帮工，他的话还多了起来。

“葱怕雨，韭怕晒，杏树开花种生菜。”他对老黑和老七说。

“为啥不给小葱浇水呢？”老七问。

章文德回答：“淹不死的白菜，旱不死的葱。”

“为啥总让俺锄水萝卜地呢？”

“萝卜不怕痒，越锄它越长。”

说到水萝卜，章文德心里突然咯噔一下，隐隐作痛。薛莲花的影子出现在章文德的脑海里，不知道薛莲花现在怎么样了。她知道他困在百草沟吗？但愿薛莲花不要为他担心。“莲花你放心吧，我在这里挺好的，平平安安！”

袁骧带着中东铁路护路军的两个连来剿匪的消息很快就传到大架子山，大当家的姜照成迷迷糊糊地从宿醉中醒来，听完花舌子通报的情况，就让他去找搬舵张胡过来商量对策。搬舵，即绺子里的军师。

花舌子回话说：“搬舵已经带人下山了。”

“已经下山了？走多久啦？”

“太阳没出来就下山了。”

姜照成这才想起来，昨天晚上自己答应给张胡一拨人马再度到百草沟金矿开差，百草沟已经打扫一次，这次进百草沟同样不是为了金子，而是为了人。上一次“解放”百草沟，姜照成想的是百草沟的淘金工，逻辑上淘金工应该是产业工人，他希望把百草沟的淘金工动员起来，搞工人运动，有了工人的支持，他也不愁扩大武装队伍了。张胡想要的人不同，他是寻找仇人。从姜照成的角度来说，他需要给足张胡面子，也算还了他一个人情。

姜照成立即派人去追，他留下口谕，追上了，叫张胡他们立马回山，追不上，就去接应他们，无论如何搬舵不能出事儿。

“搬舵要是出了事儿，我就拿你们的脑袋当西瓜摔！”

姜照成之所以这样焦急，他是怕张胡等人半路上遇到剿匪的护路军，半路遇到还有回旋余地，如果这个时候贸然进入百草沟，端端正正中了人家的埋伏，到时候护路军一收网，他们只能乖乖地成了人家水桶里的乌龟，不可能有机会翻身。

说起来，姜照成占据大架子山还不到一年时间，在此之前，他是中东铁路的华工，在西伯利亚修过铁路，大战时，在俄国和德国前线挖过战壕，还被编入红军打过仗。伏尔加河战役之后，苏联解散武装华工，分别给他们每人一匹马、一杆枪。他回到东北，混迹在山林之中。那时，从老爷岭“占山好”绺子中新分出了一股胡子，占据了大架子山林班，报号“一根棍儿”，满身伤痕的姜照成上山后，凭借他的豪爽仗义、平等待人和革命理想的引导，很快赢得底层兄弟的拥戴，这其中就有张胡和石龙。

说到这里，有必要交代一下这个无耳军师张胡和独眼龙石龙。当初，石龙和石豹绑了章文智，在细鳞河与章文礼带领的自卫队交火时，石豹被当场击毙，章文智和石龙掉到山涧水汹涌的细鳞河里。他们漂到五六里之外的羊尾滩，居然都活了下来。石龙自知无路可走，只好押着章文智投奔胡子，好在石龙有山里生活经验，他们没饿死渴死。在深山里转悠了半个多月，历尽千辛万苦，终于和大架子山“一根棍儿”的胡子接上了头。那时，“一根棍儿”刚起绺子，处于招兵买马阶段，石龙和章文智就入了伙。石龙在绺子里属于辈儿和地位最低的“小崽子”，分在关押人票的秧子房当看守，章文智则不同，他有文化，很快当了字匠，成了“四梁八柱”中的外四梁之一。

石龙自知章文智不会放过他，主动找章文智请罪，他跪在章文智面前痛哭流涕，后悔自己不该走这一步，害了别人也害了自己。

“章爷，”他管章文智叫上了章爷，“从今儿个起我的狗命就是你的了，啥时候想拿去就拿去，一时不想拿去，我就先死乞白赖地活着，像一条狗一样追随章爷您鞍前马后，随时听差，啥时候你想收回了，我毫无怨言。”

走到这一步，石龙已经悔之晚矣，刚一落草为寇，就搭上弟弟的性命，当了胡子之后，他并没享受到想象的“荣华富贵”，劳苦奔波不说，还时时处于恐怖和凶险之中。这段日子，他已经体会到了胡子内部的尔虞我诈，钩心斗角，各种陷阱防不胜防，到了年底分到他手里的那点儿银子，还不及他在家里种烟叶的收入。石龙觉得自己走错了路，感叹世上没有后悔药。后悔也没办法，胡子窝里的生活让石龙明白了一个道理，要想在这里生存下去并站住脚跟，首先不能得罪人，再就是身边必须得有同伙，有自己人。

一开始，章文智的确有报复石龙的打算，见石龙态度如此诚恳，就决定暂时放他一马，至于什么时候再收拾他，那要看自己的心情和命运的推力了。不过，章文智暗自想，报复还是要报复的，至少也要割下他的两只耳朵。

石龙见章文智没说话，只是阴冷地笑着，他知道章文智绝不会饶过他。此刻，石龙心里清楚，在性命和伤残之间，他只能选择其一。于是，石龙用套在手指上的钉子猛地刺在自己眼睛上，瞬间，鲜血喷出一溜线儿……

章文智与石龙和解了，他对石龙说，以前那个章文智已经死了，“智”死“胡”生，从今往后他叫张胡，不是立早章，是弓长张，胡是胡子的胡，胡作非为的胡。

在胡子堆里，章文智算是个古怪的人，他没耳朵，冬天夏天都要戴着耳罩，不苟言笑，阴阳怪气，久而久之，落下了“冷面书生”和“无耳军师”的绰号。

大掌柜一根棍儿生性凶残暴戾，做事没有底线，绺子里的胡子都惧怕他，表面上对他忠贞不贰，实际上没几个人跟他一条心，每个人都各怀鬼胎，也就在这个节骨眼儿上，姜照成来了。

一开始，一根棍儿和姜照成关系不错，互换谱牒，义结金兰。后来两人不知怎么闹掰了，一根棍儿觉得姜照成是自己最大的威胁，设计要秘密除掉姜照成，是张胡暗中帮了姜照成，使他免于非命。一场火并之后，一根棍儿命丧黄泉，姜照成树起了大架子山绺子的大旗，将报号“一根棍儿”改为“云中雁”。张胡的地位也迅速蹿升，由“字匠”升为军师“搬舵”。

在张胡的帮助下，姜照成对绺子进行了整顿和清理，将胡子“四梁八柱”，包括内四梁和外四梁都进行了改造，他按着苏联军队并参照北洋军队的方式进行了整编。比如将搬舵张胡任命为参谋长，将炮头任命为连长，将粮台任命为后勤排长，将负责内部安全的水香任命为警卫排长。对外联络的花舌子、负责警戒侦察的插千，还有秧子房的管事都划归到警卫排。对外，“云中雁”仍以绺子报号，内部则叫“老爷岭革命游击队”。

队伍整编之前，张胡和姜照成谈了一个夜晚。

张胡问姜照成：“你说的布尔什维克是啥意思？”

姜照成说：“苏联人叫布尔什维克，开始俺也不懂，说给人家，人家也不懂，后来有人翻译成了‘穷党’，就好明白了，穷党是劳苦大众自己的组织。”

“为啥要搞穷党？有福同享，有难同当？”

姜照成说：“俺没多少文化，培训时政委跟俺们讲，穷党是通过革命，建立一个人人平等的社会，让劳苦大众都过上好日子的社会。”

“啥叫革命呢？”

姜照成说：“革命就是革反动阶级的命。”

“啥是反动阶级？”

“剥削阶级就是反动阶级。”

“那啥又是剥削阶级？”

“剥削工人阶级的人就是剥削阶级，比如工厂里的资本家，还有剥削贫苦农民的大财主。”

“可我爹是大财主……”

“你不算，你已经脱离剥削阶级了……俺们政委家也是大财主，可他革命很彻底。”

“那接下来呢？怎么革命呢？”

“政委告诉俺，实现革命的途径是，团结天下穷苦人，特别是工人阶级，工人阶级都是亲兄弟，要动员一批矿工、铁路工和伐木工参加革命游击队，从而打倒资本家和反动派。”

“那农民呢？”

“农民不像无产阶级革命那样彻底，可还是能改造和争取的。农民不是亲兄弟，应该算远房表兄弟吧。”

应该说，张胡对姜照成的主张并没有全面理解，他只是觉得姜照成有远大抱负，为人正直，讲义气。他之所以对姜照成认同，也许正是姜照成的正直和义气，或者说张胡更喜欢姜照成的人品，这个一口山东土话，管水叫“匪”，耳朵叫“勒多”的山东大汉，身上仿佛充满了强大的磁力，深深吸引着张胡这块形状不规则的铁器。“俺的个娘吔！”是姜照成的口头禅，章秉麟也是山东人，不过他是胶东口音，同为山东，口音的差别可大了去了。

应该说，改编土匪武装并不容易，姜照成推行他的主张之始就阻力重重，在张胡的劝导下，他也不得不做出妥协，决定慢慢来改编这支匪性十足的队伍。在倡导革命纪律的同时，“云中雁”还保留了胡子原来的帮规，比如劫富不劫贫，取财不害命，不抢寺庙，不绑僧侣，不劫行商小贩，严禁采花奸污妇女，不杀善良，不吃窝边草……

张胡在“云中雁”稳定了地位，开始实施自己的复仇计划。

复仇要有明确的复仇对象，张胡的复仇对象不是石虎，而是自己同父异母的兄弟章文礼。

张胡本不想与自己的弟弟章文礼结仇，是弟弟不仁不义在先，几年来处心积虑、三番五次地设计陷害他，意欲置之于死地而后快。一开始是章文礼鼓动他偷卖莲花泡的黄豆，设圈套让他失信于章兆龙，在章家大院坏了名誉；紧接着，章文礼勾引自己的媳妇郑四娘，给他戴绿帽子，羞辱他，让他没脸见人；这还不算，最让他寒心的是，章文礼还要取他的性命，在细鳞河，若不是他亲眼看见章文礼瞄着他开枪，他死都不会相信自己的亲兄弟想要打死他，一开始，他还以为章文礼是带人来营救他……好在章文礼的枪法不准，一连两枪都没打中，不然的话，自己早就成了孤魂野鬼……章文礼到底对自己有多大的仇恨，为啥与自己过不去，非要自己的命呢？张胡苦思冥想了很久，还是没有理出个头绪。说起来，一直到细鳞河死里逃生，章文智还没把事情想明白，他甚至安慰自己，弟弟不是在对自己开枪，那不过是自己看花了眼。当了胡子之后，章文智经历了无数的血腥，看到了无情的背叛和构陷，躺在潮湿的铺盖上，空中飞着蚊子、小咬，小咬并不像命名那么好听，小咬咬得不小，那种别名"刨奔"的飞虫，咬住你就叼下一块儿肉来，之后飞到树上去享用。还有地上的各种爬虫，蜈蚣、蝎子和草鞋底子，有时候毒蛇就卧在鞋壳儿里……转折点出现在"云中雁"改编之后的庆祝会上，那天晚上张胡喝多了酒，恍惚之间回到了几年前莲花泡那个雪夜，他和章文礼盘腿坐在火炕上喝酒，章文礼喝多了，指着他的鼻子说："要不是你，我娘就死不了。"

章文智对章文礼说："那时候咱俩都小，还不懂事。"章文礼说："我四岁不懂事，可那时你六岁了，应该懂事了。"

当时他也喝了不少酒，还当章文礼说的是醉话，根本没多想。现在想起来，这话一定不是随便说的，要说仇恨的话，也只有这件事能让章文礼对自己埋下深仇大恨，章文礼一定认定他娘是自己害死的。

在章文智的记忆里，事情的经过是这样的：那年夏天，六岁的章文智和四岁的章文礼在二娘的房间里玩耍，那天，章文礼的娘喝了毒药，她喝药的原因，据说是章兆龙在外面找女人，两人为此经常大吵大闹。章文礼的娘叫金桂花，人长得漂亮，但嫉妒心很强。有一次家里人一桌吃饭，章吴氏给章兆龙夹了一个鸡腿，章兆龙刚吃了一口，章文礼的娘就逼着章兆龙吐出来，非让丈夫吃她夹的另一只鸡腿……当然，这些也都是他懂事以后听说的。章文智想，当初，章文礼的娘喝药有两种可能，一种是她本不想死，一哭二闹三上吊是那个时候女人演戏的套路，她大概只想闹出点儿动静，吓唬或者威胁丈夫章兆龙，不想，毒药的剂量没控制好。还有一种可能，就是章文礼的娘对花心的丈夫真的彻底绝望了，喝药前她已经下了决心，然而，由于药力发作十分痛苦，她又后悔了，在说话已经十分困难的情况下，金桂花挣扎着告诉章文智和章文礼，让他们去前院喊大妈章吴氏。

"快……快去找大妈，救……救我！"这个，算是章文智唯一迷糊的记忆。

章文智和章文礼并不明白发生了什么事，毕竟他们只是六岁和四岁的孩子。出了屋子，他们本来要去大屋找章吴氏，可是走到前院，看到老庄头正和几个雇工在玩"憋死牛"，就把章文礼的娘托付的事儿给忘到了脑后，也围着看起了热闹。过了好长时间，章吴氏出门看到章文智和章文礼，问："你们俩不是在二娘的屋子里吗？怎么跑这儿来啦？"章文智这才想起来，对章吴氏说："二娘喝药了，叫我和弟弟找你。"章吴氏大惊失色，连忙向后屋跑去，进屋时，章文礼的娘已经没了气息……

如果说章文礼将他娘的死怪罪到自己身上算是一个仇恨的根源，那么是不是还有什么别的根源呢？现在回想起来，章兆龙安排自己去管理莲花泡时，他从弟弟的眼神里看到了一种东西，那眼神不仅是嫉妒，分明是一种敌意和仇视。章兆龙有两个儿子，他和章文礼，而真正继承庞大家业的却只能是其中之一，也许在章文礼看来，他们之间早晚得拼个你死我活。

现在，章家大院里的场景一幕幕复活在张胡的脑海里，渐渐地，他的敌人章文礼也一点儿一点儿地清晰起来：章文礼就是他的天敌，不共戴天，已经没有调和的余地。常言道，再一再二，不能再三再四！章文礼对他何止再三再四！什么叫欺人太甚？章文礼霸占兄嫂，让他颜面尽失，还要取他性命！他已经没有了退路，必须拿起大刀海青子插了他，才可以抹去生为男人的耻辱！

前段时间，张胡探听到消息，章文礼在百草沟金矿，于是他就给姜照成出主意，打劫了百草沟金矿。姜照成需要金矿的银子，更吸引他的是淘金工，他想发动矿工起来革金矿老板的命，张胡需要的却是章文礼。章文礼在金矿过得十分滋润，他做梦都想不到会有胡子到百草沟砸窑。多年来，章家从没跟大股胡子有什么过节儿，他怎么可能知道大架子山的绺子里有他的宿敌，而且想要他的人头。然而，那次砸窑胡子的注意力是抢金子，或者说，姜照成对发动矿工更感兴趣，没人把重点放在章文礼身上，杀章文礼是他的私念，他又不好公报私仇。章文礼和护矿队稍作抵抗就逃离矿区，逃过了一劫。

张胡本以为这件事搞砸了，正准备从长计议，百草沟金矿却传来了消息——姜照成的发动还真起了作用，矿工里已经有了他们“自己人”。消息说，章家少爷又回到了百草沟。张胡心想：你小子还挺尿性，还敢回来？这回可别怪我不客气，是你自投罗网的，这就叫自作孽，不得活。

这次，张胡和姜照成说了实话，述说了与章文礼的积怨和宿仇，他请求姜照成给他几个兄弟，他亲自带队下山绑章文礼。姜照成并不希望张胡报私仇，应该把革命目标放在首位，后来考虑到他们在百草沟对淘金工的发动并不成功，淘金工们对成立工会不积极，也没有人想加入到革命游击队。看来，不拿下矿主，斗倒资本家是不行了。张胡却认为有德报德，有怨报怨才是条汉子。姜照成同意张胡下山，并叮嘱要将抓章文礼和发动淘金工结合起来。

姜照成调遣一个排给张胡，定于第二天早晨下山行动。姜照成还陪张胡喝小烧，祝他马到成功。

天刚刚擦黑，张胡带的人马就进入到百草沟矿区，没了护矿队的守护，他们有如步入无人之境，很快就把金矿的几排泥草房包围了，接着，胡子放了一阵枪。此时，淘金工都躲在泥草房和帐篷里不出来。老黑和老七几个人在大棚里“推牌九”，枪声一响，他们抱头鼠窜，有的还拱到床铺下面。

枪声响起时，章文德在山坡上种地。听到枪声和吆喝声，章文德吓得一屁股坐到垄沟里。

胡子已经进到公事房的院子里，先进到院子的是张胡和炮手，他们先吆喝了几声，接着破门而入——公事房空空如也。

石龙带人包围了淘金工宿舍，他在宿舍门口喊了起来："想活命的都老实待着别动，我们这次来不要钱只要人，把章家少爷交出来，大家都可以平安无事。"

老黑明白了，敢情胡子是冲章家少爷来的，他和几个兄弟一起商量，想把章文德交出去。老七有些犹豫，说："这样不好吧，俺看那个三少爷老实巴交的……"

老黑说："都啥时候了，保命要紧啊！"

老黑把折叠的窗扇推开一条缝儿，对院子里喊道："别开枪，我们这就出去，带你们找章家的三少爷……"

没多久，石龙押着章文德下了山，来到公事房院里，见到张胡，一把将章文德推搡过去。

"报告搬舵，章家少爷拿下了。"

"啥搬舵，叫参谋长。"

"报告参谋长，章家少爷抓到了，现在交差。"

张胡转身背对着石龙和章文德，失望地说："绑错了。"

"没绑错，是章家少爷，百草沟就他一个章家少爷。"老黑在旁边补充说。

张胡气恼地说："乱点鸳鸯谱，这个人不是我想要的章文礼……"

"大哥？……"章文德从背影中认出了章文智。

张胡迟疑着，还是不肯转身。章文德哇的一声哭了，跑上去把章文智抱住："大哥你还活着呀，太好了……"

张胡挣脱了一下，拔腿要走。章文德上去将张胡死死抱住。

张胡撑开胳膊，将章文德甩开："你认错人了！"

"大哥，我是文德呀，你好好看看，文德……咋不认识我啦？"

张胡说："你认错人了，我叫张胡，弓长张，胡作非为的胡，你说的章文智四年前就死了。”

章文德傻了，呆呆地望着张胡。

石龙小声问张胡：“参谋长，你看咋办？”

“绑他有个屁用……把这小子放了吧。”

石龙应了一声，过去给章文德解绳子，同时告诫章文德：“参谋长放了你，我也不要你的小命了，你要知道恩情，还有，要想活命就把口封严实，啥也没看到，啥也没听到，就当夜游了一回，明白吗？”

章文德沉默着。

“要是不守规矩说出去，你的瓢可保不住了。”

张胡领着胡子向山里走，他的样子很沮丧，谁都不敢跟他说话，一路上只有脚踏草皮的扑哧声和树枝拦腿的窸窣声。很快，他们就看到前面接应的马匹了，突然，张胡站住了。

“不行，不能放了他！”

石龙认真地瞅着张胡。

张胡说：“快，把刚才那小子绑回来，他已经认出我了。”

炮手和石龙连忙折回身子，向山坡下跑去。他们本以为章文德已经离开了金矿，不想，章文德一直没动地方，还坐在原地不停地抽泣着。

章文德被绑票的消息很快传到了寒葱河，章兆龙阴沉着脸半天没说话，他暗自庆幸，幸亏在百草沟的是章文德而不是章文礼，同时他的心情也有些沉重，觉得有些对不住章兆仁，更主要的是，他有了一种危机来临之前的压迫感，他搞不清楚“云中雁”那股绺子为什么要跟章家过不去，死缠烂打。他唯一期盼的是，进剿胡子的护路军尽快采取行动，最好把那股绺子连根拔除，一个祸害也不留。可是，进剿胡子会不会伤害到章文德？伤害不到章文德最好，如果章文德有个三长两短，他也不好面对章兆仁。可世间的事儿哪有都称心如意的，如果让章兆龙在章文德的安全和剿灭胡子两者之间选择的话，他还是会选择剿灭胡子，章文德搭进去也实属无奈。在章兆龙看来，有了章家才有章兆仁，才有章兆仁的老婆孩子，按说他也该为章家出把力了，做出点牺牲也在情理之中。总之，章兆龙认为他面临的头等大事是剿灭胡子，胡子一天不剿灭，他胸口上压的那块大石头就一天卸不掉。

章兆仁得到消息是第二天傍晚，他脸色苍白，浑身发抖，连夜去寒葱河找章兆龙。此时，章兆龙正与章文礼、曹双举商量打胡子的事儿。之前，章文礼去响马河拜见过袁骧，袁骧根本没把自卫队放在眼里，他以军事行动保密为由，不同意自卫队参与剿匪行动。最终也只是同意，让响马河自卫队和寒葱河自卫队在大架子山西口和西南口的下山通道围堵，一旦有溃散的胡子从那里逃过，让他们直接扣留。"不准对缴械的胡子开枪，最好要活口儿！"袁骧说。临分别，袁骧还给章文礼和曹双举下了一道命令："如果私自放走胡子，将按军法处置，严惩不贷！"从军营里出来，章文礼脸色铁青，啐了一口说："那个姓袁的了不起是个少校，太狂妄了。"曹双举说："别看他们狂妄，真打起胡子来指不定尿泥呢，自卫队的兄弟都是这儿的坐地户，对山里情况熟悉，没咱帮忙，看他们不陷稀泥里才怪呢。"

章兆龙和章文礼讨论得激烈的时候，章兆仁闯了进来，他脸上流着汗，一边喘一边咳嗽。

章兆龙说："兆仁兄弟你来得正好，我们正商量营救文德的事呢。"

章文礼在旁边说："今天晚上或者明天上午护路军就进山打胡子，响马河自卫队和寒葱河自卫队都参加。"

"文德……文德……"

"你担心文德，我比你还担心他呢。你放心吧，已经跟护路军那头说好了，打胡子时会保护文德的。"

章兆仁剧烈地咳嗽，说不出话来。

章兆龙知道一定是章兆仁的痨病犯了，他让章文礼立即派人去找薛郎中，同时安顿章兆仁休息。章兆仁吃力地表示，他一定要跟大排队进山打大胡子，他要亲自营救章文德。章兆龙说，如果明天章兆仁的病没什么大碍，就跟章文礼他们一起进山，要是病不见好也别勉强。

“你放心吧，文德是我安排去百草沟的，我比你还心急呢，我都安排好了，安排好了。”说着，看了看章文礼。章文礼说：“二叔，一会儿叫薛郎中来，你安心养病，打胡子的事儿有我们晚辈呢。”

章兆仁摆了摆手，手随着抖动的身子抖动，他坚持一定要亲自上山。

“好好好，”章文礼说，“二叔，今天晚上你好好调养，明天早晨动身前我去叫你。”

第二天早晨章文礼并没去叫章兆仁。曹双举集合了队伍，章文礼向大家做了简单的动员，大意是，养兵千日，用兵一时。今天，大伙儿要打出寒葱河自卫队的威风，往后，让胡子一提寒葱河就打怵，就闻风丧胆。

曹双举也不失时机，在一旁帮衬：“兄弟们，大家争取功名，扬名立万的机会来了。”

章文礼白了曹双举一眼，对自卫队下达命令：“开拔！”

大排队刚出门，章兆仁就跑了出来，将自卫队拦在了大门口。

章文礼走了过去：“二叔？”

“给我一支枪。”

“二叔……你打过枪吗？”

“给我一支枪！”

“二叔你别闹了，我们得赶时间。”

章兆仁拉住了章文礼：“刀也行。”

章文礼没办法，对曹双举说：“你让拴马桩牵一匹马陪二叔去吧。”

…………

章兆仁离开莲花泡那天晚上，章韩氏听到了消息，她突然想到了从佩祥，要论对山里的熟悉，恐怕谁也比不上从佩祥了。章韩氏连夜安排白美发去找从佩祥。

天刚亮透，从佩祥带着狗剩儿来了。这时，章韩氏已经组织了莲花泡大排队成员，她要亲自带人去营救章文德。

从佩祥不赞成章韩氏上山，别的不说，小脚的章韩氏田间小路都走不快，别说崎岖的山路了，一旦与胡子遭遇，她跑不起来，只能给大家添麻烦。从佩祥对章韩氏说："嫂子，我带狗剩儿去就行了，我们不跟胡子打，我们只去要人，如果他们非要打，我们两个人也进退方便。"

章韩氏眼里含着泪水，说："你大哥去寒葱河了，你知道他，胆小不担事儿，身体还不好，我一定得出面，我不出面，大排队就带不出来……大兄弟，你就别挡着嫂子了，这次我就是拼上性命也要带大排队去救文德……"

从佩祥说："嫂子你不信任兄弟吗？这么多年，我从不跟胡子打交道，不过胡子的情况我熟悉一些，我有把握处理好这件事情。"说着拍了拍白美发的胳膊："你照顾好嫂子。"

狗剩儿的眼睛四处搜寻，他大概在找老疙瘩的身影，老疙瘩并不在莲花泡，她已经去寒葱河读书了。

从佩祥拉了狗剩儿一把，两人转身上了马。

从佩祥和狗剩儿骑马到了细鳞河，回头发现十几个人远远地跟在他们身后，从佩祥知道，一定是章韩氏和大排队队员。

"要不要把他们引开？"狗剩儿说。

从佩祥想了想，说："算了吧，她心意已决，她愿意跟着就跟着吧。到了大架子山，我们要见机行事，干得干净利落。"

战斗是中午打响的，这方面袁骧很有经验，护路军的炮弹爆炸时，守山门的胡子还没有吃午饭。袁骧拿着望远镜，身前放着军用地图，那架势，仿佛在指挥一场战役。

首先发起冲锋的是护路军的一个排，士兵喊叫着向山上冲去，准备不充分的山门防线一下子就被冲开了。袁骧心想，果然是一群乌合之众，还没正儿八经地打，对方就已经溃不成军了。

突然，右侧山坡上传来嗒嗒嗒的枪声，几个护路军士兵拧歪着倒下。袁骧察觉不妙，连忙命令骑兵连侧翼冲锋，同时让二排直插大架子山胡子窝棚。

二排穿插接近胡子老巢时，山坡上突然冲下来十几个胡子，他们大多挥舞着大刀长枪，嗷嗷喊叫，可惜没有太强的战斗力，不是被击毙就是被生擒了。

不到一个时辰，战斗就结束了，打扫战场时，袁骧审问一个小胡子，谁是这里的头儿？小胡子向挂车旁的一个人指了指，那个人已经死了，一身血污地趴在木车板上。

袁骧让人割下那人的头颅，押解着七八个残兵败将下山。

袁骧带队下山时，碰巧遇到六名从百草沟金矿逃出来的淘金工，这其中就有老黑和老七，看到山坡上的浓烟，听到枪声喊声，他们吓坏了，看到一个采参人留下的废弃马架子，他们一前一后钻了进去。

护路军警卫排以为淘金工是落网的胡子，拉开架势就把马架子房包围了。

通信兵向袁骧报告情况，袁骧用望远镜看了看，说，告诉警卫排，不许有人员伤亡，胡子如果不投降，就杀了吧。

包围马架子房的官兵不敢贸然闯进去，怕里面打冷枪，就在外面喊话，喊了半天里面也不回应。最后，警卫排长开始执行袁骧的命令，向马架子房扔了几颗手榴弹，随着沉闷的爆炸声，马架子房塌了，扬起了灰尘和硝烟。

守在大架子山西口的寒葱河自卫队和西南口的响马河自卫队只听到远处隐隐约约的枪炮声，看到半山腰冒起的浓烟，他们一直守到太阳西斜也没见到一个胡子的影子，章文礼绷紧的心才松弛下来，他问曹双举："二掌柜呢？"

曹双举说："马车上呢，齁喽儿气喘的，他可别一口气上不来，过去了。"

…………

大架子山的"云中雁"被连窝端了，姜照成站在溪流边的树林里，望着老营地的滚滚浓烟，他的脸涨成了紫红色，油汪汪的。开战之前，张胡向姜照成提过建议，他主张避开护路军的锋芒，设几个伏兵抵抗一下就算了，整个绺子转移到老爷岭一带，时机成熟再杀回来。姜照成则很自负，反对逃跑主义，他觉得自己经历过大风大浪，一个小阴沟还能翻了船？所以他要好好地打一仗，好好打的前提是，护路军军官都是混饭的，不会为胡子拼上身家性命，更多的是虚张声势，他们不会真打，遇到有组织的强硬抵抗，一定会撤兵。在姜照成看来，大架子山这一仗事关重大，如果击退了护路军，他们就可以在这一带提高声望，附近的小股绺子、矿工和林班工人就会纷纷来入伙，他们在老爷岭一带也就可以站稳脚跟，发展壮大。姜照成信心十足，也很会做动员和鼓动工作，向大家承诺，要不了明年，革命游击队就会改编成人民革命军，占领城市，大家的好日子越来越近了……事实上，他太低估护路军实力了，更准确地说，太低估护路军那个指挥官了。

姜照成、张胡他们逃出了护路军的包围圈主要得益于石龙，石龙对大架子山的情况非常熟悉，开溜时他既没走西南的山路，也没走西面的羊肠小道，石龙领着他们沿着怪石嶙峋的溪流攀缘而下，逃出了护路军的包围圈。

现在，他们已经过了山脚下的细鳞河，在一片杂乱的次生林休整，到了这里应该算是安全了。姜照成回头看了看张胡，清点一下人数，他身边只剩下十三人，其中还包括章文德。

可就在他们喘口气儿时，突然一声枪响，姜照成头上的帽子掉了，姜照成立即趴在地上。手里有枪的胡子开始向林子里射击，一些树枝纷纷落下。

“我们不想伤人，只要你们留下肉票，就可以走了！”

姜照成抬起头来，又一声枪响，子弹从他的发梢上穿过。打黑枪的人肯定是训练有素的神枪手，子弹打在他帽子上、打在他头发梢上，不是想要他的命，姜照成知道，对方是在警告自己，如果想要他的命，子弹就不是从帽子穿过去而是从脑袋中间穿过去了。

“怎么回事？”姜照成问张胡。

张胡也有些发蒙，听对方的口气也像是胡子。

“肉票？谁是肉票？”

张胡说：“可能是要章文德吧。”

“俺的个娘吔！……给他，给他！”

张胡有些迟疑。

张胡喊道：“林子里的，什么蔓？”

“散仙。”对方说。

“扔票吧！”石龙在旁边说。

张胡想了想，闭上眼睛，用力推了章文德一把，想把他推到林子里。

张胡没推动章文德，章文德死死地拉住着他的衣襟。

这时石龙说：“大当家的，你看，后面又来了一队人马！”

张胡说：“坏了，咱被包了饺子，向林子里撂丫子吧。”

姜照成学张胡的话，大声说：“撂丫子！”

胡子们纷纷向树林里跑去，一边跑一边放枪，打得毫无章法。

第六章

16

“云中雁”被剿灭成了县城里的大新闻，被割下的人头其实是“云中雁”的炮头，整编后的连长，他被当成了姜照成，脑袋挂城门楼子上了。战斗结束后，袁骧也该回哈尔滨交差了。离开响马河的头一天夜里，袁骧独自一人饮酒，想起大架子山上那场战斗，袁骧还心有余悸，他大概太过轻敌了，或者说压根儿没把山里的胡子当回事儿，致使护路军伤亡七人。当然，此次出击仍算得上是“马到成功”，后边肯定伴随着报功和嘉奖。只是，他十分好奇，这股胡子怎么会用正规军的战法，有打阻击的，有包抄的，还有预备队，要不是护路军装备精良，人多势众，双方力量对比悬殊，还真不知道结果会怎么样。他唏嘘了一番，看来，山里也有高人啊，可惜，那些人没到军队中来，不然，军队的实力就不一样了。

战斗结束的当天晚上，章韩氏被人抬到了寒葱河，她被流弹打破了肚皮，肠子都流出了一截，薛郎中在章韩氏住过的老屋里给她进行了处置，她开始昏睡，一连昏睡了一天一夜。章韩氏醒来时听到章兆仁的咳嗽声，章兆仁板板整整地躺在她身边。

章兆仁知道章韩氏醒了，转过头去独自抽泣。

章韩氏问：“文德接回来没有？”

章兆仁沉默着。

章韩氏难过地扭过脸去。

“没事没事，”章兆仁说，“文德没事的，这孩子命硬，当年能从土里刨回来，这回也差不了。”

章韩氏说：“你说你傻不傻呀，我听说……你为了四十垧地答应章兆龙的，让自己亲生儿子去给人家当替死鬼，还说保证没事儿，结果呢……你这个死鬼，文德可是你亲儿子呀……”

“大掌柜一再向我保证，文德不会有事……”

“他的保证你敢信？要信的话，死了你都不知道怎么埋的。”

“唉，都怪我不好……”

“再说……那四十垧地，老掌柜早就转给咱们了……”

“转给咱们了？啥时候？”

“那封信，那封信就是地契……”

“……你怎么从没说过？”

“你不是不让我看吗？……”

泪水从章韩氏的眼角流出来。

过了好一会儿，章韩氏才说：“我可不想永远让人家当猴耍了，等咱俩的病好了，就跟大份儿分家……反正这次我是王八吃秤砣，铁了心了。你同意不同意都得分家，大不了，我领孩子搬出去过……”

命运常常开着重复的玩笑，五个月之后，袁骧调任某混成旅第一团团长，他的指挥所就设在七站，离响马河镇只有二十公里。

应该说，袁骧在东北军中还算是个难得的文武双全的军人，当然，他身上也有一些旧式军官的坏毛病。袁骧有报国之志，也有膨胀的野心，整体上给人的感觉朝气蓬勃，很有男子气概，可谁也不会想到，他有些惧内。当时的环境下，怕老婆的男人很稀奇，尤其在那个男权世道，十分霸道同时又怕老婆的军官可以说是凤毛麟角了。说起来什么事都有个例外，古代的皇帝也有怕老婆的，据说隋文帝杨坚就怕老婆，受老婆的气之后还直哭，那还是一国之君哪。这样一比，袁骧就不算委屈了。

袁骧的老婆叫马兰香，名字蛮好听的，可真见到本人就不一样了，她年轻的时候长得也没什么出奇的，上了点年纪，脸上就开始长横肉。马兰香也谈不上有多深的家庭背景和势力，她出身于屠夫家庭，粗俗而刁蛮。她的“背景”来自她的姐夫——那个胡子出身后来被收编的姐夫曾经是袁骧的上司。袁骧和马兰香的婚姻就是她姐夫安排的。袁骧当排长时，马兰香的姐夫是他所在旅的旅长。看好袁骧的首先是马兰香的姐夫。如果说袁骧与马兰香的婚姻有问题，袁骧也有不可推卸的责任，他同意和马兰香结婚自然有攀附旅长姐夫的因素。袁骧和马兰香结婚之后，袁骧就被她给钳制住了。张大帅派兵进关参与战事，袁骧的姐夫随军入关，结果在河北得病死了。姐夫死了，袁骧的腰板该直起来了吧。事实上远没这么简单，那时候马兰香已经拿住了袁骧的软肋——袁骧好脸面，家丑不敢外扬，当然，也不仅仅是好面子，隐藏在面子背后的因素，是怕影响到仕途发展。袁骧骨子里对仕途过于看重，所以对马兰香一味迁就。袁骧调到护路军当营长，离开了姐夫原来的势力范围，马兰香对待袁骧的态度不仅没收敛，反而变本加厉。那个时候，袁骧的仕途正步入佳境，他的注意力并不在马兰香身上，相反，马兰香的所有心思都用在了袁骧身上，这样，他们两人较量起来，袁骧自然不占上风。好在袁骧一直带兵在外，夫妻俩碰不到面倒也没什么妨碍。

袁骧驻防七站之后，马兰香随军来到了七站。生活在一起之后，袁骧和马兰香之间的矛盾更多了，之前两人分居，马兰香就揣测袁骧在外面寻花问柳，苦于没有确切的证据，所以整天胡乱猜忌，疑神疑鬼。袁骧回家晚一点，她都得唠叨一个时辰。功夫不负有心人，七月的一个晚上，马兰香在袁骧的箱子里发现了一封信，是一个叫佳馨的女人写给袁骧的情信。马兰香识字不多，可她煞费苦心一字一句研究，倒也把信上的意思差不多搞明白了。

那天晚上，袁骧刚刚入睡，马兰香就出现在袁骧的身边。马兰香凶神恶煞一般，声音凄厉地问袁骧：“那个小狐狸精是谁？”

袁骧忙了一天，刚睡熟，马兰香踢他三脚他还没完全醒过来，迷迷糊糊地问："你又犯鬼病啦？"

马兰香说："姓袁的，今天你不跟我说清楚，我就先把你打死，最后我给自己一枪，大不了咱们同归于尽。咱们之间算不清的账，到阴曹地府接着再算！"

袁骧立刻清醒了。他回身去摸自己的手枪。枪没了。他的头嗡了一下。抬头看去，马兰香手里正拿着他的手枪，枪口对着他的胸口。

"别胡闹！有什么事儿，放下枪再说！"

"说，那个小狐狸精是谁？她在哪儿？"马兰香不依不饶。

"你说什么呢？哪有狐狸精……"

"不说是吧，要不要我给你提个醒？"

袁骧觉得自己的头老大，是佳馨来了？不可能啊。如果章佳馨来了，她必定会先见自己啊，怎么会……袁骧一口咬定自己压根儿就不认识什么小狐狸精。马兰香说："好啊，看来咱们真得阴曹地府见了。"

袁骧连忙摆手，态度来了一百八十度大转弯。他说："有话慢慢说，别胡来。"

"好，"马兰香说，"我再给你一个机会，谁是佳馨？"

袁骧立刻身子发软，他知道坏了，马兰香一定看到了佳馨给他的信。

"怎么不吱声了……我告诉你姓袁的，今天你不说清楚，别怪我不给你留后路。"

无奈，袁骧只好编造了一个故事，说自己三年前认识一个妓女叫佳馨，有了短暂的接触，已经多年没联系了，并表达了自己的忏悔之意。

马兰香不信，反复抠他，直到自己也觉得筋疲力尽了，才不再追问。不过，马兰香让袁骧写了三份文书。一份是忏悔书，表示自己以后决不同叫佳馨的小狐狸精来往。第二份是证明书，大意是如果她马兰香出了什么意外，包括病亡，袁骧都是第一嫌疑人，上司都应予以深查和严惩云云。第三份是补偿书，一年内给马兰香买贵重金饰品两套，以补偿她受到的心理伤害。

事态总算平息下去了。可那天夜里，袁骧怎么也睡不着了，他几次下决心想把马兰香给解决了。可思前想后，最后还是把自己给劝住了。

佳馨在哈尔滨。她还不知道袁骧已经把她出卖了。想起佳馨，袁骧的愁绪更加浓烈……袁骧是在哈尔滨认识佳馨的，一次，女子中学请护路军司令部的袁骧去做演讲，他属于新派人物，口才也好，演讲时纵论古今中外，提出民族自立国家自强，鼓励青年学生建立新的人生目标，提倡知识女性走向新生活。袁骧的演讲赢得了热烈的掌声，也博得不少女孩子的好感。对袁骧有好感的女孩子当中，最主动的就是佳馨。

佳馨长得白皙秀美，情感丰富而又大胆热烈。她主动接触袁骧，大胆表示对袁骧的崇拜和好感。袁骧去女子中学演讲的第三天，佳馨就出现在司令部大院外的树荫里。袁骧从外面参加训练回来，门岗值勤的士兵向袁骧报告，说有一个女学生找他。袁骧抬起头来，看到树荫下穿白色衣服的佳馨。那一刻，佳馨如同绿色叶簇中的玉兰花，纯净而透明。

袁骧问佳馨是找他吗？佳馨说："是，我已经等了你两个小时了。"

"找我有什么事？"袁骧和蔼地问。

"你是不记得我的。我是女子中学的学生，叫章佳馨。前几天，我听过你的演讲，所以就想来见你……你别怪我，我想了好几天，怕你不愿意见我，也怕你笑话我……"

袁骧愣住了。他还没遇到过这么大胆而坦诚的女孩子。那时候，更多的女人还把自己囚禁在礼教的藩篱里，佳馨的表现无疑是一道光亮的色彩。袁骧被感动了，他把佳馨请到了自己的宿舍，两人谈了很多。令袁骧感到意外的是，佳馨读了很多书，比如上海出版的《东方杂志》《小说月报》，还有很多国外的爱情小说，有很多作家的名字，像大仲马、巴尔扎克、托尔斯泰什么的，袁骧都知道。从谈话中，袁骧判断佳馨是一个追求个性解放的女性，浪漫并充满生命活力。那天晚上，袁骧动用了参谋处的汽车，一直把佳馨送回学校。

那之后，袁骧和佳馨就开始了密切交往，霁虹桥、索菲亚大教堂都留下了他们的足迹。袁骧还带佳馨去中央大街马迭尔宾馆参加白俄贵族举行的舞会，到秋林商店买礼品，看卓别林的无声电影，在松花江边漫步……

佳馨说话带一点京腔，她说同学们都愿意学京都口音，觉得当地的口音土气，说她臭糜子味儿。袁骧问啥是臭糜子。佳馨说，泡的黏黄米，用椴树叶、苏子叶可以包成黏耗子。袁骧说话也有很浓重的胶东口音，被称为海蛎子味儿。经过了解佳馨得知，袁骧时年三十一岁，大连旅顺袁家村人，出身于农民家庭，毕业于东三省讲武堂。据说，袁骧祖上为明末的大英雄袁将军，袁将军罹难时，其后人逃难至山东莱州。乾隆年间，误听传言，以为乾隆帝下旨灭族，慌忙收拾细软、农具、渔具，连夜乘对子船逃难辽东，经过两天两夜的航行，到达旅顺双岛湾，因风向不对，船在黄泥窝抛锚。袁氏后人见这里靠山临海，土地肥沃，远离村屯，于是打了一眼水井，定居下来。“原来你也是英雄后人呀。”佳馨感叹。袁骧左右看看，小声说：“你知道就行，不可对外人讲，现在村里还避讳提祖上的事儿呢。”

袁骧和佳馨相识不到一个月，他们的关系就发展到新的阶段。袁骧在外面秘密租了房子。遇到节假日，他就去学校接佳馨，在道外一个红砖小楼住宅里相聚。他们像夫妻一样，彼此体会着新式爱情的快乐。对于袁骧来说，他觉得自己的爱情生活才刚刚开始，几乎投入了所有的精力。那期间，袁骧的山盟海誓也不少。佳馨和所有女人一样，对感情的全身心投入自不必说，尽管她比袁骧小十几岁，还没满十八岁。可女人就是这样，她的适应能力永远是男人所不能企及的，在多大年纪的男人面前，都可以拉平距离。佳馨和袁骧在一起生活，一点都不显得小，感情上绝对能和袁骧打个平手。佳馨追求个性解放，她不会给袁骧做小老婆的。可她与袁骧的感情越来越深厚，她也就不在乎名分了，只要袁骧娶她就行。

然而，袁骧和佳馨的好日子并不长久，袁骧被派到七站驻防。送别是偷偷摸摸进行的，佳馨的眼睛哭得红肿。袁骧对佳馨说：“别伤心，我很快就会回来看你，等你完成了学业，我就正式娶你。”天有不测风云，袁骧到七站之后，马兰香随即来到袁骧的驻地。袁骧的自由受到了限制，他和佳馨也只能靠通信来倾诉相思之苦。

眼下，马兰香已经发现了袁骧和佳馨的私情，经马兰香这么一闹，袁骧的心就像是一个泛着釉光的陶器，摔在石头上，瓷片分崩离析。

袁骧和马兰香吵架那天夜里，袁骧一夜没睡，第二天上午他就“失踪”了。袁骧并没有真的失踪。他自己去了响马河镇。在响马河一家俄国犹太人开的酒馆里喝起了闷酒。袁骧是短打扮，穿着他平时习武的衣服，加上他堂堂的相貌，别人会认为他是练武之人。袁骧在酒馆里一坐下来，就没完没了地喝酒，从上午一直喝到下午。想起自己写给马兰香的有辱大丈夫尊严的“条约”，自己就觉得窝囊，喝一会儿就迷糊了。

在袁骧斜对面的角落里，也有一个喝闷酒的人，他一直观察着袁骧。这个人不是别人，正是章兆龙。章兆龙怎么会单独一个人在这儿喝酒，说起来没人相信，章兆龙同袁骧一样觉得窝囊，他是受了曹彩凤的讹诈，有苦说不出，就独自出来借酒浇愁。

犹太人酒馆的主要客人是铁路上的俄国人，包括响马河车站站长以及来休假的俄籍工程师。中国人很少去那里，能去那儿的人一般也是有钱有身份的人。袁骧和章兆龙不约而同选择了那个酒馆也是有原因的。他们大概都怕被熟人看到。

此时，袁骧已经醉了，他早就发现了章兆龙，开始他没有理章兆龙的意思，可酒喝到一定份儿上，情况就发生了变化。袁骧拎着酒瓶子，摇摇晃晃地来到了章兆龙的面前，向他敬酒。本来，章兆龙想一个人喝酒，可有时候人就是这么怪，自己一个人待时间长了，又觉得闷，袁骧来敬酒，正合他意，于是两人你敬我一杯，我敬你一杯喝了起来。喝酒的同时，他们也唠了起来，尽管他们互相通报了姓名，可是在酒精的作用下，他们都没太在意对方的姓名，或者说只是听见了对方的名字，却没入心。酒喝多了，人与人之间交流和沟通也容易了。袁骧说自己丢人啊，被老婆给“熊”了。一听这话，章兆龙觉得有了共同语言，他说他也被老婆“熊”了。按理说，章兆龙这样的人是不会被老婆“熊”的，其中必有蹊跷。原来，春天时曹彩凤受了风寒和惊吓，身体一直不好，佳馨的好友薛莲花经常过来陪曹彩凤。此时的薛莲花已经出落成漂亮的大姑娘，仿佛盛开的芍药花，白里透红，鲜艳无比。见到薛莲花，章兆龙就难以自禁，可薛莲花不同于旁人，薛郎中是自己的好友，薛莲花又与内侄章文德定了亲，兔子还不吃窝边草呢，所以无论章兆龙心里如何泛起微澜，还是不能对薛莲花下手。毕竟身在寒葱河，他是章家的大掌柜，方圆几百里有名望的豪绅，身份地位还是让他有很多顾忌，章兆龙不好下手。然而，章兆龙没想到的是，他的儿子章文礼也瞄上了薛莲花，并且，像一只绿头苍蝇一样死死地盯上了。在章文礼眼里，薛莲花是不是章文德的娃娃亲不重要，他们又没结婚。章文礼成事不足，可搞破坏的本事却很大，他想要破坏一样东西，就一定能做到。

章文礼刚刚娶老婆不到一年，不可能马上娶妾，况且，薛郎中也不可能让自己的女儿做妾。章文礼思前想后，想出一个“智取”的鬼主意，只有生米做成了熟饭，他才可以将薛莲花拿下，到那时她不做小妾都不成。剿灭大架子山胡子那天，章文礼从曹双举那里淘弄到东洋糖丸，那种糖丸实际是一种迷奸药。那天章兆龙没在家，他去了曹彩凤房里，借口章兆龙找薛莲花，把薛莲花诓到了书房。薛莲花进书房没见到章兆龙，只有章文礼一人，她转身要走，章文礼说：“你不想知道文德的消息吗？”薛莲花站住了，此时她正在为章文德的安危担忧着。“来，陪二哥喝杯茶。我给你文德的消息。”薛莲花不喝，章文礼说：“你连茶都不陪我喝，那我还替你们操哪门子心？”无奈，薛莲花走了过来，小口陪章文礼喝茶。喝茶过程中，章文礼告诉薛莲花，那伙胡子被打散了，可是他们还带走了章文德……带走章文德是做人质，目前他应该是安全的，不过，遭罪是避免不了的。……往后，想要解救章文德，只能他亲自上阵，打仗亲兄弟，上阵父子兵，只有他能出生入死，解救章文德……薛莲花的心怦怦直跳，她眼含泪花，嗫嚅着：“那，就全仰仗二哥了。”

“喝呀！二哥要为你们冲锋陷阵，你连喝茶这点面子都不给二哥吗？”

薛莲花端起茶杯，一饮而尽……

薛莲花清醒过来，她全身赤裸着躺在红木卧榻上，满脸是泪，望着章文礼说：“你可是叔伯哥呀，难道是畜生不成？”章文礼把一个首饰盒放在薛莲花身边，哄着她说：“你还没嫁给文德呢，现在你是我的人了！”薛莲花挥手打了章文礼一个嘴巴，章文礼跳了起来，大吼：“别不知好赖，我告诉你吧，章文德不可能回来了，不死也残废了，我心疼你才接手你这个守活寡的……”

这时，曹彩凤进来了，她看到了眼前的一幕，对章文礼破口大骂。

晚上章兆龙回来，曹彩凤使出了一个狠招儿，她要将章文礼迷奸薛莲花的事向外公布，让章家臭名远扬。这一招还真管用，章兆龙沉默半晌，开始央求曹彩凤。他说，章文礼那个畜生他自会好好管教，只要不把事情闹大了，他可以答应她提出的条件。反正曹彩凤也想明白了，她不能指望章兆龙与她白头偕老，她必须提早给自己留条后路。所以她向章兆龙提出，要章兆龙给她一大笔银子。

“一大笔钱是多少？”章兆龙问。

曹彩凤说了一个数字，这个数字让见过大钱的章兆龙都十分惊讶。

“亏你想得出来，这个数我都不敢想。”

“你有多少底儿，别人不知道，还能瞒得过我吗？”

“这个数可能没有，最多也就出两成。”

曹彩凤说：“想都别想，少一个子儿我都不答应！这期限嘛，一个月总够了吧，一个月之后如果我拿不到银子，那可就怪不着我喽。”

章兆龙不是甘于吃哑巴亏的人，他甚至想过要谋害曹彩凤，碍于女儿佳馨的存在，想来想去，他还是自认倒霉了。

酒馆里，章兆龙和袁骧一边讲老婆，一边骂老婆，都说回去就把那个臭娘们干掉！

共同的遭遇拉近了袁骧和章兆龙的距离，颇有惺惺相惜之感。章兆龙对袁骧说：“我看你这个兄弟相貌堂堂，一定不是普通人，咱俩相聚也算是前世的缘分，干脆咱俩结为兄弟吧。”袁骧说：“我一看老兄也不是凡人，能与你金兰结义是我的荣幸。”

“那好，以后再相见，我就是义兄，你就是义弟。”

“义兄在上，受小弟一拜！”

晚上，袁骧和章兆龙还与两个俄国路警猜火柴杆儿赌酒。章兆龙是老赌徒，赌博的时候头脑就清醒了，眼睛放出油亮的光泽。结果，两个人高马大的俄国人输得一塌糊涂，喝得酩酊大醉，在酒馆的众人面前，解开裤子就撒尿……那天夜里，巡警把醉倒在酒馆里的袁骧带到了治安所。到第二天袁骧醒酒了，巡警才知道他的身份，连忙派人恭恭敬敬把袁骧送回了七站。

半年前，姜照成带领大架子山撤下来的残兵败将四处逃窜，游荡了半个月，才在深山老林的马蹄沟落下了脚，那里是几股绺子交界的地方，哪个胡子的地盘也没侵占，加之交通不便，也远离了官兵的追踪。只是现在姜照成威风不起来了，手下人一个个身体孱弱、精神萎靡不振。张胡对姜照成说："在这个地方休养一个夏天，之后再想办法东山再起。"此刻，被老腰病折磨的姜照成意志消沉，有气无力地对张胡说："就按你说的办吧。"

一路上，章文德一直跟随着张胡。

从佩祥和章韩氏营救章文德时，章文德本有机会脱离胡子，可惜当时他完全被恐惧笼罩，大脑一片空白，双腿僵硬，都打不过弯儿。他没听出从佩祥的声音，判断不出要他的人是不是胡子，他不想从一个胡子窝掉到另一个胡子坑，现在这个胡子窝里，至少还有大哥章文智。所以他一直拉着章文智的衣襟，仿佛落水后抓住了救命稻草，死活都不肯松手。

在马蹄沟，不起眼的章文德却发挥了无法替代的作用，虽然他不会舞枪弄棒，但是他会种地。

流落到马蹄沟的胡子就跟没了地盘的流民差不多，他们也不得不放下身段，跟着章文德开荒种地。当然，种地是他们身份的掩护，主要经济来源还是打家劫舍，但那些都是偷偷摸摸地干，饥一顿饱一顿，毫无保障。大部分时间里，大家都在跟土地打交道，章文德的地位无形之中一点点提高了。

张胡是大秧子，农活一窍不通，整天分析局势，坐而论道。石龙会种地，可他不喜欢整天跟土坷垃打交道，他宁愿去河沟、水泡子摸鱼。比较起来，姜照成的生存本领还是挺强的，他经常带人上山打猎。

章文德跟随姜照成和张胡上过两次山，姜照成有很多闯林子的经验，他告诉章文德，闯林子的人都知道，冬天不睡石，夏天不睡木，容易招病不说，严重了还能丢命。姜照成还告诉章文德对付麻达山的办法，麻达山就是困在山林里找不到方向、瞎转悠。一旦麻达山了，要"转向看树皮，北边粗南边细"，"还可以看树墩，年轮也是南松北紧"。章文德听后，对姜照成十分佩服。张胡在山里也混了几年，也积攒了一些闯林子的经验，他告诉章文德一些林子里的知识，比如那种秃梢无冠的立木叫蜡杆子，一脚踩空，木头内部腐朽成粉末状的叫红糖包，等等。可是出了林子，姜照成和张胡不得不佩服起章文德。

章文德非常懂天气，预测得十分准确。开始姜照成不服气，头一天晚上问章文德第二天天气，章文德说，大晴天。第二天果然长天老日，天空连一丝云彩都没有。章文德说阴雨天，第二天就阴雨绵绵，一下就是一天。姜照成问章文德，你有神本事？章文德说哪有啥神本事，就是多攒一些经验。

"那你教教俺！"姜照成很虚心的样子。

章文德也不保留，教了姜照成一些农家谚语，比如："扑地烟，雨连天。""泥鳅跳，雨来到。""水缸穿裙，大雨淋淋。""日落云里走，雨在半夜后。""有雨山戴帽，无雨山没腰。""老牛鼻子朝天，马嘴朝天，大雨在眼前。"……还有种地的谚语，比如："春天多锄一遍，秋天多打一面。""想要苞米结，除非叶搭叶。""苞米去了头，力气大如牛。""要想结大棒，锄地转个向。"……

姜照成对章文德越来越钦佩，赞叹道："乖乖！你这是本事呀。"

有天晚上，粮食断了，大伙儿围坐在篝火旁，章文德想起小时候娘给他唱过的歌谣，就闭上眼睛哼了起来："老鹞鹰，嘭嘭飞，飞到东，飞到西，飞到高，飞到低，快快飞到你窝里。"

姜照成说："俺的个娘吔，这小调怪好听哩，你教教俺。"

于是，章文德唱一句，姜照成和石龙他们跟着唱一句，张胡也凑过来跟着唱，大家唱着唱着，都伤感起来。章文德分明在张胡眼泪里看到了闪亮的东西。

一晃小秋就到了，马蹄沟的农作物取得了大丰收。农作物丰收出乎姜照成和张胡的预料，也出乎那几座地窝棚里所有人的预料。按照作物收成情况看，他们一冬天不用为吃喝发愁了。

早晨，章文德去各个地窝棚里喊人："起来、起来，今天收苞米。中午煮青苞米，烀茄子土豆，蒸鸡蛋焖子。干活的有份，不干活的干看着……谁也不许泡蘑菇呀。"

大伙儿纷纷走出地窝棚，带着镰刀等农用工具上地了。

姜照成见大家兴高采烈的，他的心情也不错，可惜，那种感觉慢慢地就消退了。他心头掠过一丝缺憾，他是有理想抱负的人，在这个小山沟里混口饱饭绝不是他想要的。吃饭的时候，姜照成对伙计们说："将来，俺们的希望还是在'穷党'，俺要找机会带领大家离开这个山沟，找到上级党组织，带领兄弟们都加入'穷党'。"

"啥是穷党？"石龙问。

姜照成说："就是替咱穷人撑腰、给咱穷人出路的党……"说着，瞅了瞅张胡。

张胡小声问姜照成："你不是穷党吗？"

"现在还不是……本来，政委答应介绍俺加入，后来就分开了……"

"我以为你原本就是呢。"

姜照成说："差不离，要不是因为东奔西跑，俺早就是了。按政委的话说，俺早就够条件了，就是个手续问题。"说着，瞅了瞅张胡："你以前不是穷人，现在也是穷人了……到时候我介绍你入党。"

石龙问："那，咱都可以参加穷党吗？"

姜照成爽快地说："都可以，因为咱大伙儿都是穷人嘛。"

"可是，咱们怎么加入呢？"

姜照成说："俺先找到上级组织，最好找到政委，俺先加入他们，等俺加入了，俺就有资格发展你们，到时候俺帮大伙儿说说好话，带你们都加入。”

姜照成这样说，大伙儿都很高兴。

就在那天，山下来了消息，镇守使张宗昌在绥芬河开了大烟禁，很多人都去绥芬河发财了。姜照成和张胡商量了一上午。

姜照成觉得，形势发生了变化，他们的运气也随之发生了转变。他们要抓住这次机会到绥芬河去发展，一方面，绥芬河地处边境口岸，进出苏联方便，他可以和政委联系上了，尽快组建“穷党”领导下的革命武装。另一方面，种大烟可以快速筹款，只有家底厚了，才能招兵买马，才能从境外买世界上最先进的武器，快速发展壮大革命武装。

“你都想清楚了？”张胡问。

姜照成说：“还没想好……想多了也没用，俺们只能走一步看一步，反正不能总窝在这个山沟沟里。”

“是啊，尽管这个地方天高皇帝远，挺僻静的，可总不是长久之计，休养生息的目的是啥？还不是图东山再起！”

“单凭俺们几个东山再起，难！要想打出一片新天地，就需要支持，所以，俺得去俄国那边找政委，绥芬河就在俄国边上，到了那儿就方便了。”

“还说你没想好，这不想得挺清楚吗？”

姜照成说：“往后的事儿没想透，以前的事儿俺倒是反复琢磨了。落到今天的地步，主要怨俺，一个是理论不多，文化不高，发动工人运动不成功，还好有你帮我，把革命目标和胡子武装的现实合到了一块儿，才把队伍笼络住了。再一个是俺太心急了，心急吃不了热豆腐，不该硬碰硬打那场仗，当初俺听你的就好了，不至于把家底都丢了，起码保存了基本力量。”

“谁都不是神仙，都是事后诸葛。”

姜照成说：“俺也琢磨过，大架子山失败，也是俺冲锋陷阵不够，按政委的说法，‘革命性不够，革命不彻底！’”

张胡说：“你就别老自责了，俄国跟咱这儿的情况不一样，你已经够勇敢的了。要我看，你现在有些迷茫，对革命这个问题有点麻达山了。”

“这个好，就是麻达山了。”

“你有深山老林的经验。”

“深山老林的经验，不能套用在革命上……这样一说，俺急着去俄国，你就想通了吧。”

“我明白。”张胡点了点头。

“那你跟我去绥芬河吗？”

“只要大掌柜的不嫌弃，我就跟随你闯天下。”

“还有伙计们，你看咋办？”

张胡想了想，说：“愿意跟咱走的，咱一个都不能丢下，实在不想走的，就随便吧。”

姜照成说：“好，你跟他们说说，最好一个一个说。你跟伙计们都说好了，俺再开会，再向大家宣布。”

第二天中午吃饭时，姜照成宣布了一个重大决定，要带领伙计们去绥芬河，谋求新出路。也许是在马蹄沟憋屈的时间久了，大伙儿嗷嗷直叫，恨不得马上离开。姜照成说：“三十年河东，三十年河西，等俺们再回老爷岭大架子山……大架子山就算了，太小，等俺们再杀回老爷岭，那时俺们可就抖威风了，谁也不敢小瞧俺们。”

“啥时候走？”

“这几天大家收拾收拾，收拾好了就走。……俺和参谋长都想大伙儿一块儿走，如果实在不想跟着俺们，也不拦着。”

伙计们都表示要跟随姜照成和张胡去绥芬河。

“老闷头，总算鼓出头了。”石龙说着，拍了拍章文德，“吹灯拔蜡卷狗皮，走人！”

章文德不想再跟张胡走了，他一直惦记回莲花泡。想爹、想娘、想弟弟妹妹，更惦念薛莲花。可他与其他人不同，他一直是个肉票，没有准许他不敢离开，偷着离开的机会也不是没有，只是他不敢一个人钻深山老林，他怕遇到豺狼虎豹，况且，他根本找不到回莲花泡的路。胡子们要离开，章文德知道自己回家的时机也成熟了，他跟张胡说了回家的想法，张胡感慨良久，觉得对不住章文德，答应他跟姜照成说说。

张胡说：“大伙儿已经不把你当肉票了，我不希望你走，大东家也肯定不希望你走……算了，毕竟你跟我们不一样，咱现在已经不是一路人了，还是回家好好过日子吧！”

“哥，那你呢？”

张胡说：“你哥早死了，如果非得叫哥，我也是你义兄。”

张胡和章文德的眼睛都湿润了。

“回家之后啥都别说，就说见到的胡子都死了，你跟一个居无定所的猎人在一起生活了大半年，知道不？”

章文德点了点头。

“把嘴闭严实了，才能在这个世道里活命，知道不？”

章文德用力地点了点头。

姜照成也没阻拦章文德，他有话在先，不能说话不算数，心里一百个不愿意，嘴上也不好说一个不字，只能话里带话地希望章文德以后像个大男人那样志在四方，不能两亩地一头牛，老婆孩子热炕头，小富即安。

章文德和姜照成、张胡、石龙等人分别，大家还吃了一顿散伙宴。按他们的说法，老光子西坠的时候，也就是傍晚时分，姜照成喊一声上亮子，石龙就把松明火把点燃了，大家围在一起。上菜，端酒坛子，有野猪肉、山鸡肉，还有细苗条鱼，煮了漂洋子，那些被称为漂洋子的饺子，样子七扭八歪，开膛破肚，可毕竟，他们总算吃上了饺子。

姜照成说：“来，咱这三碗酒，第一碗敬天地，第二碗敬父母，这第三碗，俺提议敬文德，没有文德俺们这些伙计都得喝西北风、饿肚子。”

大家都积极响应，纷纷表示要敬章文德。章文德一直觉得自己是个“肉票”，哪受得起这样的阵势，死活不肯。不想，姜照成双手擎着酒碗，扑通一下跪在地上，高高举过头顶。大家犹豫了一下，一个接一个随之跪下。

张胡蒙了，连忙示意章文德，章文德只好从姜照成手里接过酒杯，龇牙咧嘴地喝了下去。喝过酒之后，他的眼角、鼻孔里都流出了液体。

没吃东西就喝了三碗酒，大家你看看我，我看看你，好像心里都不是滋味儿。

不知谁小声哼唱了一句："老鹞鹰，嘭嘭飞……"

紧接着，几个人跟着哼唱起来："……飞到东，飞到西，飞到高，飞到低，快快飞到你窝里……"

"老鹞鹰，嘭嘭飞，飞到东，飞到西，飞到高，飞到低，快快飞到你窝里。"大伙儿都唱了起来。

姜照成大声说："俺的个娘吔，干啥呢？平时不都馋嘴吗，怎么还不动了？来，搬梁子！"他第一个拿起了被称为梁子的筷子，筷子在手里停留一下，他又啪的一声将筷子放下，捂住了脸……

两天之后，章文德回到了莲花泡。

先听到章文德回来消息的是章文海，他立即跑到后院菜地里叫章韩氏，章韩氏身体还没痊愈就下地干活了。听到消息，章韩氏捂着肚子跑回院里，看到远处蹲着一个破衣烂衫的男人。那男人正是章文德，正蹲在雇工棚前吃雇工烧的土豆，听到身后的响动，他回过头来冲章韩氏一笑，满嘴焦黑的牙。

章韩氏原地站着，咧开嘴笑了，笑一笑就笑出了眼泪。

巧合的是，那天薛郎中从寒葱河来给章兆仁和章韩氏复诊、送药。知道章文德安全回家，也十分高兴，随即给章文德号脉、检查身体。

章韩氏对薛郎中说："这回好了，秋天咱就把文德和莲花的喜事办了吧。"

薛郎中一听，如同被钢针刺痛了神经，他的手颤抖着，脸色青白。薛郎中没说话，老半天才深叹一口气。

"薛大夫，你没事儿吧？"

薛郎中只是轻轻摇头，再摇了摇头。

回到七站，袁骧如同大病了一场，一缓就缓了好几天。袁骧回忆响马河酒馆喝酒的事，大部分没有了记忆。他恍惚记得和一个人喝酒，那个人是谁，说了什么，很多他都记不真切了。

袁骧的身体刚刚有所恢复，天就开始下雪了。

下雪那天上午，佳馨突然出现在袁骧军营的门口。勤务兵通报袁骧时，袁骧的第一反应，打了一个冷战。

袁骧连忙把军营里唯一的一辆汽车调了出来，去军营的门口接佳馨。佳馨穿着加厚的旗袍，还披着蓝狐皮披肩，那样子像一个大户人家出来的贵妇人。袁骧见到佳馨，什么也没说，将佳馨拉进车，就向山里开去。

佳馨有些不明白，她大老远地赶来，在大门外又等了袁骧那么长时间，袁骧竟然一句热情的话都没有，也不知道要把自己送哪儿去。这不说，袁骧上车后就问她："你怎么来啦？"佳馨说："坐火车来的呗。"袁骧一脸严肃，说："你来之前应该先告诉我，也好让我有个准备。"

佳馨有些不高兴，心里觉得很委屈，眼泪儿就含在眼圈里。她说她已经写信告诉他了。袁骧一听这话，痛心疾首地拍了一下大腿。他想，这回麻烦了，搞不好，这封信又到了马兰香手里。可转念一想，他又觉得马兰香不会得到这封信，马兰香只能翻他带回家的东西，她本事再大也不至于收买他的通信兵，就是想收买，那个通信兵也不会吃了豹子胆，干出掉脑袋的事。

汽车停在七站南山茂密的树林边，袁骧和佳馨下了车。袁骧搀扶佳馨下车时，佳馨也不理他，始终噘着嘴。袁骧看出佳馨生气了，就说："别生气，都怨我不行吗？"

袁骧见佳馨还在抹眼泪儿，他怕司机兵看到，就把佳馨拉到汽车的后面，对佳馨说："我错了，我是小狗行不行，汪汪！"袁骧学起了狗叫。和佳馨在一起的时候，他们也闹过别扭，闹别扭了，袁骧就学狗叫。看着穿一身军装的袁骧学狗叫，模样的确滑稽，佳馨破涕为笑，就一头拱在袁骧怀里。

佳馨告诉袁骧，她实在没办法再读书了，她太想袁骧了。

"再坚持一年，怎么也得肄业啊。"袁骧说。

“可是，我已经退学了！”佳馨轻描淡写地说。

袁骧愣住了，他没想到佳馨这么任性，退学都没同他商量。“你总该和我商量一下吧？”袁骧冷下脸来。佳馨见袁骧不高兴，反过来哄袁骧，她说：“我写信告诉你了，可你迟迟不回信。别生气，我不知道你会生气的。”

“这事你和你父母说了吗？”

“还没有，我是先来见你的。”

“你父母知道了，指不定怎么恼火呢！”

“我不怕，只要你不恼火就行。”

袁骧叹了一口气，他刚想把自己的遭遇讲给佳馨听，佳馨却只顾和他亲热，用发凉的手捂他的嘴，不让他说话。过了一会儿，佳馨小声对袁骧说：“我告诉你一个好消息。”

“什么消息？”

“我已经有了……”

“有什么？”

“你的孩子呀！”

听到这话，袁骧一激灵，当时就觉得天旋地转。佳馨瞅了瞅他，问：“听了不高兴吗？”

袁骧不知所措，半天说不出话来。佳馨连忙说：“你别担心，我已经想好了，就是做你的小，我也心甘情愿。我保证不和你老婆争，我只要和你在一起就行……”

袁骧还是说不出话来。佳馨说：“我家里一定会反对的。不过，你不用担心，我要死要活闹一次，爹就会让步。从小到大，遇到什么事，最后都是他让步……我还从来没告诉你，我家是这一带最富的……你别生我的气，我没告诉你，是怕你认为我是富家大小姐，不是爱我而是爱我家的钱。”

袁骧一听，一层阴云从心头掠过，这一带最富的？最富的就是章兆龙了。他小心地问佳馨：“你……是章兆龙的女儿？”

“对呀！你认识我爹？”

袁骧觉得自己的头嗡了一下，关于他和章兆龙争妓院小翠的事，如果让佳馨知道，他怎么向她解释呢。真是屋漏偏逢连夜雨，倒霉的事都集中到一块儿了。马兰香那边的压力已经让他透不过气来，现在佳馨又怀孕退学了，并且她又是章兆龙的女儿……这样的局面如黑云压顶，袁骧仿佛坠入暗无天日的深渊之中。

“说呀，你真认识我爹吗？”

袁骧迟疑了一下，说：“听过令尊的大名。”

“那你不埋怨我吧？”

“埋怨什么？”

“我对你隐瞒了实情。”

袁骧感叹道：“现在，我哪还顾得上这些。”

袁骧的情绪还是传导给了佳馨，她依偎在袁骧的身边，小声说：“怎么不高兴了，你还是生我的气了。可我也没办法，有孩子了怎么上学？人家想你才这么急着来见你的……”

袁骧叹了一口气，他想也是，佳馨背负的心理负担并不见得比他的轻，况且，在这个时候，应该得到安慰的是佳馨而不是他。袁骧的声音舒缓起来，他把胳膊放在佳馨的肩上，慢慢地说：“你别担心，我琢磨琢磨，总会有办法解决的。船到桥头自然直，世上没有翻不过去的山，也没有蹚不过去的河。”

佳馨笑了。她说：“我就知道你会有办法的。”

那天下午，袁骧和佳馨在南山商量了很久，商量的结果是：佳馨先回家住一段，选择适当的时机把情况对家里挑明了。遇到什么情况，佳馨可以到响马河车站给他打电话，那样，袁骧就可以迅速赶过来。

那天晚上，袁骧把佳馨送到响马河，在那里吃过晚饭，派自己的亲信马参谋送佳馨回寒葱河，袁骧则连夜返回七站，准备解决他和马兰香之间的问题。

佳馨回到家，家里人并没觉得太意外。章兆龙没在家，他又去边境那边赌博了。前些年，章兆龙每年都去俄境那边赌博。他豪赌是出了名的，一般都赌黄金，所以，章家原来在交界顶子开的金矿基本都让章兆龙给赌掉了，人们觉得心理有些平衡了，那么精明的章兆龙输得多惨呀，这说明老天是有眼的，好事不能让你一个人全占了。说来奇怪，都说赌博无常，但总有赢的时候，章兆龙却常赌常输，好在章兆龙的心理素质好，越挫越勇。然而，自从章秉麟将章家家业全交给章兆龙，他似乎金盆洗手，多年不去俄境赌博了。

俄国闹革命之后，渐渐就把远东地区给统一了。远东的白俄贵族一批一批跑到了东北，残留在边境上的旧贵族仍有势力，章兆龙的赌友还活跃在边境一带。

佳馨见章兆龙不在家，她也没提退学的事，更不能讲怀孕的事，她想等章兆龙回来再说。不过，曹彩凤还是发现了一些苗头。

这次回家，佳馨变得敏感细腻，也多愁善感了，看到窗外的鸟在枯树枝上，她担心鸟没窝冻坏了，听别人说话也琢磨是不是说自己了。尤其是吃饭的时候，闻到猪大油味儿，她就捂着嘴下了桌，跑到外面哇哇呕吐。

在寒葱河，佳馨觉得能说上话的就只有薛莲花了，她去薛郎中家找薛莲花，结果扑了个空。管家告诉佳馨，莲花去碱场屯姨妈家住了。

“什么时候回来？”

管家只是不停地摇头。

章兆龙是在佳馨回家的第三天才回寒葱河的。回家后他阴沉着脸，家里人知道，章兆龙大概又输得血本无归了。

章兆龙回家的当天晚上，曹彩凤就把佳馨回来和怀疑佳馨怀孕的事讲了，讲过之后，曹彩凤冷冷地说：“真是随根儿呀，我曹彩凤缺了八辈子德，嫁你这么个孽障，还生出了冤家……”如果是以往，章兆龙常常表情木然，故作镇定，今天不同，曹彩凤的话音未落，章兆龙就急不可耐地去找佳馨了。

章兆龙找佳馨时，佳馨正在房间里做女红，她一边哼着曲子，一边绣着鸳鸯，章兆龙推门进来，吓了佳馨一跳。

章兆龙虎着脸问："你怎么回来啦？"

佳馨说："自然是有原因的。"

"不管什么原因，没有我的允许，你就是不能回来，明天派人把你送回学校。"

佳馨吭哧了一会儿，说："……我已经……退……学啦！"

章兆龙立刻暴跳如雷，大吼："你这个逆子，反天了你，你眼里有没有父母？自作主张，书都白读了！"

佳馨也不示弱，说："现在我已经长大了，知道该怎么做。"

"怎么，你自己做主了？"

"当然了，我是大人了，自己的事情自己做主。"

"从古到今，闺女都是父母做主……你这哪是做主，是大逆不道！"

"爹，现在啥时代了，早早就民国了，你咋还老脑筋呢。"

章兆龙觉得问题还是出在读书上，如果不送佳馨去大城市读书，也许她就不会有那些稀奇古怪的想法。送她读书是想让她知书达理，不想，反而培养出个叛逆。他真后悔，当初就不该送女孩子去读书。

"我算是看明白了，你这是要活活气死你爹呀！"

佳馨受到章兆龙的训斥，忍不住呜呜地哭了起来。见佳馨不停地流眼泪，章兆龙烦躁起来，背着手，在房里转来转去。章兆龙本想问佳馨是不是怀孕了，可又觉得不便问，女儿已经大了，如果没怀孕，佳馨没了面子，说不定会干出点什么意外的事儿呢。

章兆龙想了想，口气和缓起来："佳馨呀，爹一向疼爱你，你也从不给爹找麻烦，这回怎么啦？儿大不由娘了？我看，这里边还是有别的原因吧……跟爹说说！"见佳馨不说话，他走到佳馨身边，抚摩着佳馨的头发："我知道你不信任你妈，有什么不好说的话就跟爹讲。你知道，你们三姊妹中，爹最稀罕你，在这个家里，爹是最疼你的……"

章兆龙这样一说，佳馨更加觉得委屈，她扑到章兆龙的怀里，哭得更伤心了。章兆龙轻轻拍着佳馨的后背，哄着她。

佳馨早就有心理准备，她知道章兆龙肯定会发火的，凭借以往的经验，章兆龙发火是发火，打心眼里还是疼爱她的，所以，章兆龙把火发了出去，也就没事儿了。佳馨大概觉得时机成熟了，一边抹眼泪儿，一边说自己的不是。“爹，我错了，错在不经爹的同意，就自作主张，在哈尔滨交往了一个年轻军官。”

章兆龙当然不喜欢佳馨这样，虽说章兆龙自己风流成性，行为不检点，可他的观念却十分守旧，道理是对别人而不是对自己的，他自然不能接受佳馨“自作主张”。

尽管如此，章兆龙还是忍住了，他引导着，让佳馨把整个事情讲出来。

“你们发展到什么份儿上了？”章兆龙问。

佳馨想，反正已经走到这一步了，今天不说明天也得说，终究纸里包不住火，干脆就和盘托出吧。于是，佳馨说：“我已经有了孩子，所以不得不退学了。”

“有了？”

“嗯。”

“他的？”

“嗯。”

“多久了？”

“四个多月了。”

“他多大？”

“四个半月左右。”

“我问你那个军官。”

“三十一岁。”

“三十一岁？……他不会没家小吧？”章兆龙显得紧张地问。

“……他，有老婆……”

“什么？”章兆龙眼睛瞪得溜圆，想了想，还是捺住了性子：“他叫什么？在哪里入职？”

“你不认识他。”佳馨说，在她的印象里，袁骧说不认识章兆龙，那章兆龙自然不会认识袁骧。“不过，现在他驻防到咱们这儿啦！”

“驻防到咱们这儿……谁呀？说来看看。”章兆龙的口气仍旧柔和，其实，他早已满腔怒火并充满了混合气体，眼看着就要爆炸了。

“驻防七站的团长袁骧……”

“怎么是那个混蛋！”章兆龙终于忍不住了，他挥手就打了佳馨一巴掌，那一巴掌很重，把佳馨拍倒在地。章兆龙的脸煞白，他说：“我这就去杀了这个王八犊子！……我告诉你，你死心吧，我不死，你就别想再见他。”

说完，章兆龙就离开了佳馨的房间。

章兆龙把二德子找到院子里，对他说，马上找人把大小姐的屋子用木板钉死。从今儿个起，不许她离开屋子半步。

章兆龙恨佳馨，他更恨袁骧，袁骧这小子出现在他的人生视野里，先是跟他争小翠，现在又睡了他的女儿。“他是我前世的冤家对头吗？好，既是冤家对头就别怪我不客气了。常言道，不惹匪不惹官，那要看是谁，我章兆龙还真要招惹招惹你这个官。别说你一个小小的团长，就是旅长我也要跟你别一别马腿，别一别你的象腿，看谁的骨头结实。”

章兆龙冲着七站的方向吼了一句：“袁骧，你个王八犊子，你给我好好等着！”

17

章文德回来之后，章兆仁和章韩氏准备操办章文德和薛莲花的婚事，见到薛郎中，章韩氏向他提及此事，薛郎中却没有表态。章兆仁家打下新粮，托人为薛郎中家送去黄糯米时又向薛郎中转达了迎娶薛莲花的意思，薛郎中仍旧没有表态。

夜里，蛐蛐“嚁嚁……嚁……”的声音从墙脚传过来，章韩氏问炕头的章兆仁。

“当家的，睡了吗？”

“还没。”

“我总觉得薛大夫那边有点儿不对劲儿，你没觉得吗？咱三番五次跟他提要给孩子们办喜事，他都不应承。是不是因为文德在胡子窝里待了大半年，他嫌弃咱了？”

章兆仁翻一下身：“按理说不会，薛郎中仁厚，不是那种势利小人……”

“可咱提了好几次，虽说不是正式提的，咱的意思他也明白了，为啥不回一句话呢？我看这里边儿，一定有蹊跷。”

“我也察觉到了，看他脸色不好，会不会是得了什么病？”

“他是郎中吔，能得什么病。”

“郎中是治病，不是救命。你见哪个郎中长生不老？”

“那会是啥事儿呢？”

“我琢磨，这事儿肯定比孩子结婚的事儿大，一时他还顾不了婚事。”

“依我看，咱还是和薛大夫见个面，正式提出来，遇到啥难事咱一块儿想办法，一家人嘛。”

“见面总得见面，可现在人家好像没有见面的意思，咱主动去，好吗？”

“有啥不好的，是咱家娶媳妇，咱不主动谁主动，你还想让女方家里主动啊？”

“……实在要去，你去就行。”

“我是要去，可你也得去，你是当家的，你不去人家会觉得咱诚意不够。”

“实在要去……那也得秋粮打完了。你知道，我现在腾不出身子……”

“老鬼，就你忙，离开你太阳都不转了是不是？我就知道，啥事儿你都溜边儿，这回不行，去也得去，不去也得去，文德可是你亲儿子！”

“好，去去去！别嘟哝了，明早我还得早起。”

冬雪之前，章兆仁和章韩氏去了一趟寒葱河，他们没去章家大院而是直奔西街的薛郎中家。

薛家在临街的一个中型院套里，大门紧闭。章兆仁拍了几下木门，一个身穿青色短袄的人开了门。章韩氏说：“我们是来看薛大夫的。”

“先生去响马河瞧病了。”

“啥时候回来？”

“今天早上刚走，明天后天都是它，说不好。”

章韩氏提了提手里的布袋子，说：“这个……麻烦你交给薛大夫。”

布口袋里装的是干蘑菇、黄花菜和木耳，都是送给薛郎中的礼物。

“进屋喝点水吧。”穿青色短袄的人拉开了门，将章兆仁和章韩氏夫妻迎进了青砖房内。

“你是薛大夫家的啥人啊，管家？”

“啥管家不管家的，一个老仆人，叫我老杨就行。”

进屋坐下，章韩氏对老杨说：“我们从莲花泡来，这是二掌柜章兆仁，我是章韩氏……”说着偷偷观察着老杨，老杨的表情没什么变化，很平静的样子。

“没听薛大夫提起过？”章兆仁问。

老杨慢慢地说：“我是下人，从不打听先生的事。”

章韩氏问起了薛莲花：“怎么也没见到莲花，她也跟薛大夫看病去了？”

老杨说：“她去碱场屯姨妈家了。”

“她啥时候回来？”

“那就更没准了，一个月两个月都不好说。”

章兆仁瞅了瞅章韩氏，干脆直接说明来意。他告诉老杨，他们和薛郎中是儿女亲家，他儿子章文德十三岁时就和薛莲花定了亲，现在孩子们已经到了该结婚的年龄，这次他们来就是和亲家商量婚事的，他们已经请先生批了八字，合了婚，备选了黄道吉日，如果薛大夫家没异议，过些日子就来下聘礼，准备年前把喜事办了。说着，章兆仁从衣襟里掏出了两张红纸，上面有结婚吉日签批和聘礼礼单明细。老杨不肯接红纸，辞让道："这事儿得跟我家先生说……"

章兆仁知道老杨不能做主，他请老杨向薛郎中代为转达。"东西都放这儿，我们回去等信。"

章韩氏拉了拉章兆仁。

章兆仁清楚地说："下午我们就回莲花泡，等薛大夫回信了，我们再来下聘礼。"

章韩氏又拉了拉章兆仁。

章兆仁对老杨说："那就拜托老哥你了。"

老杨说："没事没事……你们这就走吗？吃了饭再走吧，饭都预备好了。"

"不麻烦了。抓紧往回走，天黑前可以到莲花泡。"

从薛郎中家里出来，章韩氏不满地对章兆仁说："来都来了，你急啥回去？"

"既然人都来了，意思也都到了，事儿不就完了吗？"

"咱来干啥？没见到薛大夫还不是空跑一趟。我拉你，你还装死狗……"

"你啥意思？"

"我总觉得不对劲儿，搞不好薛大夫知道咱来，故意躲着咱……"

"别总疑神疑鬼的。"

"你没听老杨说，饭都预备好了，他怎么知道咱来？咋把饭都预备好了？"

章兆仁皱着眉头寻思着。

章韩氏说："依我看啊，咱先在大院住下，等着薛大夫回来，见不到他咱就不走。"

"干啥呀？还赖上人家不成？要我看，他不想见咱自有不见的道理，咱咋还舰着脸非要见人家，强扭的瓜不甜，你不知道啊？干吗非整得大家都没面子……"

“你除了怕事儿就是躲事儿，遇到事儿就溜边儿，别的鼓点不会敲，就会打退堂鼓。”

章兆仁说：“我这不是怕事儿躲事儿，我看这样最好了，咱俩大老远地跑来了，礼数也尽到了，再难为人家就过分了……后面就该薛大夫拿态度了……这样不好吗？我看挺好的。”

章韩氏气呼呼地说：“好，我倒要看看你说的好，好在哪儿？”

章兆仁和章韩氏回到莲花泡第三天，老杨代表薛郎中来了，他手里也拎着礼物，两包点心、两瓶酒。

章韩氏听说来的人是老杨而不是薛郎中，心里咯噔了一下。她想，老杨来一定不会带来什么好消息。想起昨天傍晚，章韩氏看见章文海拿着鸟枪向房顶的一只猫头鹰瞄准，幸亏被她及时发现制止了，不然的话，现在章韩氏心里就更打鼓。当时章文海不明白娘的心思，抱怨章韩氏阻拦他，让那个夜猫子跑了。

“人都说夜猫子进宅，无事不来，留着它多晦气，你为啥拦着不让我打？”章文海噘着嘴说。

章韩氏说：“你小孩子家懂什么，打夜猫子最不吉利了，没听你哥讲过吗？说胡子里有个石龙，他弟弟石豹就打死过夜猫子，结果不到十七岁就横死，被火药枪打透了胸腔。”

老杨见到章兆仁和章韩氏之后，先是不住地作揖，代薛郎中致歉。他还带来了薛郎中写的退婚信，退婚信上加署了保人签名。老杨说，原本什么都好好的，不想上秋后莲花得了一种怪病，莲花虽然生在郎中家，可郎中不是神仙，也有治不了的病，莲花这个病最严重的后果是不能生育。所以，薛郎中不想连累章家，特地派他来致歉并解除婚约。

章韩氏一听，脸色煞白，心说，倒霉的事儿终究还是没躲过去。

章文德当时没在家，好长一段时间，章文德都顶替身体不好的章兆仁带领雇工下地干活，早出晚归，他回到家时天已黑透，那时，老杨早走了。

章文德一回来，就被章文海喊到了正房，进了屋，见屋内灯光昏暗。

章韩氏坐在炕梢围着被子默默抽泣。

“娘你咋了？病啦？”

章兆仁闷闷地说：“薛家来人了。”

章文德一听，立即预感到情况不妙，嗫嚅着问：“……说……说啥了？”

“人家来解除婚约！”

章文德傻了。

章韩氏抹了一把眼泪，正着身子说：“薛家来告诉咱实话了，莲花得病了，今后不能生育……文德呀，别上火，解除就解除吧，横竖都是命，心强不能跟命争，不接受也不行。”

章文德突然觉得鼻子一酸，呼吸有些困难。

“你得这样想，仰仗着薛大夫宅心仁厚，替咱家着想，如果人家不声不响把莲花送来，咱这头也把莲花娶进门了，她就是不生不养，咱还能休了莲花？不能啊，最后苦的还是你呀。人活一世，怎么也得留个根苗儿吧……”章韩氏说着，瞅了章兆仁一眼。

章兆仁说：“顺命吧，人争不过命。”

“不，”章文德突然大声说，“不，我不解除婚约，莲花就是不生不养我也娶她，我就娶她！”说着，他转身跑了出去。

章兆仁愣住了，他从没见过章文德这么大的嗓门，这么强硬的态度。

“兔崽子，反天了不成！”章兆仁站起来，要跟出门。

章韩氏在旁边劝慰道：“事情来得突然，他心情肯定不好……得让孩子发泄发泄！”

章文德的心情当然不好，这个消息仿佛晴天霹雳，多年来他一直梦想和期盼的事情突然间烟消云散，像老算盘噼里啪啦打半天，最后全部归零。或者说，章文德成长过程中对莲花一点点积攒的情感，如同他日夜浇灌的一棵小树，尽管他和莲花没有多少交往，但浇灌过程伴随他的身体一点点成熟，那个过程注满了他对异性的全部想象和对家庭生活的美好设计……然而，那棵小树突然之间就被雷击劈断，烧成灰烬了，无论如何他都难以接受。

第二天一大早，章文德独自去了寒葱河，下午他就敲响了薛郎中家的大门。门里有人问：“谁呀？”一个女声问。

“章文德。”

院子里隐约传出对话的声音。

“有啥事儿吗？”一个男声问。

“我找薛大夫和莲花。”

“他们都不在家。”

章文德大声说：“我要告诉薛大夫，我不解除婚约，我就是要娶薛莲花，莲花有病我也娶她，不管什么病我都不怕，莲花不能生孩子我也不怕，我就要娶她……莲花，你在吗？我想告诉你，章文德这辈子最牵挂的人是你，最想娶的人是你，如果你现在不方便回话，我等，我就一直等，我章文德这辈子就要娶你……”

章文德在门外喊着，门里却一点声息都没有。

章文德坐在大门口的墙边儿，每过一会儿，他就站起来喊一遍，大抵还是那一番话。

天黑之前，药店的苗二来送草药，也没敲开门，他问章文德：“瞧病的？”

章文德点了点头，又摇了摇头。

苗二又敲了一遍。“怪事儿，说好这个时辰来送药的。”说完，自言自语地离开了。

夜幕降临，起风了。章文德又冷又饿，没了力气，他不喊了，静静地坐在墙边守候着。

半夜，入冬的第一场雪降下。第二天早晨老杨开门扫雪，看到大门旁一个“雪人”，他吓了一跳，连忙关严门回屋。老杨把情况对薛郎中讲了，薛郎中只是感慨叹气。

老杨说：“冻了一宿，别冻坏了人……要不把他请进来，喝点姜糖水，焐焐身子吧。”

薛郎中说：“好在刚入冬，还不至于冻死人……你安排一个车送他回莲花泡吧。”

“不让他进来吗？”

“没办法，我不愿下狠心也得下，必须断了他的念想。”

老杨遵照薛郎中的吩咐给章文德带来一床棉被，找来一辆马车，他对章文德说：“回家吧，小伙子，亲事已经没挽回的余地了……莲花已经许配给别的人家了。”

章文德脸色苍白、嘴唇发紫：“不可能……昨天刚解除婚约……”

“你那头解除了，这头又续上了……”

“你骗人，哪有这么快的？”

“因为……因为莲花跟人家，已经……合房了。”

章文德差点晕了过去，说：“不可能，不可能，莲花不是那样的人，就是合房了，我也不在乎，我就要莲花……”

老杨说：“你这小伙子怎么这样死脑筋，你以为莲花姑娘现在好受啊，她心里的苦不比你少，你再这样闹下去，非逼她上吊不可……”

这句话分量重，一下子戳到了章文德的心窝里，当即闭上了嘴。

老杨搀扶着章文德上车，他说：“不该我老头子多嘴，我能看出你这个小伙子有情有义，可世事难料啊，你也别太死心眼儿，一条道跑到黑，最终吃亏的还是自己……我都土埋半截子的人了，见过的事儿、经历的事儿多了，年轻时我也吃过这样的亏啊……”

章文德像丢了魂似的，任凭辕马踢踢踏踏、大板车吱扭吱扭地向镇子外奔去。

突然，有人在后面喊。

“马车等一会儿！”

章文德睁开泪眼，迷蒙的雪花中，一个人影越来越近。

是莲花吗？真的是莲花？

来人走到马车跟前。那人不是莲花，是薛莲花的表妹赵阿满。

赵阿满请车老板暂时回避一下，她要找章文德独自说话。

赵阿满告诉章文德，她是替莲花捎话来的。莲花让赵阿满转告实话：

“莲花已经失了身子，她说不配做你媳妇了，你们俩有缘无分，这辈子不可能在一起了，她让你死了这条心。莲花还说，她这辈子最感谢的人是你，因为从小她就认为自己是你媳妇，就当作你媳妇一点点长大……莲花说她这辈子最对不起的人也是你，可是她没办法，她那么坚强，可她还是斗不过命运……”说着说着，赵阿满也哭了起来。

临别，赵阿满在马车上放了两包草药，捂着嘴向章文德摆了摆手。

马车慢慢出了寒葱河镇。收割后的土地上，寒风凛冽，大雪狂飙，被风扬起的雪末子打得人睁不开眼睛。

袁骧和佳馨分别之后，袁骧整天苦闷，不知不觉抑郁成疾，病倒在床上。这期间，袁骧也试图把马兰香送回老家，不想，都没等他把话说完，马兰香好像明白了他的意图，冷笑着说：“我就是死也要死在军营里，你想把我打发回老家，给你和你那个小狐狸精腾地方，让你们风流快活？想得倒美！这个春秋大梦你就别做了！”袁骧心里十分憋屈，他连打发马兰香回老家都做不到，要休了她就更不容易了。

袁骧天天惦记着佳馨，佳馨走了之后，如黄鹤西去，音信杳无。袁骧不知道佳馨现在的处境如何，她的父亲章兆龙知道了他和佳馨的事情之后会有怎样的反应。佳馨年纪小，又有孕在身，她单薄的身子骨能承受得住这方方面面的压力吗？袁骧就这样翻来覆去地想，总想不出一个好主意，拿不出一个破解难题的办法。

章兆龙那边，他并没有急于对袁骧采取行动。在气头上，他的确想立刻把袁骧给解决了，一旦冷静下来，章兆龙又改变了想法。袁骧毕竟不是车站扛袋包的老薄待，也不是山里开荒的农夫，他是镇守一方的军官，手里有枪杆子。尽管章兆龙没把一个团长放在眼里，自己也有能力把袁骧那个杂种给解决了，可无论怎么说，人家毕竟是官，而自己是商。如果自己莽撞行事，真把袁骧给结果了，解一时之气，可同时也捅了一个大娄子，还不把整个东北搞得沸沸扬扬。自己这么大岁数了，经历了无数的大风大浪，应该懂得韬晦之术，既把问题解决掉，又不把自己牵连进去。这样一想，主意也有了——“以官克官”。他不相信袁骧没有对立面，通过他们的手解决袁骧不是更高明吗。章兆龙决定亲自去吉林见赵将军，他要神不知鬼不觉地收拾袁骧。

一晃半个多月过去了，袁骧仍然得不到佳馨的消息。这期间，袁骧也派自己的勤务兵乔装去寒葱河打探过消息，都没什么结果。袁骧在焦急的等待中迎来了严冬。

那是很多年来没有过的寒冷冬天，大雪之后就刮起了大烟泡，大风扬起了雪末，肆虐地在沟膛子和平地上扫荡着。七站不断传来消息，说火车路基上冻死了一个老毛子，查验后得知，是响马河站的站长老尤拉，他是远近闻名的醉鬼。还有一个农民去寻找丢失的牛，结果埋在南山齐腰深的大雪里。

那天的风雪正大，窗外电线杆子呜呜直叫，军营营房的房顶乒乓作响。袁骧穿着大衣，在铁皮炉子前看书。突然，他的房门开了，像是被风刮开的，门开的时候裹挟着大量的雪花涌了进来。袁骧定睛一看，他愣住了。

门不是被风吹开的，门口站着佳馨。

袁骧连忙把佳馨拉到自己身边，他十分惊讶，佳馨穿得很单薄，别的不说，从车站到军营还有一里多路，那一里多路荒无人烟，他不知道佳馨是怎么越过暴风雪来到他的军营的。佳馨的脸已经冻得发白，半天说不出话来。袁骧把佳馨揽在怀里，用冷水揉着她的脸。

佳馨说不出话，泪水却流了出来。

袁骧知道，佳馨一定是受了很大的委屈。他把大衣披在佳馨肩上，给她搓手、揉脸，不停地安慰她。佳馨终于缓了过来，她放声大哭，连鼻涕都哭了出来。

当袁骧得知佳馨从暴风雪中走到军营时，他的眼睛也湿润了。他甚至不知道，佳馨是怎么走过那段路的，那是一道鬼门关，男人穿那么少的衣服也不一定能闯过去。佳馨一个柔弱女子，她是靠什么信念和力量闯过来的？

袁骧把自己的办公室门锁上，就把自己和佳馨关在房间里。他突然间变得天不怕地不怕了，与佳馨叙离别之苦，长久缠绵。那天，佳馨也讲了她的遭遇和经历，她不知道章兆龙为什么会那么凶狠地对待她，一点情面都不留。袁骧还是不便讲出他和章兆龙之间因为小翠发生的矛盾，他和佳馨商定，要把她送到哈尔滨，待他安排好七站的事情之后，就去哈尔滨找她。

第二天上午，袁骧派自己的心腹马参谋秘密把佳馨送出七站，他们直接去了哈尔滨。

送走佳馨之后，袁骧陷入了更大的困境，他一时也没有能力改变自己目前的被动局面。袁骧经常喝酒，就连他的办公室里也酒气熏天的。袁骧浑浑噩噩，日子一天一天过去。那些日子里，军营发生了一些怪事，有人化装成送猪肉、送酸菜和土豆的车夫出现在军营里。还有人夜闯军营。别人不知道是什么缘故，以为有了军情，只有袁骧明白，这些人一定是章兆龙派来的，他们是想找佳馨。袁骧让马参谋下达他的命令，加强警戒，如果抓到可疑的人，他要亲自提审。

进入腊月，袁骧还是不能抽身去哈尔滨，他带团部参谋人员到防区视察防务，一去就是十多天。那天，他们路过响马河，刚到车站，马参谋就告诉袁骧，赵旅长紧急通知他到防区司令部开会。

袁骧连夜赶到二十一旅驻地宁安县城。实际上，根本就没有什么会议，不过是赵旅长找他。袁骧见到赵旅长后，赵旅长连忙把他叫到他的密室。袁骧跨过密室的门槛时，已经意识到了什么，他甚至联想到了佳馨。赵旅长对袁骧说："老弟，你可能摊上麻烦了！"

"什么麻烦？"

"上头要调查百草沟淘金工的事，要调你去执法处协助调查。"

袁骧心里一惊，表面上却十分镇静，他说："百草沟金矿的事不是早就有定论了吗？况且，那件事之后，我还受到了嘉奖。"

"我总琢磨着，这里边有人搞鬼。"

赵旅长提的百草沟金矿事件是袁骧带队追击残匪时，几个小胡子逃进一个废弃的采参房里，护路军的追兵喊话，里面没有回应，袁骧怕里面打冷枪伤了士兵，就下令清剿，不想，马架子房里并不是胡子，而是老黑、老七等六名从百草沟逃难的淘金工，淘金工四死两伤，伤者开始告状。淘金工伤亡纯属误判，护路军司令部和省府都派员做过调查，直接参与的官兵也提供了证言证词，袁骧是最高指挥者，他当然也负有一定的责任，被责令写过检查，事情就不了了之了。这个时候翻起旧账，显然有人故意整他，冲他袁骧的命门来的。

袁骧说："上头我也没得罪过谁，谁想整我呢？"

"咳，现在的人，有屎盆子都想往别人的脑袋上扣。你也别想那么多，赶快想想办法。"

"我不怕，事情都是明摆着的，能把我怎么样？"

赵旅长说："老弟你别犯倔了，快去沈阳找找关系，我总琢磨，这事儿有点儿邪劲儿。"

袁骧想了想，说："那就听您的吧。"

"老弟，部队这头你放心，能担待的事儿我自会替你担待。"

早在民国七年，赵旅长所部奉命夹击反叛的吉林暂编第一师师长高士傧，作战中赵旅长身负重伤，是袁骧把他背出树林，救了赵旅长一条命。好在赵旅长是个有良心的人，还记得袁骧对他的恩情，那个世道，忘恩负义的人多的是。

袁骧感激地握了握赵旅长的手，说："那就拜托大哥了。"

赵旅长说："自家兄弟，不说外道话。"

袁骧答应去沈阳找关系。实际上，对于误伤百草沟淘金工的事，他并没考虑太多，一则他没把这件事看得太重，再则，在东北军高层他也没有硬实的后台，找也白找。袁骧心里的小算盘是为佳馨打的，他准备借此机会去哈尔滨。对他而言，见佳馨成了当务之急，别的事都可以先放一放。

从宁安回七站第二天，袁骧在团部交代了工作，晚上，就秘密上了北上的火车。

袁骧到哈尔滨时，哈尔滨已经有了过年的气氛，出了车站就看到不少小商小贩，有卖灯笼、对联、鞭炮之类红红绿绿的东西，还有花样繁多的年货。袁骧连忙雇了洋车，直接奔南岗教堂街佳馨的秘密住处。

袁骧在佳馨的住处并没有见到她，房门紧锁着。看到锁头，袁骧有些心慌，他突然意识到，追查百草沟淘金工伤亡事件恐怕与章兆龙有关，章兆龙既然能把袁骧的老账翻出来，佳馨的处境肯定十分不妙……就在袁骧焦急地等待时，佳馨出现了。佳馨挺着大肚子，穿着厚重的衣服。胳膊上挎着篮子，篮子里装了刚买来的东西，活像一个老妈子。看到佳馨的样子，袁骧的鼻子发酸，眼睛红了起来。

佳馨看到袁骧也愣住了，她没想到袁骧会突然出现。愣了一会儿，她突然扔掉手里的篮子，蹲在地上哭了起来。袁骧向佳馨走去，他们之间只有几步之遥，就在那几步里，袁骧做了一个决定：他不能再让怀孕的佳馨独自承受痛苦煎熬了，他要带佳馨私奔。

旧历年之前，袁骧带着佳馨回到了旅顺老家，并让他的堂弟带上他的休书和银圆去七站见马兰香，对马兰香回老家做了相应的安排。随后，袁骧带着佳馨去了关内。

袁骧去关内之前也给赵旅长捎了信。袁骧离开的那段日子里，赵旅长那头的压力挺大，他千方百计为袁骧搪塞。上头催得紧，而袁骧一走就没了音信，赵旅长成了热锅上的蚂蚁，吃不下饭，睡不好觉。袁骧的消息一到，赵旅长立刻就从床上蹦了起来。

恰巧这时，有人反映袁骧擅自离职，参谋部的人抓到了把柄，准备提交军法处置，通缉袁骧。赵旅长得到这个消息之后，立刻做出了一个决定，解除袁骧的一切职务，发给半年的薪金，开除军籍，并把决定的时间提前了十天。

赵旅长是个粗中有细的人，他这一手挺绝，谁都没想到，他的“决定”抢在了参谋部的前头，挽回了所有人的面子，还把袁骧保住了。

袁骧到天津后找到了同学和同乡，不久他就在一家日本洋行里谋得一个职位，收入十分可观。部队里热热闹闹地处理袁骧事件时，袁骧已经在天津安定下来，相隔千山万水，军队里发生的事几乎与他没关系，对他的生活没有一丁点影响。

袁骧和佳馨在海河边上租了一个房子，每到傍晚，他们就出现在海河边。夕阳斜照，树影婆娑，景色宜人，佳馨的脸上露出了灿烂的笑容。

在洋行工作初期，袁骧仍保持着他自认为的“大丈夫”风格，结果在处处讲“规则”的公司里不断碰壁，只有回到他和佳馨的蜗居，他的心灵才得到慰藉。袁骧认为洋行里有人排挤他，人际关系比军队里复杂。佳馨仔细帮他分析，让他克服自己的军阀习气，学会适应环境，别自以为是。“你的意思是，大丈夫能屈能伸呗。”袁骧说。佳馨说：“这样说，说明你还是没改变观念，人要适应环境，在环境中找到自己，那样才是真的大丈夫呢。”

袁骧叹了口气：“看来，我更适合行伍生活，不行我就辞职吧。以我的资历，投奔关内哪个军阀门下都能混个一官半职。”

“军人是保卫国家的，你看关内那些军人，今天你打我，明天我打你，春秋无义战，我不指望你升官发财，只希望安稳地过日子……你想啊，你在战场上舞刀弄枪，随时都有生命危险，我整天提心吊胆，能安生吗？”

“可整天在洋行里跟货单、数字打交道，显得太平庸了。”

“我更喜欢现在的你，让我觉得安稳、有依靠，我很快乐。我相信，你的才华很快就能显露出来。”

其实，人有很强的适应性，一个月下来，袁骧已经融入职员群体之中了。洋行的职员受日本社长的影响，白天紧张地工作，晚上一起聚餐，餐后还要到“居酒屋”来第二轮。无论袁骧回家多晚，佳馨都等着他，房间里点着灯。

袁骧完成一份大额订单业务，洋行为他举行了庆祝会，那天夜里他喝了很多酒，喝多之后，一直嚷嚷着要回家。同事都嘲笑他是“老婆迷”。

袁骧踉踉跄跄地回到家，进了门就躺在地上，佳馨好不容易才把他搀扶到床上，用湿毛巾给他擦洗，给他端来蜂蜜水。迷迷糊糊之中，袁骧把佳馨的手抓住了，滚热的水泼洒出来，佳馨尖叫了一声。袁骧似乎没感觉到疼痛，还是牢牢抓住佳馨的手。佳馨一时心急，抓起她一点点钩织的毛线围脖，快速为袁骧擦拭着。袁骧喃喃地说："委屈你了佳馨，你读了那么多书，本来是追求妇女解放的……可还是关在家庭里……"佳馨伸手捂袁骧的嘴，她说："我不委屈，我已经追求妇女解放了呀，我找到自己心爱的人，这就是我最大的追求。……女人嘛，有了爱更喜欢回到家庭，在外面抛头露面、独立工作是一种妇女解放，可那只是表面的，是外在不是内核。……正因为我读了书，我已经跟那些传统家庭妇女不一样了，况且，打理家庭、教育孩子不也是责任吗？"也许是酒后露真情，袁骧居然流出了眼泪。他说："谢谢，谢谢你佳馨，我像一个野性十足、自负又莽撞的傻小子，是你帮助我一点点认清了自己，一步步成长。跟你说实话，以前我跟女人的关系……是占有感。和你在一起之后，我才真的感受到什么是爱，懂得了爱。谢谢你佳馨，谢谢！"

章佳馨泪流满面。

春节很快临近了，对于袁骧和佳馨来说，回家过年是件头疼的事儿。佳馨非常想家，尤其想曹彩凤，她常在梦里梦见曹彩凤和章兆龙，只是那些影像部分模糊，部分清晰。佳馨觉得梦里的人和事有点像自己的记忆，记忆里的人和事也是部分清晰，部分模糊的。早晨起来，看见窗玻璃的霜花，佳馨就想起了寒葱河的窗花，一看就看了好久。"想老家了吧？"袁骧问。佳馨说这里的窗花和老家的不一样，这里的纹路细，像一丝一丝的云彩，老家上冻时窗花是大叶子，像深不见底的森林。不过，现在这时候，老家的窗户上早没霜花了，像大地一样，早就被大雪盖了一层被子。

袁骧知道佳馨喜欢吃酸菜，就在门后放了一口大缸，腌了大半缸酸菜。可惜，这里的酸菜与寒葱河的味道区别很大，也许是大白菜的产地不同，水质不同，气候不同，总之，酸得不透彻、不够野性，总是觉得不正宗。佳馨鼓励他说："很好了，我已经吃出小时候的味道了。"

"今天晚上咱们包饺子吗？"

“好啊，我最稀罕酸菜饺子了。”

袁骧和佳馨都不善于做饭，他们包的饺子也马马虎虎，尽管如此，还不时地相互鼓励着。佳馨说：“你包得太好了，一个个昂首挺胸、精精神神的，像士兵似的。”袁骧说：“还是你包得好，小巧精致，像元宝似的，也像大家闺秀。”吃饺子时，佳馨说：“我知道你惦记家里人，要不你就回家过年吧！”袁骧问：“那你呢？”佳馨说：“我一个人也没事儿，熬几天就过去了。”

袁骧的确有很多惦记，旅顺的长辈，吉林的孩子，七站军营的兄弟们，尽管也有零散的消息传来，可他牵挂的事情更多。佳馨呢，应该也有很多牵挂，只是这个时候，她还不能回老家。

袁骧说：“你现在身子不便，我不能丢下你一个人在这里，今年就不回去过年了。”

佳馨沉吟一下，小声问：“旅顺长辈的年礼都安排了？”

“嗯，都安排好了。”

“马兰香那头呢？一定要安排好，她也不容易。”

“上次邮的钱也该到了，年底前发饷，我再给她邮些。”

“这样好！咱精打细算一些，就可以多挤出一些。”

“我也给寒葱河的爹和娘准备了礼物，这几天就打包裹邮过去。”

“你给他们准备了什么礼物？”

“娘是棉旗袍，苏州绣工；给爹的是怀表，西洋货。”

佳馨笑着说：“你还真细心，这两件礼物都对他们心思，尤其是娘，她最爱美了。”

吃过饭，袁骧提议带佳馨去劝业场看礼花。佳馨说：“海河边也有礼花，站窗台就可以看到。”袁骧说：“远处看和现场看怎么会一样？……你不用为我想，我不累，难得陪你走走。”佳馨抿着嘴笑了。

腊月二十八那天，袁骧带回一些新鲜水果，不过脸色不太好看。

佳馨知道袁骧有了心事，故意说些轻松的话题。她说小时候爹第一次带香蕉回来，家里人都没见过这种水果，不知道怎么吃，大哥章文智心急，拿起香蕉，不扒皮就咬，怎么也咬不动……佳馨说完，自己先咯咯地笑，看一看袁骧，袁骧只是咧了咧嘴。

“别憋在心里了，说说吧！”

袁骧说：“今天一个货单是武器，数量不小……”他还对佳馨说，他是军人出身，知道那些武器意味着什么。小日本有野心呀，如果有一天两国打起来，他可能还得拿起枪，重返战场。佳馨说：“如果国家有难了，我全力支持你！不过咱俩可得说好，你到哪里，我就跟你到哪里！”

18

过了腊八，莲花泡老宅开始杀猪宰羊，准备年货。今年，章韩氏张罗着，一定要阔阔绰绰地过个大年，人走时气马走膘，兔子倒霉遇老雕。这一年，家里经历了太多的事情，文德遭土匪绑票，章韩氏被流弹射伤，就连说好的亲事也黄了……好在全家人都没有性命之忧，总还算是平安。人虽然不走运，庄稼却遇上了好年景，大田里的粮食和其他经济作物都获得了大丰收。章韩氏和章兆仁两人商量着，今天过春节，不能再像以往过年那样算计来算计去的，要多置办些好“嚼咕”，让大家管够吃，还要多放些鞭炮，崩一崩以往积聚不散的晦气。这次，一向省吃俭用的章兆仁对媳妇的主张没提反对意见，原因之一，是今年留下来过年的雇工多，比往年多出七成；还有另一个更重要的原因，是从佩祥和小货郎都捎信来了，他们说要来一起过年。

今年，莲花泡杀了七头猪，后厨门前支了两口大锅，一口锅烧开水褪猪毛，另一口锅煮杀猪菜，小院里热气腾腾的，充满了浓浓的年味。章文德从寒葱河回来后就一蹶不振，很多事情都由章韩氏和章文海出面张罗。

雇工老肖头系着帆布长围裙负责杀猪，章文海等人帮忙。杀猪沿用的是老辈传下来的方法，放血时用铜盆接着，接了猪血之后，雇工小不点用筷子不停地搅拌着，防止猪血凝固。老肖头在死猪后腿根儿割开一个小口，再用一根通条在猪皮下捅着，然后在那个小孔中吹气儿，没多大工夫，猪身子就圆滚起来。老肖头再用麻绳将猪腿扎牢，这样就可以往猪身上浇开水了，一边浇水一边刮猪毛……死猪被开膛破肚后取出下水，肠子立即被冲洗干净，灌入兑了五香粉、葱姜蒜等作料的猪血后系好，直接放入锅里水煮，待煮好的血肠捞出后，开始往锅里下肥肉片、酸菜丝，等肉菜煮好，出锅前再将切好的血肠放进去……时间不长，满院子都是杀猪菜的香味儿。

老肖头和小不点是最后一拨回老家过年的雇工，他们等杀了猪吃过杀猪菜才能动身。老肖头老家在被称为里城的辽宁，他有老婆孩子，可小不点还是光棍儿，雇工都跟小不点开玩笑，让他回老家带回一个山东媳儿。章文海也拿小不点开心，念叨着："曲麻菜，开黄花，光棍儿有钱想成家。打张车票，奔回关里家。东庄相了俩，西庄看了仨，看中姑娘二妮啦。花了大洋一百八，娶了媳妇有了家。"

小不点追着章文海打，叫骂着、嬉笑着，围着热气腾腾的大锅转着圈儿。

"小心，掉锅里，就成光毛猪了。"章韩氏走了过来。

老肖头对章韩氏说："苦肠我预备好了，留给二掌柜吃吧。"

如果不是有经验的杀猪匠，或许根本不知道猪苦肠，更不会知道苦肠是最好吃的东西，即便知道有苦肠也不知道怎么去找。章文海对苦肠十分好奇，他甚至想象不出苦肠的味道。对于章韩氏来说，她关心的是猪上牙巧，也就是猪上腭的一块脆骨，小时候她就听母亲说，上牙巧是留给女孩子吃的，女孩吃上牙巧，长大了心灵手巧。章韩氏就惦记那个地方，她要给老疙瘩桂兰留着。

吃杀猪菜那天，老肖头对章兆仁说："过年回来，我把儿子也带来吧，他也该干活给自己挣饭吃了。"章兆仁说："好，明年开春在老宅后面山脚盖几栋房子，给成家的劳金住。”

“小不点你也得快点儿啦！”老肖头说。

小不点嘴里塞满了肥肉片儿，打了一个饱嗝，说：“差不离，差不离！”

猪肉被分部位砍成了块儿，撒上雪摞在大缸里，装了满满五大缸。腊月的大缸里面尽是好东西，有黏豆包、油炸干果、新下的粉条、冻豆腐等等。采购年货之后，里面还装了冻秋梨和冻柿子等等。

说到置办年货，杀猪之后的第二天，章韩氏就领着章文海几个人去了寒葱河集市，他们给薛郎中带了很多猪肉。章韩氏说，亲家不成交情还在，这些年来，他们欠薛大夫的人情太多了。他们并没有把猪肉直接送到薛家，而是通过药铺的苗二转交。从苗二那里，章韩氏得知薛大夫病了。病归郎中管，除了祝福的话，她实在做不了什么。

借那次置办年货，章韩氏还去了一趟露水河，给郑四娘送了一些冻猪肉，更主要是想郑四娘了，借机看看郑四娘。郑四娘已经改嫁走道了，她不好意思见章韩氏，只委托她娘舅向章韩氏表达了感谢。

那次年货置办得十分丰富，布料、碗筷、针线，香烛、灯笼、纸码、鞭炮、年画、红纸，白糖、烟茶、作料、糖果、冻梨、冻柿子等应有尽有，马车上装得满满当当，章韩氏甚至觉得这是她和章兆仁结婚以来，春节购置年货最多、最全的一次。别的不说，光是鞭炮“满地红”就买了十六挂，还有二踢脚、大呲花什么的。蜡烛和香买得也不少，大年三十，各个房间都要通宵点长寿灯，求的就是延年益寿，香火不断。正房要从大年三十那天一直点到正月十五元宵节。

……二十八，把面发；二十九，蒸馒头、把油走；三十早晨贴对子。三十那天上午，从佩祥带着狗剩儿，小货郎领着小丁姑和孩子都过来了。章韩氏喊章文德起来贴对子，章文德见家里来了不少老熟人，心情好了一些，带着章文海、狗剩儿、老疙瘩一起贴对子，老宅所有的房门两侧都贴上了新对联，后厨、仓房、磨坊和马棚也都贴上了。这还不说，就连猪圈都贴上“肥猪满圈”，粮囤子上贴了“粮食满仓”，马车和爬犁上贴了“出入平安”……院子里随处可见正着贴、倒着贴的“福”字。

贴对子时，章文海刷面酱糊，狗剩儿和老疙瘩负责拿对子，章文德负责贴对子。给猪圈贴对子时，狗剩儿递上了“粮食满仓”，马车上贴对子时他递过去“肥猪满圈”……老疙瘩不停地嘲笑狗剩儿不识字，乱点鸳鸯谱。狗剩儿嘿嘿笑着，也不气恼。贴完对子，他悄悄地把老疙瘩拉到一旁，递给她一颗狼牙。

“这个你戴上，辟邪！”狗剩儿说。

狼牙已经打磨过了，牙根处钻了眼儿，拴一根马鬃绳儿。

“别着急，早晚我会打一只老虎，到时候给你虎牙。”

老疙瘩说：“你说话可要算话呀。”

狗剩儿说：“我说话准保算话，只可惜，老爷岭一带见不到老虎了。”

章文德他们在外面说着笑着，正屋里，章兆仁、章韩氏陪着丛佩祥聊家常。章韩氏充满歉意地对丛佩祥说：“上次去救文德，如果不是我和大排队跟着添乱，可能早就把文德救下了，我一掺和，文德没救出来，还把自己给伤着了。”

丛佩祥说：“当娘的心情都能理解，大嫂你也了不起呀，这要是在古代，你一定能成巾帼英雄。”章兆仁在一旁说：“啥巾帼英雄，能把命捡回来就是前辈子积了阴德。”章韩氏白了章兆仁一眼，没理他，说：“是啊，也许命该如此吧，我活该受这份罪，好在文德那个灾算是躲过去了。”

章兆仁、章韩氏还问起狗剩儿的情况，因为之前不得已把他送回去的事情，两口子一直觉得有些过意不去。

“这孩子性子太野，我们没本事管他，就怕出点什么差池对不住大兄弟，大兄弟别怪罪呀。”章韩氏说。

丛佩祥说：“哪里的话，他天生就是山里人的命，我也没法子，要说怪罪，我还求大哥大嫂别怪罪我呢。”

章兆仁在一旁插话：“看看你，让你们来过年，也没让你们拿那么多东西，这可好，好像我和你大嫂图你们啥似的……”

章兆仁说的东西是指丛佩祥带来的野味儿，野猪肉、狍子肉、野鸡和飞龙，还有一大块黑瞎子肉。

章韩氏嫌章兆仁不会说话，用胳膊肘碰了他一下，笑着对丛佩祥说：“就是啊，咱两家啥交情呢，这样做不外道了吗？”

见过丛佩祥之后，章兆仁和章韩氏又接待了小货郎和小丁姑，他们抱着两岁的女儿大丫儿。章韩氏和小丁姑比较熟悉，相互问了一些分别后这段时间各自的事情，也问了一些熟人的情况。小货郎已经不再走街串巷卖货了，他们在响马河街上开了一个小铺子，专卖杂货，维持生计没问题。从小丁姑那里，章韩氏还得到了郑四娘的一些消息，听说八月十五的时候，郑四娘意外地收到了一包礼物，有首饰，也有衣服，她没见到送礼物的人，想不明白是谁送给她的，所以她怀疑章文智没死，只是她的心情时好时坏，一方面希望能见到章文智，另一方面又怕见到章文智，但总体来说，生活还算是稳定。章韩氏说：“知道你们都过得好，我比啥都高兴。”

章兆仁关心的则是章秉麟的情况，他问小货郎：“老掌柜有消息吗？”

正说着话，小货郎女儿大丫儿突然哇的一声哭了起来。

“这孩子，咋冷不丁就哭起来了呢？”

小货郎眨巴眨巴眼睛，犹豫一下，对小丁姑说：“你先带大丫儿出去，我有话跟二掌柜说。”

小丁姑抱着大丫儿站起来，向门外走去。大丫儿趴在小丁姑肩头，一边哭一边向章兆仁这边招着手。

小丁姑走了，小货郎小声对章兆仁和章韩氏说：“这事儿跟外人不能讲，老掌柜应该在两年前就走了……”

章兆仁大气儿都不敢喘：“你说的走了，是老了吗？”

“那年他云游四方，实际上是去了交界顶子，在那的道观修行，后来，可能在那里老了。”

“老掌柜的老了，你是怎么知道的？怎么谁都没听说呢，也没能尽孝，好好发送他老人家……”

“这可能更遂他的心愿。”

“你确定吗？”

“不十分确定，他老的时候我也没在身边。”

“过了年，你陪我去一趟交界顶子，咱们去祭拜祭拜。”

小货郎说：“如果老掌柜能羽化成仙，他不需要咱祭拜了。”

“老掌柜成仙了？”

“我也不敢保证，都是传说吧……可有一件事挺怪的，我听山东家来的人说，今年秋天，有人在蓬莱阁见过老掌柜的，老掌柜在那里读书写字，满面红光的……”

“老掌柜没老？”

“所以我啥都不敢确定了，反正我最后见老掌柜是在交界顶子老道庙。”

章兆仁眼里水汪汪的，长叹一声：“要是老掌柜在，那该多好啊。”

小丁姑抱着大丫儿在院子里看雪，章文德、章文海和桂兰都围过来逗孩子。章文海手舞足蹈地念叨着：“年到年到，糕糖祭灶；姑娘要花，小子要炮；老头要顶大毡帽，老太太要块大年糕……”

章韩氏对年夜饭高度重视，无论是正房的还是雇工房的，她都亲自定菜谱，督促下料，指导烹饪，鸡、鱼、排骨和肘子四大件儿绝不能少。她还特别要求，三十晚上的鲤鱼不能动筷子，过了午夜才能吃，那叫“吉庆有余”。尤其是煮饺子，饺子从锅底浮上来的时候，章韩氏就带头吆喝，还要求大家配合。

“小日子起来了吗？”

“起来了！”

“真的起来了吗？”

“起来了！”

半夜时分，章兆仁带着孩子们去放鞭炮，烧纸送“钱”祭祖，章韩氏和孩子们一起喊“崩穷喽……”“祛瘟喽……”“保平安喽……”。

章兆仁烧纸钱的时候，还专门给章秉麟烧了一大堆。

章文德对章兆仁说：“不知道我娘今年咋了，讲究咋这么多？”

章兆仁说：“她是吓怕了。”

正月初一开始拜年。今年与往年不同，章兆仁和章韩氏没去寒葱河拜年，出于礼节，他们还是派了章文德、章文海和桂兰三个孩子去拜年。事实上，章文德也没有去寒葱河，出了老宅他就溜了，他到场院转了一大圈儿，然后去给雇工拜年，留下过年的雇工在一起掷骰子、推牌九，章文德在一旁看热闹。雇工拉章文德玩一把，他不玩。不大一会儿大伙儿放下牌具，陪着章文德一边吃干果、嗑瓜子，一边东拉西扯，侃大玄。天黑了，章文德下炕准备回家，发现地上只有一层瓜子皮、花生壳，他连鞋都找不到了。

章文德原以为章文海和桂兰明天才能从寒葱河回来，没想到章文海当天夜里就返回了莲花泡。章文海从章家大院带回一个令人震惊的消息：章文礼和薛莲花要在正月十六办喜事，章文礼正式纳薛莲花为妾，还邀请章兆仁和章韩氏去参加。事到如今，一切真相大白。

章兆仁和章韩氏震惊之余心里还感到愤懑，心口堵得满满当当。不过章兆仁没有骂章兆龙和章文礼，也不埋怨薛郎中和薛莲花，只是觉得正月里办喜事犯忌，不知道谁给看的日子。常言道，腊月不订婚，正月不嫁娶。正月里结婚属于“冥婚”，那是钟馗把妹妹嫁给杜平的日子，“抬头红”不吉利。章韩氏说：“看这心让你操的，他选啥日子那是人家的事儿，但不能骑在咱脖子上拉屎。甭管怎么说，章文礼和文德也算是叔伯兄弟，哥哥抢弟弟的媳妇，哪有这样欺负人的？兔子还不吃窝边草呢，真是畜生不如！”

章兆仁这才回过味儿来，说：“是啊，大掌柜怎么还有脸，请咱去吃宴席？”

章韩氏说：“还有莲花，媳妇不当去做小妾，我真不明白她咋想的，怕是贪图章文礼家的钱财吧？要真是这样，她这样的女人不进咱家门也好，我才不稀罕这种人呢。”

章兆仁说：“咱不能去寒葱河，丢不起这人！”

“去！”章韩氏说，“咱凭啥不去？错不在咱们，丢人的是他们……”

“要去你去，我呀，谁说都不去。”

“你又怕事儿躲事儿了？还像不像个老爷们！”

“这回你就是八抬大轿抬我也别想抬动我，我不去，就是不去！”

章韩氏说好：“你不去我去，我倒要看看，他们当咱的面怎么好意思办喜事。”

正月十六那天中午，章韩氏带着章文海、桂兰出现在婚宴现场，章兆龙的心理准备不足，显得有些局促。他原本礼貌客气，没料到章韩氏真的带着章文海、桂兰来了。

章兆龙不自然地说：“他婶来了？……他二叔呢？”

章韩氏笑了一下，说：“他那个熊蛋包你还不了解呀，他要是有本事来，今天这个喜事就在莲花泡办了。”

章兆龙尴尬地咧了咧嘴，应付着：“来就好，来了就好。”

本来，最感到意外的应该是章文礼和薛莲花，不想章文礼却像什么事都没发生过一样，满脸笑容地拉着薛莲花迎接章韩氏。

“谢谢二婶，这么远来喝我的喜酒。”

薛莲花目光呆滞，她面无表情地看了一眼章韩氏，好像章韩氏跟陌生人一样。

章韩氏点了点头，心里强压怒火，礼貌地跟随招待走到酒桌前就座。

婚礼仪式马上就要举行了，章兆龙心里忐忑不安，他觉得章韩氏的话里带着凛冽的寒气，笑容也显得诡异，便悄悄把曹双举叫到身边，吩咐他派专人盯着章韩氏，一旦章韩氏有什么不合时宜的举动，就立马把她架出去。

章韩氏坐在桌子前，她拿眼睛左右扫了两圈儿，没找到薛郎中的身影，只在人群里看到了赵阿满，阿满的眼神一直随着薛莲花的身子转着。

章兆龙对章文礼纳妾并不赞成，可薛莲花怀孕了，生米煮成了熟饭，他也只能妥协，而且也只能站在儿子这一边。邀请章兆仁只是礼节性的，不邀请吧，早晚落下话把儿，邀请吧，心里别扭，不要说别人别扭，他自己心里都别扭。不过，以章兆龙的理解，章兆仁和章韩氏不太可能参加婚宴，章韩氏风风火火地赶过来，大大出乎章兆龙的意料。章兆龙心里暗想，千万别出什么岔子，那样的话，丢人可就丢大了！

婚礼仪式开始了，唢呐、锣鼓先开了场子，随即一身喜庆装束的司仪上场了。

司仪对现场所有人微笑点头，清一下嗓子，刚要说话。

“等一下，”章韩氏站了起来，“拜天地之前，我有话要说……”

现场轰的一下嘈杂起来，与此同时，章韩氏被两个男人从背后抱住，拉到椅子上，嘴也被一只大手给捂住了。章韩氏奋力挣扎着，也只能发出呜呜的声音。现场有人伸过头来，有人站起来观望着，围着看热闹。很快，章韩氏被两个男人连拽带拖地带出了喜宴厅。

就在大家注意力集中在章韩氏这边时，不知道章文海什么时候转到章文礼身后，“去死吧，你！”话音一落，一把短刀刺进了章文礼的后腰，章文礼反身抱住章文海的胳膊。随即，曹双举冲了过去，将章文海摁倒在地。章文礼摸了摸后腰，鲜血在他新郎礼服的缎面上洇湿了一大片，他大叫一声坐到地上。

几名自卫队队员上来，将章文海结结实实地捆绑起来。

章韩氏并不知道章文海要行刺章文礼，她只是想，反正两家的关系已经到了非翻脸不可的节骨眼儿上了，她就干脆豁出去，舍上自己的老脸大闹一场，好好羞臊、羞臊没有廉耻的章兆龙父子。她当然知道这样闹的结果等于是断了自己的后路，她不怕，她要的就是这种结果，她早就想分家了，忍气吞声的日子她受够了！只是苦于没有契机，她知道，要想翻脸指望章兆仁不上，他永远都不会把那层窗户纸捅破，只有她自己把窗户踹开，章兆仁才能跟着跳过去。

然而，突然杀将出来的章文海把事情搞复杂了，章韩氏知道，她无论怎么闹，都属于家庭内部纠纷，章文海动刀就不一样了，那属于犯法。

曹双举将章文海抓到自卫队住所吊打了一昼夜，他想拿到更多的证据再视情况押送县衙，谁知下手过重，差点把章文海打死。章兆龙怕死了人把事情闹得更大了，就让曹双举把章文海放了。

正月十八下午，章文海被拉回莲花泡，抬下车时，他已经奄奄一息。

事已至此，章兆仁终于下了决心，他要跟章兆龙一刀两断，彻底决裂。

第七章

19

章兆仁下决心跟章兆龙决裂，章兆龙也是这样想的，只是两个人对“决裂”的内容和方式理解并不一样。章兆仁和章韩氏想的是分家，起码他们可以拿到莲花泡河西那四十垧土地，那些土地都是他章兆仁领着人开垦出来的，他们手里还攥着章秉麟的转让文书。章兆龙想的却是清理门户，他的目的是要把章兆仁和章韩氏赶出章家门楣。

过了二月二，章兆龙、章文礼带一伙人来到了莲花泡，章兆龙宣布章文礼是莲花泡的大掌柜，接管莲花泡所有产业。章兆仁和章韩氏傻眼了，他们不得不坐下来，面对面地与章兆龙交锋了。

章兆龙对章兆仁说：“人哪，得知道感恩，吃我们家的饭，砸我们家的锅，还伤着我们家的人，这世上还有没有道理可讲？”

章韩氏插嘴说：“那咱就讲讲理，是我们吃你们的饭，还是我们一年到头累死累活养活了你们？伤你们的人，这话你也好意思说出口，你咋不说抢了我家的人呢，满世界都知道薛莲花是章文德的媳妇，可你儿子章文礼是怎么做的？哥哥抢了弟弟的媳妇，不乱情分礼法？”

章兆龙没有跟章韩氏吵架的意思，他不紧不慢地，只看着章兆仁说：“当年你章兆仁就是一个流浪汉，走投无路投奔过来，是老掌柜收留了你，给你娶了媳妇安了家，老掌柜对你们天高地厚，恩重如山。你想想，如果没有当初，你现在是啥？”

“你不是老掌柜的，别把老掌柜的恩情往自己身上安。”章韩氏说。

章兆龙不理章韩氏，继续说：“……你章兆仁顶多和后院的劳金一样，不，你还不如个劳金，你出不了大力，一个病病歪歪的齁巴……现在你一大家子立立正正儿的，虽说没有吃不穷用不尽，可吃穿不愁总是事实吧？”

“那是我们拼命拼来的，说话吹邪气儿，别闪了腰！……你的意思，我们离开你们就都得睡露天地、喝西北风呗？”章韩氏气愤地说。

章兆龙说：“按理说没你说话的份儿，我和兆仁讲话，你一个屋里头的老娘们跟着瞎掺和，是不是太过分了？”

“我过分？你当家以后，做的哪件事不过分呢？”

章兆龙对章兆仁说：“兆仁啊，你再不讲话，往下，咱就没啥好说的了。”

章兆仁瞪了章韩氏一眼，严厉地说：“你闭嘴，要不就滚犊子。”

章韩氏忍了忍，不吱声了。

章兆仁说：“老掌柜对我的恩情我这辈子忘不了……我欠老掌柜的。……可我不欠你的，我是二份儿的不假，但怎么也算是本家吧，可你呢，你把我当兄弟了吗？我这个人脑子笨，你三番五次地算计我，算计完我又算计我儿子，不欺负老实人有罪是吧？骑在人家脖子上拉屎还不让人家放声，世上没这个理……”

章兆龙没想到章兆仁能说出这般硬实的话，他心里明白，章兆仁已经做了翻脸的准备。章兆龙的脸色更加难看。

章兆龙说：“话既然说到这份儿上了，咱干脆就挑明了吧，咱们之间出的问题，根子在你不在我。我和你是叔伯兄弟不假，可亲是亲财归财，章家的产业跟你没关系，我才是主子，你不是，不是主子还以为自己也是主子，不出事儿才怪呢。兆仁啊，现在我得让你明白，其实你只是我家的劳金……”

听到这话，章兆仁瞬间面无血色，发狠似的说：“说别的没意思，说吧，你想咋办？”

章兆龙反问：“你们想咋办？”

章韩氏说：“都到这份儿上了，分家呗。”

章兆龙说：“我刚才说了半天你们还没听明白吗？家不是你们的，哪还有分家一说。”

章韩氏忍不住插嘴：“这个家有我们创的家业，有我们的功劳苦劳，别的都不说，河西那片地就是兆仁领着人开荒开出来的。”

“开荒？那是官荒吗？开荒开的也是我家的荒。那么大的地，别说不是你一个人开出来的，就是你一个人开出来的，也是我家雇你开的。”

“没人雇我！”

“你不吃不喝不穿啊，钱哪来的？你盖房娶媳妇的钱哪来的？”

章兆仁大概不想争辩下去，他说：“你想咋办就痛快点儿。”章兆龙说：“办法也不是没有，两条道供你选。一则，你还当你的二掌柜，但得明确咱俩的雇佣关系，一年多少劳金也定下来，你只管做好分内的事儿，章家的事儿不用你操心，更不能插手。还有，你要和你家屋里的到寒葱河公开道歉……”

“那，另一条道呢？”

“另一条道，咱们绝义不绝情，你们离开章家过自己的日子。你现在翅膀硬了，一大家子人口，儿女双全，到了别的地方，活下来应该没问题。”

章兆仁瞅了瞅章韩氏。

章韩氏说：“好啊，我看你这是既绝情又绝义，我们也没什么好讲的。过阵子我们就离开老宅，到河西自己的地里去盖房子种地。”

“我可没答应你们种河西的地。”

“河西的地是我们的，我们想怎么办就怎么办……”章韩氏说。

章兆仁白了章韩氏一眼，阻止她讲话。

章兆仁不软不硬地对章兆龙说：“人哪，说过的话不是放出的屁，当时你哀求我，让文德去百草沟金矿，你是怎么答应我的？”

章韩氏又忍不住插嘴说："就是，为了这件事，我家上上下下付出了多大的代价？文德人不人鬼不鬼的，我也差点丢了命……"

章兆龙说："人的命运谁也挡不了……我是答应过你，可我让文德去百草沟是为保住百草沟，既然金矿没保住，答应你的自然不算了。"

章兆仁恼火，站了起来指着章兆龙鼻子说："做人要摸摸良心！当初你是这样说的吗？你说只要文德代表章家，做个摆设就行，后边有你撑着……你明明知道文德撑不起来，你还把他往火坑里推。"

章韩氏对着章兆龙实际上也是对着章兆仁，狠狠地啐了一口："这回知道谁狼心狗肺了吧！"

章兆龙丝毫不受章兆仁和章韩氏激愤情绪的影响，一板一眼地说："说我说话不算话，那就拿出证据，没有文书，找个证人也行。"

章兆仁傻眼了。

看来，不能不使出杀手锏了！章兆仁瞅了瞅章韩氏，章韩氏瞅了瞅章兆仁。"你可能不知道吧……"章韩氏说，"老掌柜的知道你的秉性是啥样儿，早就料到你有翻脸不认人的一天，他已经把河西的地契给了我们，还写了转让文书……"

章兆龙气得脸色煞白，嘴唇直哆嗦，自言自语道："我就知道老掌柜的偏心眼儿，胳膊肘往外拐，没想到下手这么狠！"

"你要不要看一看？"章韩氏从口袋里拿出一个信封。

章兆龙镇定一下，摆着手说："你自己留着，当个念想吧……那个东西早就作废了。"

"作废了？唬人呢，我家也有人识文断字的。"

章兆龙说："河西的土地证我已经换过了，你们手里那个是民国二年的，那时候还叫县公署，理政的是知事，我手里的是民国八年的，早就改县行政公署了，理政的是县长……发新证，旧证作废……你们没想到吧？别说你们，精明一辈子的老掌柜做梦也想不到，我早就防备了一手……"

章兆仁和章韩氏半信半疑，面面相觑。

"不信是吧，那你们自己看看，那个土地证日期是不是民国二年。"

章兆仁和章韩氏没想到章兆龙还有这一手，他俩如同被霜打的茄子，立刻蔫巴了。当然，章兆仁和章韩氏也不会轻易服输、轻易放弃。

章韩氏回了一趟娘家，几个兄弟都帮她出主意想办法，他们还托人到县公署查了土地证卷宗档案，章韩氏手里的文书的确是民国二年发的，叫土地所有权状，条款结尾写着，右给业主：章秉麟。而同样是河西那四十垧地，民国八年发的叫私有不动产登记证书，条款结尾是，右给土地所有权人：章兆龙。县公署文书告之，民国八年发的有效，民国二年发的作废。

章兆仁和章韩氏也请了写诉状的先生，找过审理案件的“帮审”，且不说章兆龙是县议会议员，单凭书证打官司，他们赢的胜算也微乎其微。

打官司不行，动武也不行，尽管章韩氏的几个兄弟都义愤填膺，扬言要讨个公道，可几条莽汉怎么可能对付章家几十条枪？到了最后，章兆仁和章韩氏只能认栽了。在他们的对垒中，章兆龙有如一只威风八面的老虎，章兆仁或者章韩氏不过是一只小兔子。

一天深夜，章韩氏突然从梦中惊醒，她一下子坐了起来，擦了擦额头的冷汗，刚有点缓过神来，突然又吓了一大跳，冰冷黑暗的屋子里，隐约站着一个黑影儿，她定睛一看，原来是章兆仁。

“你要吓死我呀。”章韩氏说。

章兆仁叹了口气：“我睡不着啊。”

章韩氏说：“这些天我想明白了，咱们走吧。”

“去蛤蟆塘开荒？”

“你也想到了？只剩下蛤蟆塘是官荒了……”

“咱这么大岁数了，还要从头开始，这回苦日子来了……”

“苦日子不怕，苦也是给咱自己苦的……章兆龙心狠手辣，咱斗不过他，还是越早离开越好，离得越远越好。”

“我……我就是有些不甘心……”

“你给章家卖命快三十年了，最后还不是让人家一脚给踹出来了？再混下去，搞不好连骨头渣子都剩不下了。”

章兆仁哽咽着说："我心里恨哪，人这一辈子，有几个三十年啊！"

章韩氏过去抚摸章兆仁的后背，小声说："没事，天塌不下来。这回我彻底想明白了，你呢？"

"我？我也想明白了。"

阴历三月，冰雪还没完全融化，大地冻得跟没缓冻的秋梨一般，邦邦硬的。章兆仁和章韩氏拖着伤残的身体，带着章文海和桂兰，坐着一辆黄牛拉的板车离开了莲花泡，奔向山峦深处的蛤蟆塘。

蛤蟆塘位于大架子山西坡下面，细鳞河、寒葱河和蚂蚁河的沟沟汊汊在此交汇，那里布满了塔头甸子和星罗棋布的小泡子，泡子里盛产蛤蟆，每年七月的月空下，蛙声起伏，连成了一片。

由于地势低洼，没人愿意到那里开垦土地，北方人习惯种旱田，可那里即使开垦出来也是涝洼地，很多农作物都无法种植。离开莲花泡之前，章兆仁和章文德曾去过蛤蟆塘，章兆仁说，如果在这里开荒种地，只能选靠东山高冈的那块坡地了。章文德却说，低洼地水源充足可以种水稻啊，粳米的经济价值更高。章兆仁说，难哪！咱祖祖辈辈只会在大田里种小麦、苞米和高粱，不懂种植水稻的门道啊。章文德沉思良久。

命运总是这样兜圈子，现在，他们一家子就来蛤蟆塘安家落户了。

冬天的蛤蟆塘寂静无比，天空中连只鸟都看不见。

章文德是提前半个月去蛤蟆塘的，他和小不点等七八名雇工在山坡下盖了三间马架子房。如果不是万不得已，没人会在冬季破土动工盖房子，别的不说，这个时节取土都非常困难，先得点起火堆将地下的冻土烤软了，然后才能挖得动地上的泥土。好在被当地人称为地窨子的马架子属于简易房，在斜坡地上挖出个方方正正的坑来，再在上面支起木梁搭上架子，形成一个半地下半地上的窝棚，里面安置上锅灶，盘起火炕就可以住人了。这种马架子窝棚虽然简陋，却在一定程度上起到遮风挡雨的作用。

章兆仁一家人搬到马架子房那天，天阴冷阴冷的。章韩氏和章兆仁从牛车上下来，章文德就捂着嘴笑了。章韩氏穿着偏襟棉袄、上腰棉裤，腿上扎着黑色的绑带，穿着布棉鞋，那打扮真成了劳金的老伴儿。章兆仁还穿着他常穿的对襟大短袄，脚穿乌拉鞋，那件平日里体现他二掌柜身份的棉袍他却没穿。章文德心想，看来爹和娘真下了狠心，要从开荒种地开始起步了。

章文德说："饭都准备好了，先吃了饭再收拾东西吧。"

章文海和桂兰从章韩氏身后过来，桂兰噘着嘴，没跟章文德打招呼就进了屋子。章文海走到章文德身边，他龇牙咧嘴地打个冷战，说："真冷啊。"

章文德问章文海："桂兰真不去上学了？"章文海点了点头，说："娘不让。她也不小了，该下地干活了。"

"我说她怎么噘着嘴呢。"章文德笑了。

章文德的笑容被章韩氏看到了，她心里总算感到些许安慰。章兆仁的老毛病又犯了，章文海也总是病病歪歪的，桂兰还在闹情绪，如果章文德还没从低落的情绪中走出来，接下来的日子她能否撑过来，她自己都不知道。

章韩氏笑呵呵的，深深地吸一口气，大声说："从今天开始，咱就自由了，往后咱就给自己干了，将来这一大片土地都是咱家的。二份儿的，不，咱就是大份儿，从二份儿升到了大份儿。"

章文德笑着瞅了瞅章兆仁，章兆仁正从车上解麻绳，章文德走过去，搀了章兆仁一把："爹，别忙着卸东西，先进屋看看我盖的房子，吃过饭再卸也来得及。"

傍晚，帮工也都凑到了章兆仁家的屋子里，外面天寒地冻，房子里却很暖和，大家有说有笑围在泥火盆周围。火盆里盛着小灰，有生活经验的人都知道，小灰火盆才能保持恒温，热度才能持久。自然了，马架子房的小灰不比莲花泡老宅，那里的小灰是豆棵、谷草、苞米秸子燃烧后的灰烬，而这个新房子烧的是干草和柳毛条子。章文德在小灰里埋了地瓜和土豆，香味儿出来时，大家一边说话一边吃焖熟的地瓜和土豆。大家的闲话说得差不多了，章韩氏推了推章兆仁，章兆仁明白章韩氏的意思，他清了清嗓子对前期帮他们盖房子的雇工说：“这几年咱们一起嘎伙计，关系都不错。眼看就开春了，愿意留下来跟我一起开荒的，咱就一起开荒，谁开的地，那块地就是谁的。”几个雇工相互嘀咕着，小不点说：“如果有人不想要地呢？”章文德说：“哪有不想要地的，土地可是命根子呀。”小不点说：“俺就不想要地。俺还知道，很多伙计都不想要地。有地是好，可有地也是累赘，有地就得有人经营，东北这地场，撂荒三年啥好地也完蛋了。”一个雇工帮衬道：“小不点说得在理，我也不想要地，有没有地都为了吃口饭。我呀，一人吃饱全家不饿，不愿意操那份儿闲心。”章兆仁说：“不想要地，没打算在这儿扎根落户的我能理解，愿意帮我开荒种地，我付工钱……我知道，开荒种地很辛苦，这不比莲花泡，在莲花泡种熟地遭罪受累少，愿意回莲花泡的我也没啥好说的，明天把盖房子的劳金算了就可以回去。”小不点说：“二掌柜的，俺不图别的，就图你的为人，苦点累点也跟你干了。”另外几个雇工相互看着，没直接表态。章兆仁说：“不急不急，今晚都好好睡觉，明后天再说。”

外面寒风呼啸，屋内仿佛是另一个世界，火炕烧得炕头烫屁股，棚顶和矮墙上却挂满了霜，白色的霜花在煤油灯下闪烁着晶莹的光芒。

章韩氏始终乐呵呵的，她对大伙说：“受苦受累都免不了，只要有盼头就好啊。”

第二天天刚亮，章兆仁就带着章文德去测量预备开垦的荒地了。他们扛着镐头，拎着铁锨，先是到了东山半山腰，又去了涝洼塘，一直走到细鳞河河口。章兆仁和章文德走了整整一天，每走到一个地方，章兆仁都让章文德先挖点土，然后他抓起那些还掺着冰碴的泥土，反反复复地闻着，好像那些泥土的味道能传递给他不可言说的信息。最后，他们到了北山冈上，章兆仁气喘吁吁地对章文德讲了他的看法。

章兆仁认为，蛤蟆塘真是块风水宝地，雪下高山，霜打洼地。这地场的优势还没有被人充分认识到，从东山到河套，黑土、黑钙土、草甸土、盐碱土、冲积土、沼泽土一应俱全。他对章文德说，开春先开东山西坡和北山冈子的地，西坡种苞米、高粱，北山冈子种黄豆，春播之后再沿西坡向下面延伸开垦。今年，可以在那些低洼地上种些耐涝的糜子。

章兆仁头头是道地讲着，令章文德佩服得五体投地。本来，对于章兆仁说的这些事情，他也有自己的判断，但远没有章兆仁想得清楚、说得明白。也许在章兆仁心里，已经有了一张活生生的农田分布图，这块儿派什么用场，那块儿派什么用场，今年干什么，明年干什么，将来干什么，整个蛤蟆塘的前景规划都装在他的心里。虽说章文德心里也有个草图，但还不是很清晰，也许还没等他的草图清晰起来，章兆仁心里的那个蛤蟆塘就已经长满了庄稼，郁郁葱葱了。

章兆仁剧烈地咳嗽起来，咳嗽过后，他从榛子树下面抠了一块冰，放在嘴里嚼了嚼，有些伤感地说："文德呀，我总觉得我这身子像是撑不了多久了，以后，这个家的担子就得你来扛了……爹老了，不中用了。"

章文德听了有些心酸，但他脸上笑着说："爹你别说笑话了，你的命硬着呢！你放心，我是家里的老大，为了这个家，扛多重的担子我都不怕的……"

章兆仁也笑了，他说："要是早点过来开荒，咱家已经富得流油了。"

开春前，老宅的白美发赶着马车从莲花泡来，他给章兆仁家送来了灯油、药品，还带了一些农具和两只小狗崽。

白美发告诉章兆仁，他来送东西也是来告别的，他已经辞去了莲花泡老宅管家一职，准备回蚂蚁河老家。"摸不清新来的掌柜的想干啥，他要在河西种大烟，我不跟他玩了，不玩了。"

章兆仁说："可惜我这儿请不起你，如果有一天蛤蟆塘成气候了，你可得过来帮我呀。"

白美发说："那是一定，那是一定。"

春打六九头，草皮下的大地还挂着冰霜，章文德就领着大伙儿开荒了。除了小不点和六七名帮工，章兆仁家全员出动。章韩氏和桂兰虽然没跟着去山坡上开荒，但是她们娘俩每天除了送水送饭，还要把开荒砍下来的树枝和荆条运回家，也是从早忙到晚。每块地在开垦之前，章文德都要先用木杆尺子在地块上进行丈量，然后划定界线，再由小不点和章文海在划定的边界留出防火通道，然后砍伐界线里面的矮树和藤条，矮树清理出去之后就放火烧荒，火苗伴随着滚滚浓烟将地面吞噬一遍，树根草丛被烧得焦煳。火熄灭之后，大家开始挖草皮、刨树根，平整出黝黑黝黑的泥土来。

烧荒开地虽然很累，却也很让人着迷，让人越开越上瘾，开出一块地还想再开下一块地。章文德每天天不亮就从家里出来，天黑了才回家，可他还是觉得时间不够用，想赶在春播之前开出更多的土地。应该说，开荒付出的辛苦和汗水比种地要大得多，尤其是清理冻结在地下深处的“卧槽木”；从地里往外抬被水长期浸泡，处于水饱和状态的“水罐子”；抠木纹理极度扭曲与交织的“盘丝头”树根；这些力气活儿，劳动强度极大。劳动强度大的活儿，干一天两天还行，可是天天不停地干，章文德自己也顶不住了，晚上到家，他的腰都不敢沾炕席，伸个懒腰都觉得自己的腰像是要断了似的，再到后来，腰上那种剧痛感没了，取而代之的是麻木，好像他根本没长过腰一样。几名雇工顶不住了，他们陆续离开了。待到春播时节，七名雇工只剩下小不点一个人。这期间，章文海的病也接二连三地发作，在寒葱河被吊打时留下的后遗症，还有小时候犯过的抽风病也找上来了。章文海十二岁那年得过抽风病，据说是用偏方鹿眼眵治好的。开荒时章文海突然躺在地上，眼斜嘴歪地抽搐，口吐白沫，这个时候去哪儿找鹿眼眵，好在章韩氏的药盒里还有一些羚羊角粉，让章文海躲过一劫又一劫，起码没把自己的舌头咬掉。章文德倒是没得什么大病，只是身上长了些黄水疮，他觉得，可能跟他睡在阴冷潮湿的地面有关，干活累得实在不行，他就在地上铺两个麻袋，倒在泛着潮气的地上睡着了，湿寒邪气侵入，浑身上下开始出红斑、起水泡，痒得难受，用手抓挠的地方逐渐化脓，冒黄水儿。桂兰没在地里干活，不知道为什么她也得了黄水疮。

“就是你传染给我的。”桂兰对章文德抱怨。章韩氏心疼孩子，晚上分别给章文德和桂兰涂抹松树油子，她手上没什么现成药物了，只能用土办法来解决。

好在那些日子都熬过去了。

播种大豆时，章兆仁长久地望着那一大片黝黑的土地，他一动不动地望着，如同一尊土地庙里的木雕像。章韩氏走到章文德身边小声说：“你爹心里不知道咋美呢，这回咱家有自己的地了，真正属于咱家的地了。”

“文德呀，你受累了！”说着，章韩氏鼻子一酸，连忙扭过脸去。

种地要赶节气，劳力缺乏就得靠全家人往上顶。开荒、盖房花掉了章韩氏这些年所有的积蓄，他们再也雇不起劳金了。就在章文德为劳力发愁时，老肖头的儿子肖成峰出现了。

那天早晨下了小雨。云从东南涨，下雨不过晌。

雨停了，章兆仁一家人准备上工时，一个穿着黑色棉袄的小伙子站在马架子房的犁杖前。

章文海最先看到了肖成峰，他对章文德说：“来人了。”

章文德抬眼一看，见一个中等身材，额头宽阔，黑黝黝的小伙子正向这边巴望着。

“你找人吗？”章文德问。小伙子一双笑眼，笑眯眯地说：“我叫肖成峰，打辽南来，找章兆仁二叔……”

“你是？”

“我是老肖头的儿子。”

听说是老肖头的儿子，章兆仁、章韩氏和小不点都围了过去。肖成峰说，他来是遵照爹的意思，来投奔二掌柜章兆仁的。

“我就是章兆仁。”

肖成峰立即给章兆仁跪下了：“二叔，我总算找到你了！”

“你爹呢，他咋没一块儿来？”章兆仁问。

“我爹走了……”

听到这个消息，大家都十分震惊。肖成峰告诉章兆仁，正月里他爹在老家上了点火，口舌生疮，开始他自己没太在意，后来疼得厉害，邻居嫂子怀疑是疔毒，让他咀嚼一把生黄豆，问他有没有豆腥味，他爹说没有，邻居大嫂说坏了，长大疔了，于是按老办法找了一副猪苦胆贴敷。到了晚上，他的病情越来越严重，就去镇上请了郎中，郎中赶来时他已经不行了。郎中说他爹得的病叫“马口疔”，疔毒攻心快，治不及时就死人。他爹临咽气时对他说，让他去莲花泡找二掌柜章兆仁，就说要把他托付给二掌柜。

“你从莲花泡过来的？”章文德问。

肖成峰说：“嗯，莲花泡的人给我指的路，我才找到这里。”

章韩氏说：“孩子，你应该都知道了，你二叔不比从前了，他不是章家二掌柜的了。现在我们一家人落难到这种地步，你这么年轻，还是投奔别的地方，找个好前程吧。”

肖成峰礼貌地问章韩氏：“您是二婶吧？”

章韩氏点了点头。

“二婶呀，你们不会不打算要我吧……”说着，肖成峰主动去拿镐头，“你们是不是上地去？走，我会干农活儿。”

章文德喜出望外，他正愁没劳力呢，对章兆仁和章韩氏说：“人家大老远地投奔过来，咋能打发走呢。”

章兆仁说：“好吧，那你就先落脚儿，等找到好去处，啥时候走都行。”

应该说章兆仁和章韩氏对肖成峰的印象不错，人一来就下地干活，尤其是听说他连中饭都没吃就干了一下午，又心疼又喜欢。章韩氏对章兆仁说，肖成峰这孩子长得也不错，四方大脸，一对小眼睛笑眯眯的。

章家上下都挺喜欢肖成峰，可门口的两只狗却对他有些敌意，那两只狗还是小狗，一只黄毛白肚皮的叫“黄黄”，一只黑毛，眼睛上有白斑的叫“四眼儿”。一天晚上，肖成峰在马架子房后小便，返回时被两只小狗拦阻，小狗冲着他汪汪直叫。肖成峰没多想，直接走了过去，不想四眼儿扑了过来，咬住他的裤脚，黄黄也蹿了过来，朝他脚脖子咬了一口。

事后，章文海剪了一撮黄黄身上的毛，烧成灰，将灰末儿涂抹在肖成峰被狗咬过的伤口上。章文海告诉肖成峰，狗咬了千万别大意，家里的狗咬了还不打紧，如果让街上的疯狗咬了，人不死也得疯，听说有的疯狗更邪乎，咬啥啥疯。当年寒葱河街上一条疯狗咬了河边一棵老榆树，老榆树也疯了，天上一丝儿风都没有，老榆树自己晃动着树枝，呜呜作响。肖成峰吓得睁大眼睛看着章文海。

“别担心，狗毛烧成灰敷上管用。”

肖成峰问：“狗毛还有这用处？”

章文海说：“不是所有的狗毛都有用，必须是咬你的那只狗，也就是哪只狗咬人用哪只狗的毛。”

后来肖成峰的脚脖子好了，连疤瘌都没有。

肖成峰对章文海说：“没想到你真神通广大。”章文海得意起来，开始讲狗身上的各种用途，说的时候他看到肖成峰脖子根儿长了小肉瘊，就说，小公狗的尿都有用。于是，章文海用四眼儿的尿和了泥巴涂在肖成峰的脖子根儿，三天之后，那个小肉瘊竟然神奇地消失了。肖成峰打心眼儿里佩服章文海，那之后，肖成峰和章文海常在一起厮混。

那个春天，章兆仁一家过着十分艰苦的日子。主食以苞米楂子、大饼子、发糕为主，副食除了冬天菜窖贮存的萝卜、土豆、大白菜，更多时候都只能吃咸菜，大酱腌的黄瓜、萝卜、芥菜疙瘩、布留克等。章韩氏最珍惜的宝贝是一坛子荤油、一罐子豆油，搬家时豆油罐子打了，由于天气寒冷，豆油也冻成了皮冻。这一坛子荤油和半罐豆油她要省着给大家吃，要吃到上秋才行。

地里的新鲜蔬菜下来之前，野菜就成了最重要的补充。章韩氏带着桂兰，在山上的树林、柳毛棵子里采野菜。那里的野菜品种很多，小根蒜、刺老芽、婆婆丁、苦菜、蕨菜、明叶菜……渐渐地，桂兰也适应了山里的生活。只是她像丢了魂似的，时常看着刚刚融化的溪水发呆，有时还自言自语：“求求你了，把我变成石头吧……求求你了，把我变成河水吧。”

有一天，她们娘俩在山坡上挖野菜时，天空中出现了一队人字形大雁，大雁鸣叫着，向着北方飞去。章韩氏说，大雁全都回来了，要不了几天，漫山遍野就都绿了。

桂兰呆呆地望着天，一望就望好长时间。天空不断变幻着云彩，桂兰两只胳膊像鸟的翅膀一样扇动着，时快时慢，那时她一定觉得自己变成了一只鸟儿，一会儿快速起飞，一会儿缓慢滑翔。

“干什么呢？”章韩氏问。

桂兰思忖着说：“我要是只鸟儿该多好啊，长一对翅膀，想去哪儿就去哪儿，可以自由自在地生活。”

20

春播一过，章文德开始移栽树木。

章兆仁和章韩氏并不赞成章文德把力气用在栽树上，可也不好干预太多。章兆仁去植树现场看了看。章兆仁有些理解章文德了，他想，搞不好章文德心里也有一张蛤蟆塘的图景，那是蛤蟆塘更远的未来。

章文德带着章文海、肖成峰、小不点一起栽树，他还说了一些农家谚语，比如“栽柳不叫春知道”“柳树下河，杨树靠岸”什么的。肖成峰问章文德：“德哥，你怎么知道那么多呢？”章文德笑而不语，章文海不甘落后，迎着风大声背诵谚语：“松树命苦，专钻硬土！”

大伙儿笑了起来。

野外劳作辛苦，说说笑笑可以舒缓压力、缓解疲劳，章文德甚至想，蛤蟆塘要是有一个“老庄头”就好了，那样就有人说段子、讲玄话，一整天乐乐呵呵就过去了。

移栽果树那天，肖成峰和小不点都不见了。章文德问章文海，章文海说刚才还看见小不点了呢，他是不是又去抓蛇了？小不点有抓蛇的特殊本领，别人见到蛇都吓得要命，小不点却乐得不行。说来也怪，无论多凶多毒的蛇见了小不点，脊骨都像脱臼了一般，软绵绵的。小不点身上大概有一种特殊体味吧，是蛇见了都害怕的气味儿。果然没多大工夫，小不点就拎着一条毒性很强的“野鸡脖子”从树棵子里钻出来。章文德吓得连连后退。

“晚上烤长虫吃喽！”小不点兴高采烈地说。

“小成子呢？”章文德问。

他们管肖成峰叫小成子。

章文海说：“昨天晚上他倒是跟我叨咕了一嘴，说有急事去山下一趟。”

“说去哪儿了吗？”

“他没说，我估摸去花脸沟找车老道算命了。”

“啥事要打卦算命呢？”

“以前，有人说车老道算命准，小成子说，找机会去看看。”

“花脸沟那么远……再说，他也不见得找得到路啊。”小不点说。

“不管怎么说，”章文德说，“也该跟我说一声啊。”

章文海自言自语：“小成子能去哪儿呢？”

小不点在旁边眨巴着眼睛，欲言又止。

中午桂兰过来送饭，章文德问桂兰：“你知道肖成峰去哪儿了吗？”桂兰摇了摇头。章文德本以为桂兰会问肖成峰的情况，不想，桂兰没心没肺的样子，转身采野花去了。章文德大概心里牵挂肖成峰，平时吃四个饼子，今天只吃了一个半。

小不点注意到章文德的变化，他先是有些犹豫，最终还是下了决心，他把章文德找到一旁，对章文德说：“你没觉得小成子有问题吗？”

“啥问题？”

“俺发现小成子认识字儿……有时候他在窝棚里看古书。”

“是吗，从没听他说起过，可是，认识字儿有问题吗？”

“有文化的人咋能老老实实下地种大田呢？”

章文德说：“俺也认识一些字儿，俺不是天天下地干活。”

“德哥你不一样……俺就是觉得小成子有什么事儿瞒着咱们，别看他整天笑眯眯的，城府可深着呢……他长得溜光水滑的，还有文化，那么老远从城里跑东北大山沟里，吃苦受罪，还心甘情愿，凭啥呢？”

“不是他爹吩咐的吗？”

“俺琢磨着，没那么简单哩。”

“你咋想的，说一说。”

“俺觉得吧，八成是在老家惹了祸，跑咱这儿躲事儿来了……”

“没凭据，可不能瞎说。”

“俺是没凭据，就是觉得不对劲儿。可今天的事儿，俺就更怀疑了。昨天晚上俺跟他说，听说他的一个老乡来莲花泡了，他一听，脸色就变了，早晨天没亮他就走了。你说，如果心里没鬼，他怎么这么慌张？”

“那你说，他为啥急着找同乡去？”

“如果那个同乡知道他的底细，不就露馅了吗？”

“那咋办？他还能干出点啥事儿？”

“不好说呀，别看他话不多，能干啥事儿就不好说了，俺爹在世的时候说，蔫巴人干绝事儿！”

“不好这样说，我看小成子不会做出啥越格的事儿，一个是，莲花泡是不是来了他的同乡你也不确定不是吗？就是听说罢了。另一个，就算他有个同乡来莲花泡了，也不一定真正了解他的底细，同乡的面儿可大了去啦。”

小不点小声说：“那倒是。”

说到这儿，章文德自己也有些疑虑，自言自语道：“难道真会发生啥事儿？”

小不点反过来安慰起章文德，说：“就像你说的，俺也觉得不能出越格的事儿。就算莲花泡真来了他的老乡，碰巧那个老乡也知道他的底细，小成子也不能贸然动手，安抚安抚老乡，给点好处，封住嘴不就行了吗？”

章文德点了点头。

小不点笑了，他说：“德哥你是大名鼎鼎的人物，经过大风大浪，啥事儿都逃不过你的眼睛。”

“可别那样说，我就是河沟里一条小泥流狗子，山坡下一根草芥。”

小不点有些自豪地说：“德哥你可别轻看了自己，现在你在外头老有名了，护过金矿、打过胡子……现在，没人敢惹咱蛤蟆塘，不三不四的人路过蛤蟆塘，都得绕着道走！”

“胡说八道！”

“真的，你没听说？”

“我算啥呀，就是一个肉票，赖赖巴巴活了下来。”

“肉票能在胡子窝里混一年，容易吗？而且，一根儿头发都没少，你说你没真本事，谁信啊？”

章文德一脸严肃，他说：“这些话到此为止，以后不许再提我跟胡子的事儿，一个字儿都不许提，明白吗？”

小不点收敛了笑容，疑惑地点了点头。

那天晚上，肖成峰没有回蛤蟆塘。章文德心事重重，躺在炕上翻来覆去地想，肖成峰那儿到底发生了什么事儿呢？不过很快，章文德又恢复到固有的忘性上，躺下没多久，就鼾声如雷。

第二天天刚亮，章文德就从炕上爬起来，一出门喜鹊就叽叽喳喳地叫，他四下搜寻，在马架子房顶看到两只喜鹊，充满了生命活力。章文德想，今天吉利，肖成峰应该没事儿。

那天上午继续栽树，还没到晌午，桂兰带着两条小狗出现在地头，她挥舞着围巾，隔大老远她就喊章文德。

难道肖成峰有了消息？章文德的心习惯性地向上提着：该不是坏消息吧。

“哥，有人找你！”桂兰站在原地喊。

“谁呀？”

“你过来呀，过来我才告诉你。”

“你不告诉我，我就不过去……没看我正忙着嘛。”

“阿满，阿满姐来了。”

“谁？”章文德愣住了。

“你大点声，我没听清。”其实章文德听清了，只是有些不敢相信自己的耳朵。

“赵阿满，赵阿满姐姐！”

章文德心里涌入一种莫名的喜悦，他想，今天果然有喜事儿，早晨的喜鹊应在了这件事儿上。章文德放下手头的镐头，转身向地头走去。

来到桂兰跟前，章文德问：“人呢，她怎么来了？”

“在家等你哪。”

“等我？她跟你说是找我？你听得没错？”

“你这人咋这么磨叽呢？她不让我找你，我干吗跑这么老远来喊你！”

“她……找我啥事儿？”

桂兰狡黠地挤了挤眼睛，说：“见到她你就知道了。”

“老疙瘩，你就说了呗，也好让我心理有个准备。”

“哥，你跟我说实话，你的小心脏是不是怦怦直跳？”

“我有啥好跳的。”

“人家可是奔你来的，你不激动？”

“她来，我有啥好激动的。”

“还狡辩，你的脸骗不了人，看看都红透了。”

“……不许拿哥耍笑，有话好好说！”

回家的路上，桂兰向章文德道出了实情。“阿满姐来的时候还不跟我说实话，说是顺道来看看。咱这是啥地方？大沟里，连条像样的路都没有。我就知道她有事儿，抠一抠，她就哭了……”

“莲花出啥事儿了？”

“你就知道莲花、莲花的，人家是为你来的！”

原来，阿满是逃婚出来的，家里要把她许配给大通沟屯的关家。关家也是旗人，家境还算富裕。只是阿满心里一直惦念着章文德，脑子里经常晃荡章文德的影子。从薛莲花那里，阿满了解了很多关于章文德的事情，或者这样说，在阿满和章文德之间，阿满对章文德的了解，远比章文德对阿满的了解多。

桂兰自然和阿满站在一头，当年，阿满态度鲜明地反对桂兰裹脚，帮桂兰说话，从那时起，她就把阿满当好朋友了，所以，当阿满跟桂兰讲了自己的处境苦衷，并明确表示要问问章文德是否对她有意思时，桂兰二话没说，一路小跑着就去找章文德了。

章文德和桂兰急急忙忙往家奔，过了慢坡山冈，远远地，就看见站在马架子房外的阿满，走到离阿满十几米远的地方，章文德停下了，用袖头擦了擦额头的热汗。

“你们俩唠吧，我不掺和了。”说着，桂兰就开始溜边儿，带着黄黄和四眼儿撒野去了。

章文德犹豫着，慢慢向赵阿满所在的地方挪步，赵阿满则风风火火地走向章文德。

章文德和阿满见面之后，阿满就把自己的处境对章文德讲了，她想听听章文德的想法，让他帮着出个主意。章文德支吾着，一时不知道说什么好。阿满无奈，也顾不得女孩子家的羞涩，只好直接问章文德：“你想没想过……把我娶回家呢？”章文德不知道该说什么，话都说到这份儿上了，章文德什么都明白了，只是事发突然，他还有点发蒙，也不太敢想。这些年来，他对阿满的印象一直不错，但是，由于当初他和薛莲花已经定亲，所以从未对阿满有过什么想法，即便后来他和薛莲花之间出了问题，他也从未想过娶阿满做媳妇，他哪敢打阿满的主意呢？现在，阿满自己找上门来，他除了感到意外和惊喜，一时还真不知道该如何应对。

在章文德看来，凭借阿满的条件，她不可能看上自己，也许是薛莲花在其中起了关键作用，她一定对阿满说过自己不少好话。还有，阿满最清楚他和薛莲花的关系，也知道整件事情的来龙去脉，应该能够理解他的心情和所做的努力。可自己的条件、自己家的条件都属下等，赵阿满呢，无论家庭背景还是自身条件，不知高出他多少倍。尤其是这两年，他出生入死，满身伤痕。可在普通百姓人家看来，他毕竟混过胡子窝，身上有“污点”，更是低人一等了。

阿满见章文德羞羞答答，不知所措，她有些耐不住性子，单刀直入地说：“章文德，我看上你了。现在就要你一句话，你想不想娶我？”

章文德本想说我怎么会不想娶你呢，可话到了嘴边，就是吐不出来，舌头好像打了卷儿，就是说不出来。

“嗐！”阿满说，“刚才说的那遍不算，我再问你一遍，你想不想娶我？”

“想，我想！”章文德在心里说着，可嘴唇抖动着，怎么也发不出声音。

阿满一跺脚，转身就走。

章文德望着阿满的背影傻愣着。

突然，章文德开始撒丫子，追上了赵阿满，一把将阿满的胳膊拽住。

阿满转过身来：“你这是干啥？……说话呀！”

章文德说不出话来，只是眼巴巴地看着阿满，死死地拉着她。

阿满盯着章文德看了一会儿，分明看见章文德眼里浸湿的泪水。

阿满的眼睛也湿润了，她轻声问：“我再给你一次机会，你想不想……娶我？”

章文德用力点着头。

阿满眼里的泪水唰地流了下来……

命运像个秋千，一会儿荡到这头，一会儿荡到那头。

那天晚上，章韩氏把家里所有好吃的东西都拿了出来，以最隆重、最高规格招待赵阿满，但毕竟条件有限，最高规格基本等同于粗茶淡饭。好在大家的心情好，晚宴热气腾腾、热热闹闹。

饭后，桂兰带阿满去了她住的地方，马架子房里就剩下了章兆仁、章韩氏和章文德。章文德把事情的经过一五一十地讲给章兆仁和章韩氏听。章韩氏对章兆仁说：“咋样？桂兰跟我说我还不信，现在看，十拿九稳了。”章兆仁叹了口气，说：“阿满是个好闺女，可咱家正走背运，穷得叮当响，你说她图个啥呀？”章韩氏多少有些自豪地说：“图人呗，咱家文德这样的人品上哪儿找去？”章兆仁说：“这会儿，老王婆卖瓜啦？文德胆小怕事，软弱可欺还不是你说的。”章韩氏说：“文德性子上有弱点，可那跟人品是两回事儿。”

章文德插话说："阿满让我爹尽早去他家提亲，时间拖长了怕她自己顶不住大通沟屯关家的压力。"

"尽早是啥时候？"章兆仁问。

"越早越好，别过了这个月。"

"这么急呀？"

章韩氏说："那还等啥呀，依我看，凡是姑娘家死活要嫁的，婚事就有了八成的把握。预备两天咱就去提亲。"

章兆仁说："你以为我不想啊，可现如今咱家的情况，连一件像样的彩礼都拿不出来，我这么大岁数了，还能两手空空去人家里提亲？"

"阿满既然自己愿意，就不会在乎彩礼……就是不知道她爹和娘咋想的，是不是嫌贫爱富……不过话又说回来，空着手去人家里提亲是说不过去，不行咱先借点钱……"

"说得轻巧，咱这儿前不着村后不着店的，跟谁去借啊？时间还这么紧……"

章韩氏一拍手，说："有了，不行把咱家那头骡子牵去吧……"

"啥，骡子？不行不行。"章兆仁连忙摇头。

眼下，蛤蟆塘正是缺劳力的时候，他家只有一头老牛和一头骡子，全指着它们干活呢，而那头骡子正是"七青八白九长斑"的好岁口，牵走了骡子，章兆仁家的劳力就更是捉襟见肘了。

章文德也有些疑惑："从没听说有牵骡子去提亲的，行吗？"章文德这样说，他倒不是心疼没了骡子，而是怕把事情搞砸了。

章韩氏说："那头骡子是咱家眼下最值钱的家当了，咱把最值钱的家当拿出来，可见咱家诚心诚意，我料阿满爹娘都不傻，能掂量出咱家的诚意。"章兆仁说："除了骡子……还可以用别的办法去表示诚意，眼下那头骡子对咱们来说，可以顶好几个壮劳力呀。"

章韩氏站了起来，指着章兆仁鼻子说："你咋老糊涂了呢？就咱这个破大家，白白捡个媳妇，还有啥舍不得的？我就喜欢阿满这孩子，性格开朗，做事爽利，比你们老章家爷们强多了！……你就不动脑子想想，一头骡子换回来一个黄花闺女，天底下哪有这样的好事儿？你想想，你一辈子能碰上几回？……再说了，媳妇能给章家添丁进口，增加劳力，骡子能下崽吗？……”说到这儿，章韩氏觉得自己的话有点不对味儿，马上改口说：“嗯，那什么，我打的比方不合适，可是话糙理不糙，你自个儿想想，是不是这个理儿。”

章兆仁不言语，闷头独自抽烟。

章文德把章兆仁准备带着骡子去碱场屯提亲的事告诉了阿满，阿满也觉得挺古怪的，当她了解到，那头骡子是章家目前最值钱的家当时，阿满认为她爹娘会感动的。

送走阿满那天下午，肖成峰回来了，他大概饿坏了，吃着章韩氏留给他的好嚼咕，赞不绝口。章文德让章文海私底下问肖成峰去哪儿了，肖成峰说，他听说一个老乡在莲花泡，想攀攀关系，找到那个老乡才知道，那人是复州河的，离他家一两百里。章文德本以为肖成峰会很失望，可从表情上什么都看不出来，肖成峰一如既往地跟着章文德下地干活。肖成峰不算一个好庄稼把式，可他有一身的力气，还知道用巧劲儿，在劳力短缺的状况下，也算十分难得了。

章兆仁牵着骡子去碱场屯提亲，不想，赵家痛快地答应了。两家商议，秋天章家在蛤蟆塘盖了新房，就为章文德和阿满举办婚礼。

章韩氏对骡子换媳妇的事津津乐道，常拿这件事挤对章兆仁，遇到两人想法不一致时，她就说：“当初要不是我拿主意，你们章家能拿一头骡子换回一个新媳妇？”有一天桂兰冷着脸对章韩氏说：“娘，你以后别再提骡子换媳妇的事儿了，新媳妇还没进门呢！祸从口出，唠叨黄了咋办？再说了，根据我的了解，老赵家能答应这门亲事，还不是阿满姐她爹娘心疼自己闺女？还有啊，我听说阿满姐爹和娘早就知道我哥的情况，也知道咱家的为人，所以说，他们答应阿满和我哥的亲事，可绝不是因为一头骡子。”

章韩氏想一想觉得也是，不过她不肯在章兆仁面前服输，放低了声音对桂兰说：“是呀，这话要是传到阿满和她长辈那儿，麻烦可就大了。娘向你保证，以后我再也不说这话了。可你对我说的话也不许对你爹说，不然那老东西该埋怨我了，白白丧失了他的劳力。”

夏天是章文德家最难熬的时节，没有钱，粮食也断了溜儿。精于盘算的章韩氏，不得不在饼子和糊糊里掺麸糠和菜叶。“青菜蘸大酱，越吃人越胖。”一家人也只能这样自我安慰了。

不知道阿满从哪儿听到章家断粮的消息，夏末的一天，阿满坐着马车来到蛤蟆塘，让人从车上卸下了四麻袋粮食、两桶豆油，她对章韩氏说：“从今儿个开始，我就住蛤蟆塘了。结婚之前我管你叫婶，桂兰管我叫姐。家里的活儿，分派我干什么我就干什么。”

章韩氏十分感动，拉着阿满的手说：“孩子，这叫我说啥好啊，真是委屈你了……”

自从阿满来了之后，章文德浑身是劲儿，什么农活都不觉得累了，而每一天，他最盼望的是晌午时分，那个时候，阿满和桂兰就会出现在地头上，不用招呼，大家都兴高采烈地去吃饭。阿满性格爽朗，也不避讳，当着伙计们的面关心章文德，章文德却故作严肃，羞于跟阿满说话，甚至不敢和阿满的目光对视。这个时候，章文海总在中间插科打诨，一口一个“嫂子”地叫着，还故意揭章文德的丑。“嫂子我向你揭露章文德，别看他假装正经儿，心里不知道咋想的呢，太阳一升高他就向地头望，一个上午得望个二三十次……我还发现他自己偷偷地笑，没缘由地笑，笑得瘆人……”章文德抓起一个土疙瘩打章文海。章文海一边躲避一边说：“咋样？我说对了吧。”

章文德和大伙儿吃饭，阿满就带桂兰去采山野菜，除了山野菜，她们还采了很多鲜花和香草，鲜花插在家的罐子里，香草晒干，放到荷包、枕头、衣柜和被子里，满屋子香了不说，阿满和桂兰身上也香，她俩从大伙儿身边走过，香味儿就留了下来。阿满还教会了桂兰染指甲，把红艳艳的夹桃花花瓣捣碎，敷在指甲上，晚上敷，早晨起来指甲就油红油红的。

吃过饭，章文德向林子边张望，望着阿满和桂兰远处的身影。章文海走过来，他把几株牛筋草扔在章文德大腿前。

“你选一根吧，咱俩比试比试！”

章文德白了章文海一眼，说："都多大了，还玩小孩子的把戏。"

章文海显然很失望，他说："谁说这是小孩子的把戏啦？我看呀，你是怕拉不过我了吧？"

章文德说："有这闲工夫，把地里的野鸡爪拔一拔，这东西最愿跟作物争阳光、争水分、争养分了。"

章文海扔掉手里精心选过的牛筋草秆儿，赌气离开。

赵阿满到章家之后，全家人都非常高兴，尤其是章韩氏，她偷偷对章兆仁说："我觉得咱家的好日子就要来了。"章兆仁问："为啥？"章韩氏说："自从阿满过来之后，咱家的事儿一个比一个顺。"章韩氏的话应验了，或许只是巧合，那年秋天，蛤蟆塘大田里的庄稼、蔬菜及其他农作物都获得了大丰收。

秋收时节，章文德和阿满的新房也盖好了。章兆仁见肖成峰闷闷不乐的样子，偷偷问章韩氏："你觉得小成子这孩子怎么样？"章韩氏说："挺好的。"章兆仁说："要是招个上门女婿咋样？"章韩氏说："我觉得还行，就是不知道桂兰是不是中意。"章兆仁说："她中不中意不打紧，婚姻大事都是媒妁之言，父母之命。"章韩氏说："那是关里家的规矩，咱这儿不兴那个。"章兆仁说："既然老疙瘩没生在旗人家里，她是咱家的女儿，就得按咱家的规矩办。"章韩氏说："话是这样说，可婚姻是一辈子的大事，闺女心里咋想的，咱也得考虑考虑，等我找桂兰透透口风……"章兆仁说："反正这主意我拿定了，明年就给他们办喜事儿。"说着说着，章兆仁提起了老肖头，说起当年，在他穷困潦倒的时候，老肖头一个苞米饼子救过他的命。

"古话说得好，滴水之恩当涌泉相报，更何况是救命之恩！现在老肖头没了，小成子成了孤儿，做人不能丧良心哪。"章兆仁感慨地说。

章韩氏似乎觉得，章兆仁说的因果关系好像有些牵强，只是她一时还理不出个头绪，尤其是章兆仁的道义说教，在强大的道义面前，什么都容易被包裹和淹没了。

东北人热情，说啥都"咱咱"的，到咱家坐，回咱家吃饭，咱爸咱妈，咱儿子咱闺女，咱二姨夫咱老舅，唯独说到媳妇的时候，就不说咱了。章文德和阿满的婚礼如期举行了。婚俗一半是关里家的，一半入乡随俗。比如谱单用布写，不用绸子和缎子，忌讳“愁”“断”。比如新媳妇过门时跨火盆，在火盆上过一过，表示还净。婚礼当天，章兆仁和章韩氏还宣布了一个决定，给桂兰和肖成峰定亲。大家都十分高兴，祝贺桂兰时，桂兰抿着嘴，露出一丝无奈的笑意。只有章文海有失落感，表情显得呆滞。章韩氏看在眼里，她对章文海说：“文海你不急，娘心里想着你呢！”

结婚当天，章文德折腾到半夜，后半夜还兴奋得睡不着，小夫妻聊着聊着天就亮了。天亮了，他们还没一点睡意。那个新婚之夜，章文德听阿满讲了她的家族背景。阿满的这个赵姓来源于三姓（今黑龙江依兰县），始于旗人汉姓化，她的先祖据传是宋朝皇帝的后裔。阿满家住的碱场屯，源自满语“江樟嗯”，江樟嗯是指一种叫“五通眉”的鸟儿。原来那里的五通眉特别多。也就在那天夜里，章文德才知道阿满早就看上他了。阿满坦率地告诉章文德：“当初你和莲花姐订婚，我羡慕她又嫉妒她，可我不能和姐姐争啊，后来你们解除了婚约，我知道我的机会来了，可我左等右等，你一直没动静，我都快被你逼疯了，这时大通沟屯的关家来提亲，我看来了机会……娘问我的意思，我想，反正等你来提亲恐怕是不行了，还不如我自己豁出去。后来我就想了一个主意，一咬牙一跺脚，厚着脸皮到蛤蟆塘来找你……我这样做好像不合你们汉人的礼法，你没见怪吧？”章文德心里充满了感激，他说：“怎么会见怪呢？能娶到你做媳妇，全仰仗老天爷保佑，也不知道祖上积了多少阴德烧了多少高香……”

章文德结婚的第二天早晨，鸡刚叫，赵阿满就起身了，她到公婆房内装烟，双手奉上。章韩氏不解，赵阿满说这是老辈传下的规矩，新媳妇每天都要给公婆装烟，中午和晚上各一次。章韩氏对赵阿满说：“咱家没这个规矩，以后你不用来装烟了。”

赵阿满笑盈盈地从公婆房里出来。那天早晨下大雾，大雾覆盖在东山山脚，章家的几座房子都掩映在浓雾之中，几米之内看不见人。阿满出门摸索着走了几步，在院子边碰到章桂兰，她俩差点撞了个满怀。

“是桂兰呀？吓了我一大跳！”

桂兰蔫头巴脑、有气无力地说：“阿满姐好……不对，应该叫大嫂好。”

“桂兰，等会儿你哥起炕了，你到我房里来，我有好东西给你。”

“不着急，等你回门回来再说吧。”

阿满察觉出桂兰有些异样，一只手拉着桂兰的手，一只手摸了摸桂兰的额头：“咋啦？身子不舒服？”

“没啥事儿，可能是这几天累着了。”

阿满说：“我知道了。”说着附在桂兰耳边小声问：“月经来了吧？”

桂兰欲言又止。

阿满说：“握你的手冰凉，就知道你来事了……是不是小肚子疼？回头我送你一个草药包，熥热了敷一敷。”

桂兰说：“我没啥事儿，就是有点累。”

阿满说：“好吧，有事不方便跟别人说就跟我说，小姑子跟嫂子最不外道了。”

桂兰说：“好。”两人刚要分头离开，阿满又被桂兰叫住了。

“阿……阿满大嫂，能求你个事儿吗？”

“求啥，有事儿就说。”

“你刚过门一天，我不知道这个时候求你合不合适……”

“嗐，我不都说了吗，小姑子跟嫂子最不外道了。说！”

“我想……我想回寒葱河读书……你能帮我劝劝爹和娘吗？”

阿满爽快地答应了：“说我肯定说，就是……就是不知道管不管用。”

桂兰说：“你是新媳妇，爹和娘肯定不会驳你的面子。”

阿满说：“你放心吧，我肯定帮你说。”

阿满回到新房，章文德已经醒了。阿满把桂兰求她的事儿讲给章文德听，章文德一下子坐了起来，他说：“桂兰这小丫头心眼真多，她这是让你顶替她干活，她跑寒葱河去图清静。”

“我看她是喜欢读书。”

“一个闺女家的读啥书……”说着，章文德突然意识到了什么，“她没再跟你说别的吗？”

“就说累着了，别的，没说什么。”

“我猜她是对爹安排的婚事不满意，闹别扭呢？”

“这样啊，她可没说……”

“阿满，桂兰这背后有门道，我看你还是别跟爹和娘说了。”

“可是，我已经答应桂兰了。”

“那你看着办吧！”章文德往身上套衣服，套在脑袋上就卡住了。

“穿反了！”阿满大声说，说完，咯咯大笑。

大雾散开之前，章文海出门上茅房，走到院子中央，隐约地听到了抽泣声，他循着声音慢慢靠近……“谁？”一个身影站了起来。

章文海凑近一看，是桂兰。

“老疙瘩呀，吓我一大跳。”

“你还吓我一大跳呢！”

“一大早的，你跑外头干啥？”章文海问。

“一大早的，你跑外头干啥！”桂兰反问。

“怎么跟你二哥说话的呢？”

“二哥咋的？你怎么跟我说话的！”

“吃了枪药似的，谁惹你不高兴了？”

“要你管！”

章文海看到桂兰眼睛已经哭得发红，不想惹她了。自言自语道：“我不管了，惹不起咱躲得起，还不行吗！”

章文海里倒歪斜地走着，似乎猜到了什么，可又不确定猜到的那件事情对不对。

那年冬天，狗剩儿专门来了蛤蟆塘一趟。

一晃几年过去，狗剩儿已经成了老黑山一带有名的猎手，腰带上也绑上了虎牙。狗剩儿的虎牙比他叔丛佩祥的还正宗，是同心孔犬齿。

狗剩儿是天生的猎手，他耐力好，头脑冷静，枪法出神入化，他打枪不用瞄准，枪一立，子弹跟长眼睛似的，基本百发百中。有人说狗剩儿打枪靠的是感觉，一种视觉、听觉和感觉的综合反应。狗剩儿在深山老林里神出鬼没，可他信守诺言，这次专程来蛤蟆塘，就是为了给老疙瘩送虎牙，同时他还给老疙瘩带了只小狗崽儿，一只纯种的猎狗。

在蛤蟆塘，狗剩儿先见到章文海，从章文海那里，他知道桂兰和肖成峰定了亲，狗剩儿半天没说话，最后把虎牙给了章文海，托他把虎牙和小狗崽儿转交给桂兰。那时天色已晚，章文海请狗剩儿在蛤蟆塘住一宿，可无论怎么挽留，狗剩儿还是坚持要走。

狗剩儿连一口水都没喝，孤独地离开了蛤蟆塘。

21

转眼到了民国二十年，那一年中国发生了很多大事，只是那些事情似乎与章文德无关，蛤蟆塘地处偏远，仿佛是世外桃源。

那几年，在章文德的带领下，章家在蛤蟆塘开垦出了三十多垧地，地肥粮多，牲畜成群，没能及时卖出去的粮食都发了霉。章韩氏找来几位远房亲戚，分出一些地给他们种，三年不收租，三年后每亩收一石。

“二份儿”兴旺起来的另一个标志是添人进口，人丁兴旺。阿满生了两个儿子，老大叫章廷喜，老二叫章廷寿。桂兰和肖成峰结婚后也生了一个儿子，起名肖冬生。

章兆仁最喜欢做的一件事是一大早就去田间地头转转。

那天天刚亮，章兆仁站在了半山坡上，那里视野开阔，放眼望去，蛤蟆塘章家的土地一览无余。自己终于拥有梦想了一辈子的土地，在风烛残年之际总算满足了心愿。想到这里，他觉得鼻子发酸，眼泪在眼圈儿里打着转儿。就在章兆仁心满意足地望着大田时，章韩氏拎着一件外套，顶着牛毛雨走了过来，悄悄披在章兆仁身上。

“下雾拉毛子了。”章韩氏说。

章兆仁说：“不打紧，太阳出来就好了……早上浮云走，晌午晒死狗。”

“这是招了啥病呢，天天跑来看地，是你的不看也跑不了。我看呀，你这辈子是让土地给吓怕了。”

章兆仁嘿嘿笑着：“看看心里踏实，心里舒坦。”

章韩氏一撇嘴：“老东西，你这下心满意足了，我跟你受了一辈子罪，现在总算把前世欠你的账都还了，下辈子我可不托生做女人了，咱俩换一换吧。”

“下辈子你还跟我吗？”

章韩氏眼睛湿润地说：“打死我都不找你了，这辈子够够的……”说着她又笑了，说：“要说不找你吧，我又不想让你跟了别人！”

太阳出来了，初升的太阳把大地照得明晃晃的，气浪蒸腾浮动着，一片压抑不住的生机向上袅袅升腾。

章兆仁和章韩氏在山坡上看地的那个早晨，章文德从炕上爬起来，正准备穿衣服，却被阿满拉住了。章文德回头看了看阿满，阿满正脸色红润地与他对视。

章文德笑了笑说：“天不早了。”

阿满故意撒娇：“不。”

章文德看了看炕梢熟睡的孩子，用嘴努了努。

阿满说：“不！”

章文德只好重新钻回被窝，把阿满紧紧抱住。

章文德小声对阿满说：“看我怎么收拾你！”粗气打在阿满的耳朵上。

阿满说：“小样儿吧！”

…………

章兆仁和章韩氏从山坡回来，章韩氏见章文德家的门关着，悄声对章兆仁说："阿满好像没起来。"

"谁起来了？"章兆仁大声问。

章韩氏说："看来你真是老了，眼睛不管用，这耳朵咋也背了？"

章兆仁不服气："我眼睛耳朵都好用。"

章韩氏说："咱家大媳妇啊，身上的优点不少，可毛病也挺大。"

"啥毛病，我看阿满挺好。"

"别的不说，就说过日子吧，她跟咱关里家过来的人不一样。咱精打细算，抽筋拔骨地过日子。她呢，大大咧咧、没心没肺的样儿，好像从来不算计，今天吃饱不管明天……"

"也不是你说的那样……"

"我说得不对吗？仓房那些红松木料，我本来打算留给咱俩做棺材板儿，省得谁先走了，到时候抓瞎。她可倒好，用那些木料打了炕柜。还理直气壮地跟我说：'你们二老健康长寿，预备棺材板儿不吉利……'你听听，这是啥话？"

章兆仁叹了口气："棺材板儿倒不算啥大事儿，我也没啥意见，山里不缺木料，咱要是身子不行了，现打棺材也来得及……要说我对她有点看法……"

章韩氏停下脚步，认真地听章兆仁说对阿满的看法，在她印象中，章兆仁很少对别人有看法。

章兆仁也停下瞅着章韩氏。

"说呀，咋不说了？"

"说啥？"

"说你的看法呀……"

章兆仁说："我对阿满的看法，就一点，她不该阻止文德继续开荒地……"

"兴许她是怕文德累坏了身子。"

"人哪有累死的，都是气死的……依我看，她是嫌地多侍候不过来，不愿意操心。"

“看看，这不又回到我说的啦，按咱祖辈的标准，阿满属于不会过日子那种……风风火火，大手大脚。”

章兆仁思忖着，说：“你说阿满不会过日子吧，可奇了怪了，自从她过门之后，咱家的日子还真旺，有出有进，有时候还大进大出，衣食住行都不用愁。”

章韩氏说：“那也不能把这归功到她持家过日子上，了不起说她旺夫，给咱家带来了运气。”

章兆仁摇了摇头，不知道该怎么应对章韩氏的话。

那天中午，章文德在家里吃饭。阿满为章文德做了黏耗子。黏耗子是一种风味独特的蒸锅黏食，用糯米面包红小豆馅儿，最外层裹了一层苏子叶，有嚼头，还扛饿。富裕人家也属于“细粮”。章文德知道阿满最喜欢吃黏耗子，于是去吃阿满面前的高粱米水饭。

阿满说：“你下午上地，高粱米水饭不顶饿。”

章文德说：“我就好这口儿，特别是你做的高粱米水饭，就土豆拌茄子，最可口了。”

阿满明白章文德的用意，她说：“这样吧，水饭你愿意吃就吃，黏耗子带着，下午饿了再吃。”

章文德无奈，只好将一个黏耗子放到嘴里，自己先咬了一口，另一半递给阿满。

阿满说：“谁捡你的狗剩儿！”

章文德说：“你不吃，我就不吃！”同时，他还做出了要吐的动作。

“好吧好吧，就捡你一次狗剩儿。”阿满说。

章文德看到阿满吃了，就心满意足地咀嚼起来，筋道的黏耗子仿佛在嘴里吱吱叫着蹿动。

饭后，章文德来到了前院，他专门去找章兆仁。

父子俩坐在院子里，晒着暖融融的太阳。

章文德吞吞吐吐地说：“入冬后，我准备开垦河口那片低洼地，扩大水田的面积，明年开春就能种上水稻。”

章兆仁说：“这事儿都说了两年了，你还是要干呀？”

章文德说：“我反复掂量过，把水田扩大到三岔河河口，水源就不愁了，往后遇到大旱年景，也不怕了，旱涝保收。”

章兆仁叹了口气：“阿满啥想法呢？”

“她当然不赞成，可土地的事儿不能让老婆拿主意，还得男人做主。”

“水田的事儿俺不懂，这方面你比俺懂。……俺只是觉得，现在的耕地已经够咱操心的了，这个时候不该急着扩大面积。”

章文德说：“这个我也想过，低洼地开荒不容易，还得吃苦。可我掂量着，趁现在我还有力气，有心气儿，该拿下的田地就拿下，别把大好时光耽搁了……”

章兆仁没接章文德的话茬儿，歪头看着院子里的黄黄和四眼儿，今天它俩没耍闹，安安静静躺在地上晒太阳。章兆仁自言自语：“狗晒蛋，天要变。”

章文德没太在意章兆仁的话。本来嘛，六月的天，孩儿的脸。天气阴晴变化无常，说笑就笑，说哭就哭。

“我不瞒爹说，河口那片洼地不开垦出来，我总是不甘心。那块地，成了我的心病。”

章兆仁说：“文德呀，要我说实话，我不赞成开河口的低洼地……这两年你一直坚持，现如今，我看拦也拦不住你，你自己看着办吧。文德啊，爹老了，往后这个家你就多操心费力吧……”

章文德思忖着，不知道该说些什么，他站起来，对章兆仁鞠个躬：“谢谢爹！”

蛤蟆塘的傍晚，山峦、田野都笼罩在暮气之中。太阳落山之前，寒葱河来人给章兆仁传信，说章兆龙病情严重，生命垂危。章兆仁听后，心里顿时冰冷，仿佛一阵寒风吹过，正所谓寒风吹白日，鬼火乱黄昏。那几年，章兆仁不愿去想章家的事儿，不过，当他听到章兆龙被曹双举骗了，病入膏肓，他心里还是生起了波澜，关于章家沉睡许久的记忆也被唤醒了。“人命在天，立命在人。福祸无门，唯己自召。”章兆仁自言自语地嘟哝着，一连气儿嘟哝了三四遍，到最后，他嘟哝成了“造命在天，立命在人。福祸无门，唯人自召”。他在重复中恢复着记忆，飘零的树叶，如豆的灯光，章秉麟映在墙上的影子……重复中，章兆仁修订了谬误。大概最后那个更准确吧，章兆仁想。

章兆龙被骗的说法有好几种，章兆仁和章韩氏还是相信小翠假死的那个说法。

据说，章兆龙给了响马河妓院的小翠开了苞，曹双举就和小翠勾搭上了，随即，曹双举给章兆龙设了一个很大的局，先是让小翠哄章兆龙，说她怀了章兆龙的孩子。那段时间，章文智、佳馨、章文礼都各自闹腾出一些事来，令章兆龙频动肝火，伤心失望，他只能到小翠那里找安慰。按理说，小翠怀孕并不能给他带来惊喜，可事情往往都怪在，人的想法和心情并不一致，好像冥冥之中有一根线儿牵扯着你，把你拉到你自己都觉得莫名其妙的境地。章兆龙先是为小翠赎了身，在蚂蚁河为小翠买了房子，虽然没正式纳小翠为妾，实际上，小翠成了他事实上的偏房，他时不时地去蚂蚁河过夜。有一天，小翠说话不小心，露了馅儿，她并没有怀孕，那不过是精心设计的一场骗局。章兆龙很是恼火，对小翠又打又骂。如果当时小翠认错道歉，好好哄哄章兆龙，也许就不会发生后面的事情了。不想，小翠并没有忍气吞声，反而跟章兆龙对骂、还手，章兆龙一气之下，随手抄起一个擀面杖砸在小翠头上，小翠应声倒下，一命呜呼。毕竟人命关天，章兆龙找曹双举帮着出面“摆平”，曹双举上上下下地打点、疏通，前前后后忙活了两个多月。事情摆平了，章兆龙也花掉了大笔的银子。一个人一旦被笼罩在恐惧和麻烦之中，就容易失去判断力和控制力。一心只想着维护自己面子和安全的章兆龙，完全没有了往日的狡猾和精明，曹双举说什么是什么，只要是打点花钱，曹双举要多少他都如数奉上银两。等到事情处理完毕，章兆龙觉得似乎不大对劲儿，才咂巴出点味儿了，他拿出的银子太多了，远远超过了事件本身的需要和他的心理预期。章兆龙想找曹双举来算算细账，问问那些钱是如何花的，此时，却联系不上曹双举。

章兆龙四处派人寻找曹双举，一个月下来毫无结果。章兆龙开始醒悟，好像一下突然明白了什么，他派人到蚂蚁河去挖小翠的坟墓，挖开一看傻眼了，原来那是一座空坟。回到家里，章兆龙就倒下了，一病不起。病榻上，章兆龙反反复复回忆事件的前因后果，大致理出一条线索来。一定是曹双举精心为他设计一个连环骗局。曹双举和小翠勾搭上之后，先是让小翠假装怀孕，引诱章兆龙给小翠赎身、买房，时机成熟了，再让小翠演戏，假装不小心露了馅儿，并想法激怒他。事后想想，所有的事儿都是事先下好的套儿……还有那个擀面杖，也都是事先设计好的，怎么那么巧，他一“随手”，就摸到了擀面杖。擀面杖下去，小翠装死。想到装死，章兆龙不得不佩服曹双举手段高明。小翠咽气后，薛郎中来验过尸，也瞒过了所有人的眼睛。小翠一定提前吃了假死药，那种流传在江湖的野药吃过之后，可以“挺尸”一天一夜……闹出了人命，他本人不好出面，也不好让章文礼知道更多内情，他也只能用曹双举了，于是，曹双举粉墨登场，压豆饼一样榨他的油水，直到觉得挤干榨净了，曹双举才带着小翠逃之夭夭……啪啪啪，章兆龙连抽了自己三个嘴巴，“自己玩了一辈子鹰，反倒让鹰啄瞎了眼睛”。他恨自己，更恨曹家人，先是曹彩凤在自己大腿上切了一大块肉，接着他弟弟又给他来个大放血。

章兆龙的病情一天比一天加重，在充斥浓浓中草药味道的卧房里，陈年往事浮云一般在章兆龙眼前飘过来荡过去，他猜测自己将不久于人世，临走之前他特别想见两个人，一个是女儿佳馨，一个叔伯弟弟章兆仁。

章兆龙把老庄头叫了过去，让他给章兆仁捎信，就说他有几句话要亲口告诉二掌柜。

章兆仁决定去寒葱河见章兆龙。

“啥？去寒葱河？”章韩氏跷脚蹦了起来，“不行！”

章兆仁说：“不行也得行，我已经答应人家了，已经给大掌柜回了信。”

“你真是死不悔改呀，好了伤疤忘了疼……吃一百个豆，还不知豆腥味儿吗？”

章兆仁和章韩氏好几年没打架了，这次不一样，一场重大冲突恐怕避免不了啦。奇怪的是，这次与以往不同，无论章韩氏如何暴躁，叫骂也好，呵斥、指责、抱怨也罢，章兆仁就是一言不发，他们俩的仗也没打起来。

“以前的事儿我都不敢想，一想就浑身发麻，透心发凉，地上如果有条缝儿，我都能钻进去……”

“你呀，就是老太太尿罐——挨呲儿没够！……”

“咱是啥？是人家的雇工，马槽边上混饭吃的苍蝇。大份儿羞辱咱那些话你都忘了？你忘了我可没忘，你记性不好我记性好，我可以提醒你……”

章韩氏一发飙就停不下来，一会儿电闪雷鸣，一会儿阴雨绵绵，一会儿疾风暴雨。她吵闹一阵子，哭泣一阵子，嗓子喊哑了，就数落唠叨，整整一下午，章兆仁还是没说一句话。最终，章韩氏消耗了所有的能量和力气，也沉默了。

章文德出早工回来，大老远就看到老庄头的马车停在院子门外。

院子里，章文海正在跟老庄头说话：“早报喜，晚报财，不早不晚客就来！原来是庄爷爷来了呀。”

老庄头打量章文海一下，说：“小屁孩都这么大了，你是哪个，文德呀，还是文海啊？”

章文海乐了，他说：“我小时候跟你对过顺口溜，老板子，两耳毛，大鞭子一甩四处尥，又吃东来又吃西，谁也不敢来小瞧。咋样，这回能猜出我是谁了吧？”

老庄头虽然老态龙钟了，斗嘴皮子他可不让人，他对章文海说：“懒蛋子，你像啥？什么活计不想拿。这门出来那门进，说你脑袋一耷拉……反正你不是章文德就是章文海！”

章文海自知不是老庄头的对手，连连作揖。

这时，章兆仁披着衣服从屋里出来。

“二掌柜，这就走吗？”老庄头问。

章兆仁说：“你要是不累，咱就早点儿动身。”

“我没事儿，现在走，到寒葱河还能赶上晚饭。”

章兆仁二话没说上了车。坐稳之后，章兆仁自我解嘲说：“现在不比当年了，那时候屁股一抬就上了你的大板车，现在得爬了……”

老庄头说：“你够的了！二掌柜，你知道我说话不中听，当年你齁喽儿气喘、病病歪歪的，哪想到你能活这么大岁数，身子板还这么硬实，别不知足啊。”

章韩氏出来了，也披了一件衣服。

章兆仁和章韩氏对视着，目光在对抗、在打架。还是章兆仁先躲避了，他拿起老庄头的鞭子，抽一下辕马，喊了声：“驾！”

大车板抖了抖，开始动了。

“站住，等我一下！”章韩氏在车后喊。

“别理她！”章兆仁对老庄头说。老庄头回头看了看，章韩氏在后面追赶着，一双小脚，一路小跑。

“这样不好吧，二掌柜。”老庄头说着，就把马缰绳拉住了。

马车已经跑出三四十米，章韩氏追上来已经气喘吁吁。

“你要干啥？”章兆仁大声问。

“拉我上去！”章韩氏大声喊。

“你到底要干啥？”

“我也去寒葱河。”

老庄头伸手把章韩氏拉上车。

章兆仁说：“你要去我拦不住你，可我得把话跟你说清楚，到了寒葱河，你别多嘴啊。”

章韩氏白了章兆仁一眼：“我才懒得说话呢……你以为我想见那个老鬼？我还不是担心你这身子骨儿，没心没肺的老东西！”

一路上，老庄头有些兴奋地东张西望，眼前的蛤蟆塘是一大片新开垦的土地，绿油油的庄稼长得整整齐齐。老庄头说："二掌柜你真了不起呀，以前蛤蟆塘是个兔子不拉屎的荒山野岭，短短几年工夫，你就置办这么一大片家业，现在富得流油了吧。"

章兆仁说："哪敢呀，顶多是个小康之家。"

老庄头东瞧瞧西看看，感慨地说："大东北就是神奇，可惜我老了，土都埋到脖子沿儿喽。"

路上，老庄头扯开了嗓门唱起了东北大玄话："冰天雪地种庄稼，白菜能长磨盘大，苍蝇踩得房梁响，老牛爬在鸡架上。"

…………

章兆仁那次寒葱河之行，到莲花泡就终止了。章文礼在莲花泡截住了老庄头的马车。

章文礼代为转达章兆龙的意思，大意是章兆龙身体已经开始恢复，现在正是封闭治疗期，暂时取消与章兆仁见面，见面的事儿往后推迟。章兆仁自然不信任章文礼，又询问了从寒葱河来的二德子。二德子证实，大掌柜的确给"二掌柜的"写了信，是由他亲手转交的，至于信的内容他并不知晓。章兆仁半信半疑，不知道这里面有没有人搞鬼，如果有人搞鬼，是章兆龙还是章文礼？

不去寒葱河，正合了章韩氏的意。章兆仁瞪了章韩氏一眼，倔强地说："好了，这回你高兴啦！"

"高兴！"章韩氏笑呵呵地说，"我当然高兴啦！"

章韩氏虽然嘴上这样说，可不知道为什么，她心里还是生发出不咸不淡的滋味，或者说，有一种莫名其妙的失落感。

在天津日本洋行里做事的袁骧变得越来越沉默，心情也越来越糟糕，他一直担心怀孕的佳馨会不会难产。当年，袁骧和佳馨的第一个孩子没能保下来，这件事在他心里留下了阴影。终于，初夏时节，佳馨顺利生下了一个男婴。儿子的降生为袁骧带来了欣喜和希望。

佳馨在天津生孩子时，章兆龙已经从小翠和曹双举事件的打击中逐渐恢复了身体，喜当外公的消息传到章兆龙的耳朵里，他沉默了一天。对于袁骧和佳馨，他已经不像当年那么记恨了，时间可以慢慢消解人们的恩怨，况且，他已经把野心勃勃、官运正旺的袁骧搞得丢盔解甲，流落关内。现在，袁骧与佳馨已经在一起过日子了，还在天津生了一个儿子，事情都到这份儿上了，他再不依不饶就没意思了。想一想，一个有权有势有前途的人，为了一个女人什么都不要了，他章兆龙能做得到吗？当然不能，就算他自己年轻的时候也不能。

那天晚上，章兆龙出门溜达，不知道怎么就溜达到了后院，来到了章秉麟的玄微居草屋，老掌柜消失之后，那里一直关闭着，清白的月光下，一把生了锈的大锁头十分显眼。

章兆龙走到门前，摸了摸锁头，他想不出钥匙在哪里，在管家手里？他不记得交代过管家保管钥匙，甚至谁把这个地方锁起来的，他都想不起来。章兆龙实在不愿想起生日那天的混乱场面，那是他记忆中的一个痛点。

章兆龙有意无意地推了一下门，出乎他预料的是，两扇门吱扭一声，居然大开。章兆龙迟疑一下，慢慢走了进去。

院子里显得幽暗，围墙和地面都爬着藤蔓，不过在月光下还可以辨认出西屋门上的字。那两个字是“读舍”，门两边的对联“读书随处净土，闭门即是深山”也依稀可辨。

人的感觉真是奇怪，与刚进到小院里不同，在黑暗中待久了，章兆龙觉得他的眼睛看东西更清楚了。不知道是不是幻觉，章兆龙隐隐约约觉得屋里有光，甚至可以透过纸窗，望到章秉麟灯光下的影子一起一伏，在读古诗。联想到刚才推开的大门，章兆龙瞬间后背发冷、头皮发麻，难道是老掌柜的灵魂在为他引路？

章兆龙吓得连忙从小院退出来，他喊来管家二德子，让几个人去草堂点灯。

灯笼来了，章兆龙仔细查看大门，他恍然大悟，原来那个门锁是装饰性的，锁的那个门闩插贴在门面上，并没有跟大门钉在一起。这老爷子，他的一个障眼法迷惑了这么多人，迷惑了大家这么久。

所有房间都点了灯，章兆龙让二德子守在屋外，他自己走了进去，仔细打量起来。房门斜对着一个书案，书案前有两张太师椅，太师椅前是一张小圆桌，小圆桌上放着茶具。书案另一侧是香案，香案上摆着紫铜香炉。北面墙上有两幅水墨画，一幅为竹，一幅为菊。竹画上题字为：人性直节生来清，自许高洁老更坚。菊画上题字是：不畏风霜向晚欺，独开百花已凋零。仿佛房子的主人刚刚离开不久似的。

章兆龙走到书案前，案子上用镇纸压着一幅毛笔字，他刚想拿起来看，手触碰到宣纸时又停住了。章兆龙没动书案上的毛笔字，只是拿过美孚油灯靠近了书案端详。那些字写得工工整整："一觉睡西天，方知梦里江山；何处眠净土，只道世间风尘——了苦居士。"落款没有日期。章兆龙坐在椅子上，他长叹一口气说："爹，你就知道我会来是吗？你想告诉我什么呢？"

接下来的几天里，章兆龙就住在了玄微居草屋，他开始闭门思过。章兆龙第一次这么投入地、认真地反思自己，自己的问题究竟在哪儿呢？他的很多做法与世上那些有权有势的人大同小异，在一个弱肉强食的世道里，他得像鹰一样敏捷、凶狠和变化多端，不过他算不上极度凶残，做事也没特别过分、不留余地，可自己为什么这么失败呢？仅仅是个人命运的关系吗？他将自己与老掌柜一桩一件比较起来。

闭门思过的第五天，章兆龙还真有了收获，在与老掌柜的比较中，他觉得自己比老掌柜"阴"。是的，也许他剥到了问题的内核，他心机重，善于玩弄阴谋诡计。章兆龙读私塾时，就对阴谋感兴趣，从"何不食肉糜"到"卧薪尝胆"，从鬼谷子翻云覆雨到明修栈道，暗度陈仓。只可惜，他不是一个很好的践行者，玩鹰的人反被鹰啄瞎了眼睛，也就是说，耍阴谋反被阴谋所害。从这一点上来说，老掌柜应该早早地就把他看透了，也早就对他失望了，所以老掌柜放弃了他。当然，老掌柜对这个世道大概也是失望的，他同时放弃的还有这个世界。

由此延伸下去，章兆龙想到了章文礼，他觉得章文礼跟自己很像，不是像，他比自己有过之而无不及。他认真地分析了章文礼的脾气秉性和处事方式，越想越觉得后怕，渐渐地后背湿了一大片。章家的宿命是什么？由此他想到章兆仁，他和章兆仁本是同根同祖，脾气秉性却相去甚远，区别在于爹还是在于娘呢？过去那些年，他从没把章兆仁放在眼里，在他心目中，章兆仁就是一个大劳金，除了开荒种地，别的什么都不懂，也不会，可事实证明，离开了章兆仁，章家的家业开始走下坡路了。从莲花泡老宅开始，章兆仁就为章家立下了汗马功劳，莲花泡河西那片土地是章兆仁领着开垦的，寒葱河的土地也是章兆仁领着开垦的。他做二掌柜经营那几年，总体上也是不错的，起码他没在农作物生产上操太多的心。相反，一向被公认的弃荒地蛤蟆塘，章兆仁去开荒种地，居然成了风水宝地，连年丰收，人畜兴旺。莲花泡呢？章文礼经手之后，一会儿种大烟，一会儿种大豆，一会儿种蓖麻，啥家底也经不起这样穷折腾，眼看着就要衰败下去。还有章兆仁的儿子章文德，一副窝窝囊囊、熊到家的模样，却有着生生不息的顽强生命力……如果按这态势发展下去，“大份儿”指定会被“二份儿”比下去了……想到这儿，章兆龙突然意识到，如果从爹那头轮，章兆仁那支才是“大份儿”……章兆龙不敢也不愿意顺着这个思路往下想了。眼下，他最应该担心的是，章家的家业会不会败在章文礼手里。如果说从自己开始，章家已经出现了败象，那么，章文礼会不会是最终葬送章家的那个人呢？当然，关于这些问题，章兆龙一时半会儿还想不透彻，不过他起码得出一个结论，他不能对章文礼有所指望了。相反，一想到佳馨，他的心就隐隐作痛，佳馨的娘不是东西，舅舅也不是东西，可女儿毕竟是自己曾经的宠爱。他想，也许该把一些心思花在佳馨身上。

章兆龙在书案上临摹老掌柜的字，“一觉睡西天，方知梦里江山；何处眠净土，只道世间风尘——了苦居士”。临摹了一遍又一遍，字形应该有相似之处，可里面的精气神怎么也临摹不出来。

琢磨了几天之后，章兆龙决定派人去天津，给章家有交情的当铺送去密信，让他们暗地里接济袁骧和佳馨，并让他们选择适当的机会转达章兆龙的善意，他愿意摈弃前嫌，邀请他们带着孩子回寒葱河老家。

那年小秋，日本关东军炮击了沈阳柳条湖的北大营，占领沈阳之后，关东军顺势扩张，气势汹汹地向东北腹地推进。

事变之后，袁骧就从日本洋行里辞职了，他和佳馨商量，想回东北。袁骧把自己的想法与佳馨一说，佳馨立刻表示愿意和他一起回东北。那几年，佳馨一直暗暗惦记着家，她虽然恨章兆龙，特别是流落在外那些艰难的日子里，她下决心再也不见章兆龙了。然而，当时局动荡，危机四伏的时候，她不知不觉就担心起章兆龙和母亲曹彩凤来。

袁骧不想让佳馨跟他回东北，说：“孩子还不到百天，你留在天津，等局势稳定了我再来接你。”

佳馨说：“这次，就是死我也不离开你了，你到哪儿我就跟到哪儿。”

袁骧想了一夜，最后还是同意了。

秋冬季节，大批东北军拥向关内。东北流亡的人员也多了起来，城里到处都是宣传抗日的东北籍学生。这个时候，很多人都是从东北往关外跑，而袁骧和佳馨却奔回东北，不用说，回东北是一条艰难的路。好在袁骧在日本洋行工作过，会讲流利的日语，一路上让他们少了不少麻烦。他们先走旱路，转道去了山东烟台，坐船跨海到了大连。那年年底，袁骧和佳馨母子就到了旅顺。佳馨母子受到袁家上上下下的宠爱，佳馨重新感受到了家的温暖。袁骧人虽在旅顺，却是“身在曹营心在汉”，他偷偷与驻军七站的老部下联系。那年冬天，吉林最高长官熙洽投靠了日本人，电令二十一旅整编，纪年也被改为大同元年。

二十一旅赵旅长不接受改编，他与流入驻地的一些抗日队伍联合起来，准备联合抗击日军。与此同时，赵旅长又派人和袁骧取得了联系，让他立即回宁安，共商救亡大计。

在旅顺等待的日子里，袁骧的内心里早就烧了一把火，他毕竟是军人，恨不能马上回到七站，统率旧部，举起抗日救亡的大旗，驰骋沙场杀敌灭寇。收到赵旅长的信之后，袁骧给佳馨留了一封辞别信，于一个清晨偷偷地离开旅顺秘密北上。

佳馨看到袁骧留下的信，她也执意要北上去找袁骧。袁家老人实在劝不住，没办法，只好派袁骧的堂弟陪同佳馨先回寒葱河老家。佳馨走的时候是农历十一月，他们带着孩子辗转了两个多月才到了寒葱河。而那个时候，正是袁骧带着队伍和日本关东军打得最惨烈的时候。

袁骧回到二十一旅司令部时，赵旅长因抗日队伍内部纷争，愤然离职出走了。新任旅长关庆禄与袁骧当年都是团长，见袁骧回来，关庆禄担心自己的位置受到威胁，就对袁骧进行了打压，无奈，袁骧只好去七站找老部下。那个时候，七站一团内部也发生了分化，袁骧的到来，给一团的官兵带来了喜悦，他立即成了大家的主心骨。

袁骧在部属的策动下，决定起义，与驻防三岔口（今属黑龙江东宁市）的王德林抗日救国军联合起来成立抗日救国军新二军。袁骧只拉出了两个营的人马，全军七百余人。不过，在短短不到两个月的时间里，又有一千多人加入他的队伍，至此，抗日救国军新二军人强马壮，声势浩大起来。

袁骧的抗日救国军新二军里有一支特殊的队伍，内部称之为“秧子队”。那支队伍的头儿叫张胡。这个张胡不是重名的张胡，他正是“云中雁”绺子的军师、大架子山革命游击队参谋长张胡，也就是佳馨的哥哥章文智。这些年来，张胡还真有过一番不寻常的经历。

当年，姜照成带着大架子山被打散的残兵败将到了绥芬河，来往边境走私紧俏物品，两间年就发了大财。姜照成是有理想的人，他一心要带领兄弟们加入他讲过的“穷党”，发展壮大革命武装，而发展壮大革命武装就得找到革命组织，接受上级的领导。那年秋天的一个夜晚，姜照成带着两个兄弟和一些黄金越过中苏边境，但他一走就再无消息。姜照成离开之后，张胡就成了头儿，他整天期盼姜照成回来，结果总是遥遥无期。姜照成消失的时间久了，关于姜照成的各种说法也多了起来，有人说姜照成贪了钱财逍遥去了，有人说姜照成死了，有人说姜照成被关进笆篱子了……

“云中雁”那支队伍越来越难带。没发财的时候还好，大家能一起同甘共苦，发了财之后，“云中雁”绺子中大部分人都抽上了大烟，而且，相互间还产生了猜忌、隔阂和怨恨。直奉战争爆发后，张宗昌的队伍被调往关内作战，张宗昌走后，绥芬河又实行了烟禁，街道上日渐萧条。兄弟们的日子不再滋润，按石龙的话说，再也没那种神仙般的日子了。应该说，张胡是坚决反对兄弟们抽大烟的，曾经长期严加管制，谁想，有一次他得病，石龙等人就给他用了大烟膏，缓解了难忍的疼痛，渐渐地，张胡也染上了大烟瘾。张胡对大伙儿说："我现在悔呀，咱发财的时候乐不思蜀，一天到晚只图享乐，后悔没听你们的劝，如果趁咱有钱时拉杆子杀回老爷岭，现在咱肯定是老爷岭的大东家了。"无奈之下，张胡宣布"散伙"，"云中雁"旧部在一起吃了一顿散伙饭，之后就各奔东西。

石龙追随张胡仍混迹在三岔口，整天醉生梦死，后来没钱了，黑烟铺也不赊烟给他们，他们就流窜在大烟地和私馆之间，能偷就偷，能要就要，能抢就抢，四五个人浪迹街头，成了一群名声很差的要饭花子。一些小孩见到他们就起哄："鸦片烟，上了瘾，眼发锈，头发紧，儿女不愿问，老婆嫁别人，家产都当尽，死在墙脚根。"

"去去去！"石龙摆手驱赶小孩儿，小孩儿更加来了兴致："白毛驴，灰耳朵，抽上大烟卖老婆！"

就在张胡走投无路的时候，外面发生了大事情，日本人打下了沈阳，并继续向东北推进。那些日子里，街头上出现了宣传不当亡国奴的标语，还有一些学生和打着各种各样抗日旗号的人宣传抵抗和筹款。不久，原来东北军吉林第一旅一部举起了义旗，成立抗日救国军，王司令的司令部进驻三岔口。为了筹军饷，救国军又在这个地区重开大烟禁。

大烟禁一开，张胡和石龙总算找到一线生机，凭借"云中雁"在那一带烟馆有过的名望，他和石龙就去喜庆堂烟馆混得一口饭吃，混一点烟抽。有了张胡这块牌子做"幌子"，烟馆很快笼络了一批散落的烟民。张胡满肚子墨水，慷慨大方，所以在一些烟民中口碑不错，颇得人缘。

外面天寒地冻，烟馆里却温暖如夏，烟气缭绕。一天下午，一些烟民又来告诉张胡外面发生的事，抗日救国军的人越来越多，声势越来越大。对外面的事一直麻木的张胡，突然在一个傍晚哭了起来，他哭得十分伤心，哭得自己都不知所措。张胡大概想起原来的那个自己，那个倒霉蛋儿章文智，想起了寒葱河、莲花泡的生活，想起自己的家人，或许还有别的什么。第二天，张胡来到街口，他倚在青砖墙上，看着那些救国军威风凛凛地从街上走过，尽管那些军人的服装还不够整齐统一，但每个人的胳膊上都套着袖标，袖标上白下红，上面用黑字写着“救国军，不怕死，不扰民”。张胡被那种群情激奋的氛围感染了，觉得自己的血也一点点热了起来。

张胡是在大烟馆里宣布参加抗日救国军的，石龙当即表示第一个响应，同时要跟随张胡走的还有四五个人。第二天，大烟导致的神经兴奋消退后，石龙又有些犹豫，他问张胡真下狠心了吗？张胡说，君子一言，驷马难追！石龙觉得张胡的表情发生了变化，好像突然间高大了不少。那两天，张胡还联络了一些烟友，他们一起讨论抗日救国军的事情，大家都觉得挺有意义，国家兴亡，匹夫有责嘛。讲是这样讲，不过，谁都不免隐藏着这样一个心理：当救国军可以改变人们对他们这些“烟鬼”的看法。

张胡组织抗日队的消息一出来，街上那些同张胡认识的秧子们也纷纷来找他，表示要参加抗日队。那些秧子也不全是抽大烟的，有扎纸活的，有算命的，有卖豆腐的，还有要饭的……张胡带着这支怪模怪样的“队伍”去救国军募兵处，那里的执勤文书都觉得十分好笑，嘲笑了张胡他们一番，执勤文书说：“当救国军可不是玩‘跑马城’，有这个心把抽大烟的钱捐出来就算抗日，就算积德了。”

“跑马城是啥意思？”石龙小声问张胡。

张胡说，旗人家小孩儿玩的打仗游戏。

石龙不高兴了，他指着执勤文书骂起来，他说：“老子摆弄枪杆子时，你还在尿坑里和泥玩呢。”就在双方发生口角，相持不下时，救国军驻防六站新二军的马参谋路过这里，他本是去后勤所领取战备物质，听说他们这伙人是烟鬼和街上的秧子组成的，眼睛立刻一亮，热情地向张胡介绍新二军的情况，并邀请张胡加入新二军。

新二军军长袁骧在接待处的客厅里接见了张胡和石龙，袁骧还亲自为张胡倒了茶。

“兄弟袁骧，新二军军长，你们的爱国热情应该大加赞赏。”

张胡受到这样的礼遇，激动不已，一五一十地把他们参加救国军的决心和组成人员情况和盘托出。袁骧似乎有特别的政治敏感，他一下子就认识到张胡这些“特殊”人物参加救国军的重要意义。袁骧对马参谋说：“我看张胡兄弟带来的人，可以编为抗日救国军特别行动大队，归你直接指挥。”

临别，袁骧端详着张胡，他觉得张胡的面相不陌生，好像自己在哪里见过似的，可是他想了半天也没想起来。

张胡回三岔口集合队伍去了。就在张胡离开七站之后，袁骧才想起来，他觉得那个张胡不知道什么地方长得跟佳馨有些相像。他觉得自己有些可笑，世上哪有这么巧的事情，可能是因为自己想念佳馨了的缘故吧，所以看到长相有些相像的人就想到了佳馨。

马参谋从枪械修理厂给特别行动大队调来了一些经过修理仍可以使用的步枪，还给他们派了一个老兵任教导官，负责特别行动大队的整训。

“兄弟我姓孙，以后你们叫我孙教官。”孙教官用城里话说道。

几天之后，抗日救国军在三岔口办的报纸就报道了抗日特别行动大队的消息，对曾经流落街头的爱国从军者高度赞扬。记者还在文章的结尾抒情道：“不管是谁，不管能力大小，只要起来抗日就是中华好男儿。”

姓孙的教导官工作十分认真，完全按照正规军的方式训练抗日特别行动大队，练队列、练射击、练拼刺刀等等，张胡特别支队的秧子们头几天还觉得新鲜，可被不停地训练几天就坚持不住了，有的想开小差。不想，姓孙的教导官治军严厉，差点把算命的老黄头的腿给打折了。“打得行不？……算一算，再逃小命会不会哏儿屁啦？”

大家都怕姓孙的教导官，这个特别支队名义上张胡是“司令”，实际上，大家都听孙教导官的。事后张胡了解到，姓孙的教导官在部队里是一个捣蛋兵，以前开过小差，腿差点被打折了。也许马参谋对他们这个秧子大队不够重视，派的教导官也派个秧子。奇怪的是，姓孙的老兵被委以重任后，居然格外认真，他处处做表率不说，还整天一脸神圣庄重的样子。

进入腊月，前方吃紧了，七站还一派热闹。土街上人来人往，锣鼓、唢呐、铜锣时不时就响起来，还有人提前扭起了大秧歌。

一九三三年一月，日本关东军从哈尔滨沿中东铁路杀了过来。袁骧率领部队在七站与关东军展开了激战。战斗从中午一直打到晚上，由于敌我双方力量悬殊，关东军装备好，火力太猛，袁骧的部队最终还是被打散了。而救国军的特别行动大队，也就是张胡的秧子队一直抵抗到全军覆没。

那天天刚放亮，救国军特别行动大队接到了命令，要他们去七站西山口布防。大队的秧子们已经受够了每日刻板的训练生活，“布防”的新鲜感让他们孩子般地兴奋起来。队伍很快集合完毕，等他们走出老街，天才大亮起来。

特别行动大队提前到达指定的布防地点，孙教导官告诉他们，这片阵地叫“六号阵地”。那里已经提前修筑了一些简要的工事。

那天中午的伙食也不错，五花猪肉片炖白菜水豆腐，主食是高粱米面和小麦面两掺馒头。由于天气寒冷，还另外为每人配了二两苞米小烧酒。特别行动大队布防的地方在獐子山半山腰，山脚下是甩大弯的中东铁路，那条铁路直通五站。那个地方山高林密，山势陡峭起伏，有点虎踞龙盘的意思。据说固守那道防线的是两个团和三个大队的编制，实际上只有不到八百人的兵力。特别行动大队布防的地点不在主阵地上，而是在主阵地两翼最靠近前线的地方。

吃过饭之后，张胡和几个烟鬼在稀疏的林子里抽烟，迷迷糊糊地躺在林子里，这个时候，有几只喜鹊在桦树枝上跳跃着，张胡的眼前出现了五彩缤纷的光线……

“二东家，现在想想，我真的悔死了……二东家，听见我说话了吗？”石龙对张胡说。

“在听。”张胡说。

“要说我这辈子最对不起的人，就是二东家你了。别说我这辈子，就是下辈子当牛做马，也还不清二东家的债呀。”

张胡说：“别扯那么远了，现在，咱俩已经是患难的弟兄了。”

“如果当初不是我，你也不会走上这条不归路……我一个大老粗，命贱，可把你一个文化人拐下了道儿……你的命可金贵呀。”

“金贵个屁！”张胡说，“不提文化人还好，你说说看，我哪里还像个文化人。其实咱俩一样，我无非比你多识几个字，多读了几本书，从根儿上说，咱俩一样，都是无知的莽汉……”

“咱俩可不一样，一个天上，一个地下……”

“狗屁！”张胡说，“咱俩是不是都受命运的摆布？就像骑在一根圆滚滚、滑溜溜的原木上，顺着命运的水流子漂浮，漂到哪儿算哪儿？”

“可是……”

“先说我吧，耳朵让你弟弟割了，随后，你又刺瞎了自己的眼睛。一报还一报，咱俩互不相欠了，可仔细想想，咱俩都受残害了，受到残害还心理平衡了，不是无知是什么？”

石龙想了想，没怎么想明白。

“这些年，咱像动物一样，偷鸡摸狗，东躲西藏，苟且偷生……还以为活得挺好，你说说看，不是无知是什么？”

石龙一声不响地听张胡讲着。

“我想明白了，好不容易来到这个世界一回，不能这样糟蹋自己，要活出尊严，活出个人样儿来。”

石龙拼命点头，他说：“二东家，我向你保证，我跟你学，我也要活出个人样儿来……”

张胡和石龙你一句我一句说的时候，枪炮声突然爆竹一般在耳畔响了起来。孙教导官把张胡几个人从林子里叫出来，命令秧子队士兵进入阵地，进行阻击。这些秧子兵虽然经过速成训练，毕竟没有军事素养，他们一进入阵地就胡乱开起枪来。开枪不久，进攻的日本关东军就开始用火炮还击了，炮弹一个接着一个地落到了秧子队的阵地上，炸开了冰冻的大地，把草皮和黑泥从一尺多深的雪地里掀了出来，同时，几个奔跑喊叫的秧子兵被炸得血肉模糊。炮弹并不是炸几个就完了，而是没完没了地炸，即使那些趴在工事里没被炸着的秧子兵也给吓傻了。事实上，对于铺天盖地的炮击，不要说秧子兵们没有心理准备，就是孙教导官也发蒙，对于当时的作战环境和可能出现的战斗场景，他和各个阵地的抗日部队都一样缺乏最起码的了解和预判，所以，面对日军强大的火力和猛烈的炮击以及血腥的战争场面，困惑是难免的。炮击结束了，硝烟慢慢消散，秧子兵还没缓过神儿来，他们还抱头趴在工事里，睁不开眼睛，耳朵嗡嗡直响。

炮击之后，正当关东军开始向秧子队所在阵地进攻时，在主阵地指挥作战的马参谋接到了司令部撤退的命令，这个命令很难向秧子队下达了。离开阵地前，马参谋用望远镜向秧子大队的阵地上瞭望了一下，突然，他觉得心抖了起来，镜头里，他看到密密麻麻的关东军正气势汹汹地扑向秧子队所在的阵地。更令他惊讶的是，秧子大队的士兵竟顽强地阻击着，战斗空前惨烈……在属下的催促下，马参谋不得不离开战场，走着走着，马参谋的额角开始冒汗。

阵地上，孙教导官肩部已经受伤，可他依然和张胡一起督战，秧子兵们已经没有了退路，他们开始向戴着皮帽子的日本关东军猛烈还击……无奈，敌众我寡，势单力薄，加之缺乏正规的军事训练，很快，关东军就攻到了半山坡。敌我双方甚至都可以看清对方的脸了，哈出的雾气染白了脸上的胡须和皮帽子上的绒毛。

张胡知道他们已经没有了退路，他大声对隐藏、散落在工事里的士兵喊道："兄弟们，咱不是秧子，咱都是好汉，今天就让小鼻子见识见识！"

"咱不是秧子，不是秧子的跟我冲！"石龙也大喊着只身冲出阵地，可惜没跑几步就中枪了，身子歪了歪倒在了阵地上。仗打到这份儿上，什么人也会杀红眼的。张胡和那些还活着的秧子兵也喊叫着，冲出了阵地，把所有的恐惧都抛到了脑后。孙教导官四下看了看，也跟着冲出了阵地，与迎面而来的关东军厮杀在一起，展开了一场面对面的肉搏……

张胡冲向一个军官模样的关东军时，他觉得自己被迎面飞来的子弹击中了，他的腿一软，身不由己地滚下山坡。

马参谋带着残兵撤退到七站与袁骧会合，袁骧决定投入三师及司令部全体人员在七站打阻击。新二军共有三个师，现在就剩下三师这个家底了。说是师，其实加上司令部及后勤人员也不到五百人。袁骧是个不肯轻易服输的人，他已经在东、南、北三个方向布置好阵地，就等关东军来一决雌雄。以前，袁骧当参谋时他曾研究过关东军的战术，这回，他一定要让骄横的关东军尝到苦头，付出代价。

第二天上午，关东军向七站发起了进攻，他们没想到守军的抵抗这么激烈和顽强，三次进攻都被击退。遗憾的是，由于敌我双方兵力和装备上的差距过大，袁骧和他的部队在七站虽然拼尽全力抵抗，也只坚持了四个小时。当太阳升过房顶时，整个七站都被关东军包围，袁骧的指挥系统也失灵了，他和指挥部的人只能听到震耳欲聋的枪炮声。

袁骧带领司令部的人员离开了指挥所，朝着枪声激烈的地方冲去……突然，袁骧的胳膊被人拉住了，袁骧回头一看，是马参谋。

马参谋说："队伍被打散了，你快撤吧！"

"我不撤，我要坚持到最后！"

"再不撤就来不及了，关东军已经突破了火车站防线，离这儿只隔一条街了！"

马参谋让几个人拉住袁骧，带着警卫班迎着枪炮声向西窑一带突围而去。

突围的过程中，一颗炮弹在袁骧他们身边炸开，巨大的轰响和灼热的气浪把袁骧掀了一个跟头。……等他再次爬起来时，耳朵还嗡嗡地响。他往脸上摸了一下，摸到一块模糊的血肉块，还拖带着眼珠子。袁骧以为自己的眼睛被炸了出来，再一摸他才知道不是自己的……硝烟散开，袁骧的眼前是几具被炸碎了的尸体。袁骧的心头一抖，他看到了马参谋的袖标……马参谋只剩下半个身子，静静地躺在被血和泥土染过的积雪上。袁骧感到热血上涌，眼前一片漆黑，几乎晕倒……

袁骧被身边的人搀扶起来。他的肩头已经被炸破，鲜血汩汩流出，他们踉踉跄跄地向沙子河的树林里撤去……

攻破了袁骥的防线，关东军在铁路沿线就再没遇到过大规模的抵抗。一月五日，关东军开始攻打绥芬河，二十一旅旅长关庆禄率部下二千余人在火车站北广场向日本人缴械投降，随后二十一旅的士兵被遣送到呼兰。

第八章

22

袁骧被围七站的时候，佳馨已经到了三岔口。那个时候，驻守在三岔口的王德林抗日救国军的后勤部队已经开始向苏联撤退，佳馨预感到了问题的严重性，她让袁骧的堂弟看护好孩子，在旅馆里等她，然后，只身去打探袁骧的消息。

黄昏时，袁骧他们已经撤到了老道沟，那里已经听不到枪炮声了。在老道沟，他们征用了一架马爬犁，仅仅剩下的六个人当中，还有四个伤员。马爬犁沿着驿站那条老驿道向三岔口方向跑去……

袁骧刚离开老道沟，佳馨就到了老道沟。在去六站的路上，她听说七站被关东军占领了。那时铁路已经不通车了，佳馨只好走驿站那条老路。佳馨雇的那个农夫听说七站被日本人占领了，说什么他也不往前走了，没办法，佳馨只好自己徒步到老道沟。她想，她一定要找到袁骧，哪怕是只能找到袁骧的尸体，她也要亲眼看一看他，亲手掩埋他。

袁骧他们刚到三岔口，城外就有人迎接他们，确认袁骧的身份后，来人就给他们换了马车，迅速向城里奔去。一路上袁骧心存狐疑，他还没做出判断，马车已经在一家油坊院里停了下来。

袁骧被搀扶着下了车，一下车，他就看见对面砖房的门口站着一位绅士打扮的老人。并且，那位老人有些面熟。

“我们见过面，”老人对迟疑中的袁骧说，“章兆龙。”

袁骧愣了一下，连忙向章兆龙施礼：“袁骧问候岳父大人。”

“进屋再说吧。”章兆龙说。

袁骧随着章兆龙进了屋，章兆龙就把外人都打发了出去，屋子里就剩下他们两人。命运曾让这两人之间产生过恩恩怨怨，现在，他们终于又面对面地凑到了一起。

章兆龙眯缝着眼睛，看了袁骧半天，慢慢地说：“……佳馨的眼力不错！”

“您怎么会在三岔口？”袁骧说，“现在这里不安全。”

“原来章家在这里有个油坊，我每年都过来看看……佳馨他们可好？”

“他们在我老家，都挺好。”

“说生了个小子……叫什么？”

“袁华堂。”

“长什么样儿？”

“……轮廓像我，眼睛和鼻子像他妈。”

“那就好，嘴可别像他妈，他妈的嘴像我，一点都不好看。”

这时章兆龙看到，袁骧的手腕处滴着血。“伤得重吗？”

袁骧笑了一下：“没事，一点皮外伤。”

章兆龙连忙去门口喊人，叫人立即去找郎中。

回过身子，章兆龙走到袁骧身边，在他肩上轻轻按了一下：“我对不起你和佳馨，你们记恨我也是应该的……”

袁骧说：“事情都过去了，就不说了吧。”

章兆龙说：“不管怎么说，咱也是一家人了。我佩服你的大丈夫气节……你靠近一点。”章兆龙将头靠在袁骧耳朵边上，小声说：“告诉你一个秘密，我把黄金都埋在老毛子那边了……这儿的人都以为我去那边是去赌博……把金矿都输光了。实际上，我是留一个后手，没想到时局变得这么糟糕……我们去把黄金取出来……你不知道，那里的黄金可以给你装备万八千人马，打回来，把小日本打回东洋去！”

袁骧的手有些发抖，他被章兆龙的这番话感动了。

他对章兆龙说：“谢谢，谢谢您老有这份爱国心，日后我会带着佳馨和孩子回来看您的。其实，她一直都很想您，虽然她不说，可我知道她想您……”

章兆龙苦涩地摇了摇头，又点了一下头。

关东军进攻三岔口前夕，袁骧见到了他的堂弟和自己的儿子，这时他才知道佳馨来找他的一些情况。当时形势危急，一些抗日武装都相继转移到苏联境内。袁骧的部下也准备拉着他撤离，多次向他劝说，如果行动迟缓，一旦封锁边境就走不成了。第二天早晨，关东军开始进城。无奈，袁骧只好带着儿子和堂弟，最后一批撤退到了境外。

日军占领三岔口之后，立即封锁了边境线。章兆龙本想越过国境和袁骧一起去取黄金，不想，关东军进城后就封锁了国境线，哨卡、士兵、狼狗，好像他们早就为封锁边境做过准备似的。章兆龙只能眼巴巴远远地看着，那条他往返无数次的通道杳无人迹，他也只能暂时偃旗息鼓，以静制动，另谋他法。

袁骧在境外安顿好儿子之后，又趁着黑夜过境，返回了三岔口，他决心要找到佳馨。袁骧过境那天夜里四处漆黑一片，边境的密林里传来了狗吠和断断续续的枪声。

张胡醒过来时，夜幕已经降临。张胡知道自己还活着，他躺在树林的雪窝子里。四周十分静谧，甚至闻不到硝烟和血腥味儿。他打了一个冷战，摸了摸前胸，胸前湿乎乎的，映着雪光看了看，看不太清楚，用舌头舔了一下，知道那是血。张胡浑身瘫软，又倒在了矮树棵子里。不知过了多久，张胡觉得身子暖和起来，心想这回真的完了。在山里这么多年，他知道，冬天在野外的人，一旦感觉到浑身温暖，那身子就一定是冻透了，冻僵了。

张胡紧张地睁开眼睛，模模糊糊，他竟然看到了姜照成的面孔，这是在梦里吗？张胡感觉自己伸出了手，手一点点向上摸索着，哆哆嗦嗦，试图摸姜照成的脸。突然，他的手被人抓住了，被姜照成握在了手里。

“照成兄弟！真是你吗？”

“是俺，是俺姜照成！”

“你还活着？”

“活着，活得好好的。”

“我也活着？”

“活着，你没什么大碍。”

“我们这是在哪儿？”

“头道沟，头道沟陈麻子磨坊。”

张胡坐了起来，他还看到好几张熟悉的面孔。此刻，张胡管不了那么多，抱住姜照成就哭了。“照成兄弟，我对不住你呀，没帮你带好伙计们……”

姜照成安慰着张胡，他说：“情况我都知道了。你们非常了不起，非常伟大，是坚定的革命勇士。”

原来，姜照成在境外组织了一小股武装，回到三岔口就听到张胡的消息，他去找张胡时，七站阻击战已经打响，姜照成本想去助张胡一臂之力，可他们到了山脚，阵地就被关东军攻陷了。姜照成原本是来参战的，结果变成了接应部队。

在陈麻子磨坊，张胡的烟瘾又犯了，陈麻子见张胡身上有伤，要给张胡点大烟，被姜照成阻止了。张胡浑身发冷，一把鼻涕一把泪地在地上抽搐着。

“照成兄弟，给我一枪，别让我活受罪了，一枪把我崩了！”

姜照成踢了张胡一脚，骂道：“如果你不把大烟瘾戒掉，早晚得变成一个废人。”

“求你了照成兄弟，求你了……”

“我才不崩你呢，我还要带着你一起革命呢！”姜照成一边说一边绑张胡，胳膊和腿都绑得结结实实。

捆绑完了，姜照成也有些累，他蹲在张胡身边卷蛤蟆头旱烟，点上，自己抽一口，递给张胡抽一口。不一会儿，姜照成闭上眼睛，哼了起来：

“老鹞鹰，嘭嘭飞，飞到东，飞到西，飞到高，飞到低，快快飞到你窝里。”

那几年，章文德一直默默地关注着张胡的行踪。张胡是他心底里的秘密，他不能公开打探张胡的消息，只是断断续续从别人的谈论中得知，绥芬河开了大烟禁之后，热闹了好几年，种大烟的发了财，也有人破了财丢了命，还有当初发财后染上大烟瘾的，禁烟后流离失所……开大烟禁的镇守使带兵进关之后，绥芬河又萧条了，张胡的情况到底如何，不得而知。

那天早晨，章文德两眼发呆地坐在被窝里，阿满拨拉拨拉他，问：“文德你咋了，没事儿吧？”章文德说：“做了个奇怪的梦。”

“不好的梦吗？说说，太阳出来之前，坏兆头的梦能说破。”

“我梦见了张……章文智。”

“章文智？寒葱河那个叔伯大哥？”

“嗯。”

“听说他早死了……你咋梦到他了？”

“我也不知道。”

“梦里，他对你做了啥？”

“也没做啥……”

“那你就别犯寻思了，就算他是个冤死鬼，冤有头债有主，讨债也讨不到你头上。”

章文德说：“我只是奇怪，这个梦咋那么清楚呢，真真切切，清清亮亮，他戴着假耳套，眼眉上挂着霜花……”

中东铁路沿线的各个城镇，战事异常惨烈，抗日队伍与关东军鏖战的枪炮声和厮杀声震天动地，然而，地处偏远的蛤蟆塘却听不到一点声息。冬天的太阳掩藏在天空的阴霾中，大地白皑皑一片。

转过年之后，蛤蟆塘的平静终于被打破了。这里来了一些各色面孔的陌生人，有路过的抗日山林队，有来进行抗日宣传动员的，还有以抗日部队的名义来征兵征粮的。

章文德对于到蛤蟆塘来的陌生人都保持高度的警惕，他只求平安，不想招惹任何是非。章文海正好相反，他对外面世界的新鲜事物充满好奇，对那些不断传来的各种消息也很感兴趣，没多久，章文海就与从宁安来宣传抗日的学生李子玉和韩屏交上了朋友，还自作主张参加了寒葱河的抗日救国会。

外面热闹外面的，章文德仍旧按照自己的节奏生活着，他开始对三岔河口低洼地进行勘测，计划在春天来临之前就开荒造水田。那天晚上，章文德拖着疲惫的身子回家，饭还没吃一半，章文海就来敲门。随章文海进来的是两个学生打扮的年轻人，一男一女。章文海向章文德介绍，这个是李子玉，这个是韩屏。叫李子玉的小伙子笑盈盈地向章文德行了个礼，叫韩屏的姑娘向章文德鞠了个躬。

阿满热情地招呼客人："快上炕坐，炕里热乎……吃饭了没？"

"在娘那儿吃过了。"章文海说。

章文海也在一旁动员李子玉和韩屏上炕里坐，两个年轻人不肯，只是坐在了炕沿儿上。"你们来……找我，有事儿吗？"章文德本来问的是李子玉和韩屏，脸却对着章文海。

李子玉站了起来："大掌柜的，是这样的……"

"坐坐，坐着说。"

李子玉被章文海拉着坐下。

"我来说吧！"韩屏站了起来。

阿满又过去拉韩屏："不用客气，坐着说就行。"

韩屏坐下，接着又站了起来。她说："我不是客气，我还是站着说得劲儿。事情是这样的，我和李子玉受县抗日救国会的指派来拜见大掌柜的……"

"抗日救国会？我不认识……"章文德说。

阿满推了章文德一下："人家没说你认得。"

章文德说："我不认得，没打过交道，怎么会找我呢。"

韩屏笑了，她说："我们来找您，不是您的事儿，我们是受了委托来请求您帮忙的。”

“帮忙？我一个庄户人能做啥？”

“请您帮我们联系一下章文智先生……”

“谁？”

“章文智先生，您的叔伯哥哥。”

“我不认得……不是不认得，我的意思是，我不知道。”

李子玉和韩屏相互交换一下眼神，韩屏从挎包里拿出一封信来，递给章文德：“这是晋棋老校长写给章文智先生的信。”

章文德不敢去接信。

“我不认得晋棋，真不认得。”

李子玉说：“晋棋是宁安国立高中的校长，和章文智先生是老交情。”

“大掌柜的，这封信不是给您的，是请您帮忙转交给章文智先生。晋棋老校长说，您知道章文智在哪儿。”韩屏补充道。

“我怎么知道他在哪儿？我不可能知道他在哪儿……关于章文智的传说倒是有一些，有人说他被胡子打死了，也有人说他去了老毛子那边了。自从二爷生日那天失踪，没人再见过他，没人知道他的消息，我也不知道。我跟大伙儿一样，知道的绝不比别人多……”章文德说着，有些絮絮叨叨，那一过程中，他脑海里还闪现着章文智叮嘱他的话语。

韩屏小声对李子玉说：“这就怪了，晋棋老校长怎么会搞错呢？”

李子玉说：“我估计章文智先生跟晋棋老校长见过面，起码联系过，应该是章文智先生提到过章文德大掌柜，不然，晋棋老校长不会让我们来找您，他不认识您。”

章文德摇了摇头，他说：“我真的没有章文智的消息，我从没见过他，也联系不上他。”李子玉说：“那这样吧，如果有章文智的消息请一定帮忙转告，老校长希望他在国家危难之际，能挺身而出，把队伍拉到抗日救国的战场上，投身到报国救亡的洪流之中。”

章文海趁大家不注意，从韩屏手里接过信封，他说：“信先放我这儿，我帮着打听打听，如果有章文智大哥的消息，我会把信转交给他。”

章文德瞪了章文海一眼，大声说：“你咋能有章文智大哥的消息，把信还给人家！”

章文海说：“大哥，这可是你不对了，我接不接信是我的事儿，能不能找到章文智大哥也是我的事儿。就算你是哥，也有该管不该管的吧？”

场面上的气氛有些尴尬，章文德和章文海哥俩闹个半红脸。韩屏打圆场说：“要不这样，信我先收回，等有了消息再说。”

送走了客人，阿满对章文德说：“天下乱了，大家都提心吊胆的，唯独孩子他二叔，反倒活泛起来，精神头儿十足。”章文德说：“我也正为这事儿担心呢，不知道为啥，他像抽了大烟似的，这样下去，早晚给蛤蟆塘招惹灾祸。”阿满小声问：“你说，他二叔是不是冲着姓韩的那个……叫韩屏的闺女去的，那闺女长得倒不错，就是颧骨有点高。”章文德说：“你想哪儿去了，你没看出来吗，姓韩的那闺女跟李子玉是一对儿。文海天生就是凑热闹的主儿，自己没啥主意，别人一鼓弄他就信，别人给他装子弹，他就当炮去放。”

“你找时间给他提个醒儿，出头的椽子先烂。”阿满说。

“我正想跟你说这话呢，你劝劝他，他听大嫂的。”

阿满说：“你呀你，啥事儿都不愿意出头。”

“我懒得理他。”

“对了，我还想问你，他们找章文智怎么找上你了？”

“我哪知道，我从未见过章文智。”

“我也没问你见没见过章文智……回答得莫名其妙。”

“我就是不知道他的消息嘛。”

“那我不管，只是以后再提起这事儿，别急着说话，说的话要过过脑子。”

章文德仔细揣摩阿满话里的意思，陷入沉思。

一天，自称吉东抗日救国军的孟副官带着七八个士兵来到蛤蟆塘，他点名要见大东家，章文德不敢露面，派章文海去了。章文海回来对章文德说，吉东抗日救国军要征粮。

“征多少？”

“二十石。”

“咱粮仓里哪有那么多粮食！”

“我领他们去粮仓看了，他们也知道没那么多粮食……”

“你怎么能领他们去粮仓呢？”

“不亲眼看看，他们也不信呀。”

“没征粮他们就走了？”

“他们能轻易走吗？我答应给他们两千斤。”

“你答应？……没经过我同意，你怎么可以擅自做主，随便就答应人家呢？”

章文海说：“我不答应他们就不走，那架势，一会儿擦枪一会儿装子弹的，你要在跟前，还不吓尿裤子……哥，你别怪我，我也有我的小算盘，反正粮仓的粮你运不出去，藏又藏不了多少，以后还不知道多少拿枪的过来要粮呢，反正那些粮早晚都得没了，还不如早点打发了早省心呢。”

章文德说：“你这话是掂量好了说给我听的，你的本意就想把粮食给他们吧？打小鼻子我赞成，可现在兵荒马乱的，今天来一伙人说自己是抗日的，明天来一伙人又说自己是救国的，你能搞清楚哪伙是真的哪伙是假的？”

章文海笑了，他说：“哥呀，我身体不好是真的，脑子还没坏了，我从李子玉小先生那儿打听过，吉东抗日救国军真打小鼻子……哥你也该提高提高觉悟了，打小鼻子人人有责，我就是身子骨不行，不然我早从军去了。”

章文德气呼呼地去找章兆仁和章韩氏。他进屋时，章韩氏正在跟孙子章廷喜玩布子儿。

“迷楞迷楞摸摸，迷楞迷楞摸摸，里面住个哥哥。哥哥出去买菜，里面住个奶奶。奶奶出去烧香，里面住个姑娘。姑娘出去梳头，里面住个老头。老头出去打水，里面住个小鬼。小鬼出去点灯，烧了鼻子眼睛。”

“文德来了，”章兆仁问，“有事吗？”

章文德向章兆仁讲述了章文海慷慨送粮的事，章兆仁叹了口气，干咳起来，咳得嗞嗞啦啦的。

章文德和章兆仁讲话时，章韩氏表面上一点都没上心，实际上，章文德的话她一句不落地听到了。章韩氏插话说："文海这孩子是咱家的讨债鬼呀，我这辈子尽为他操心了，小时候病病歪歪的，长大了还得为他娶媳妇的事儿操心，相了一家又一家，人家不知情倒还好，可只要是人家打听清楚了也就黄了……也是，谁家闺女愿意嫁给一个有攻心翻的男人啊……文德呀，这个家你可要好好把持着，文海就让他作吧，看他还能翻天不成！"

章文德回到家里，阿满正在哄老二章廷寿睡觉。

"我在娘那儿吃过饭了。"章文德闷闷地告诉阿满。

"我知道。收拾收拾你也早点歇下吧。"

章文德去外屋地烧热水要泡脚，阿满在屋里推着悠车，一边推一边哼唱着："逗逗飞，我家有个小胖墩儿，也不哭来也不闹，吃饱了就睡大觉，一睡睡到大天亮。"

"胖小子，快睡觉，老虎妈子要来了，不吃猪来不吃羊，专咬宝宝小雀雀。"

…………

章文德躺在热乎乎的炕头上，尽量装出一副若无其事的样子，不想让阿满知道自己有心事，可还是被她给看穿了。阿满说："有事就说出来吧，憋在心里头容易得病。"

章文德叹了口气，把章文海擅自做主，给吉东抗日救国军粮食的事和盘托出。阿满说："身外之物别太计较，不都说破财免灾吗，只要人好好的比啥都强。"

"文海够气人的了，这样下去，早晚还不捅出娄子？"

"你也不用太担心文海，各人有各命，担心也没用，你还是把心放宽一些，别碍了自己的身体。"

章文德叹了口气，说："我担心的不光是文海，我是担心啊，以后咱的日子就不得安生了。"

阿满说："担心有啥用，下雨戴帽子，刮风紧腰带，到哪步田地说哪步话吧……”

“那怎么行，等事发生了，啥都来不及了。”

“是福不是祸，是祸躲不过！你呀，该吃吃，该睡睡，别老是跟自己较劲儿。”

章文德一脸严肃地盯着阿满看，看一看自己也忍不住笑了。他说：“阿满呀，你说我怎么找你这么一个老婆，你的心咋这大呢？”

“怎么，找我后悔了？”

“是后悔了……”

阿满也严肃起来，问：“你真后悔了？”

“嗯。”

“你再说一遍！”

“说就说，我后悔了……我后悔怎么没早点把你娶进家门，那样，我就不会在胡子窝里遭罪了。”

阿满笑了，过来打章文德。“好你个章文德，老实人也会耍嘴皮子了。早知道你会耍嘴皮子，我还不嫁给你呢。”说是这样说，阿满心里还是蛮受用的。闹够了，阿满认真地对章文德说：“文德呀，你说我心不大咋办，你胆小怕事，两口子总得平衡平衡，不能一撇顺拐吧！”

章文德点了点头。

半夜，章文德睡毛愣了，突然一下子坐了起来。阿满醒了，她刚要说话，嘴被章文德捂住：“别说话，别点灯！”

章文德竖起耳朵静静听着，阿满也跟着静静地听。听了一会儿，阿满的眼睛有些潮湿，心疼地对章文德说：“你这是吓破胆了，啥动静都没有，是北风刮的。”

章文德小声说：“不对，我听到马蹄和大车轱辘声……”

“哪有？”

“怎么又没了？”

“没事儿，你是心里作怪……”

“……好像又有了！”

阿满仔细听了听，还是没听到什么。阿满要下地看看，章文德把阿满拉住了。

“你别去！”

阿满回过身来，她将章文德的头抱在怀里，像哄孩子一样，轻轻地拍着他的后背。老二章廷寿还没断奶，残留在阿满奶头上的奶汁蹭到章文德的鼻孔下，章文德打了一个喷嚏，接着又把阿满抱住。

那天夜里蛤蟆塘还真的过兵了，住在窝棚里的小不点看到了，一排车队沿着细鳞河河面朝着上游行驶，冬天封冻的河面成了天然的通道，马拉大车，车上装着东西，当兵的有的坐在车上，有的跟在车后小跑。

“规模不小，足有十几辆大车。”小不点说。

在那之后，过兵就不算什么稀奇事儿。到了夏天，蛤蟆塘附近才真的发生了战事，一次从早晨一直打到中午。那天，章文德正在三岔河口新开的水田里作业，他带领章文海、肖成峰和雇工们处理水稻倒伏问题，排水晒田。他们可以清楚地听到，从蛤蟆塘那边传来的稀稀拉拉的枪炮声，后来才听说，抗日队伍和日军在莲花泡四面山沟里交了火。

最近一次发生在夜间，离蛤蟆塘更近，在细鳞河对岸的老帽山上。激战之后，山腰上燃起了大火，距离六十多里都可以看到火光。

打仗的第二天，章文德集中蛤蟆塘的劳力去西坡苞米地里，给苞米植株人工授粉。今年苞米开花期天气不好，还出现了大叶斑和锈病，按照以往的经验，这种情况下应该进行两三次人工授粉，不然就会出现苞米棒子秃顶、苞米粒不饱满的结果。那天上午阳光灿烂，晒得人油汗黏腻，脖子根儿和胳肢窝都痒痒的。小不点跟章文海抱怨自己裤裆里都发黏了。章文海说：“闷气生雨，热气生风。等风雨来了就凉快了！”

小不点望了望天空，他说：“哪儿的雨呀，这都旱多长时间了？”

章文海说：“有钱难买五月旱，六月连阴吃饱饭。”

小不点觉得章文海有些显派，就懒得搭理他了。

章文德正在聚精会神地晃动着苞米植株，忽然，他听到远处苞米棵子里传出哗啦哗啦的声音。

肖成峰顺着垄沟，半小跑过来，压低嗓音喊了声："大哥！"

"成峰啊，有事吗？"章文德问。

"地头一匹马上趴着一个人，好像伤着了，他指名要找你。"

"谁呀？"

"他没说，好像是个当兵的，配着匣子枪。"

章文德愣了一下，跟着肖成峰出了苞米地。

地头果然有一匹马，那匹马只顾在地上吃草，样子很悠闲。一个壮汉伸腿坐在地上，抽着旱烟。他穿一身灰蓝色军服，斜挎皮带，一只放在大腿上的手还握着匣子枪。

章文德从苞米地走出来，在距离那个人十米左右的地方站住了。

"小德子！"对方喊了一声。

章文德觉得声音有些耳熟，可是一下子又分辨不出是谁。

"那什么，你是……"

"俺是姜照成啊。"

章文德身子一激灵，连忙走了过去。

"大当家的？！你怎么到这儿啦？"

"打秃噜扣了，投奔你来了。"姜照成闷闷地说，说着伸出手来，要跟章文德握手。握手是苏联那边传过来的礼仪，章文德还不太习惯，他在裤子上蹭了蹭手，才完成了与姜照成的握手仪式。

章文德见姜照成胸前都是血迹，回头对肖成峰说："快喊文海过来帮忙，把大掌柜送我家去。"

三个人连扶带抬把姜照成安顿在马背上，急急忙忙把他驮到了章文德家。

在章文德家炕上，姜照成拉开了衣服，露出血肉模糊的肚皮。他的肚子上划出半尺多长的口子，边沿儿黑里透红，章文德知道那是火药划破烧伤的痕迹。那口子挺深，露出了脂肪层，像婴儿嘴一样外翻着。阿满先是用捣碎的长嘴老鹳草和龙胆草给姜照成清洗伤口，随后，章文德亲手给姜照成敷红伤药。

整个敷药过程章文海都看在眼里，面对连他都眼晕的血污和伤口，竟然一点都看不出章文德有恐惧感，相反，他处事冷静、周到细致。章文海怎么都想不到，他哥还有这一手。

章文德问姜照成："大当家的，怎么遭了这样的罪呢？"

姜照成左右瞅了瞅。章文德说："没外人，他是我弟文海，这是妹夫肖成峰，都是自己家人。"

姜照成说："俺现在是抗日救国军特别行动大队队长，刚跟日本鬼子干了一仗！"

原来，那只被称为"秧子队"的部队除张胡一个人活了下来，其余在七站阻击战中全部阵亡，姜照成找到张胡之后，他们一商量，决定重组特别行动大队，仍沿用抗日救国军的番号，那个番号还具有一定的号召力，他们用了半年时间，就把队伍由最初的八九个人扩充到了七八十人。特别行动大队在老爷岭一带机动作战，产生了一定的影响力。昨天晚上，他们在攻打老帽山森林警察中队时中了埋伏，被日军的讨伐队包围，突围时队伍被打散了。

"文智……张胡大哥还在大东家身边吗？"

"张胡是俺的达瓦里希（俄语：同志），他是副大队长，俺们一直在一起。昨天晚上不知道他……是凶是吉呀。"

章文德兴奋起来的目光瞬间又黯淡了。

姜照成说："今天晚上只能劳烦你们，借住一宿，俺得好好睡一觉，明天我就进山……"章文德说："你伤成这样，能去哪儿？干脆你住我这儿，等伤好差不多了再走。你在这儿，打散的兄弟一旦过来，也好找你……"

姜照成说："这回不一样，捅了大马蜂窝了，东洋鬼子不会善罢甘休，一定会搜山抓俺，俺不想连累你们……"章文德瞅了瞅章文海和肖成峰。章文海说："他们不会来咱这儿，咱这儿前不着村后不着店的，没事儿。"姜照成说："你还是别马虎大意，万事小心为好。"

章文德想了想，说："这样吧，你先在我家老屋住着，有了情况你就去后院的菜窖里躲一躲。夏天菜窖上都是杂草，没人注意那里。"姜照成说："小德子呀，看到你小日子过得挺滋润，俺就更不忍心了，不行，俺还是不能连累你们……"他说着要站起来，龇牙咧嘴地忍着伤痛却怎么也站不起来。"俺的个娘吔！"

章文德连连摆手不让姜照成动弹，姜照成对章文德竖了竖大拇指，用俄语说："小德子，格力范、格力范（真朋友）！"

章文德对章文海说："下午你去把后院菜窖清理清理，通通风、祛祛湿，还有，地面用小灰垫平，再拿些草帘子铺上，别忘了铺块狍子皮。"扭过脸来，他又对肖成峰说："你负责把门望风，把黄黄和四眼儿拴在入山口的窝棚前，山下有了动静狗就会叫，你听到狗叫马上通知大东家躲起来。"想了想，章文德对在场的人说："这件事儿不能走漏一点风声，嘴都把好门，大东家如果有危险，咱一个也跑不了。"

肖成峰点了点头。章文海有些兴奋的样子，他说："放心吧，我知道啥轻啥重。"

章文德瞅了瞅阿满，阿满正在收拾桌子。

"阿满，我说的你都听见了吗？"

"啥？"阿满茫然的样子，"你说啥啦？"

章文德嘟哝一句："你没听见就算了。"

走到屋外，肖成峰和章文海各自卷了一支旱烟。肖成峰有些担心地说："我看他伤那么重，可别死了，要死在咱家，他的手下还不来找咱们麻烦。"章文海说："那咱也不能见死不救啊。你放心吧，大哥胆小，想事儿细，咱只管做好自己的事儿就行了。"

肖成峰被烟呛了一口，咳嗽起来。他一咳嗽，院门口的四眼儿和黄黄就开始有节奏地汪汪叫唤起来。

章文德最担心的事情还是发生了。下小雨的那天下午，山下的黄黄和四眼儿狂吠起来，接着是枪响和狗儿痛苦的吱吱叫声。

蛤蟆塘一下子来了十六七个人，他们身上穿着不同的服装，有日本讨伐队的，有警察局的，有保安大队的，走在最前面的居然是已经消失了好几年的曹双举。曹双举穿一件没有肩章的关东军上衣，离房子十多米就喊上了：“屋里的人都出来，都出来！”

警察把年轻力壮的都聚拢到一起，检查手上有没有茧子，有茧子的，看长在手的哪个部位，由此判断是拿枪的还是握锄把子的。检查之后，开始询问见没见到红胡子。

章兆仁一家从没见过这样的阵势，大多都哆哆嗦嗦的，严肃的气氛令孩子们感到恐惧和压抑，章文德二儿子章廷寿先哇了一声，桂兰的儿子肖冬生随即跟着哭了起来。曹双举和日本军曹菊地直秋商量一番，让老人、妇女和孩子们都回屋，雇工也都散了，只留下章文德、章文海和肖成峰。曹双举围着三人转悠着，与每个人的目光交流着。章文德不敢抬头，章文海直勾勾地瞅着日本人，只有肖成峰的目光躲闪着，又在瞬间与曹双举有了眼神的交流。曹双举问他们三人，有没有看见受了伤的人来这里，三个人中，有的说没有，有的摇头。曹双举又换了一种方式问，有没有看见带枪的人路过这里，三人还是表示没有。曹双举又问，见到过陌生人没有，三个人一起摇头。

曹双举拿出一盒香烟，抽出一棵在烟盒上撞了撞，叼在嘴上，又从口袋里拿出洋火，刺的一声划着，点上烟，晃了晃手里的火柴根儿扔掉。肖成峰的眼睛跟随曹双举的动作，露出了羡慕的表情。那时候的洋火绝对是奢侈品，节俭的家庭只能过年时买一盒，一天用几根都算计着，烟卷也是稀罕物，冒出的烟儿果真有香味儿。关键是曹双举的动作，在肖成峰眼里非常有范儿。

三个人同时问话没有结果，曹双举就和菊地直秋一起单独问询。第一个被问询的是章文海，问了半天，把章文海放了回来。章文海走到章文德跟前，对他眨了眨眼睛，意思是没啥问题。第二个被叫过去的是肖成峰，曹双举和肖成峰谈了半天，肖成峰回来了，他走向章文德时，身后的曹双举向章家后院望了一眼，接着就跟菊地直秋嘀咕起来。肖成峰走到章文德跟前，对章文德小声说：“不管他们问啥，你摇头就行。”

“文德，你过来吧！”曹双举向章文德招了招手。章文德憋足劲儿给自己打气儿，可走向那些拿着枪的人时，他的腿还是有些打摽儿，脚下软绵绵的，像踩在草堆上一样。

曹双举说："文德呀，论起来咱可是亲戚，你跟我说实话，见过红胡子没有？"

章文德摇了摇头。

"你别怕，就是藏了红胡子也不治你们的罪，知道你们都害怕胡子，也实属被逼无奈。"

章文德又摇了摇头。

"行了，"曹双举说，"你们没看见完全可能，可也不能说红胡子就没藏你们家什么地方，我们只好搜查了。"

曹双举和军曹菊地直秋商量着，把带来的人分成了几个小组，分头开始行动，奇怪的是，搜查房子的只有一个人，八九个人一齐向后院直奔过去。章文德立即脸色煞白，章文海一抿嘴，小声说："没事儿，毛都找不到，我已经让小不点把大东家送马蹄沟去了。"肖成峰听到了，脸色随即煞白。

"我过去看看。"说着，肖成峰大步流星地向后院走去。

章文海有些疑惑地看了看章文德，章文德一时还沉浸在恐惧中，脑子没转过弯来。

曹双举带日本讨伐队和警察将菜窖包围起来，派一个警察掀门扣，他怕里面打冷枪，用枪筒挑开菜窖盖儿，随即匍匐在地，冲菜窖里喊话。

菜窖静静的，没一点动静。

肖成峰追了过来，他对曹双举耳语了一番，曹双举又向菊地直秋解释一番。菊地直秋命令警察下菜窖，过了一会儿，用枪挑出来一块狍子皮。

菊地直秋大概不信任肖成峰了，要求肖成峰跟他们一起去马蹄沟。

章文德和章文海赶过去时，章文德似乎明白了什么，可看见日本讨伐队和警察要把肖成峰带走，他又有些糊涂了。章文德和章文海上前阻止，被警察用枪指着，用枪托打，章文德被打倒在地，他索性倒在地上不起来了。

这时，阿满疯疯癫癫地跑了过来，日本讨伐队和警察还没反应过来，阿满已经跑到了章文德跟前，她的身子正好挡在章文德和曹双举之间。

阿满说："我家掌柜的一身病，经不住你们折腾，他要是有个好歹，我跟你对命！"

曹双举对阿满说："你就是大名鼎鼎的赵阿满啊，我应该叫你弟妹还是妹妹呢？现在，你家掌柜的有资敌嫌疑，你想替他顶命？"

阿满说："如果我能顶替他，你们放了我家掌柜的，抓我，我跟你们走！"

曹双举笑嘻嘻地用马鞭杆儿去钩阿满的下巴，阿满扭头躲开了。

"弟妹长得挺媚呀，我还真想把你带到山下局子里，好好审问审问……"

"臭不要脸！"阿满骂了一句。

"你敢骂我？"曹双举拎起鞭子就要抽阿满，阿满胸脯一挺迎了上去。就在这时，章文德超乎想象地跃地而起，他拉开了阿满，一下子抱住了曹双举。也许是章文德的动作过大，引起了日本讨伐队士兵的紧张，他们端起枪就围了过来。

菊地直秋对曹双举的狎亵做法看在眼里，大概怕曹双举耽误他们的正事，他大声呵斥曹双举。曹双举连忙退到菊地直秋身边，点头哈腰地讨好。菊地直秋训斥曹双举一顿，让讨伐队士兵和警察带着肖成峰离开。

曹双举也没之前那么嚣张了，他对章文德说："要不是看在亲戚的分儿上，我帮你们跟日本人通融，你们都得抓走，定了通匪的罪名，小命可就玩完了。"

日本讨伐队和警察走了，章文德、阿满和章文海在原地没动，他们老半天没说话，等院子里的章韩氏、桂兰和孩子们出来，阿满才流着泪，气呼呼地对章文德说："你不要命啦？"章文德毫不示弱，对阿满说："你不要命啦？"

章文海望着下山军警的背影，拍着大腿说："完了完了，小成子把大东家出卖了！"

后来得知，躲藏在马蹄沟地窝棚的姜照成被日本讨伐队和警察包围了，他拒不投降，英勇抵抗时被打死在窝棚里，没能及时返回蛤蟆塘的小不点也跟着受了牵连，被流弹打死在窝棚外。姜照成的头被割了下来，送到宁安城示众。

肖成峰回到蛤蟆塘后，大家都不跟他说话，远远地躲着他。桂兰和肖成峰打了一天一夜。按章韩氏的说法，他俩的吵骂声都快把房盖顶开了。

那天晚上，卧床养病的章兆仁从炕上爬了起来，他喝了一碗小米粥，安静地对章韩氏说："把孩子们都叫过来吧，我有话说。"

章文德、章文海、桂兰、阿满和肖成峰都到齐了，章兆仁反而沉默不语。

"你爹的意思……"章韩氏对章兆仁说，"还是，你自己说吧！"

章兆仁沉吟半晌，慢慢地说："多余的话我不说了，我想了好几天，也和你妈商量过了，成峰啊，就当咱恩断义绝，你走吧！"

肖成峰也没辩解，扑通一声，跪在章兆仁面前。

章兆仁没看肖成峰，他看了一眼桂兰："你走不走自己定……我和你娘商量过了。不走，我们当姑娘养你；走，咱从此断绝关系。"

桂兰的眼泪一下子流了出来，大喊一声："妈！……你说话呀。"

章韩氏扭过头去，悄悄擦眼泪。

桂兰说："爹，你不能这样，肖成峰的确不是东西，干出这种伤天害理的事，不积阴德。可他也是为咱一大家子着想啊，也是为我们娘俩好，他怕那个红胡子连累了整个蛤蟆塘……"

章兆仁咳嗽起来，咳得透不过气来，阿满连忙过去给章兆仁捶后背，还好，他这口气儿顶了上来。章兆仁举起手，手背在前，向前摆了摆。

章韩氏说："话都说明白了，就这么办吧。"

"不行！"桂兰说，"话还没说完呢。"

章韩氏立即瞪起眼睛，大声说："老疙瘩你真不懂事啊！……你爹都把话说清楚了，照着办就是了。"

章文海过来拉了桂兰一下："走吧！"

"我不走，我得跟爹说清楚。"

章文德拉起了肖成峰说："走，咱们先出去！"说着，意味深长地瞅了桂兰一眼，说："爹喘气都难，还经得起你们这么折腾？"

一切都无法挽回了，本来桂兰还有选择的机会，她哭了两天。一头是父母，另一头还有孩子，最后她放不下孩子，咬了咬牙跟着肖成峰离开了蛤蟆塘。

桂兰带走的东西并不多，其中包括狗剩儿送她的那只纯种的小猎狗。

桂兰和肖成峰走后，章兆仁病情加重，章韩氏的眼睛也浮肿起来。

那件事过去多年之后，章文德和章文海在"下五道"或者走"憋死牛"的时候，还是会情不自禁地说起小不点。

"小不点常走这一步！"

"你这一招难不住我，小不点惯用的伎俩……"

说完之后，他们意识到小不点早就不在了，于是都沉默起来。

这是后话。

那年冬天，东北抗日义勇军的抵抗运动进入低潮，日本人占据了县城和交通要道的城镇，腾出手来开始进山围剿抗日山林队。丛佩祥和狗剩儿没参加过任何山林队，他们是地地道道的猎户。日本讨伐队进入老爷岭八道沟时，他们撞到了丛佩祥，不由分说地收缴了他的猎枪和匕首，还把他捆了起来，当天又把他押到了寒葱河镇警察署审查。

丛佩祥被抓时，狗剩儿正往宁安县送皮货，第三天回到八道沟，他才得到消息，丛佩祥被日本人抓走了。狗剩儿回来那天上午，章兆龙已派人将丛佩祥从警察署里赎了出来。在警察署，负责审问的日本警佐矢田命人毒打丛佩祥，他的肋骨被打断了。

马车把丛佩祥拉到章家大院时，他已经奄奄一息。

到章家大院后，丛佩祥一句话都没说，他只是瞪着发红的眼睛瞅着狗剩儿，一口一口地捯气儿，丛佩祥一定觉得委屈，徒有一身的本事却这样窝窝囊囊地死了。

狗剩儿也没有说话，他默默地跪在丛佩祥面前，安静地瞅着丛佩祥那双眼睛。

临咽气，丛佩祥指了指自己的腰下，狗剩儿明白，他摩挲着在丛佩祥的腰带上找虎牙，然而，那颗虎牙早已不知去向。

狗剩儿还是装成找到了的样子，他将自己的手握紧了，在丛佩祥的眼前晃了晃。

丛佩祥闭上了眼睛。

腊月的一个深夜，寒葱河警察署被袭击了，矢田警佐和一名警尉被打死，还伤了五名追赶的警察。县警察局调查发现，袭击警察署的竟是一个人，后来，在曹双举的帮助下，查明袭击者是八道沟猎户狗剩儿。

不久，县警察局和日本宪兵都进山抓捕狗剩儿，他们出动了十几人，进山十天之后，又垂头丧气地回来了。寒葱河的住户透过窗户看到，警察局和日本宪兵队抬的死人和伤员几乎都是日本人。后来从警察署里传出风儿，说那次讨伐又死了三个日本人，一名准士官、一名军曹和一名伍长。在八道沟抓捕狗剩儿时，县城的伪警察都知道他的威名和本事，所以不敢靠近他，只有日本人自以为是，结果，进山的六个日本人，折了一半。

宁安县警察局放出风声，说狗剩儿已经被打成重伤，像受了伤的野兔，必将死于灌木丛中，并告示附近的山民，如果发现狗剩儿的尸体可获“大洋の赏”。

就在有的山民暗地里给狗剩儿烧纸钱时，那年旧历年前，寒葱河新上任的警察署署长被杀死在家里，腊月二十七那天，响马河火车站受到袭击，日本籍站长和两个铁路警察被击毙，几起袭击事件使用的工具都是老式猎枪，火药喷射在对方的眼睛部位，头颅血肉模糊。

那年过大年，是寒葱河人暗藏喜悦的一年，他们走东家串西家拜年，顺便问一句，放大呲花了吗？那是只有寒葱河人懂的暗语，狗剩儿也被越传越神，只要被狗剩儿锁定目标的东洋鬼子一个都跑不了，都会被“放大呲花”。

腊月二十七那天，章兆龙出现在离边境不远的山坡上。日本占领三岔口和绥芬河后，就在边境线上屯聚重兵，封锁了界河，每天都有牵着狼狗的日本兵巡逻，跨过边境可谓难上加难。章兆龙站在山冈上望着，透过疏朗的白桦林，可以看到边界的瑚布图河，看到河对岸朦朦胧胧的树影。往前就是双城子，再往前就到了海参崴。他听三岔口油坊掌柜的说，前几天佳馨也到这地方向河对岸张望，章兆龙心里明白，他和佳馨的希望都在对岸。只不过，他心里惦记的是他的黄金，而佳馨惦记的是她的丈夫和孩子。

佳馨一直不肯回到他身边，一直不肯原谅他，他没什么好办法，只能默默期盼有一天，佳馨能够原谅他。

一阵寒风掠过，险些把章兆龙的貉壳皮帽吹落，他的眼前一片混沌，眼疾模糊了本不够清晰的视线。章兆龙想起自己小时候，章秉麟对他说过的一句话："将来，你要学会在河面上行走。"多年过去了，他一直没忘记父亲说过的话，可他想过多少年，一直没明白那句话的含义，书上说会轻功的人可以在水面上行走，章兆龙知道他一辈子都练不出那本领，可当他看到封冻的河面，好像突然明白了，父亲说的是不是冬天的河面呢？冬天就可以在河面上行走了。

不到冬天是难以理解这句话的，章兆龙想，这就好比人从年轻到老年，好比季节从春天，经过夏天和秋天，最后到了冬天。冬天才能走在河面，才能悟透人生。还有，在河面上行走并不容易，在铮亮、光滑的冰面上要小心滑倒，不要摔坏了。

章兆龙明白了，他穷其大半生苦苦思索的问题，原本再简单不过了，可是自己做到多少呢？自己精明一世，糊涂一时，精心算计了一辈子，到最后还是算不过命运。

23

自从桂兰和肖成峰一家三口离开蛤蟆塘，章兆仁的病情愈发严重，随着冬天的到来，天气越来越寒冷，他一直没起过炕。

那天鸡叫头遍，章韩氏就醒了。每天，她醒来的第一件事就是摸一摸章兆仁，看他的身子是不是还热乎。那些日子，章韩氏心里一直担心，章兆仁会不声不响地离开人世。

伴随着剧烈的咳嗽，章兆仁醒了。青铜色的痰盂就放在他枕头旁边。咳嗽一阵之后，章兆仁的呼吸似乎平缓了许多。

“你说怪不怪，我刚才做了一个梦，梦见咱俩在寒葱河后院的菜地里……”章兆仁气喘着说。

章韩氏吓了一跳，她急忙用手去捂章兆仁的嘴：“我也梦见寒葱河的菜地了，梦见了你。咱俩怎么可能做同一个梦呢？”

“梦里，我身强力壮……你还是当年那么年轻，屁股大腰细。”

“在你的梦里，我们俩说话了吗？”

章兆仁慢慢地说：“嗯，说了，我记得我在种黄瓜，你对我说，要种洋柿子……”

章韩氏吃惊地张大了嘴巴，半天没合上。

“你也梦见我正要种黄瓜，你告诉我种洋柿子？”章兆仁问。

章韩氏无声地流着泪，点了点头说：“我的梦里，我让你种洋柿子，你却种黄瓜。”

章兆仁自言自语道：“真稀奇啊，咱俩怎么可能做同一个梦呢？是不是我的大限快到了？”

“别胡说八道，别瞎寻思，那不过是巧合罢了。”

“怎么会那么巧，做梦还能做得跟事先商量好了似的？你说别的事情有巧合我信，做梦这种事情还能碰巧做到一起？谁能信哪。”

章韩氏说：“算了算了，别想那么多了，我就是为了哄你开心点儿，故意顺着你说呢，我根本就没做什么梦……我知道，自从桂兰他们走了，你就一直不痛快……”

章兆仁沉默了片刻，说：“无论怎么说，这个梦都太蹊跷了，我现在还觉得梦里的情形真真切切地就在眼前。对了，你在梦里还见到别的啥人了吗？”

章韩氏愣了一下，她说：“我都说了，我没做梦，我是顺着你随便说的。”

章兆仁叹了口气，说：“这个世上啊，真是挺奇怪的，人和动物其实也没什么两样，看起来同样是人，其实有的人骨子里就是猛虎，有的人却是兔子和羊，有的人心如蛇蝎，有的人就像牛一样犟。我说的不是人的十二属相，我属龙，我也没隆兴到哪去，倒像一头黄牛，耕了一辈子的地……咱家文德属虎，可这孩子胆小怕事，倒像一只兔子一样……我说的是人的秉性，你琢磨琢磨，是不是这么个理儿？”

章韩氏没有完全听懂章兆仁的话，她说：“这人哪，熬一辈子真不容易，假使下辈子再托生，就不一定托生成人了，不遭这个罪了。”章兆仁说：“这样说也不对，哪个动物成精不都变成了人形，它们想做人还难呢。”

“那你要是托生成动物了呢？”章韩氏问。

“啥动物？”

“我哪儿知道。”

“我要托生成了动物，你呢？”

“我说了不算，我要说了算，我就托生成克你的那个动物，你是小兔子，我就是老鹞子，你是老鼠，我就是猫。”

章兆仁笑了起来，笑声嘶哑而空洞，一直笑出了眼泪。

桂兰听说章兆仁病入膏肓，进气儿多出气儿少，连忙带着儿子肖冬生回到蛤蟆塘。

肖成峰离开蛤蟆塘就去寒葱河警察署找了曹双举，曹双举以检举有功的名义向日本人举荐了肖成峰，并让他等日本人的消息。肖成峰在寒葱河等了一个多月，迟迟没有得到消息，就在肖成峰一天比一天失望，甚至考虑带桂兰和儿子回老家时，县警察局派人找他，经过笔试和考核，三天后他被安排到响马河警察署当了“协理”。这期间，桂兰在响马河镇小学找了份工，她虽然上过学，但当老师还不够条件，只能做辅工，为学校老师学生烧热水、打扫卫生、热饭等等。肖成峰告密和章兆仁清理门户的事令桂兰感到耻辱，她一直觉得心里像压了一块大石头。可在她的观念里，她也只能嫁鸡随鸡嫁狗随狗了。即使她的娘家人不嫌弃，她也没脸待在娘家，按照老话讲，嫁出去的女儿泼出去的水，她只能选择跟着肖成峰，走到哪步算哪步吧。

桂兰回娘家探病，章兆仁却不肯见她。章韩氏、章文德、阿满和章文海都从中往好里说和，章兆仁还是不吐口儿。桂兰在蛤蟆塘忍耐了两天，第三天她带着肖冬生直接闯进了老屋，拉着儿子跪在地上，桂兰不停地说好话，替肖成峰道歉，请求章兆仁原谅，不要记恨他们，他们不值得记恨什么的，哀求章兆仁好好养病。桂兰一边哭一边说，足足跪了有一个时辰。

桂兰哭诉过程中，章兆仁一句话都没说，桂兰离开时他也没说话，等桂兰走了之后，章兆仁的眼角唰地流出一行清泪。

腊月二十七那天，章兆仁非让章文德拉着他回寒葱河一趟，章文德怕路上出事儿，就找章韩氏商量，想让母亲阻止章兆仁回寒葱河，不想，章韩氏不但没出面阻止，还主动要求陪着去。

“你就遂了他的心愿吧。”章韩氏对章文德说。

章文德用马车拉着章兆仁和章韩氏去了寒葱河，好在那时马车已经换了胶皮轱辘，一路上还不算太颠簸。章兆仁躺在马车上，身子下面铺着狍子皮，身上盖了好几层，贴身盖着羊皮，羊皮上面还盖了一床厚厚的棉被。也许是太过兴奋，章兆仁一路上都十分清醒，他的身子一会儿侧向左边，一会儿侧向右边，东看看西看看，生怕漏掉什么光景。

马车临近寒葱河镇的时候，章兆仁让章文德停了车。

章兆仁的胡子上染了霜花，棉被上也覆了一层干粉似的白霜。

“扶我起来！”章兆仁说。

章韩氏过去扶他，觉得有些吃力。章文德转身过去，将章兆仁扶了起来。章兆仁后背依靠着章文德，长久地瞭望着自己曾经劳作过的土地，章兆仁的目光显得深邃，仿佛流淌着无边无际的岁月。

“文德呀，你看河套那边……是不是有人支锅烧饭呢……”章兆仁问，说话时呼出的白色哈气很淡很淡。

章文德看了看，哈气浓重。

“那是河面上的蒸汽，河心不封冻的水流子冒的水汽。”

章兆仁摇摇头，又指了指。

章文德看到河东岸矗立着一些高大的杨树、槐树，在冬日的寒风中都呈现出清一色的银白色，树枝上挂满了霜花，远处看，仿佛慢慢升起的炊烟。

章文德说：“爹！那是树挂。”

章兆仁没说话，久久地凝望着。

突然，章文德觉得心里一激灵，他记得阿满跟他说过，寒葱河的“寒葱”，满语叫“寒恩出混恩”，正是“支锅”的意思。难道父亲眼里看到的景象和自己看到的不一样？莫非是父亲生病太久，产生了幻觉？如果是幻觉的话，这个幻觉怎么会巧合和“支锅”扯上了……

章兆龙没在寒葱河，章家大院管事的是二德子，二德子听说二掌柜来了，连忙迎了出来，张罗做饭做菜，吩咐下人打扫客房。章文德问二德子：“当年我家住的东厢房有人了吗？”

“没人。”

“那就住东厢房吧，我爹想在那儿住一晚上。”

二德子有些为难，说：“那个房子空了好几年了，恐怕住不了人。”

“四处漏风吗？”

“那倒没有……可一时半会儿哪能烧热乎。”

“多烧些柴火，加几个火盆，应该没问题。”

“我看二掌柜的身体……”

“咱就满足他老人家的愿望吧。”

二德子没办法，只好同意了。

那天晚上，章兆仁回到了章家大院曾住过的东厢房。屋子里的温度很低，纸窗上结着厚厚的乳冰，幽暗的灯光下，冰凌闪闪烁烁，有如初现的繁星。

章文德意识到父亲真的不行了，他两个膝盖发软，眼窝儿发热，慢慢跪在地上。不知什么时候，章兆仁轻轻地叫了章文德一声，章文德用膝盖移动，挪到炕沿边儿，握住章兆仁的手。那双手冰冷而粗糙。

“文德……你们都知道，我在莲花泡开了四十垧地……寒葱河我又开了四十垧地……我开了一辈子地，可到头来哪块都不是我的……你千万别走我的老路，你要开……开地，更要守住地……只有守住了地，咱的子孙后代才有落地生根的泥土……”

章文德使劲地点头，用力握了握父亲的手。

章兆仁是那天早晨离开人世的。在章文德的感觉中，父亲并没有死，他只是安静地睡熟了。恍恍惚惚中，章文德仿佛回到了童年的一个夏天，清澈的溪水、清脆的鸟啼以及刚刚断裂的红柳枝儿，树枝正冒着乳白色的浆儿，这时，父亲充满活力地走了过来……他的声音还在章文德的耳边萦绕：“人误地一时，地误人一年”“紧赶慢赶，小满开铲”“头遍浅，二遍深，三遍把土拥到根”……可惜，这个盈满绿色的浅梦很脆弱，章韩氏一声低沉的抽泣就把它击碎了。

天快亮时，章文德再次摸了摸章兆仁的鼻息，父亲的确没了呼吸，然而，他面色那么安详，就像活着时候一样。章韩氏也静静地看着章兆仁，她对章文德说，不准在他身边掉眼泪，别让他带着眼泪走。

章文德继续抓着章兆仁的手，默默地祈祷着。也许跪的时间太长了，章文德被人搀扶起来时，他的腿已经不能走路了……

三天之后，章韩氏也走了，她是夜里睡觉的时候安静地走的，连一句话都没有留下。

章兆仁和章韩氏都被安葬在了蛤蟆塘一个避风的山窝里，那里视野开阔，可以看到章家在蛤蟆塘新开垦的土地，那片土地的前面就是三岔河河口，低平的水田地傍依着三条蜿蜒的河道。墓穴背后则是起伏的山峦，山峦一层摞着一层，在冰雪的覆盖下仿佛成了灰白色的巨蟒。

由于丧事，蛤蟆塘将迎来一个素年，除了祭奠用的物品，大人孩子都没买新衣服、没购置年货。

年前，两个不速之客的到来，还是打破了蛤蟆塘平静肃杀的气氛，搅得章文德心里烦乱。

下小雪那天，一个自称是县义仓管理所的金先生要拜访章文德。来人站在章文德家门口，章文德开门时他正东张西望着。章文德打量着对面的男人，四十岁上下，穿着青色的棉大袍。他觉得来人有些面熟，可一下子想不起来是谁。

“你找我吗？”章文德问。

男人露出一口金牙：“是章文德掌柜的吧，能想起我吗？”

章文德想了想，还是没想起来。

“很多年了，在莲花泡……代马沟。我们在章文智先生家住过，我和你还一起玩过……”

章文德想起来了，当年，章文智在代马沟营救了一个日本人、两个朝鲜人，其中一个朝鲜人姓金，镶一口金牙，章文德对那个金牙印象十分深刻。

“我是金英豪啊。”

章文德点了点头。

金英豪笑了，说：“你想起来了吧，那时候你还是小孩儿。”

章文德说：“是啊，那时候太小，还不怎么记事儿。”

金英豪说：“我现在是县义仓管理所股长，今天找你有公干。”

“我一个庄户人，跟公家有啥关系？”

“怎么说没关系，有关系，是件大好的事情呀！”金英豪比比画画说。

章文德请金英豪进屋，介绍了阿满之后，就让阿满准备饭菜。

“饭就不吃了，”金英豪说，“我就开门见山吧。这次专程来，是代表岩下参事官来的。”

“岩下？”章文德想，也许是当年营救的那个日本人吧。

“那个日本人？”

“对对，你见过岩下参事官，他对你念念不忘。……岩下先生现在是县公署参事官。”

“我对衙门的事儿不懂，也不知道参事官是干啥的。”

“参事官可不得了，名义上不重要，实际掌握实权。这么说吧，现在在整个宁安县，说话老好使了。”

章文德说：“我的意思，官是官，民是民，参事官怎么想到我这一介草民。”

“你说得不对，你是个人物，岩下参事官说你是土地方面的奇才，懂得土地粮食，所以请你出山。”

“我？我还成了奇才？……别说出山了，山里这点事儿能摆弄明白就烧高香了。”

“不不，你到了县公署工作，能更好地发挥作用，可以帮助全县的种田人。”

“我哪有那样的本事。”

“那就不说官话了吧，岩下参事官非常讲义气，他想帮助你。如果你到县公署工作，可以吃官粮拿薪水，想想吧，这可是天上掉的馅饼，往后，你不用出苦力了。”

“我本来就是出力的命，上天早就注定了。”

“不不，命运是掌握在自己手里的。”

说着，金英豪拿出一个信封，递给章文德。章文德拆开看了看。那是一份县公署文书，文书的大意是邀请章文德到县义仓管理处工作，当管理员，还标明了薪资待遇。

章文德说：“我一个庄家把式，除了种地啥都不会，管理员是啥我都不知道。谢谢岩下先生好意，情意我领了，管理员，实在是做不了。”

金英豪说：“这样不给参事官面子，他会不高兴的。”

“不高兴是一时的，总比我去了之后，干不好给他打脸强，你说是不是？”

金英豪有些为难，他说：“要不这样吧，你再好好想想，想好了再回话。”

金英豪留下信函走了。临走他叮嘱章文德，过了年就要定下了，假期结束就搬到宁安县去上班。

晚上，章文德给阿满读县公署的文书。阿满笑了，她说：“挺客气呀，还说请，请章文德出任义仓管理所管理员。啥是管理员？”

“我不知道，听金英豪的意思，好像是个官。”

“民国和前朝就是不一样，前朝的官儿都得考功名，最差也得捐大笔的银子。民国的官儿靠请，从古到今还第一次听说。”

“我也搞不明白，也不知道管理员都干啥？”

阿满喜滋滋地说：“文德呀，我可从没想过你还能当官，也没想过这辈子能吃上官粮……你说，你要是真当了官，那可真是天上掉了馅饼，我这是哪辈子修来的福啊……”

章文德扭过脸去：“你往哪儿想呢！”

“本来嘛，”阿满说，“过去都说祖坟冒青烟，祖坟也不能太偏心眼儿，只旺大伯他们一家呀，也该旺旺咱家了……祖坟的事儿咱说不清楚，爹和娘可在后山呢，你说，是不是爹和娘开始保佑咱啦？……文德呀，你要真到县里当了官，起码寒葱河那些人不敢小瞧咱了……”

“我可没答应金先生。”

阿满愣了一下，想一想，她的表情严肃起来。“可也是啊，这运气咋早不来呢？现在的官府是日本人说了算，这个时候去官府里做官，不就是帮日本人了吗？帮了日本人，咱不成了坏人了吗？……”

“不但成了坏人，还是汉奸。”章文德补充道。

“我也听过救国会的宣传，汉奸可是恶名，背地里大伙儿会戳你的脊梁骨。文德，你不答应就对了！咱可不能脏了祖宗的名声。”

“我知道，已经当着金英豪的面拒绝他了，可他还是不依不饶的样子，要我过了年就去县里。”

阿满说：“要说这事儿也有个前因后果，毕竟当年章文智大哥救过他的命，他们这样做也算来还人情。不去归不去，面子上总得过得去，不用劈头盖脸地顶着来！招灾惹祸就不值当了。……犯不着，反正咱心里有一定之规就行。”

“是啊，现在日本人势力大，咱不招惹他们。”

“不搭理他们不就得了。”

章文德叹口气：“唉，本来天上就不会掉馅饼，真掉馅饼了，那一定是坏馅饼，保不准还有毒！”

章文德和阿满商量了一个晚上，最后决定不去县公署。

章文海是第二天知道消息的，他风风火火地来找章文德，警告章文德，无论如何都不能当汉奸。章文德说：“本来跟你嫂子说了，不接受岩下的邀请去当什么管理员，可今天早晨，我又犹豫了。”章文海问章文德：“你犹豫什么？”章文德说：“去年三岔河口新开那片水田特别让我头疼，水稻分蘖期怎么也处理不好，接着就出现了贪青和倒伏，河沿那几块水田里还得了叶瘟，尤其是前一段时间，水稻叶子一溜一溜变白，仔细一看才知道，哎呀妈呀，叶子下沾着不少背粪虫，有成虫，有幼虫……虽说咱中国是种水稻的老祖宗，可不得不承认，日本和朝鲜种水稻有一套，他们的技术先进……”章文海听不下去了，他说：“你啥意思？你还想跟东洋鬼子合作，去当汉奸？”章文德说：“我不会去当汉奸，可我也在考虑，是不是应该去学学手艺，手艺是手艺，汉奸是汉奸，两码事儿。”章文海说：“我看就是一码事儿。”说完，他风风火火地去找阿满，让阿满无论如何也要阻止住章文德，绝不能干出辱没祖宗的事儿。阿满说：“不会吧，本来我俩都商量好了。”

最后，章文海说了一句很重的话：“大嫂别怪我说话不中听，我先把话撂这儿，如果德哥投靠日本人当汉奸，我就跟他一刀两断，反目成仇！”

腊月十七，曹双举来了，还带了两个警察。

章文德和曹双举一见面，曹双举就对章文德说："我来是跟你报个信，谁让咱是亲戚呢。上次姜照成那个案子还没结案，关东军方面要求深究细挖，有牵连的人一个都不放过。"

章文德说："挖不挖的，跟我有啥关系。"

曹双举说："你要这样说，可就狗咬吕洞宾不识好赖人了。跟你说实话吧，那份名单我看到了，上面可有你的名字。"

"我的名字，为啥有我的名字？"

"为啥，那你就得问关东军讨伐队了。据我所知，凡是上了名单的都得调查清楚，都得有保人。弄不好，人就得进局子，你知道，进了局子，有囫囵个儿出来的吗？"

"那，你说咋办？"

"还有啥好办法，破财免灾吧。现在你家的条件好了，有能力保命。钱财乃身外之物，还是命金贵……"

章文德明白了，他立即联想到章兆龙，一贯行骗欺诈的曹双举这回居然敲诈到自己头上来了。

章文德火了，大声喊："我章文德行得正，坐得端，没做亏心事，不怕鬼敲门！查吧，来查吧！"

说话的工夫，章文海来了，听章文德和曹双举吵吵嚷嚷，明白怎么回事儿了，他也掺和进来，问曹双举："咋的？这事儿还没完没了啦？"

曹双举说："别问我，这里有没有事儿，你们心里没数吗？"

章文海说："我们心里有数，可有的人心里没数。"

两人你一句我一句地杠上了。

"你说跟你们没关系？姜照成是不是在你们这儿抓的？"

"在我家抓的吗？"

"我心里自然清楚，原来就藏在你家菜窖，后转移出去的。"

"谁把他藏菜窖里的？我们怎么不知道。就算他在菜窖藏过，他自己不会藏啊，我们好几年没用那个菜窖了……"

"少来这套，小不点怎么回事儿？"

“不说小不点还好，往后小不点家人来找，还得向你们讨人命呢……他碰巧撞上你们，冤屈一条性命。”

“碰巧？他是你家长工，不去地里干活，前不着村后不着店，大老远的跑马蹄沟干啥？”

章文海哽了一下，接着说：“这个我也想问，可惜，小不点不能说话了。……别人说啥都没用，只有姜照成证明才行，他签字画押我们就认账……”

“胡搅蛮缠，姜照成当时就死了，怎么签字画押！”

“他是不是当时就死了，我们小老百姓哪知道。”

“脑袋都挂城门楼子上了，满世界都知道，装傻呢？”

“挂城门楼子知道，可当时就死了谁能知道。我还以为你们抓了他，带到大牢里审问，签字画押，然后行刑处决，再割下脑袋挂城门楼子上呢！”

“章文海你故意的是不是？让我跟死人去对证？”

“活人也可以呀，你去找肖成峰啊，问问他，我们是不是合谋勾结土匪？”

章文德忍不住插话说：“凡事得讲证据，不能敲诈勒索，诬赖好人！”

“好好好，你们哥俩厉害，进了局子看你厉不厉害？到时候我好好侍候侍候你们，保准你就是铁嘴钢牙，我也能给你撬开。”

他们之间激烈的争吵发生在院子外，章文德并没邀请曹双举进屋。阿满从屋里出来，她听到了后半部分。

曹双举看到了阿满，大声说：“好啊，既然不用我帮忙通融，这样不识抬举，那就等着进局子吧。……可惜呀，文德你进了局子，把漂亮的媳妇留在大山沟里，你能放心啊？现在到处是散兵游勇，你放心我还不放心呢。等你进了局子，恐怕就得我，常来照顾弟妹了！”

“你敢！”章文德怒目圆睁，冲曹双举低吼一声。

章文海手里摇动一把小砍刀，一圈又一圈，他阴阳怪气地说：“还不知道不放心谁呢。来蛤蟆塘调查，好啊，除非来大部队，就你们几个还敢到大山沟里来，碰上姜照成的人咋办，他们报仇还愁找不到人，大家都小心点，别被人打了黑枪……”

“章文海，你啥意思？”

“我没啥意思。”

“你的意思，你勾结了胡匪？”

“我可没说，都是你说的，现在到处是散兵游勇。”

曹双举气得浑身发抖，他说：“好，你们哥俩脖子梗梗，我走！章文德，你别后悔就行，到时候有你哭的。”

曹双举走了。阿满问怎么回事儿，章文德一五一十把曹双举来敲诈的经过讲了一遍。章文海说：“明摆着快过年了，他想来敲诈一笔。哥你放心，他在咱这儿碰了钉子，不会轻易来了。”章文德叹了口气，刚才的勇气瞬间化为乌有，如同蒸锅里的茄子被掀开了锅盖儿，真的瘪茄子了。章文德说：“曹双举是真真正正的坏人，我估摸着，他不会善罢甘休的。”章文海说：“哥你放心，我已经托人买了两把猎枪，下次再来，我就拿枪对付他，看他还敢来讹诈不敢。”章文德说：“我只是担心你嫂子和孩子……”说着，章文德瞅了瞅阿满。阿满没瞅章文德，对章文海说：“再多买一把枪，把我也教会了。”

因为是祭年，正月里大家就不相互拜年了。不想，大年初五，山下来了一伙人，说是来给章文德拜年。

领头那个人是县公署参事官岩下，陪同他的还有县粮食科的股长金英豪，那时义仓管理所已经改为县粮食科。岩下和金英豪一伙人先是在北山一带活动，观察蛤蟆塘的地形，拿着地图讨论着，之后又到了三岔河口的稻田实地考察。一直到了下午，他们才来到章文德家的院子外。

章文海一直盯着他们的行踪，所以，章文德早就得到了消息，他心想，岩下还不死心，亲自登门拜访了。岩下他们还没到章文德家，章文德已经穿戴整齐，准备应付他们了。

金英豪拎两包点心，拍打着木板大门，章文海从门里探出头来。

“你们找谁？”

“这是章文德掌柜的家吧？”

“是啊。”

“你是？”

“我叫章文海，掌柜的弟弟。”

“过年好！……我们岩下参事官给章文德掌柜的拜年来了。”

章文海把岩下一行让进院子里，这时章文德和阿满才出场。

大家相互拜年，作揖。岩下走近章文德，端详着，笑着说：“你，过去小小的，现在大大的汉子。我，头发已经白了。”

“哪有，你还是当年的样子。”

“没有老吗？”

“还是当年的模样。”

“你很会说话，对对，按中国的传统，过年一定要说吉利话。”

不管怎么说，来拜年就是客人，章文德请岩下进屋，一行人说说笑笑往屋里走。屋子里热气腾腾，章文德用农家菜招待岩下。

岩下说：“吃这些东北料理，我就想起了章桑（章文智），听说他死在马胡子刀下，真是非常非常遗憾。如果章桑在这里，我们可以一起工作，一起开辟新的伟大事业。”

章文德应承着，不好说什么。

金英豪对章文德说：“岩下参事官先生很讲情义，他还记得你和章文智先生给我们的帮助，送我们去寒葱河的事儿我们都记在心里。”岩下在一旁插话，还用手比画着：“那个时候你的鼻子头红红的，冻得鼻涕这么长。”

大家都笑起来。

吃饭时章文德想起另一个朝鲜人，问：“我记得还有一位朴先生，他在哪儿？”

金英豪的脸阴沉下来，说：“朴银高，不在了。”

岩下对章文德竖了竖大拇指：“你是土地方面的专家，到我们那里工作吧，那里有化验室，可以做各种作物实验，我们要科学地种粮食，你明白的。”

金英豪在一旁补充说：“岩下参事官的意思，你对种粮食很懂行，参事官希望你去县里做事情，年假之后就可以上班，以后不用自己种地了。”

章文德说：“谢谢岩下先生好意，之前金英豪先生已经来找过我，还送来县公署的文书，可我就是个种田的，我做不了县衙里的官差，在蛤蟆塘这个小地方种点地还对付！”

金英豪说：“我的面子你可以不给，这次岩下先生可亲自登门拜访了，你好好想想，别把自己的后路给堵死了。”

“中国古代有三顾茅庐，我效法他们，我要亲自来请你，因为你是个天才。”岩下说。

“天才？参事官先生，我怎么可能是天才，我连天才的意思都搞不明白。”

“章桑，你不要太谦虚了……要不这样，先到县里去看看，那里实验仪器很先进、很齐全，见到之后你一定会喜欢的。怎么样？”

岩下和金英豪说服动员的时候，章文德不停地喝酒，一盅接一盅，没多久就脸红脖子粗，语义含混，呵欠连天。

外屋地，章文海和阿满隔着锅里蒸发出来的雾气说话，听得见对方的声音却看不清对方的表情。

章文海说：“他们怎么还唠得挺热乎？我哥咋想的呢？”

阿满说：“我的心也吊着呢，这几天左眼皮总跳，不应该有啥坏事儿。”

“这就难说了……你说，我哥他不会变卦吧？”

“啥变卦？”

“不都说好了，拒绝他们，不给东洋鬼子当汉奸。”

“小点声……”阿满说话的音量小，语气却十分坚定，“我跟你保证，你哥绝不会当汉奸，不会变卦。”

事实上，岩下他们离开之后，章文德还真变卦了，他准备去岩下说的实验室看看，到底有啥科学的玩意儿。章文德对阿满详细讲了他的想法，他之所以去县里，并不是贪图所谓的官粮和薪金，更不是去做汉奸，开荒种地这么些年，困扰他的问题很多，他做梦都想破解这些难题，他要学习先进的科学方法，尤其是种植水田的手艺。一连说了好几天，章文德总算把阿满思想的疙瘩解开了。章文德说的那些当然是真实的心态，学习技艺是主要目的，还有一个说不口的、隐藏在背后的原因，章文德希望他的举动能够阻止曹双举对蛤蟆塘的觊觎和伤害，尤其是对阿满的觊觎和伤害。曹双举是条癞皮狗，可他怕日本人，本来他已经成了一条流浪的癞皮狗，仰仗日本人的势力，又小人得志，猖狂起来，连对他恨之入骨的章兆龙都拿他没办法，不得不暂时忍一忍。章文德知道，如果曹双举听到他受岩下参事官邀请去县里当差，一定不敢来蛤蟆塘骚扰了。章文德向阿满起誓发愿："你放心阿满，你男人一辈子都不会当汉奸，死都不会干出辱没祖先的事儿。"

为避免与章文海发生正面冲突，章文德请阿满出面做章文海的工作。章文德知道，他无论如何都说服不了章文海，阿满呢，无论如何她也说服不了章文海，只有一个办法，让章文海由被动变主动，那样，章文海那扇大门才能打开。

章文海头脑简单，顺利地钻进了哥哥和嫂子设计的套路。那天，章文海过来帮阿满掏炕洞灰，阿满有意无意提起章文德的困惑，说章文德种了半辈子地，越种碰到的难题越多，特别是寒地水稻方面，日本和朝鲜都有一些好办法，而解决那些难题，就得学习技艺。阿满说："我跟你哥说了，岩下请你去实验室，不正好可以'偷艺'吗？"章文海立即瞪大了眼睛，说："那不是和东洋人合作、当汉奸了吗？"阿满说："是啊，你哥也这么说的。可我想得不一样，我跟他说，不能说跟东洋人打交道就是汉奸，如果那样说，当年救了岩下的命就是汉奸了，对不对？……当汉奸也有条件，当汉奸得跟东洋鬼子一个心眼儿，死心塌地帮东洋鬼子干事儿，尤其是帮东洋鬼子干坏事儿，坑害咱老百姓，你哥能跟东洋鬼子一个心眼儿吗？他能帮东洋鬼子干坏事儿吗？相反，他是从东洋鬼子那里'偷艺'，临了还不是帮助咱老百姓？"章文海沉默了，眼睛眨巴着，陷入沉思。阿满趁热打铁，叹了口气儿说：“可惜呀，你哥如果有你的胆识，到东洋鬼子那里‘偷艺’我也放心，他不行，别说他不去，就是去了我也不放心。”章文海说：“我也白扯，要说敢，我没问题，我不怕东洋鬼子。可我不像我哥懂技艺，去也白去，啥也偷不回来。”阿满说：“要是把你们俩混合到一块儿就好了。你哥胆小怕事，心里没个主见，你要是能帮他，这事十有八九能成。”

“怎么帮？”章文海问。

“你哥深入狼窝虎穴，在东洋鬼子那儿‘偷艺’，你答应帮他，他心里才托底。”

“我还是没咋听明白。”

“打比方说，你哥有些东西要转出来，得有人接应，帮他运出来……这个人必须靠得住，必须是自己人。”

“啥东西呢？”

“我也不知道，你哥好像说过种子啥的……”

“拿点种子还用人接应呀。”

“我只是打个比方，具体有没有大东西，我也说不清楚。”

章文海点了点头：“你这样说，我好像明白了。”

阿满又叹了口气，摇摇头：“可我说啥都白说，没用。”

“嫂子啊，我哥可最听你的了。”

“家里事儿他都听我的，外头的事儿，他从不听我的……文海呀，你能劝劝你哥最好了，你们毕竟是亲兄弟，你的话他还是能听进去的。”

章文海想了想，说：“嫂子你放心，我肯定跟我哥好好说说。”

果然，章文海带着神圣感去找章文德，按阿满的说法去劝章文德“偷艺”，并庄重地表示，自己会站在章文德身后，全力帮助他、配合他。章文德一听就火了，说：“要去你去，我可不想担个汉奸的罪名。”章文海学阿满的说法，解释汉奸是死心塌地帮东洋鬼子干事儿，尤其是帮东洋鬼子干坏事儿，坑害老百姓，章文德去‘偷艺’不是汉奸。他还表示，要把这件事偷偷报告抗日救国会的头头，他相信李子玉和韩屏也会支持的。章文德还是不同意，无论章文海怎么说他都不吐口儿。两人磨磨唧唧半天，章文海耐不住性子，大声骂道：“我看你就是一个胆小鬼，哪还有一点东北老爷们样儿？”章文德不想跟章文海打仗，气呼呼地转身就走，可走了几步他又犹豫了，转回身来，声音柔弱地问章文海：“你真帮我吗？”章文海说：“我啥时候说话不算数了。”章文德说：“那……到时候你可别拉松套，中间撤了梯子。”章文海说：“你是我亲哥，我能干出那种埋汰事儿吗？”章文德说：“要不这样，我先到县里农业科看看情况，不行就撤回来……不过，需要你的时候，你可得在背后接住我，别把我掉地上摔了。”章文海认真地说：“你把心放在肚子里，一百个放心就是。”

章文海说服了章文德，转身就向阿满报信，他成就感十足地对阿满说：“成了，成了！……开始我哥死活不同意，我也没惯他毛病，教育他一通，我还不信了，我说服不了他！太小瞧我章文海了吧。”

“他真答应了？”

“答应了！”

阿满伸出大拇指：“文海呀，嫂子真佩服你！”

正月初十，老爷岭一带下起清雪，天空模糊一片，十米开外就看不清人影儿了。过了初十，五个神秘的日本人悄悄地奔向老爷岭八道沟，这五个人中，四人是省宪兵队选拔的神枪手，领头的叫山地，是省宪兵队特务课的大尉，出身北海道猎户世家。另外四个人叫藤崎、冲原、西坂和盐诸，都是关东军中优秀的狙击手，应该说，他们每个人都是神枪手，几乎都有闻声击中目标的本领。

大概日本人也总结了经验和教训，为防止走漏风声，他们化装成小商贩和看山人，夜行昼伏，马爬犁路过蛤蟆塘时正是午夜。蛤蟆塘在冬夜中沉睡着，算是离老爷岭八道沟最近的人烟稠密之处了。过了蛤蟆塘，就进入原始森林了。那天夜里，除了一阵狗叫之外，没人知道日本狙击手已经进了山。

第二天中午，山地他们到了老道砬子，在破损的山神庙里睡到天黑。

天黑之后，山风就刮了起来，山地把盐诸和马爬犁留在了空庙里，以备接应，自己带另外三人分散着向八道沟潜行。八道沟的密林里有狗剩儿的住地，那是一座桦木木刻楞板房，已经几十年了，外墙覆盖着青苔，爬满葛藤。那座房子位于密林深处，距离二十米只能看到树林却看不见房子。房子的北面是巨石嶙峋、形状怪异的黑色石砬子，砬子根儿有一处活泉眼，一年四季都冒着清澈的山泉。

山地等人到八道沟已临近午夜，月光很好，白花花地映照在山林里、雪窝上。藤崎和几个狙击手都推测狗剩儿是在山坡上的那片密林里。山地打开地图，那个早在十年前由日本测绘人员勘探的地图使他们多生了一只眼睛，他们对那些山的走势、树林的疏密程度都已经掌握。

尽管在山地他们进山之前，已经设计了三套围剿狗剩儿的方案，然而，当他们真的钻进这片寂静且有些神秘的深山之后，山地还是不由得倒吸了一口寒气。经验告诉他，他们只能采取“万不得已”的那套方案，他知道“理想”的方案就是把狗剩儿打伤，抓活人。此刻，山地已经有了一种压迫感，凭着直觉和经验，他预感到，他们与对手之间将发生一场生死对决。他清楚，对手是一个真正的猎人，而且是一个在这个世界上并不多见的优秀猎人，所以，这场博弈的最终结果很难料定。

藤崎和西坂争论着什么，山地武断地阻止他们，他根本不听其他狙击手的不同意见，坚持要实施No.3计划。这个计划是这样的，山地和另外三位狙击手潜伏在三个不同高度的位次，天亮时，在老道砬子的盐诸会牵着马出现在这个长满柳毛棵子的沟膛里。山地会尾随在盐诸的后面，盐诸在上海长大，会说流利的南方话，他装扮成商人，直接去狗剩儿住的木刻楞板房，想办法把狗剩儿引出来……只要狗剩儿一露头，即使他能侥幸从山地这道鬼门关逃脱，也很难逃脱第二道、第三道潜伏的狙击……行动时间定在早晨六点。

布置完毕，山地拿出一壶日本烧酒，他扬起脖子喝了一口，再传递给下一个，藤崎、冲原和西坂，他们每人喝一口。这一过程中，几个人谁都没说话，每个人的神情都庄严而凝重。酒喝完了，山地拎起酒壶仰着脖子把壶嘴对着自己的嘴巴晃了晃，似乎又喝了几滴，然后细心地把壶盖拧紧，套上草绿色带子，背在身后。之后，山地一挥手，几个狙击手就各自向预定的目标分散开来。然而，还没等跑出十几米，藤崎就闷闷地“嗷”了一声，倒在地上。山地他们跑过去一看，藤崎被捕野猪的铁夹子给夹住了。那个铁夹子是俄国造的，有上百公斤的力量，靠藤崎自己是无法把那个夹子掰开的，况且，他的腿骨即便没有被夹子夹碎，恐怕也已经被打折了。山地走过去，一声不响地抽了藤崎一个嘴巴，又向随之而来的冲原和西坂招了招手，三个人合力，才把那个大铁夹子从藤崎的腿上卸了下来。

进山之前，山地告诫过其他几个狙击手，让他们一定要尽量避开野兽出没的路线，防止出现意外。现在，围剿还没有真正开始，一个狙击手就已经先行倒下了。

藤崎的腿受了伤，鲜血很快湿透了紧扎的绑腿，即使这样，他也得向目的地爬去，坚守他的职责。

山地率先到达了预定地点，他用军用铁锹挖了一个雪窖，对雪窖的周边做了伪装。一切准备停当，靠坐在雪窖里静静地等待围剿时间的到来。在雪窖里，山地还做了一个梦，他梦见自己和父亲在山林里……父亲的脸上全是血。山地醒来后，他的心怦怦直跳……这时，启明星已经出现在东方的天际。

山地狙击小组进山三天之后，一架马爬犁拉着四具尸体下山了。四具尸体中有狗剩儿、西坂、冲原和盐诸。两个活着的日本人也带着伤，筋疲力尽。他们是山地和藤崎。马爬犁在山林警察队的护送下，缓慢地走过蛤蟆塘和莲花泡。在寒葱河，大街上围观的人很多，他们都想看看狗剩儿的样子。当地人没人知道那场战斗是怎样进行的，甚至县里的人也不知道，打死狗剩儿的人实际上是盐诸，而盐诸在打死狗剩儿的同时，自己也被击中了头部，两人同归于尽。

关于那场战斗的传说有很多版本，但是却没有人知道真实的故事，也始终没有一个明确的说法。后来山地调往东南亚作战，临行前藤崎给山地送行，山地向藤崎讲述了那次狙击狗剩儿的感受，他觉得在老黑山的那次围剿行动是他一生中“最没面子”的狙击，并且从那一次开始，他懂得什么是恐惧了。藤崎也认为，那次围剿行动，如果不是对方毫无准备，如果不是他们五个人设下埋伏去偷袭，以多胜少，其结果就真的很难说了。后来，山地把这些都记录在他的日记之中。

事实上，狗剩儿事先已经得到了消息。藤崎的老婆在县小学当教员，她听说过狗剩儿十分厉害，所以，在山地他们进山前，请求天照大神保佑藤崎平安回来。祈求牌在办公室里，她双手合十，闭着双眼，默默地替藤崎祷告平安，恰巧这时，学校帮工章桂兰在房间里抹桌子。于是，那天下午，小镇上跑出了一条黑白相间的东北猎狗，那条狗直接进了老黑山。

狗剩儿死后，日本人在狗剩儿住的木刻楞房子里发现了一个“通风报信”的纸条儿，落款是“老疙瘩”。为此，日本人组织了一个专案组进行侦查，但是查来查去却毫无头绪。一方面，在东北，无论哪个村庄都能找到几个叫老疙瘩的人，这个乳名太多了；另一方面，他们把侦查范围圈定得很小，最终此案不了了之，没有结论。

老疙瘩是尽力了，可惜，狗剩儿根本不认识字，不然，那场狙击对决战也许就会变成另一种结局。

第九章

24

农历二月二龙抬头。过了二月二章文德就动身去县粮食科上班。章文海、阿满把章文德送到响水河火车站，路过寒葱河镇，他们还在镇里最大的饭馆吃了一顿饭，李子玉和韩屏也参加了，他们分头对章文德叮嘱一番，唯独阿满没有说话。

实际上，寒葱河离宁安的直线距离并不远，也就一百五十公里左右，那个时候交通还不算便利，章文德从响水河站上火车，到下乜河车站下火车，从下乜河再转车去宁安县。对于很少出门的章文德和阿满来说，仿佛是一场生离死别，头一天晚上两个人几乎没睡觉，叮嘱过来叮嘱过去，生怕有一点疏漏。

章文海送走了章文德，他在寒葱河还真碰到了曹双举。曹双举显然探听到什么消息，他问章文德："你跟我说老实话，县公署你认识谁？"

"我谁都不认识。"章文海故意绷着脸说。

"谁也不认识？就你哥那样的，能到县里做公差？"

"我哥咋了？他有文化，比你认的字儿多。"

"少跟我扯，认字的人多了……真是拐子的屁眼——邪门了！"

"你真想知道？"

"你不想说就算了。"

“有个叫岩下的，是我哥的朋友。”

“岩下？”

“好像是个官，叫什么来着……什么参事儿……官儿。”

“岩下参事官？章文德怎么能认识他呢？”

“这我就不清楚了，好像当年，我哥和章文智大哥救过那个日本人的命。”

曹双举蒙了：“还有这样的事儿，我咋没听说过呢。”

章文海说：“岩下三番五次请我哥出山，还说三顾茅庐啥的，我哥不想去，最后经不住磨呀，行吧，去就去吧。”

曹双举的态度迅速转变，他的腰板儿也弯了不少，忙不迭地给章文海递上烟卷儿。章文海没抽过香烟，他好奇地接过来，学着曹双举的样子在他的烟盒上撞了撞，叼在嘴上。曹双举刺的一声划根火柴，先给章文海点上，再给自己点上。

曹双举对章文海说：“以后警察署有事儿吱声，咱是亲戚嘛，咱不互相照应，谁照应，是不是啊二弟？”

章文海没说话，心想，你这副德性，就是一个典型的狗汉奸，等将来有机会了，我一定好好收拾你。

宁安县粮食科研究所在县城三条马路，紧挨着县国立高级中学，那是一栋半西式的平房，砖瓦顶、玻璃窗，白天房间采光很好，晚上有电灯照明。实验室那个房间三面摆放柜子，里面是各种样品和文件袋、记录本，塞得满满当当。屋子中央放着长条桌儿，桌子上摆满了实验用的玻璃罐子、天平以及检测仪器。刚来的时候，章文德眼花缭乱，不说使用那些试剂和仪器，那些东西的名字他也大多第一次听到。进入实验室之后，章文德领了日本造的太阳牌胶皮鞋、胶皮靴，还穿上了洋布白大褂。很快，章文德就从实验室两个农艺专科学校毕业生那里了解了实验室的工作，土壤检测内容大致四项。一个是测土壤含水量，再有就是测量pH值和有机质，第三个测量氮磷钾什么的，第四个是测量矿物质金属含量，如砷、铅、铁、锰、锌、亚硝酸盐等等。比如说测含水量，运用的是荧光光谱分析法，用天平称量土样，加热烘干，再用天平称重，套用公式，计算结果。氮磷钾检测，是将那些封口塑料袋里的土样，在实验室风干、细磨、过筛，加入各种试剂进行测试，那些试剂是用硫酸、高氯酸、氢氟酸等化学溶剂调配的，测定氮的方法被称之为凯氏定氮法，测定磷含量是钼锑抗比色法，测定钾含量则是火焰光度法。以前，章文德对氮磷钾的认知多停留在父辈庄户人言传身教的经验传授上，比如叶有问题了，是缺氮；根有问题了，是缺磷；茎不粗壮，是缺钾。氮、磷、钾大致分别对应叶、根、茎三部分。有经验的庄家把式的谚语是“氮黄红磷钾褐斑”。章文德从教科书上学到了钾还能增强植物对干旱、低温、含盐量、病虫危害、倒伏等不良状况的忍受能力。磷有助于植物抵御冬天的严寒，促进早期根系的形成和生长……他们也不总在实验室里，那段时间他们去了八九个村镇采集土壤样本，章文德还学会了网格布点法、蛇形布点法、梅花布点法、随机采样法等等。

岩下经常到实验室来，每次来都由金英豪陪同。岩下似乎不太喜欢县公署的工作，他更愿意到实验室和研究所房后的试验田里做实验，喜欢和章文德交流。岩下大概对章文德当年闻土壤样本记忆犹新，所以，经常让章文德闻做过检测的玻璃容器。章文德对氮磷钾和金属的含量并不敏感，识辨率不高，他只是知道哪些土壤适合种什么作物。岩下多少有些失望。他问章文德对氮磷钾的看法，章文德先从粪便谈起，马粪、羊粪属热性肥料，牛粪属冷性肥料，猪粪含氮较多。禽粪养分含量较高，可以用于菜地或经济作物施肥、追肥。岩下也问到氮磷钾肥料的制作方法，章文德说磷肥都是自己沤，磷肥把骨头、鸡蛋壳什么的捣碎，晒太阳，钾肥是收集的草木灰。岩下说，有机肥料当然好，但是不适合大规模耕种，粪肥处理不好容易生害虫，现在已经生产无机肥料，用化学原料调配的，可以避免粪肥的问题。日本水稻就是用的硫酸铵化肥。

章文德辨别土壤成分的能力似乎有所退化，但他辨别粮食的能力却让岩下十分吃惊。也许随着年龄增长、经验的增加，他的直觉能力发生了转化。那天比较大豆和稻米样本，章文德从颜色和形状上分辨出哪些是南山坡的，哪些是北山坡的；哪些是江边地里长的，哪些是泡子边地里长的。岩下让人将大豆和稻米煮熟，章文德品尝之后，仍然做出了准确的判断。岩下蒙了。章文德没有岩下去的地方多，他并不知道渤海的水稻和江南的水稻，但他能明确地区分出来。“文德桑，你真的很了不起……是土地爷转世吗？”

有时间了，岩下愿意请章文德吃饭，那时县城里已经有了日本人开的料理店和居酒屋，挂的也是中国人认识的字，松啊菊呀什么的。刚去料理店，章文德对日本女招待的热情很不习惯，觉得那些穿着和服、涂脂抹粉的女人是在对自己媚笑和诱引，身上直起鸡皮疙瘩，后来知道那些女招待对所有进店的客人都那样，心里才安稳了些。章文德觉得，日本料理店的布置很奇特，蓝地白花布帘，同中国蜡染手工织布差不多，墙上装饰画的线条也跟中国木刻年画差不多，只是内容庸俗不堪。岩下告诉章文德，那些画在日本很普遍，叫浮世绘。章文德在料理店吃过寿司、昆布卷、天妇罗、油炸多春鱼以及关东煮，喝过清酒和日本烧酒。岩下有些贪杯，每次喝晕乎了他都吟诵日本俳句。

母亲总是先把——
柿子最苦的部分
吃掉
倘若父亲还在——
绿野上同看
黎明的天色

岩下说他最喜欢小林一茶的俳句，他说一茶先生的俳句就像他家乡的刺槐花，在夕阳中看着令人伤感，摘几片放在嘴里咀嚼，甜味中带着苦味。

还有一茶先生写给他的妻子菊的，菊三十七岁就病逝了，一茶写了很多诗追念他的妻子。

我那爱唠叨的妻啊——

恨不得今夜她能在眼前

共看此月

…………

秋日薄暮中——

只剩下一面墙

听我发牢骚

岩下带章文德吃饭的那个料理店店招就是“菊”。

下小雪那天晚上，岩下情绪高涨地给章文德敬酒，他对章文德说：“文德桑，我非常感谢你，通过与你交流，我学到了很多东西。”

章文德有些不好意思，他说：“我也学到很多技艺，很多实验方法以前我一点都不知道。”

“不不不，”岩下说，“那些科学知识固然很重要，但那些是独立的、分割的。从你判断粮食那里我知道，同样的土壤、同样的种子种在不同的地方也是有差别的，不能仅仅局限在土壤成分的划分上，还要考虑水质、空气的因素。谢谢你，你让我学会去总体思考。”

章文德更加不好意思，本不胜酒力的他一饮而尽。

迷迷糊糊中，章文德看到岩下从公文包里拿出一张县域地图，那是全县农业种植养殖发展规划图，岩下兴奋地对他说：“文德桑，发表一下你的高见，看看这样的农作物布局有没有问题？”

章文德的眼前有些模糊，可当他看到地图角落里莲花泡和蛤蟆塘的字样时，突然清晰了很多。蛤蟆塘被划定为水稻主产区，他心里咯噔了一下，不对呀，蛤蟆塘是自己的地盘儿，要种什么自己说了算，怎么被规划到岩下的地图里，他再仔细看，蛤蟆塘下面还标着“五部落”三个字。往上看，莲花泡被标了“四部落”……章文德问岩下：“这个五部落是啥意思呢？”

岩下说：“部落是大日本开拓团的位置，不久之后，开拓团将征用那些土地，有补偿金的。文德桑，对你来说是件好事情啊，你在县里工作有薪金，不需要种地了。”

章文德的心瞬间凝固了。

第二天早晨，章文德已经清醒了，他想，外表和善的岩下内心却很阴险，他的狐狸尾巴还是露出来了。蛤蟆塘的土地是自己带人一镐头一镐头刨出来的，每一寸土地上都滴过他的汗珠儿。土地对他章文德来说非同小可，那就是他的命根子。章文德甚至极端地想，岩下请他来县里公干，目的是惦记蛤蟆塘的土地，先把他人骗出来，再把他的地夺走。章文德决定立即离开县粮食科，尽管他还有很多知识没学，那也得当机立断，尽快回到蛤蟆塘。

当然，偷偷溜走肯定不行，章文德一边给章文海捎信，一边想办法。章文德想到的办法是，以暴发性疾病的方式辞去管理员的差事。

章文海还真言而有信，他通过黑市搞到了两包“黑肝散”，那种朱砂般的红粉末吃下之后，人的皮肤蜡黄，像暴发了黄疸肝炎一般。岩下得到消息后，立即带金英豪来探视，还安排去日本人开的诊所诊疗。诊所为章文德做了化验，日本医生看到化验单吓了一跳，他从没见过转氨酶可以那么高，于是诊断章文德为传染性重度肝炎。

章文德辞去“公职”回蛤蟆塘养病。岩下远远地目送章文德、章文海和韩屏离开，他有些遗憾的样子，眯缝着眼睛，摇晃着脑袋，用含糊不清的日语吟诵俳句。

在很多人的印象中，东北人性格冷热分明、爽直霸气。有人说这跟东北人生长的环境有关，性格鲜明是气候的反映，冷就嘎嘎冷，热就热透彻；心大直爽是地域的体现，放眼望去一马平川，天高地远。所以说，东北人说话一般口气都挺大，可是如果你细心体会、仔细琢磨一番后，就会发现事情也许没那么简单，也不像表面呈现的那样直接。比如，张广才岭那儿的人称自己家为“咱那疙瘩”。“那疙瘩”，既不是皮肤上起的小疙瘩，也不是一种面食制品疙瘩汤里的疙瘩。东北话里的“那疙瘩”通常指一个地方，一个很小、很小的地方，这个应该属于广泛流行的谦辞吧。

章文德一向管蛤蟆塘叫“咱那疙瘩”，习惯上，他管莲花泡也叫过“咱那疙瘩”。几年的工夫，蛤蟆塘那疙瘩的耕地已经形成了一定的规模，除了章文德家开垦的五十多垧地之外，还有李家、陈家、马家各家开的十几垧地，蛤蟆塘的耕地面积已经差不多近百垧。

转过年三月，纪年又变了，变成了康德元年。

开春前，几家掌柜的一起商量着合伙集资买链轨、胶轮式拖拉机，他们称之为“火犁”。四五年前，山后的二道岗子就有人使用火犁耕作，一个火犁起码顶十来个劳力。当初，蛤蟆塘正处于拓荒期，每块耕地的面积都不大，分布也比较零散，能够连成片的也不多，而且整体地势高低不平，所以，章文德没考虑使用火犁耕作。现在不一样了，蛤蟆塘的草甸子已经整理得差不多了，已经开垦出来的耕地也基本上连成片了。然而，就在他们准备甩开膀子大干一番时，一直悬挂在他头顶的那块大石头还是砸了下来，并且，结结实实地砸在他的头上。那天，他正和几个雇工在拌种子，用猪血、炕洞土、牛油、苏子、大豆调和苞米、谷子、高粱的种子。章文海气喘吁吁地跑了过来，说寒葱河那头来了消息，莲花泡和蛤蟆塘都被划入日本人的征地范围，开春之后他们就派遣开拓团进驻这里，进行武装移民。这个消息让章文德感觉到，仿佛在烈日下面大汗淋漓时，被猛地浇了一桶带着冰碴的冷水，顿时寒彻骨髓，令人灰心丧气。

章文德蔫头耷脑地回到家里，迎面飘来了他熟悉的家的味儿，那是自酿的大酱和酸汤子的味道。

外屋地热气腾腾，阿满正往锅里“攮汤子”。酸汤子是旗人传统食品，苞米在浸泡发酵之后用小石盘磨成水面，攮汤子时，先将锅里的清水烧开，将汤面烫到半透明，等锅里的水滚沸了，揪一块汤面放在手中“攮”，汤面受到挤压，就从小喇叭形的汤套漏出，掉到开水锅里……章文德最喜欢吃酸汤子了，那口感滑溜、筋道、醇厚。

阿满端上来一大碗热气腾腾的酸汤面，拌上油炸鸡蛋酱递给章文德，然后看着他吃起来。阿满喜欢章文德的吃相，喜欢看他吃自己拿手的食物时狼吞虎咽的样子，她觉得，那才是自己的爷们。

“你的呢？”章文德吃了几口才意识到阿满只是看着他，她自己没吃，于是抬起头问。

“我不想吃。”

“不舒服了？”

“没，闻酸味儿觉得恶心……”

章文德似乎明白了什么，只是没有特别兴奋。

“怎么了，又有啦？”

阿满说：“这次怀的这个好像是个闺女……我这一段馋兔子肉了，可你们这儿讲究多，说吃兔子肉生孩子豁嘴儿，吃狗肉生孩子单眼皮……我们旗人不吃狗肉，咱家老大老二不也是单眼皮嘛。”

章文德的反应似乎慢了半里路，顺着自己的思路说：“闺女好啊，就是来得不是时候。”

“怎么不是时候？”

章文德重重地叹了口气。

阿满问章文德怎么了，章文德不说话，又问了两遍，章文德才把日本人要征地、移民的事儿讲了。阿满说：“你是不是听信了传言，咱这一片好地有的是，蛤蟆塘这样的涝洼塘，日本人会稀罕？”章文德说：“日本人善于种水稻，他们就喜欢涝洼塘。”

阿满的脸色也变了，问：“这……这可咋整？日本人啥时候来？”

“文海得到的信儿说是春天，看这节气，应该是快了……现在想想，当初岩下和金大牙来这里，动员我去县粮食科，我就预感到没啥好事儿。”

阿满说：“那咱还真得早做些打算。”

“哥在家吗？出大事了？”章文海来了，隔着外屋地的水汽，未见其人先闻其声。

章文德连忙下炕，对进了里屋的章文海说："这么大的人了，能不能稳当点儿？咋又一惊一乍的！"

章文海说："李子玉和韩屏来了，在我屋里呢，他们带来了坏消息。"

"又是坏消息？这些日子就没听到过好消息……走，到外边说去。"章文德说。

章文海说："不用吧，大嫂又不是外人……"

章文德拉了章文海一把："你大嫂身子不舒服……走，我去你屋，见见你那两个朋友。"

章文德跟章文海来到他的房间，见到了李子玉和韩屏，李子玉带来了日本人要强征土地武装移民的确切消息，征地且不说，关键是补偿的价格，跟公然抢夺没什么两样儿：熟地的价格不分等级，每垧一律一元。

韩屏说："按咱当地目前的土地价格行情，上等熟地应该每垧一百二十一元，中等熟地每垧八十三元，下等熟地还每垧五十八元呢，这些东洋鬼子摆明了是要强取豪夺、敲骨榨髓呀。"

章文海说："小鼻子可比胡子邪乎多了，胡子还知道好吃要留种呢！"

李子玉说："东洋鬼子要把征地给他们的移民耕种，据说莲花泡是开拓团的四部落，蛤蟆塘是五部落。"

章文德心想，果然和岩下那个地图一模一样，终究还是没逃过去呀。

"莲花泡的地也被征了？"章文海问。

"不止莲花泡，东洋鬼子在响水河和寒葱河建了五个部落呢，将来咱这一带都成东洋鬼子的天下了。"韩屏说。

李子玉说："看来不流点儿血是不行了，那样人家会把咱看成一群羊，随意宰割，唯一的办法就是大家团结起来抗争，起码让他们看到咱保卫自己权利的誓死决心！"

韩屏在旁边补充道："如果民众都能齐心协力拧成一股绳，奋起反抗，不但能阻止日本人移民，将来进一步发展壮大，形成排山倒海的力量，还可以推翻伪政权，那样的话恐怕东洋鬼子在东北也待不下去了。"

"民众……能都起来反抗吗？"章文德迟疑地问。

章文海有些兴奋地说："啥叫能，已经都起哈子了。蚂蚁河、二道岗子、莲花泡都反了，大家都在筹划建立自卫军，保卫自己的土地……"

韩屏说："是啊，民众都觉醒了，起来了。"

渐渐地，章文德觉得自己体内的血也热了起来。

这时，蛤蟆塘李家、陈家、马家几个掌柜的也陆续过来，大家群情激愤，骂小鼻子欺人太甚，议论山外各村屯成立民众自卫军的事。

"真的都起来了？"章文德仍有些疑惑。

章文海说："我说的话你还不信吗？莲花泡都反了，就差咱蛤蟆塘了。"

李家掌柜的对章文德说："蛤蟆塘你是老大，你拿主意吧，我们几家跟着你。"陈家、马家掌柜的也都表示跟着一起干。

"文德呀，你还真得好好盘算盘算。"阿满站在门边说。章文德抬起头瞅了瞅，不知阿满什么时候也来了。

"全都反了吗？"章文德再次问李子玉，李子玉点了点头。

这时，有人进来通报，说莲花泡来人了。说话的工夫，莲花泡管家二德子进来了，他先是向章文德等人作揖问候，接着说明自己的意图，他受章文礼的委托，要请章文德、章文海两兄弟去莲花泡议事。

那几年，章文德很少有章文礼的消息，自从在百草沟金矿受伤之后，章文礼就开始抽大烟，对莲花泡的生产经营不管不问，对寒葱河大院的事也漠不关心，恰逢时局动荡，他以体弱多病为由把自己关在屋子里，其实是声色犬马地混日子。其间，章兆龙和章文礼谈过两次，章文礼说老道士给他算过命，这几年他灾星不断，需要"藏锋守拙，用晦而明"，如果锋芒外露，外出做事定会有性命之忧，要他不求向外发展，只求闭户保命，这样才能消弭灾祸。章兆龙知道章文礼是在为自己及时行乐找托词，他本不指望章文礼能扩大家业，不招惹是非祸害、葬送祖业家产已是不幸中的万幸了。事实上，他早就对章文礼失望了，唯一的希望是他能活着，将来给他生个孙男嫡女，接续章家他这一支儿的血脉。不过，章兆龙对章文礼还是发出了警告。他说："你自己好自为之吧，反正莲花泡给你了，祸害没了，我可不准你回寒葱河，愿意到哪儿要饭就去哪儿要饭！”尽管章家家底厚，可章文礼花天酒地的消耗很大，眼看着莲花泡坐吃山空。就在这时，机会反而来了。抗日救国军在中东铁路沿线跟日本关东军开战，章兆龙去了七站和绥芬河，战事结束后他就住在七站老油坊，很少回寒葱河章家大院。章文礼成了章家大院的实际主人，他长期住在大院里，关起门来“吃喝嫖赌抽”，做一个甩手掌柜，把莲花泡的事儿扔给了二德子。

这次不同了，日本人要征用寒葱河和莲花泡的土地，那样章文礼的财源就得断了流儿，日常大笔开销难以为继，他的好日子也算到了头。

晚上，章文礼在莲花泡老宅热情地款待了章文德和章文海，见章文德一直虎着脸，连忙赔着笑脸说：“文德大兄弟，过去咱两家是闹了点儿矛盾，有一些恩恩怨怨。可咱毕竟是一脉骨血，亲不亲，一家人，打断了骨头还连着筋呢，甭管咱之间发生过多大的嫌隙，那也是咱自己家里的事儿。现在是小鼻子不给咱留活路，骑在咱脖子上拉屎，这事儿就不一样了。”

章文海问：“你有啥主意？”

“咱兄弟联手，也让他们知道知道咱兄弟不是好惹的，尝尝咱的厉害！”

“武装反抗征地？”

“正是此意。……哎，文海，行啊，你还知道武装？”

章文德瞪了章文海一眼，意思是不让他插嘴。

章文礼对章文德说：“我知道你心里别不过劲儿，当年我爹处理河西那四十垧地的事儿，的确有些过分，本来老掌柜的在世时留下了字据和地契，可那时候我没当家，也说不上话。文德呀，上一辈的恩怨咱这一辈解决，咱也有能力解决。你看这样好不好，咱兄弟联手反抗征地，如果大伙儿都反抗了，官府不得不退让，把寒葱河、莲花泡保住了，河西那四十垧地就交给你耕种。”

章文海忍不住又插嘴：“交给你耕种是啥意思？应该是把地还给我们才对，那地本来就是我爹开的。”

章文礼说："咋说都行，反正到时候，地契上的名儿是你们的不就成了吗？"说着，章文礼从怀里拿出一份写好的文书。

"这是我亲笔写的承诺，你们先收好。现在的局势办不了地契，等事情都过去了，我跟你们去县里办文书。"

章文海瞅了瞅章文德，章文德仍旧一脸麻木的样子。

章文礼有些耐不住性子，问："文德老弟，你倒是给个话呀。"

章文德这才开了口，闷闷地说："东洋鬼子做这事儿是够毒的，是得想个办法，反正咱的血汗不能说拿去就拿去！"

章文礼乐了，将他写的承诺书塞给章文德。章文德没要，章文海笑模滋儿地把那份文书接了过去。章文德心里清楚，以章文礼的为人，他心里算计什么谁能知道，与章兆龙比较，章文礼更加阴险狡诈，有过之而无不及。且不说那个承诺能否兑现，就是现在把河西那块土地给他，没多久，搞不好也会被日本人给征用了，章文礼白白送了一个空头人情。来莲花泡之前，章文德就听说，章文礼向雇工发放土地文书，声明挡住了东洋鬼子，保住了莲花泡的土地，就把地分给大家。现在，章文德真正关心的是蛤蟆塘的土地，那是他自己辛辛苦苦开垦的土地，他可不想让蛤蟆塘变成东洋鬼子的五部落。

接着，章文礼讲了他的安排和打算。他让章文德联合蛤蟆塘几家掌柜的出钱组织武装，组建蛤蟆塘民众抗日大队，隶属于寒葱河民众抗日自卫团。章文礼既是民众自卫军副司令，也是寒葱河自卫团团长。章文德和章文海分别任蛤蟆塘民众抗日大队大队长、副大队长。蛤蟆塘大队的武器装备自筹一部分，民众抗日自卫军分拨一部分。

章文德觉得蛤蟆塘人少，组建一个小分队都困难，先不叫大队。章文礼说："先把大队成立起来，人员再不断扩充，咱们必须先有声势，这样还可以获得民众抗日自卫军的装备和给养。"

"咋样？文德大兄弟！"

章文德说："我回去想想再定吧。"

"这还有啥好想的。"章文海在一旁说。

章文德瞪了章文海一眼："闭嘴吧，你！"

此刻，喝了点酒的章文海根本无法闭嘴，他打开了话匣子就难以关上，好像打东洋鬼子是玩游戏，兴致勃勃地讲啊讲的，谁的话头儿他都接茬儿。章文德当着外人面不好与章文海翻脸，就独自喝起闷酒来。本来章文德就不胜酒力，几杯下肚就成了红脸关公，没多大会儿的工夫就趴在了桌子上。

章文礼推了推章文德，章文海说："别理他，咱俩喝。"

章文礼撇一下嘴："你个小屁孩，会喝吗？"

章文海不高兴了，他说："你还当我小孩啊，我已经是大老爷们了。现在，我一个胳膊就能摔你个跟头你信不信？"

这些年，大烟抽干了章文礼的脂肪，他一副弱不禁风的样子。可他认为，谁欺负他也轮不到章文海呀，他刚想发作，章文海却笑嘻嘻地说："礼哥你别怪罪老弟，我这样说是怕你瞧不起我，再怎么说你也是兄长，弟弟咋能以下犯上呢！"

章文礼笑了，他说："你还算懂礼数，哥就原谅你嘴贱，不过你得干了这两大碗。"

"这有啥……"章文海端起两大碗刚要喝，突然，章文德一推桌子，坐直身子，"你们都吵吵什么呢！"

章文礼和章文海都将目光集中在章文德身上。章文德的声音很奇怪，苍老却充满了底气，那不是章文德平时的声音，反而有点像老掌柜章秉麟的声音。再仔细看，章文德的做派也像老掌柜，他用手掌摸着下巴，不紧不慢地说："文礼呀，你小子又闹妖儿啦？我本以为你的良心让野狗吃干净了，还好，总算留了一点儿……"

"章文德，你胡说啥呢？"章文礼大声呵斥。

章文德丝毫不受干扰，仍旧一板一眼地说："亏得你还有心保卫章家的土地，还算有点男人的血气，不然章家这一支儿，到你这儿就算断子绝孙了。"

章文海也傻了，他摇动章文德的肩膀："哥，你咋啦？"

“小小儿啊，”章文德对章文海说，“你叫文德是不是？”

“哥，我是文海呀。”

“你不能管我叫哥，你该管我叫二爷爷……”

“哥，你黄皮子上身啦？”

“文礼呀，爷爷我可警告你，别动歪歪心眼儿，算计来算计去，到头来都是在算计自己……你要保护章家的土地，好，要干就正儿八经地干，做个有血性的老爷们，别辱没了章家的名声……”

章文礼甩着手说：“完了完了，这是鬼魂附体了……文海你看着他，我去喊人！”

章文礼跑了，章文德还旁若无人地说着，章文海从章文德身后将他抱住，流着泪说：“哥呀，你这是咋的啦？到底咋的啦！”

过了一会儿，章文德的身子松软下来，倒在章文海怀里呼呼大睡，呼噜打得山响。

第二天早晨，章文海试探着问章文德，章文德除了头痛，什么都想不起来。

章文德回到家已经过了晌午，掀开里屋门帘子一看，阿满正盘腿坐在炕上抽旱烟。

“饭在锅里熥着呢。”阿满说。

章文德掀开锅盖，热气扑面而来。锅里熘着一盘黏豆包，一两碗小米粥，还有鸡蛋焖子、酸菜土豆啥的。他没把盘子端出来，蹲在灶台前就吃起来。

阿满走过来，从橱柜里拿出了大酱和咸菜。

“不上里屋吃啦？”

章文德说：“都一样……你吃了吧？”

“我一点都不饿。”

“要不，陪我吃点儿。”

阿满想了想，拉过一个木墩儿坐在章文德身边。

“你们商量得咋样了？还是要反？”

章文德一边嚼着一边说："这回闹大发了，大伙儿都要动真格的。"

"你可得好好盘算盘算……"

"大伙儿都反了，我也不好溜边儿，再说了，蛤蟆塘的地都是我一锹一镐开荒开出来的，一颗汗珠儿掉地上摔八瓣儿，这辈子就攒这么点家底，我拼了命都得保住它。当年，我爹在莲花泡一锹一镐地开荒，地没保住，临死时握住我的手，让我一定保住蛤蟆塘……蛤蟆塘的地就是我的命！"

"地是你的命吗？"

"我的命没了，地也不能没了。"

阿满叹了口气，说："我有时候不理解你们关里家上来的人，咋就把地看得比命都重要呢，我娘家也看重地，可第一看重的还是命，尤其是孩子的命。你说，咱家的地重要，还是命重要？"

章文德哽了一下："都重要。"

"按说，我们娘仨倒不打紧，你呢，你不要命了，俺们娘们咋办？"

"我知道你担心我，放心吧，我在胡子窝里混过，枪林弹雨都经历过，放心吧，我知道怎么保护自己。"

"我能放心才怪……说都没人相信，满世界谁不知道你是个胆小鬼，一向前怕狼后怕虎的，半夜打个雷都能吓得你睡不着觉，可跟着大伙儿起哄，你怎么一点都不害怕了呢？还有公爹，胆小怕事一辈子，树叶掉下来都怕砸脑袋，可听说早年在寒葱河还敢跟老毛子打，第一个点了火炮……唉，老猫炕上睡，一辈传一辈。可你们为啥这样，我是想不明白了。"

"你以为我愿意动刀动枪的，如果不是东洋鬼子把人逼急眼了……"

"只得动刀动枪吗？我跟你说，让你好好盘算盘算就是这个意思，看看有没有更好的办法。"

"这次不拼命恐怕是不行了……不过，至于怎么拼命我还没想好……我还没最后答应章文礼呢。"

"答应他什么？"

"参加他的民众抗日自卫团呀。"

“哥！”章文海在门外喊着，喊的工夫人已经进门了。

章文海说：“整个蛤蟆塘的雇工都动员起来了，大家听说参加民众抗日自卫团，打小日本十有八九都高兴，嗷嗷的，恨不得明天就去攻打县城。”

章文德拉一把阿满，两人站起来，走到门口，见院子里站满了人，大家正热烈地讨论着。

蛤蟆塘几个年轻人和雇工们见到章文德，有人喊道：“大掌柜的，你吩咐大家就是了。”

章文德瞅了瞅阿满，阿满目光黯淡，扭过头去。

章文德没说话，章文海却举起胳膊大声说：“大掌柜的是自卫团蛤蟆塘大队大队长，我是副大队长，只要大家都起哈子了，不管是东洋鬼子本人还是他舅舅，想白白抢咱蛤蟆塘的土地，老虎驾辕——谁赶(敢)！”

大伙儿笑了，跟着嗷嗷喊叫。

所谓的自卫军武器和给养，实际上是各屯大户人家筹集的钱买的。不几天，寒葱河派人将武器、给养分发下来，一共两辆马车，有枪械服装，还有一车粮食。武器基本上是杂牌的，老套筒子、单筒猎枪居多，只有几支好一点的，一支直拉式，也就是曼利夏步枪，两支被称连珠式的俄式莫辛纳甘步枪，还有一支剩一半枪把的马四环，捷克VZ.24步枪。章文礼送给章文德一支德国毛瑟C96手枪，是中国仿造的。章文礼自己用的是“七星子”纳甘左轮手枪。蛤蟆塘大队成立时，一共二十三人，杂牌枪也只装备了十四人，剩下一半配给的是大刀片和红缨枪，还有每人都发了一件深蓝色短褂、一双胶皮棉鞋，很多自卫队员都不舍得穿胶皮棉鞋，将它吊在腰间，仍旧穿着自己的破棉乌拉。

民众自卫团成立第三天，章文德仍旧在备耕，一大早他就牵着牛车往大地里运粪，到了地头，还得将牛车上的粪肥分布到地中央。章文海骑着一头驴跑了过来。

“大哥，自卫团团部来命令了，让咱们马上集合，全部开拔到莲花泡。”

“东洋鬼子来啦？”

“好像不是，听说要打寒葱河警察署。”

章文德不理章文海，继续往地里运粪。

“你没听见吗？”

“那，我的活儿也不能干一半儿。”

“嗐，都啥时候了，你还忙着地里的事儿。”

“啥时候也得忙呀，不忙地里的事儿将来吃啥？”

“……哥，现在打仗要紧，仗打不赢，地就没了，地没了你说你还在这儿忙活啥？”

“现在地不是还在咱手里吗？”

“真服你了！”

无奈，章文海只好从驴背上蹁下腿来，帮章文德把剩下的粪肥运到地里。

原本，寒葱河警察署的曹双举答应共同起事，鹿道沟伪自卫团和二道岗子警察署已经答应加入民众自卫军，这几天却迟迟没有消息。章文礼怀疑曹双举使诈，在坐等县城的日本援军，如果不能早点拿下寒葱河警察署，他这个自卫团长就有名无实，在民众自卫军中也不硬气。

章文礼对章文德说，夜长梦多，明天早上出发，下午攻打寒葱河警察署，等警察署缴了械，自卫团的团部就搬到寒葱河，这样，老爷岭下面就全都是自卫军的地盘了。章文礼还答应章文德，等拿下寒葱河警察署后，就给蛤蟆塘大队补充武器装备。

攻打寒葱河的一共三支队伍，除了自卫军寒葱河自卫团外，还有二道岗子和蚂蚁河自卫团，团长分别是章文智当年读私塾时的同学徐荫棠和郑云卿。

三支自卫军的人马一共八九百人，浩浩荡荡地出发了。

寒葱河警察署已经得到了消息，当时，警察署除八名警察、二十一名伪保安大队成员外，还有日本宣抚班的三名日军。曹双举碍于日本人的监督，没能及时抽到大烟，正在犯大烟瘾。这时，民众自卫军三路人马已经逼近了寒葱河镇。

章文礼本以为，只要大队人马包围了寒葱河警察署，曹双举就会带队出来缴械，不想，先头小分队还没接近警察署大院，枪声就响了起来。

曹双举等人在日军的督战下，不得已进行了抵抗。

与此同时，驻守在响马河镇的县警察保安第三大队也接到了命令，他们分两路向寒葱河集结，增援寒葱河警察署。

攻打寒葱河警察署的战斗，尽管遭遇三名日军的死命抵抗，但更多的是伪警察，尤其是伪保安大队的那些成员并没真心抵抗，他们有的是本乡本土的农民，有的同情自卫军，面对四周此起彼伏的喊杀声，黑压压冲过来一群自卫军，伪保安大队的心理防线已经被冲垮了。

战斗进行不到半个小时，三名日军和两名警察就被击毙，曹双举等人全部缴械投降。

寒葱河警察署的战斗刚刚结束，虎山关帝庙附近的战斗就已经打响。那场战斗一样毫无悬念，三十多人的县警察保安第三大队面对十倍以上的民众自卫军，稍作抵抗就溃不成军，逃窜的逃窜，缴械投降的缴械投降。肖成峰随警队参加了增援行动，此时，他所在的响马河警察署已改编为县警察保安第三大队，他任警察保安队的分队长。战斗打响后不久，肖成峰的胳膊就被流弹划伤，他见大势已去，就沿着沟膛子向上爬去。沟膛里生长着密密麻麻的树棵子，肖成峰就躲在树棵子里面，看到有人来就不动弹，这样避过了很多人的搜索，却不想被章文海发现了。章文海拉了章文德胳膊一下："哥，树棵子那里好像有个当官的。"

"你咋知道是当官的？"

"他穿的衣服和当兵的不一样。"

两个人端着枪就朝着肖成峰藏身的那片树棵子走去，在离肖成峰五六米远的地方，兄弟俩站住了。

"出来，不出来就开枪了！"章文海喊了一嗓子。

树棵子里没有动静。

章文海又喊了几声，还是没动静。

章文海子弹上膛，朝树棵子里开了一枪。枪声响过，立马听到树棵子里有人喊："别开枪了！别开枪！我是你妹夫呀！"说着，肖成峰从树棵子里露出头来。

章文海举着枪说："出来，跟我们下山。"

山下正在清点俘虏，时不时还传来脆亮或者沉闷的枪声。

肖成峰向山下看了一眼，接着就对章文德和章文海作揖，哀求道："看在桂兰和冬生的面子上，饶了我，给我一条生路吧！"

章文德瞅了瞅章文海，章文海用眼神示意一下，不想放过肖成峰。肖成峰还不停地哀求着。

山下传来了集合的口哨声。章文德一转身，背对着肖成峰，同时拉了章文海一把。他们慢慢向山下走去。

"哥，你这是干啥？"

"别说话！"

曹双举被俘后关押在豆腐坊的耳房里，那天半夜，章文礼等人在章家大院大摆筵席，喝庆功酒，曹双举趁机撬开了耳房的透气窗，跳出耳房后，慢慢爬过布满尿碱的阴沟，趁着夜色逃跑了。

民众自卫团首战告捷，寒葱河小镇像过年一样热闹，杀猪宰羊，男人操练，女人缝制军服标志。韩屏则教孩子们在一起唱抗日动员歌曲。寒葱河战斗结束后，自卫军中的东北军旧日军官对自卫军进行了整编，改名为东北民众自卫军，寒葱河自卫团改编为陆军第三团，章文德被任命为三团二营长，李子玉被派到二营，与章文海同时被任命为副营长。

二营的主体还是蛤蟆塘自卫大队的班底，只是增加了几名新收编的伪保安队员。寒葱河战斗之后，二营就拉到莲花泡整训。章文德把二营的事务扔给了李子玉和章文海，坚持要回家看看，有人嘲笑他"老婆胎儿"，他也不在乎。

章文德骑了匹掉了毛的马回了蛤蟆塘。

章文德回家主要是惦记阿满的身体，阿满正在怀孕，过于担惊受怕会给身子造成伤害，自卫团打胜仗的消息一定会传到蛤蟆塘，可他知道，阿满只有见到他本人才能相信他平安无事。更重要的是，章文德还惦记着种地的事儿，春耕在即，耽误了农时就等于荒废了一年。

章文德回家的第二天，通信兵就传信来了，让他立即赶到寒葱河参加会议。

“知道是什么事儿吗？”章文德问通信兵。

具体是什么内容通信兵也说不太清楚，不过他听到传言，说东洋鬼子调集一些部队正分头向老爷岭方向开来。

“怕是要打大仗了。”通信兵说。

章文德告诉通信兵，让章文海代他先去开会，他明天就回寒葱河。

通信兵见章文德确实没有跟他走的意思，只好回去复命了。

那天晚上，章文德和阿满早早就上炕躺下了，与平时沾炕就睡不同，章文德没有一点睡意。

“别摸了，现在还小，摸不出来。”阿满说。

章文德说：“摸摸是闺女还是儿子。”阿满说：“看把你能的，还能摸出男女，如果你有这个本事，咱就不用种地出力了，更不用为失去土地担惊受怕了。”

章文德哧哧地笑，说：“我摸不出男女，你咋就说是个闺女呢？”

阿满说：“都说酸男辣女，这次怀孩子怪了，我闻酸味就想吐，喜欢吃辣的。”

章文德说：“要是个闺女还真好，我就想有个闺女，贴心，如果长大了像你这样，那多好啊。”

阿满叹了口气说：“可惜，这孩子来得太不是时候了。”章文德也叹了口气，说：“我这次去寒葱河，怕是不会像上次那么顺当，你还是多些准备好……唉，我就直接跟你说了吧，省得到时候你觉得事情来得太突然了，扛不住再病了……听说小鼻子大队伍要来了，还带了不少装备，不知道这次自卫军能不能抵挡得住……不过你放心，我会保护好自己，还有文海在我身边，放心吧！如果我随队伍转移了，一时半会儿回不来，你听到信儿就躲一躲，带着孩子回碱场屯姥爷家，孩子他姥爷姥姥，还有舅舅都那么好，一定会收留你们一些日子的。”

阿满听了赶紧用手捂住章文德的嘴：“呸呸，别说不吉利的话。”

章文德说：“你答应我！”

阿满说：“你放心吧，我不傻，会见机行事，保护好咱俩的崽子。”

阿满叮嘱章文德：“你一定要答应我两件事：第一，别逞强，保命要紧，你跟文海不一样，你有老婆孩子。第二，保养好身体，特别是你的老胃病，春天开始返寒气了，我已经给你预备了干姜片，记得每天都吃。”

章文德一一答应。

“还有，这是我给你绣的平安荷包，你把它带身上，按照老话讲，荷包不丢，平安就在。”

章文德闻了闻荷包，笑着说：“我想你了就闻闻上面的味儿，就当见到你了。”

阿满笑着打了章文德一下：“多大岁数了，还没正形。”

章文德赶到寒葱河的当天下午，寒葱河保卫战就在虎山下打响了，最初，参战的日军不多，只有一些警察保安队，民众自卫军受上次胜利的鼓舞，士气高涨，激战中发起了两次冲锋，章文德跟父亲章兆仁一样胆小怕事，第一次冲锋他没动地方，手里拿着枪，一次都没放过，枪筒在他手里直哆嗦。二营的行动实际上是在章文海和李子玉的带领下完成的，第一次冲锋被阻击了，他们撤回到阵地，清点人数、武器弹药，包扎伤员。

章文海走到章文德身边，见章文德脸色苍白，额头布满黄豆粒大小的汗珠儿。

“哥，你没事儿吧？”

章文德没说话，他的脑子仿佛一派黄昏景象，跟眼前的战场毫无关系。的确，章文德吓傻了，本来他就是个胆小的人，但凡遇事，事还没来，恐惧先笼罩了全身。吓傻之后，恐惧反而不见了，他看到的是黄昏的云彩，云彩变幻着，由橘黄到殷红，凝固的鲜血一般。这时，云彩里出现了章兆仁的影子，章兆仁直勾勾地瞅着章文德，一板一眼地对他说：“文德呀，我开了一辈子地，可到头来哪块儿地都不是我的……你千万别走我的老路，你要开地，更要守住地！……只有守住了地，咱的子孙后代才有落地生根的泥土……”章文德努力挣扎着想起来，可双腿不听使唤，仿佛不是自己的一样……黄昏的云彩继续变幻着，变成了紫红色，又渐渐变成了紫蓝色，天空暗了下去。章文德站起来，他突然觉得恐惧没那么强烈了，恐惧来自对恐惧的依赖，还有那个恐惧是不确定的，或者这样说，当章文德一个人的时候，他无论如何都摆脱不了恐惧，像一只浑身瑟瑟发抖的绵羊站在空旷的原野上，而融入群体中他就不恐惧了，孤独的绵羊加入羊群中，随着羊群奔跑起来。所以，当二营再次接到发起冲锋的命令，就在大家犹豫时，章文德突然跳出了战壕，他挥舞着手里的C96手枪，大喊着冲在最前面。当时李子玉正在给章文海包扎胳膊上的伤口，他愣了一下，章文海更觉得有些意外，按他后来的话说，打死都不敢相信那个勇猛的人是他哥章文德。

二营一路冲下山坡，子弹在章文德耳边呼啸着划过，他似乎忘记了恐惧，只管往前冲去。此刻，章文德的野性被激发出来，他已经不是羊群里的绵羊，而是牛群中健壮的公牛，哞哞叫着横冲直撞。

这时，隐藏在山下杨树林里的日军炮兵开始发射迫击炮，炮弹在二营冲锋队员中间炸响，突如其来的炮弹把准备不足的战士炸蒙了，他们纷纷趴在草丛中。章文德没有趴下，他迎着炮火继续向前奔跑，章文海和李子玉在后面追赶着，大声叫喊，章文海跑不动了，蹲在地上大口地喘气。如果不是李子玉追上章文德，大概只有他一个人冲上了对方的阵地。

二营撤回阵地，损失惨重。

日军炮兵的参战超出了民众自卫军的预料，而那个时候，自卫军已经被日军悄悄地包围了，更让他们始料不及的是，本以为参战的日伪军不会超过两百人，可实际上，那次围堵民众自卫军的日伪部队将近一千人，其中正规部队占三分之一，参战部队不仅有日军宁安守备队，还有驻三岔口的日本骑兵大队和县里抽调的警察保安大队。黄昏时分，完成合围的日伪军发起了总攻。装备差、训练不足、缺乏军事素养的自卫军很快就溃散了。

自卫军指挥系统已经失灵，各个阵地都分头撤退，像炸了营的马群四散开来。章文德的二营剩下不到一半人马，他们安置好伤员，向关帝庙方向撤退。半路上被山上下来的一小股日军拦截，他们边打边跑，躲进了关帝庙。

天渐渐黑了，山下火把蹿动，吆喝声、哭喊声响成一片，偶尔还伴随着枪声。李子玉说："待在这里不是长久之计，现在对方人少，一会儿他们人多了，就会对咱下手了。"章文海说："趁天黑咱冲出去，一命换一命咱就不吃亏。"

"往哪冲呢？"章文德问。

章文海说："西面有一片林子，进了林子就安全了，顺着林子可以直奔大架子山。"章文德又开始哆嗦了，对章文海说："我身子发冷，你拿主意吧。"

章文海和李子玉交换一下眼神，点了点头。章文海对庙里的队员说明了情况，做了动员，随即下达命令，他们一个一个出了山门，猫着腰悄悄地向西侧的树林里跑去。

随着清脆的三八大盖枪声响起，队员一个接一个地倒下了。

"他奶奶的，这么黑他们也能打准？小鼻子我操你奶奶！"说着，章文海带头冲了出去。章文德、李子玉也都跟着冲了出去。

掩藏在岩石后的日军开始射击，这时，日军身后突然响起了枪声。几个日军丢下一具尸体，快速向山下跑去。不一会儿，几个穿着破破烂烂服装的人出现在关帝庙门前。领头的一脸络腮胡子，他向章文德他们扔过来一个日军的电话线轴。

"东洋鬼子的通信兵。"

章文德瞅了瞅章文海，他觉得羞愧，小鼻子的几个通信兵就把他们封锁在庙里，同时他也十分吃惊，小鼻子的通信兵怎么打得这么准？看来自卫军今后真得好好训练了。

章文海以为对方是自卫军兄弟，问对方是哪个团的。领头的说："我们是人民革命军，我是郝营长，奉命过来接应你们。你们跟我们的向导往西撤，我不能护送你们，还得去接应下一拨。”

同一时间，章文礼带着一营向寒葱河镇方向撤退，半路上被日军骑兵大队围住，队伍被日军骑兵打得七零八落，溃不成军。章文礼和后面的队员只好转头向草甸子和河口退却。那天晚上，章文礼和残存的队员过了河，进了锅盔山。

章文礼进了锅盔山，章文德他们却进了大架子山。第二天上午，章文德见到了人民革命军的张团长，张团长进了窝棚就把章文德抱住了，对着他的耳朵粗声粗气地说：“文德老弟，我是张胡呀。”

章文德先是一愣，接着看了看张团长的耳朵，张团长带着球形的耳包。不知道是不是因为劳累过度引发的脆弱，章文德委屈地哭了起来。

张胡把章文德揽在怀里，紧紧地拥抱着。

张胡说：“哭啥，你现在已经成为真正的革命战士了！”

一个月后，章文德和章文海他们被整编到人民革命军一团一营，章文德任一连连长，章文海被调到特务连。

在山区流动作战的日子里，章文德总是梦见阿满和孩子，从梦中醒来，浑身被汗水湿透了，他呆呆地坐在板铺上，嗅着满是自己汗味儿的荷包，试图寻找阿满身体的味道。

革命军集中休整第二天，章文德偷偷下山了，他不是逃离抗日队伍，他只是请假回家看看。他在板铺的行李下留了一张纸条，说明自己请假的理由，还给自己规定了一个期限，三天时间。说是请假实际上是告假，他没请示任何人，也没经过任何人的批准。章文德之所以这样做，是各种矛盾心理斗争的结果。一方面，他惦记阿满和孩子的安危，另一方面他又不敢擅自离开革命军，自从编入人民革命军后，他就受到人民革命军的纪律约束，张胡曾当众向大家宣布，凡是临阵脱逃的，就地枪毙。休整期间离开革命军不属于临阵脱逃，可当逃兵也是要被惩罚的。关键是，离开了人民革命军，就可能落入东洋鬼子手里，现在山下到处是伪警察和东洋鬼子，不被他们打死也得被他们抓住，被他们抓住恐怕也活不成了，只是早点晚点罢了。有的时候很奇怪，当确实无法选择时，反而不用选择了，行动本身就是选择。

章文德留下的假条是他自己写的，请假的理由也是真的，他要安顿好老婆和孩子，之后再返回山里。这样，他为自己返回山里留了余地，主要是他不想担逃兵的罪名，而事实上，他也真的没想过当逃兵。如果下山时被东洋鬼子或者伪警察抓住、打死，那也应该算是殉国了。

匆匆忙忙动身，难免考虑不够周全，章文德没带武器，只带了四个饼子，他躲躲闪闪、绕来绕去，离开革命军第三天中午才到了蛤蟆塘北面的小山上，而那时他已经三顿没吃东西了，肚子里空空如也，饿得前胸贴后背了。那天天气晴朗，蛤蟆塘样貌一览无余，山坡上自己家和劳金的房舍还在，鸡鸭鹅的声音都没有了，十分寂静。仔细看才发现那里已经被铁丝或者绳子围了起来，每隔七八丈都竖着一根木桩，围成一大片。山坡下有几顶军用帐篷，还有冒着烟的洋车和洋火犁。七八个戴帽子或者扎头巾的人忙碌着，他们大概就是东洋武装移民吧？“空了，蛤蟆塘真的空了！”

章文德的大脑一片空白。

阿满和孩子肯定不在那里了，他们在哪儿呢，会在碱场屯孩子他姥爷家吗？

章文德决定去碱场屯，当然，不能直接走山路，他首先得把肚子填饱，不然他是走不到碱场屯的。

章文德沿柳毛棵子密集的沟膛向坡下走去，他想在天黑之前到达莲花泡，那里毕竟有熟人，讨一口吃的不至于不明不白地饿死。去莲花泡肯定危险，那里没有东洋鬼子也有伪警察，可他别无选择，只能死马当活马医了。

在柳毛棵子里，又饥又渴的章文德趴在地上喝了不少甸子水，没想到，刚刚走出沟膛，他就倒在下洼子古驿道边。他的肚子较着劲地痛，只能佝偻着身子，在地上不停地翻滚，没多大一会儿就大汗淋漓，渐渐地，连动弹的力气都没有了。

“真窝囊，自己就这样完了吗？”章文德想，他努力翕动着嘴唇，说："阿满，对不住了……"可惜，那声音太微弱了，还没有早春的风吹在草尖上的声音大。

下洼子驿道边长满了狼尾草，章文德滚到草丛里，已经进入濒死状态，往往在那一刻，常常会出现回光返照。此时，章文德的眼前是一片蔚为壮观的银白色，在夕阳映衬下闪烁着五颜六色、绚丽多彩的光泽。如果这一场景出现在金秋时节自不必说，可经过了漫长的冬季，越冬的狼尾草已经干涩、枯白。那样的色彩也只能算是章文德的幻觉了。章文德不喜欢皮韧的狼尾草，比较而言，他或许更喜欢狗尾草，不熟悉的人甚至会将两者搞混淆，狗尾草的刚毛没有狼尾草粗糙，叶脉柔软，穗子也粗实，还有点憨憨的样子。狗尾草也叫毛毛狗，章文德会用毛毛狗编制很多东西，小动物、农用工具。阿满爽朗的笑声传来，咯咯的，十分清脆。"用毛毛狗再给我编一个悠车吧，将来你有了儿子不用打悠车啦！"……

章文德是闻着马臊味儿醒来的，天刚蒙蒙亮。他知道自己躺在马槽子旁边。老庄头背对着章文德坐着，他磕了磕烟袋锅，回头看看章文德，齁喽儿气喘地问："你活过来了？"

"你把我捡回来的？"章文德问。

老庄头说："不是我是谁？晚一点，你早见阎王了。"

章文德觉得肚子发胀，他放了一串儿屁，他想，肚子应该没事儿，于是，疲劳地闭上了眼睛。

老庄头赶车送章文德去了碱场屯，路上虽然遇到了伪警察的盘查，可还是顺利通关了。老庄头坐在大车辕边儿，身子佝偻着，没了当年的威风和活力。章文德躺在大车板上，身子仍旧虚弱。老庄头对章文德说："前阵子咱这儿乱透了，听说关帝庙那边杀人，尸首码成垛，浇上洋油烧……日本开拓团进来了，各屯都鸡飞狗跳的，家里的鸡架都趴窝了……"

章文德问："寒葱河咋样？"

"寒葱河也进日本人了。"

"章文礼他们呢？"

"你们没在一起？"

“没。”

“听说你们都在日本人那儿挂了号，谁报了信儿，抓住都有重赏……”

“你没想把我送给日本人？还能领养老钱。”

“我？我是那样丧良心的人吗？……大伙儿心里都明镜儿似的，私下里都称赞你们章家兄弟有种。唉，我老了，我要年轻，也跟你们一起拿刀拿枪……”

“你不老，嗓门儿还挺高。”

“驾！”老庄头喊了一声，“我这辈子，就这句话有劲儿。”

“哪儿，你讲荤嗑儿可是天下第一。”

“现如今不行了，都忘差不多了。”

“都忘了？我才不信。要不，讲两个？”

“讲啥？”

“四大……那个。”

“……一下子还真想不起来了。”

到了碱场屯，章文德不敢露面，只能委托老庄头帮他私下里打探。老庄头走东家串西家，总归还是给章文德带来了好消息。阿满带着两个儿子住在姥爷家，还都平平安安，可惜的是，阿满流产了，正躺在炕上坐小月子。

春寒料峭，章文德趁夜色将阿满送他的平安符挂在岳父家大门外的索罗杆子上，他默默流泪，心里一遍遍祈祷阿满他们母子平安。

离开碱场屯，章文德和老庄头在西山岔路口分手，他对老庄头说：“你要好好活着，等我从山上下来，我要好好报答你，给你养老送终。”

老庄头问：“那你啥时候回来呢？”

章文德说：“还不知道，赶走东洋鬼子的时候吧。”

“那你们可要快点啊。”

章文德心里十分难过，用力点点头。

老庄头硬朗地喊了一声：“驾！”

章文德转身向林子里的山路走去。突然，他听到老庄头在背后喊他。

“小德子，你们要快点啊！我老了，抽巴了……你不要听四大吗？就说四大抽巴吧……抽巴枣，干巴梨，老太太奶头，核桃皮……”说完，哈哈大笑起来。

章文德摆着手，一直望着老庄头和马车消失在视野里。

在那不久，章文礼下山了。民众自卫军暴动虽然失败了，却促使日伪当局改变了政策，一方面提高土地收购价格，另一方面对参与暴动的农民进行安抚，只要具保悔过就可以回家种地。那年，伪当局废除了民国时期的乡政权，县里统一建立保甲制和自卫团地方武装。寒葱河为保，章文礼就任保长，各村屯设甲，甲下十户为一牌，实行十家连坐。章文礼没有保住莲花泡河西的土地，近百垧耕地被日本人占据，成了开拓团的“四部落”。相比之下，章文德更惨，章文礼至少还有一大半的土地在手里，章文德则“房无一间，地无一垄”了，蛤蟆塘原有的建筑都被推平，成了日本移民的“五部落”。

章文礼当了保长后一直闷闷不乐，搞自卫军时他欠了太多人情债，也欠了很多鬼情债。土地损失了近一半，钱财损失更大。推行新币制后，民国时期流通的纸币停用，流通的货币是伪满洲国的鼠币和日本、朝鲜纸币。五百八十吊换一元鼠币，有人因换币不及时造成了巨大损失。初秋的一个上午，章文礼在章家大院赏玩鼠币，那些不同面值的纸币上印着不同的图案，五角钱的头像是财神爷，五元的是孟子，一百元的是孔子。章文礼冲着纸币上的头像嘿嘿傻笑着，慢慢地觉得那些头像也在对着他傻笑。

下人进屋向他禀报，说曹双举要来拜见他。章文礼不耐烦地摆了摆手。

“给他点狗食，让他滚远远的！”

寒葱河战斗之后，烟鬼曹双举流落在县城街头，成了二滑屁。也许是因为日本人将宣抚班全部战死的账记在了他的头上，也许是因为他的不诚实和令人厌恶的烟瘾，被日本人彻底抛弃了。同样逃出去的肖成峰的命运却与他截然不同，被调到县警察局任侦办。

章文礼重新掌管章家大院一个月后，章家还发生了一件大事，曹彩凤将自己挂在了房梁上，上吊自尽了。诡异的是，她上吊用的是一条白色的丝绸带子，很早以前，郑四娘就对此做过预言。

至于她为什么上吊自杀，没人能说清楚。

25

章文德和章文海加入人民革命军之后，一直跟随部队在深山老林里辗转作战，对于蛤蟆塘以及寒葱河发生的事情并不知晓。本来，章文德和章文海都有机会下山，章文德不下山多半是由于他内心的恐惧，他担心自己下山会连累家人，他听说日伪警察正在加紧通缉参加人民革命军的人员，对革命军的家属也不放过，加以迫害。章文海则不同，他不想下山，他就想当人民革命军，还迫切地想建立功勋。

又一个寒冷而难熬的严冬来临了。经过密营整训的人民革命军一团，准备打一场漂亮仗以迎接新年，此次行动的总指挥是团政委朴银高。朴政委制订了周密的作战计划，其打击目标是大杨木背日资木场——清水木业组合和军马场伪满森林警察中队。

朴政委设计了一套智取的作战方案。

那是冬天的第二场雪，雪晴之后，山川大地明晃晃的，十分耀眼。喜欢打猎的清水木场场长津野勋带着安保官加藤和一名当地炮手出现在大杨木背后的山沟里，山沟里大雪没膝，他们一边吆喝着，一边追赶着林子里的狍子，等到狍子跑到雪地里行动迟缓时，他们就开始向狍子射击，清脆的枪声震落了松枝上的积雪。

中午时分，突然从树林里蹿出五六匹马来，马上的人穿着翻毛兽皮大衣。还没等津野勋和加藤反应过来，随着两声轻快的枪响，他们的坐骑就应声倒下了，随从的炮手刚想举枪还击，胳膊就被击中，猎枪木制枪托也被击得粉碎。

两个日本人吓得扑通一声跌倒在雪地上，水獭帽子滚出老远，爬起来之后，没命地向山坡下逃去。

熟悉木场地形的日本人很狡猾，他们跑过密集的矮树林，出了矮树林就下了沟膛。这个线路不适合骑马追赶——马钻不进矮树林，沟膛成了陷马坑。原来，当年修铁路时，修路工人在这里挖沙取土，留下了深浅不一的土坑，在大雪的覆盖下，那些土坑就成了密布的陷阱。津野勋和加藤这一招果然有效，很快就把追赶者甩掉了。

没多久，两个日本人逃到了沙河边。

那时沙河还没有完全封冻，河的两边覆盖着绵延的银色白雪，河面上应该已经结了冰，只是还没有完全冻实。津野勋和加藤停在河边，他们正犹豫着，突然从旁边的树林里又冲出几名持枪的人民革命军战士。

津野勋和加藤惊慌地跑到河里，随着"咯嘣"一声冰裂响，他们被卷入刺骨的冰水里……当他们被一个铁钩子钩到岸上，津野勋双目紧闭，死活也不睁开眼睛。

"把他扔河里喂鱼算了！"章文海说。

李子玉说："那样太便宜他了，把他们送给朴政委，政委有大用场。"

李子玉所说的大用场，是让津野勋和加藤去军马场，把伪满森林警察中队的人都集合起来，计划集体缴械，一网打尽。人民革命军端着上了膛的枪跟在津野勋和加藤后面，两个日本俘虏只好照办。等到伪满森林警察中队的人集合完毕，埋伏在附近的人民军一团随即冲了出来，伪满森林警察中队只能缴械投降。

这场突袭很划算，损失小，收获大，夺得军马百余匹，还有棉胶鞋、布匹、咸盐和豆油等，清点物资时，章文德发现那些豆油冻成了皮冻一般，上面泛着沫子。

一团指战员当天就宿营在木场和马场，也许是过于大意了，没预料到夜里走漏了风声。关东军的反扑也很迅速，第二天天刚亮，乘森林小火车和汽车赶来的关东军就把站场包围了。由于关东军的数量众多，火力太猛，人民军一团开始组织向山下突围，他们已经没有了退路，只能血战到底。在他们向外突围的过程中，章文德看到李子玉被爆炸的小钢炮炮弹掀翻，硝烟过后，一只大腿挂在树上。还有一发炮弹在章文德不远处爆炸，爆炸的火光将朴政委全身遮住，硝烟过后，什么都看不到了……章文德大喊起来，带着一连猛冲猛打。那不是他一个人而是一群人，在那群人里，章文德忘记了胆怯的那个自己，大家呼喊着、奔跑着，从陡峭的山坡向下冲锋，磕磕绊绊，连滚带爬。章文德滚到山脚时，才发现自己与日本人已经近在咫尺，他闭着眼睛朝对方开枪，直到打完枪里的所有子弹。

碰巧，章文德和一团官兵击毙了日本守备队大队长端木中佐。击毙了端木中佐，日军的防线也就被撕开一道口子，一团的一多半儿官兵顺利突围出去。章文德并不确定是他的子弹打死了端木中佐，还是一团的某个人击毙了那个日本军官。

事后，章文德想起了朴政委，朴政委还跟他谈起过代马沟落难和在莲花泡休养的经历，他对章文德小时候的样子印象很深。章文德也想起了金大牙说的话——“朴银高，不在了”。他说的“不在了”大概是指不在一起，但是这场激烈的战斗让朴政委真的不在了。

冬天的整训开始了，时间为三个月，在密林中的三号窝集进行。这期间，章文德见到了章文海。三号窝集在老爷岭南麓，章文德和章文海对那里的地形十分熟悉。那里以红松林和针阔叶混交林为主，有红松、落叶松、云杉、冷杉、椴树、水曲柳、桦木等等。章文德曾对章文海说：“迷山查看树皮，北粗南面细。”章文海说：“我知道，还有白天看高山，晚上定星斗，见岗不上走，见沟顺水流。”

“这些都是谁教你的？”

“大当家姜照成。可惜他死得太早了，不然，他一定在抗日联军里，领着大伙儿打鬼子。”

天一亮，兄弟俩就去山窝里的泡子猎鱼。

“冬至是头九，两手藏袖口。”

“腊七腊八，冻掉下巴。”……兄弟俩像小时候一样，你一句我一句说着，转眼就走出了密林。他们选择地势低、面积小的泡子，先用铁锹清理冰盖表面的积雪，再刨开雪下面的冰层，就可以看到冰面下的浅水里一窝一窝冬眠的鱼，那里有鲫鱼、川丁子和柳根子，用笊篱捞就行。章文海低头捞鱼时，章文德说：“真是怪事，我记得你头顶是两个旋儿来着，现在怎么变一个啦。”章文海说：“我本来就一个旋儿嘛。”章文德摇了摇头，他说：“真是怪事，你小时候两个旋儿，我记得清清楚楚，从没听说人长大还能把旋儿长没了。”章文海说：“你啥意思，两个旋儿心眼儿多呗。”章文德笑了：“你要是心眼儿多，那天下就没潮乎人了。”兄弟俩说笑之间，一边捞一边往麻袋里装鱼。刚装麻袋那些鱼还活蹦乱跳，等背回窝集时就都冻得邦邦硬了。章文海有捕冰下鱼的经验，这一经验同样可以用在捕哈什蚂上。太阳刚出来，章文德和章文海就已经回来了，他们每人背着大半麻袋冻鱼，乐呵呵地对伙房喊：“改善伙食喽！”

大锅炖鱼的确改善了大家的伙食，吃饭的时候，有人还不忘让章文海耍活宝、逗乐子。

“文海同志，来一段儿！”

章文海也不推辞，张嘴就来：“瞎话瞎话，说起没把儿，三根马尾，织件马褂，老太穿八冬，老头穿八夏，孙子补一补，穿到二十五……”

“好好好，再来一段儿！”

章文海又来了一段儿：“张大嫂，李大嫂，上南坡，摘豆角，肚子疼，往家跑，撩炕席，铺炕草，养了个儿子叫豆包，豆包开大店，又卖馒头又卖面。”

“文海你真行，你这都是打哪儿学的呢？”

章文海说：“原来我们家大院里有个赶大车的老庄头，我都是跟他学的，可惜只学了他一个小手指头。”

章文德在一旁笑着，笑一笑就收敛了笑容，小声对章文海说：“不知道老庄头现在咋样了，他也算是我的救命恩人哪。”

“估计不在了。”章文海说。

章文德深吸一口气，说：“可不是吗，他比咱爹的岁数都大！……不知道啥时候能赶走东洋鬼子，等下了山，你陪我一起去看他。”

“好。”章文海说。

灶坑里的柴火一点点熄灭，大伙也三三两两散去，各自回密林里的窝棚。

“对了，”章文德对章文海说，“我给你弄了一些白桦茸，已经包好了，你带在身上，泡水喝就行。”

“在哪儿？”章文海问。

章文德从板铺下掏出一个麻布包裹，递给了章文海。章文海将包裹打开，露出外形不整、炭黑色的疙瘩，他用力掰了一块儿，将金黄色的肉质拿到鼻子下闻了闻。“德哥，你真有本事，这宝贝可不好找啊！”

章文德说：“那得碰运气，桦树泪一般都长在桦树林的阴面，阳面肯定碰不到。”

“对了，哥，白桦茸为啥又叫桦树泪呢？”

“这个我也不知道，当地人都这样叫。可能……听说桦树长了白桦茸，白桦茸就不停地吸收树的营养，一直到那棵树死了……”

“哎呀，这样一说，我不忍心喝它了。”

“你身体不好，需要补！……还有，我在白石砬子采了些还魂草，你和白桦茸一起泡水喝吧。”

“九死还魂草？”

“是，这个不算啥稀罕物。”

“咋不稀罕，上次章文礼还跟我提起还魂草呢。……哥，你说，章文礼跟咱是本家，可人性咋差那么多呢？还没要死要活呢，就乖乖地当了汉奸。”

章文德想了想，说：“章文礼也许还觉得咱傻呢，人哪，本来就是有差别的，别说咱不是一个窝的，就是一个窝的也有差别，五个指头还不一般齐呢。别说人，就是动物，天性也有差别，你还记得莲花泡的狗吧，同样一窝狗，有的会来事儿，有的倔强，有的下三滥，还有那只小拉巴，平时夹着尾巴战战兢兢，专门偷着下口咬人……”章文海点了点头，说：“我想起那只小拉巴，是一条癞皮狗。”章文德说：“还有寒葱河二娘养的猫，那两只母猫是姐俩，可瞎眼那只特别变态，它总趁妹妹不注意的时候咬死妹妹的孩子……听说猫都有保护幼崽的天性，那只瞎猫是个例外……”章文海说：“章文礼是那只瞎猫？我看，他现在特别像那条拉巴狗。

父亲忌日那天，黄昏时分，章文德和章文海点起了篝火。篝火点燃后，章文海冲着东方大声喊道：“冻死迎风站，不做亡国奴！”

章文德坐在石头上往火堆里添加木柴，那些带着冰碴的树枝在火苗的舔舐下滋滋地冒着沫子，有的还流出眼泪一般的液体。

章文德突然落了泪，说：“不知道你嫂子和孩子现在怎么样了。”章文海说：“你放心吧，嫂子和孩子肯定平平安安的。我听说，蛤蟆塘已经被日本人占了，咱的耕地都变成了稻田，他们还建了砖墙围子，修了炮楼。嫂子和侄子现在肯定还在碱场屯他姥姥家呢。”章文德说：“我跟你嫂子有个约定，如果蛤蟆塘没了，我们就去马蹄沟开地，那个地方我待过，还建过地窝棚。你嫂子会不会去那里种地了？那个地方巴掌大，虽然开不出多少熟地，但是养活一家子人还没问题。”章文海说：“哥，你要是不回去，嫂子一个女人家怎么开地？侄子小还借不上力，先别想那么多了，等时局好转了，你再去接嫂子，去马蹄沟开地。”

“你呢，你不跟我回去？”

“等打败了东洋小鬼子，蛤蟆塘就能收回来了，那时候我就回去。”

“啥时候能打跑东洋鬼子，收回蛤蟆塘的地呢？”

“哥你要有信心，咱一定能打败小鬼子！”

“文海，现在我对你真是刮目相看了，你的革命意志也比我坚定多了。”

章文海笑了笑，说：“哥，从小到大，没人把我当回事儿，都觉得我得了攻心翻，是个病秧子，我就是要干出没病人也干不出的大事儿。”

天色暗了下来，兄弟俩默默地往篝火里添加木柴，篝火燃烧得很热烈，火苗用力向上蹿着，空中飞舞着烟尘和火星子。火光里，章文海的脸如盐水泡过一般，苍白而失却水分，他的老病随时都在伺机复发。章文德说："文海你听到了吗？篝火在唱歌谣呢！"章文海屏息倾听，只听到篝火燃烧的毕剥声。

"没有啊。"章文海说。

"你再好好听听！"

章文海又摇了摇头。

章文德真的听到了，那是一种他从没听过的声音。在那一瞬间，章文德透过火光仿佛看到了童年的文海、桂兰，他们身后还有章兆仁和章韩氏……那些面孔在热浪中抖动着，眼前的景物遥远而虚幻起来。

夜深了，火光也渐渐暗了，章文德和章文海站起身来，背对着篝火朝树下的雪窝里撒尿，尿液像一把尖刀，冒着热气，凌厉地将积雪切出一道口子，钻出很深的眼儿。兄弟俩几乎同时抖动了一下身子。

回到窝棚里，章文海不知道从哪儿拿来几株牛筋草，扔在章文德跟前。

"你在哪儿弄的？"章文德问。

"咱哥俩挺长时间没拉牛筋了，咋样，比试比试？"

章文德盯着章文海看，看一看就笑起来。

章文德说："比试就比试，谁怕谁呀！"

……第二天天蒙蒙亮，章文德发现章文海已经没了声息，他一边喊叫，一边推搡着、拉扯着、拍打着，章文海还是毫无反应。昨天晚上他的攻心翻犯了？为什么自己一点都不知道，是自己睡得太死了吗？

章文德坐在章文海身边，长时间沉默，他甚至不知道自己是不是该哭一哭。突然，章文德想起自己小时候，本来他已经咽气了，是埋在土里才活了过来。

章文德站起来，四下寻找埋章文海的地方。外面冰天雪地，冻土层很硬，要挖坑只能在窝棚里。他找来铁锹，在土炕的边沿挖了起来，他想把那个坑挖得深一些，如果章文海醒不过来，就将他葬在那里……大概挖了一尺半深，章文德挖不动了，遇到了下面的冻土层。章文德只好将章文海平移到那个浅坑里，培上土，那些土太少了，刚刚盖住了章文海的身子。

埋葬了章文海，章文德大汗淋漓，仿佛虚脱了一般。他对埋在土里的章文海说："文海呀，都说土能长生命，看看你的命硬不硬吧！"

冬日已经挂在山腰，林子里起风了，雪末子被吹下来，横空乱舞。

抽了一袋烟，章文德返回窝棚，借着门口的光线，他看见一身尘土的章文海坐在炕沿儿上。章文德先是一惊，接着看了看地上，地上裸露着土坑。章文德转过头去，捂着脸号啕大哭。

章文海走了过来，他从后边把章文德抱住了。

"哥，你这是干啥？"

章文德说："看来，土里真长人呢。"

章文海说："别瞎说了，是我福大命大。哥，吃饭去吧，我饿了。"

"好，好。"章文德频繁地点头。

去大窝棚的路上，章文海对章文德说："你可千万别跟别人说我有攻心翻啊，他们都不知道我有病哩。"

章文德点了点头。

"以前，连我都认为你是个胆小鬼，现在我知道了，你不是。不过，家里边可能还认为你是胆小鬼。"

章文德说："我本来就是胆小鬼嘛……这一点跟爹一样。"

"要说胆小，你和爹都胆小，可到了关键口儿，你们都是勇敢的……不过，你跟爹还是不一样。"

"我看差不多。"

"不一样，爹稀罕土地，主要是稀罕土地种出的粮食，你不一样，你稀罕土地是真稀罕，像稀罕命一样稀罕！"

章文德停住脚，愣愣地看着章文海。

章文海吃力地笑了一下："我说得不对吗？"

章文德还是愣愣地看着章文海，章文海的头发和衣服褶皱里还沾着泥土……

突然，章文德冲着章文海叫道："章文海同志！"

"到！"章文海立正，向章文德敬了一个军礼。

"好好的，啊！"

"是，你放心吧！"

整训结束后，革命军一团被整编到东北抗日联军，章文德被调到后勤系统工作，就任二师联络部副部长，章文海调到一师警卫连当连长，成了张胡的手下，张胡在一师任参谋长。兄弟俩分别到新岗位就职，他们又一次分开了。

章文德所在的联络部，其实只有三个人，部长姓郝，是个小巧精干、读过大书的南方人。章文德虽然是副部长，实际上跟交通员差不多，起初他联系的交通站有七八个，后来日伪当局实行"并屯计划"，山里的猎户、放山人的窝棚都被清理了，交通站越来越少，最后只剩下马鹿沟福禄村那个联络站还一直通畅。

那个大雪晴天的早晨，郝部长通知章文德一起下山，去马鹿沟取抗日联军急需的药品和食盐。路上，章文德对郝部长讲起马鹿沟的来由，当地人都说马鹿沟原来有很多马鹿，实际上，马鹿的满语是枫树的意思。郝部长问章文德怎么知道的，章文德只好承认是从自己的满族老婆阿满那儿学的。郝部长四处看看，自言自语："我怎么没看到枫树呢？"

章文德说："还没到马鹿沟呢。"

接下来，一路上都是阿满和孩子的影子，章文德想赶都赶不走。

"想什么呢？"郝部长问。

章文德闷闷地说："其实到了马鹿沟，也难得见到枫树。"

事实上，马鹿沟真的很少见到枫树了，那里已经开垦了大面积的农田，山下平坦的地方是一畦一畦的水稻田。

福禄村的联络员叫李淑贞，她丈夫就是已经牺牲的朴政委。章文德和郝部长到了李淑贞家，李淑贞已经备好吃的等着他们。辣白菜、拌桔梗，大酱汤和热气腾腾的大米饭。章文德的老胃病又犯了，他吃了一把干姜片，喝了大酱汤之后才觉得胃里和心里都暖呼呼的。

章文德和郝部长本想连夜返回山里，李淑贞说："夜里走不安全，还是天不亮的时候走。天不亮鬼龇牙，天太冷，坏蛋都不愿意出门。"

那天晚上章文德和郝部长住在李淑贞家，她带着两岁的女儿去了亲戚家。

躺在热乎乎的矮炕上，章文德两个眼皮一合上就黏住一般，很久没睡这么整洁、舒服的炕了。郝部长却很精神，他盘腿坐在炕中央，对章文德说："老哥，这次整编之后，你没觉得我们部队更精干、更有战斗力了吗？"

章文德"嗯"了一声。

郝部长说："没把你分到一线作战部队，你有想法吗？"

章文德一下醒了，揣摩着郝部长的话。

郝部长说："把我分在联络部，开始我也想不通，我知道部队首长考虑到我身上有伤，照顾我，可做了联络工作之后，才知道这个工作不可或缺，特别重要。"

"你身上有伤，我没伤，上级大概是嫌我岁数大了。"

"不对，是看中了你的经验。要知道，联络部的工作也不是谁都能干的！"

"这话，是安慰我的吧。"

郝部长认真地瞪着眼睛说："老哥，我说的可是真话，我了解你的经历，你从民众自卫军到人民革命军，再到加入东北抗日联军，说明你的革命意志非常坚定。还有张胡、文海同志，你们兄弟三人都是坚定的革命战士。"

"我算意志坚定的人吗？"

"当然了。现在，张胡同志已经入党了，组织上也在考验你和文海同志。"

"你说的党，是姜照成大东家说的穷党吗？"

"穷党？"

“大东家常说，布……布维克。”

郝部长笑了，他说那叫布尔什维克。“有关系，不过我们是中国共产党，现在，是中国共产党领导东北抗日联军。”

“从关里来的首长都是中国共产党吗？”

“是的，我们是中共中央派到东北的，中国共产党是我们自己的党……我知道，你和文海是为了保卫自己的土地才起来反抗的，而我们的党要做的，就是要争取民族独立和人民解放。老哥，我们可是走在一条道儿上的啊，现在你和文海同志加入革命队伍里来，共同来保卫千千万万老百姓的利益。”

“要说你们才真了不起，从南方那么远跑东北来，抛家舍业，不顾性命，图个啥呢？”

“因为我们是共产党人，我们有坚定的信仰。”

章文德沉吟一下，说：“你讲的道理，我虽然没全部听懂，可还是觉得挺荣耀的。”

“老哥好好干，到时候我做你的入党介绍人。”

“我行吗？”

“怎么不行。”

第二天早晨，雷声把章文德震醒了，他来到屋外，望着阴霾的天空，想起了一句旧时谚语：“正月打雷，遍地是贼。”

郝部长在章文德身后说：“我在老家也听过这样的农谚，一字不差，有趣！”

章文德说：“这句谚语可能就是南方传过来的呢。”

曹双举丢了寒葱河警察署署长的位置之后，他一直在宁安县城和新划归的滨江省四处活动，只是所到之处，他不是当面碰壁就是被敷衍，他有些灰心丧气，无奈之下，他打起了姐姐曹彩凤的主意。那段时间，章文礼还没下山，曹双举就时不时去找曹彩凤，想尽办法从曹彩凤那里糊弄钱。今天说章兆龙有消息了，明天说找到佳馨了，后天又谎称章家大院被日本人盯上了，如果他不从中周旋，曹彩凤也得被定为反满抗日分子家属，关进大牢。过些日子又说章文礼带着抗日自卫军杀回来了，就冲着她曹彩凤来的，因为曹彩凤私自变卖章家家产，要跟她算总账之类的……两三个月的工夫，曹双举就把曹彩凤口袋里的钱掏了个干干净净。

有了钱，曹双举就在县城里尽情挥霍，他经常光顾“青云轩”“集贤社”烟馆，并且不断升级，由抽土膏发展到吸食“白面”。抽完了大烟就去嫖，日本的“博多屋”“松万”和“松鹤”他都光顾过，当然，去得更多的还是本土的“四喜堂”。嫖完之后再去赌博，“会局”“宝局”“牌九局”都有他的座号。日伪当局实行鸦片管制后，他去找过肖成峰，求他帮忙办理吸烟证，有了吸烟证他才可以每天定量购买烟份。肖成峰帮他办理了吸烟证，同时劝导了他一番。肖成峰说：“老哥你有胆有识，坏就坏在‘酒色财气’这四个字上。酒是穿肠毒药，色是刮骨钢刀，气是下山猛虎，财是惹祸根苗，我能帮你一时但不能帮你一世，日后，你还是好自为之吧。”

曹双举身上的恶习是一个无底黑洞，没钱了，他就又去找曹彩凤。

曹双举坐在曹彩凤对面，烟瘾发作，打哈欠、流鼻涕、淌眼泪。此时的曹彩凤也处于绝望之中，她说：“现在我只剩下一把老骨头，反而松快了，你没啥好骗的了。”曹双举说：“我没骗你，我是想帮你。”曹彩凤冷笑道：“你帮得好啊，帮我早点死。”曹双举说：“你是我亲姐，我咋会想你早死，爹娘走得早，你就像娘亲一样待我，我咋会想你早死呢？”曹彩凤说：“爹在的时候教你背二十坏，当时你背得滚瓜烂熟。你还记得吧，背给姐听听。”

曹双举背诵道：“奸懒馋滑犀，吃喝嫖赌抽。溜舔贴傍顺，坑蒙拐骗偷。”

“亏你还会背！”曹彩凤说，“爹告诫咱一样都不能沾，你说，你哪样没沾？……还有，你跟我说实话，小翠是怎么死的？”

“小翠？”

“你从窑子拐跑的那个小翠，你们合起伙来骗大掌柜的……”

“她自己死的。”

“别以为我不知道……双举呀，你将来要下十八层地狱的！”

后来，阿满在露水河镇街头碰见过一个浑身长癞的流浪汉，那个流浪汉蓬头垢面，依在墙边抓虱子，见阿满带着两个孩子过来，他声音嘶哑地叫阿满：“文德家媳妇、文德家媳妇！”阿满停住脚步打量他，没认出是谁。流浪汉颤颤巍巍地说，“我是你叔叔曹双举呀！”阿满吓了一跳，转身就走。儿子问他：“妈，你认识那个人吗？”阿满说：“不认识，他认错人了。”

那个时候阿满带着孩子四处流浪。开拓团进驻莲花泡和蛤蟆塘的那年秋天，由于日伪当局全面清理抗联家属，她不想给娘家添麻烦，就偷偷带着孩子出来了。本来她要到露水河投奔一个开染洗坊的表姐，想在那里找个营生，谁想，表姐的染洗坊已经关了，人也不知去向。走投无路时阿满想起露水河还有个熟人郑四娘，她四下打听，打听到郑四娘已经改嫁“走道”了。好在天黑前在站前的小矮房里，阿满母子找到了郑四娘。郑四娘热情地接待了阿满母子，不仅如此，还收留了他们，帮阿满渡过了难关。郑四娘的丈夫是一位上了年纪的铁路巡道工，家境并不富裕，加之当时的日伪当局限制物资和粮食流通，所有的生活用品和食物都限量供应，所以，收留阿满和她的两个孩子对郑四娘来说就意味着自己的生活处境更加艰难，同时还要面临随时被牵连的危险。阿满对郑四娘万分感激，郑四娘却说：“人心换人心，四两换半斤。要说感谢的话我还得感谢你们家哪，当年要是没有你婆婆照顾我，我早就成孤魂野鬼了。”

在郑四娘丈夫的帮助下，阿满在铁路上找到一个推煤灰的零活儿，老大章廷喜帮他装车推车，老二章廷寿捡煤渣，在露水河熬过了一个冬天。

多苦阿满都不怕，她都能熬过来，只是她不想再受到一些心怀叵测的男人的骚扰，看着两个孩子的骨头已经长硬实了，她想起章文德对她说过的话——实在不行就去马蹄沟种地，那里有他住过的地窝棚，有半荒耕地。

开春之后，阿满决定带着孩子去马蹄沟，一边种地一边等着章文德。

在露水河的时候，阿满听郑四娘说起过曹彩凤，她说曹彩凤上吊了，用的是当年她送给曹彩凤的一条白色丝绸围巾。郑四娘说得十分平静，没幸灾乐祸，也没扼腕叹息。

郑四娘向阿满打听薛莲花的情况，阿满叹了口气，她说自从薛郎中病故之后，莲花就去庙里做了姑子，她凡心已了，不问尘世是非了。郑四娘眼里含泪，感叹道："真是可惜，多好的一个姑娘啊！"

阿满也向郑四娘打听过小货郎和小丁姑，她经常听章韩氏和章文德提起这两人，记忆中有好几个关于小货郎和小丁姑的故事，可不知为什么，郑四娘说她从没听说有小货郎这么个人，也不承认在小货郎手里买过东西。至于说到小丁姑嫁给小货郎，那就更不可能了，因为小丁姑很早就死了，死在寒葱河章家大院里。

一场秋雨一场凉，一场白露一场霜。算起来，从民众自卫军起事，参加人民革命军到参加抗日联军，章文德已经随部队转战到第三个冬天。冬月里的一个早晨，章文德接受了新任务，派他去马鹿沟接应运送物资的小分队。那天傍晚，章文德赶到距离福禄村三十里地的苇子沟，与李淑贞接上了头。运送物资的是三名老抗联，他们牵着三架马爬犁。不想，他们在冰冻的河套里没走出五里，就被日军讨伐队发现了。一行人只好扔掉爬犁和物资，向林子里散去。大家是分开撤退的，章文德蹚着大雪跑了一夜。

第二天早晨，章文德返回苇子沟去找李淑贞时，发现李淑贞坐在原始松林里的一棵大树下，他轻轻喊了几声，没有回应。章文德慢慢接近李淑贞，觉得不对劲儿，李淑贞垂头坐着，怀里抱着一个两岁的女童，一动也不动，章文德过去一看才知道，李淑贞已经冻死了，如人体冰雕一般。

章文德摸了摸孩子，神奇的是，孩子还蠕动着。章文德从李淑贞怀里抱起孩子，孩子哇的一声哭了起来，当时孩子的小嘴还含着李淑贞的乳头。

章文德掩埋了坚强的战士李淑贞，由于冬天冻土层太厚，章文德只好临时用冰雪掩埋了李淑贞，为防止动物破坏李淑贞的尸体，还在掩埋处覆盖一了大堆蓬松的松枝。章文德似乎已经忘记了恐惧和危险，他将李淑贞的女儿送到福禄村她亲戚家里，同时送去的还有李淑贞牺牲的消息。

那之后不久，抗联部队向苏联战略转移，章文德不想走了，想回家，他向上级写了申请报告。

郝部长是跟随小分队最后一批撤退的，那时，章文海已经随张胡撤到了苏联。郝部长临走前到窝集找章文德，一方面传达上级批准章文德申请的指示，同时对撤离善后事宜做了安排。郝部长让章文德把剩在窝集的武器弹药都处理掉，弹药扔到泡子里，枪械放在窝棚里一并烧毁。章文德允诺会一一照办。

“文德老哥！”

“嗯。”

郝部长看了章文德半天，过来用力拥抱章文德。他说：“文德老哥，我理解你，你要好好保重自己，等到胜利的那一天，咱哥俩好好喝一杯。”

章文德眼睛湿润，用力点了点头。

郝部长似乎还有些不放心，他紧紧握住章文德的手：“老哥，咱俩做个约定吧，一定要活到胜利那一天，谁不守约谁是王八犊子！”

章文德说：“一定。”

整个窝集就剩下章文德一个人了，太阳出来，光线透过树林射出一道道耀眼的光芒，照得人眼有些生疼。章文德在窝集做了最后一顿饭，用白菜帮子和萝卜缨子熬了粥。吃过饭，章文德望了望马架子窝棚，那里十分肃穆，静谧得有些怕人。

章文德将枪械拖进了窝棚，一把一把放到木头架子上，一共十七八把，那些枪有的损坏了，有的配件不全，大多是淘汰下来的，不过，章文德还是从那些枪里挑选出五把，它们还能用，他舍不得一把火烧掉。章文德耐心地给枪擦枪油，之后用油布包裹起来，外面还套上了两层麻袋，用麻绳捆得严严实实。

是的，章文德决定将这五把枪留下来，有了枪，他心里就有了底气。

在火光和浓烟的背景下，章文德拉住雪爬犁下了山。

一直到了山脚，章文德才想到藏匿枪支弹药的地点——花脸沟坟场。

花脸沟在马蹄沟后山沟，相距三十多里。曾经，花脸沟也繁荣过一阵子，俄国人开金矿时，那个地方红红火火了十几年，后来沙金少了，花脸沟也日渐荒凉，日本人并屯之前，花脸沟还不到十户人家，但那里的坟丘多，曾经比住户还多。花脸沟的名字据说来自花脸蘑，实际上是满语“飞龙鸟”的意思。“飞龙鸟”是松鸡，这样说来，开金矿前，花脸沟应该松林茂密吧。现在，花脸沟光秃秃的，为数不多的住户也都并到二道岗子去了，那里只剩下几百座坟茔和一个孤独的看坟人——车麻子。

章文德认识车麻子十多年了。车麻子是地道的旗人，祖祖辈辈守护着皇陵，按他自己的话说，他身上流着皇族血脉，拿朝廷的俸禄，算是看坟世家。大清倒了，他也流落到了东北，最后落脚到花脸沟给人看私坟。

不是什么人都可以看坟的，究竟为什么章文德也说不太明白。章文德家的雇工里有个叫小不点的，他专门抓蛇，无论多凶的蛇见了他，就像脊骨脱臼了一般，软绵绵的。小不点身上有什么特殊的体味吗？章文德说不明白。车麻子脸上并没有麻子，这个外号怎么来的？章文德也不知道。管车麻子叫车哑巴似乎更贴切一些，外人几乎没听他说过话，不过，章文德知道，车麻子不是哑巴，只是他不愿意说话而已。

车麻子除了看坟之外，他还有一个特殊的本事——打卦算命。日本人进来之前，车麻子被人称为车老道，来找他打卦算命的人挺多，宁古塔、三姓、间岛都有人，千里迢迢地赶来找他算命。

在章文德眼里，车老道的胆量令他敬佩，一个人和上百个坟茔生活在一起，没点超常的本事行吗？别的不说，敢在坟圈子里住上一个晚上的能有几人呢？车老道体性拙笨，活在自己的世界里，那个世界似乎与外界没有关系，不参与人世间的任何是是非非，正是基于这一点，花脸沟成了章文德最放心的选择。

章文德来到了花脸沟，他告诉车老道要起一个“坟头”，车老道看了看爬犁上的东西，蹲下身子摸了摸，他似乎什么都明白了。车老道说：“起坟头不妥，过雨水就锈透了。”

章文德请车老道给出主意，两人蹲在地上闷闷地抽烟，两袋烟过后，车老道背手去找地方，最后在谷仓下边站住了，他跺了跺脚，说：“这地方干爽，埋的时候多垫些沙子。”

枪埋好了，天也黑了。车老道留章文德住下，还给章文德烙了十几个白面小锅盔。在木刻楞板房外，飘荡着鬼火的夜色里，车老道和章文德烟袋锅的红光忽明忽暗。他们彼此看不清面容，声音却清清楚楚。

车老道问章文德：“真的下山了？”

“嗯……给我算了一卦？”

“不用算。”

“不用算就是没事吧？”

“是福不是祸，是祸躲不过。”

太阳还没出来，章文德就动身回家，出了木刻楞板房，章文德摸了摸口袋里的小锅盔，大步流星地向山下走去。

中午时分，章文德到了蛤蟆塘后山，他站在树林里瞭望整个蛤蟆塘，几年工夫，那里已经被日本移民改变了模样。他奋力抵抗了三年多，还是没能保住蛤蟆塘那片属于自己的土地。章文德在心里默念着：爹，儿子对不起你了，可儿子已经尽力了。

章文德来到马蹄沟天色已晚。

马蹄沟呈现在他眼里之前，他的心还一直吊着，章文德没有把握能否在那里见到阿满，他甚至不知道马蹄沟是不是杳无人烟。然而，当章文德走出树林时，眼前的一切令他的心跳开始加速，他不但看到了地窨子房里透出的灯光，还看到了离地窨子不远处燃烧的火光。章文德在心里一边默默祈祷，一边快速向火光之处奔去。

阿满正领着两个儿子在一个沙坑里烧纸。她嘴里念叨着：“文德呀，今天是你的忌日，你的在天之灵也该回家看看了，看看马蹄沟的地，看看你的儿子，都平平安安……文德呀，我可是守信用的，可你不守信用，不是说好了，咱在马蹄沟见面吗？唯独那个闺女我没留住，我也没办法啊，文德呀，如果小闺女做了儿鬼去找你，你可千万要对她好，她命苦，她托生得不是时候……”

二儿子章廷寿看到了身后的章文德，推了推阿满。

阿满没理他，继续念叨："文德呀，烧的纸钱不多，你要省着用，治病除外，治胃病可别不舍得花钱，要多买些干姜片，每天都要吃几片……"

"妈，妈你看，有人来了……"章廷寿大声说。

阿满慢慢回过头来，她愣住了，一把把两个孩子揽在怀里。

"你是谁？"

"我？我是章文德呀。"

"你……是人还是鬼？"

"阿满，我没死啊，我是章文德呀。"

阿满告诫孩子都别动，她将手里的木棍点燃，举着火棍儿直奔章文德。火棍儿捅在章文德身上，一下，两下，三下。火棍自阿满手中掉落。

阿满回头对孩子们说："你爹回来了！"说完，自己捂着脸蹲在地上……

转年开春，阳气上升，章文德带着阿满和孩子们在马蹄沟继续开荒种地。马蹄沟虽小，却山清水秀，天一亮就有山鸟咕咕地叫，叫声里，树林越发显得葱翠。他抱歉地对阿满说："阿满啊，真不对住了，我没保住蛤蟆塘的土地。"阿满说："只要我们在一起比啥都重要，你想过没有，土地是重要，可你生能带来还是死能带走呢？这座山、这片土，本来就不是咱自己的……"

章文德说："是呀，现在想想，当年你在蛤蟆塘说过的话，地哪有命重要啊。"

更令章文德觉得意外的是，两个孩子都生龙活虎的，一副天不怕地不怕的样子。两个孩子都跟他讲过这几年的艰难，可他俩讲的时候都笑模滋儿的，他们都愿说一句话，只要山能绿，鸟能飞，人就能活。章文德问这句话是谁教他们的，他们说是阿满教的。章文德问："如果我跟你娘现在把你们扔在蛤蟆塘，你俩能活下来吗？"他们都说没问题，还列举了一些生存的方法。半夜醒来，章文德偷偷落泪，泪水洇湿了草枕。

章文德偷偷跪在阿满身边。阿满醒来，摸了摸他："你咋啦？"

章文德说："阿满啊，谢谢你保护了廷喜和廷寿，小小儿都长大了！"

不管怎么说，章文德还是觉得，生活似乎又回到了轨道上。遗憾的是，阿满得了间歇性遗忘症，上午火焙一些干姜片，下午就忘了，晚上她又开始火焙干姜片。

章廷喜和章廷寿就像当年的自己和章文海，在房前屋后跑来跑去，不知忧愁，不知疲倦。

"天有骆驼云，冰雹要临门。"老大来一句。

"黑头风，白头雨。"老二也来一句。

"春雾黄风夏雾热，秋雾连阴冬雾雪。"

"白露谷，寒露豆，花生收在秋分后。"……

章文德喜滋滋地看着，自言自语："这些他们都哪儿学的呢？"

回到马蹄沟之后，章文德发现了当年老掌柜章秉麟留下的木漆小盒，阿满宝贝似的保管着那个小盒，里面装的是莲花泡的地契。

章文德打开小盒，拿出地契，不想竟然带出了两粒谷种，他将小盒清理了一番，又找到几粒，加在一起一共残存了七粒。章文德尝试着培育残存的谷种，他还让最小的儿子在育种池尿了一泡童子尿。

一天早晨，蹲在育种池旁的章文德突然大喊大叫，把在灶坑前做饭的阿满都惊扰过来。

"你咋啦？"阿满问。

"阿满你快来看，太神奇了，太神奇了！"

阿满过来，蹲在章文德身边，她看到育种池露出了白色的嫩芽儿。

"老掌柜显灵了。"章文德说。

阿满看看育种池，再看看章文德，满脸疑惑。

…………

那年，在三岔口的佛爷沟，有一位风烛残年的老人正在边境界河的山坡上向对岸遥望，正巧有一个穿旗袍的年轻女人也正在向对岸遥望。这个年轻女人慢慢走近老人，她眼含热泪说："爹呀，你在这儿干啥呢？"老人似乎不认识眼前的女人，他含混地说："看光景，看看光景。"过了好一会儿，老人问女人："这位大嫂，你在这儿看啥呢？"女人说："我在等我丈夫。"

界河岸边的这一老一少正是章兆龙和他女儿章佳馨，他们都对河对岸望眼欲穿，只是他们的期待不同，章兆龙想的是埋在河对岸的黄金，而佳馨想的是袁骧和她的儿子。

26

春绿秋黄，斗转星移，时光移至一九四五年初秋。"早立秋凉飕飕，晚立秋热死牛。"

两个衣着普通、身份却十分特殊的人出现在去往马蹄沟的路上。那是一匹脱了毛的老马拉的大车，孤独地行进在扭曲、泥泞的山路上。山路的两侧是庄稼地，那是尚未收割的苞米，苞米棵子已经不再浓密，很多叶子发黄、下垂了。昨天夜里刚刚下过一场疾雨，空气中弥漫着一丝儿、一丝儿的腥臊味儿，仿佛是母马下崽时黏液里散发出的味道。那一片大地里，腥臊味儿氤氲不散。

出了苞米地，就进入到次生林带，枫树和藤蔓植物的叶子已经泛了秋色。进山的路更加崎岖不平，坑坑洼洼，大车也随着凹凸的路面上下左右地颠簸着。两人中，身材魁梧的男人时不时抽搐一下紧闭的嘴角，抽搐和颠簸如影随形，仿佛那笑眯眯的小眼睛下，有一根看不见的绳索，牵动着嘴唇上修剪过的小胡子，他对面的男人则面无表情，瘦弱白净的面孔仿佛蜡化了一般。

赶车的老头是当年寒葱河大院的车夫曲罗锅。

车轮被一块大石头垫了一下，接着，陷在一道又窄又深的车辙里。曲罗锅用力抽打着老马，老马挣扎了半天，还是没能把大车拉出来。

瘦白脸从车上跳了下来，小胡子也跳了下来。罗锅儿车夫吓坏了，他缩着肩膀，闭上了眼睛。瘦白脸没理会曲罗锅，站在一块蜂窝状的火山岩石旁边，向小胡子招了招手。小胡子瞅了瞅曲罗锅，也没理他，径直向瘦白脸走去。瘦白脸从衣襟里拿出香烟，递给小胡子一根，小胡子连忙划火柴，刺啦一声，一股硫黄味儿弥漫开来。

曲罗锅连忙推搡着辕杆儿，拉扯着车板，还是没能奏效。他又跑到大车后，一边吆喝，一边抬车板，轮辋提起，落下，再提起，再落下，还好，车轮总算是离开了那道歪斜着车前子和杂草的辙沟儿。曲罗锅累得蹲在大车旁直喘粗气，老马也翕动着鼻息，戗茬儿的皮毛上流出几道汗流儿。

曲罗锅的举动都在瘦白脸和小胡子的视野之内，瘦白脸弹了弹烟灰，对小胡子说，马蹄沟这疙瘩真够埋汰的了。小胡子的嘴角快速掠过一丝笑意，只是瞬间又消失了。他觉得这个日本人不简单，来东北七八年就能把东北话说得这么地道，这小子一定有语言天赋。他不仅能说一些东北话，发音的腔调也正点。他把人说成“银”，把棉袄说成“棉脑”，暖和暖和说成“脑呼脑呼”，把鹅读成“ne”。

小胡子应和着，说：“这一带低洼塘多，过了莲花泡就没正儿八经的路了，有一年我们在莲花泡办案子，如果不是细鳞河封冻了，人和马都上不去。”

瘦白脸说：“这里要快快地修路。”

小胡子说：“天黑前我们一定得到地方。”

瘦白脸说：“到了地方，我在前门打冒支儿，说是收皮货的，你从后院门进去。动手时要嘎巴溜丢脆，据我了解，那个章文德很狡猾。”

小胡子点了点头，他说：“放心吧，到时候一定嘁里喀嚓，当场把他摁住。”

瘦白脸扔掉烟头，用脚踲了踲，歪一下头道：“开路一马斯！”

曲罗锅刚抽了一口烟，见两人向大车走来，他连忙磕了磕烟袋锅儿，将长杆烟袋插进布口袋，掖到后腰里。

瘦白脸和小胡子上了车，他们对视一下。瘦白脸恢复了先前麻木的表情，小胡子仍不自觉地抽搐着修剪得细长的小胡子。

迷蒙的淡雾仍未散尽。山里人知道，秋天的雾跟变天有关，霜后暖，雪后寒。接下来天气会转凉。

大车过了大岗，天色渐暗。突然，马车一个趔趄，几乎把车上的人晃了下来。车轮这次陷到路边的深沟里，曲罗锅用力抽打着老马。“咔嚓”一声，大车失去了平衡，瘦白脸和小胡子都滚到了地上。

小胡子和瘦白脸灵敏地爬了起来，他们傻眼了：嵌着一圈铆钉的车轮已经脱离了车体，轮毂断裂，轮辐散开。轮辋的榫眼空洞洞地张着，像一只死耗子嘴巴的黑窟窿。

小胡子有些火了，他走到曲罗锅跟前，曲罗锅立即把鞭子递给了小胡子，自己双手抱头，蹲在地上。小胡子没接车夫的鞭子，猛地飞起一脚……草丛里蟋蟀嚁嚁的鸣叫，有的还发出嘟嘟的声音。

章文德离开马蹄沟已经是傍晚了，在迷蒙的雾天的掩护下，他一口气跑出了二十多里，到了头道沟，他才发现走得匆忙，身上除了一袋苞米窝窝头，其他什么东西都没带，特别是少了最关键的东西——旱烟袋。坐下来歇脚，想到的第一件事情就是伸手去腰下摸旱烟袋。长杆烟袋锅和黄烟口袋都不见了。他仔细想了想，没想出头绪。也许落家里了，也许丢在了路途中。

离开家之前，章文德一连抽了几锅黄烟。他想不明白，刑事警察肖成峰和日本宪兵菊地直秋为什么要来抓他。小锅盔山一带，谁都知道肖成峰和菊地直秋是狠角色，他们两人中任何一人经手“办过”的案子，人不死也得给扒层皮。更要命的是，这两个人居然联合行动。章文德得到消息，肖成峰和菊地直秋是来抓他的，两人没穿制服，伪装成了采购山货的老客儿。如果不是案情重大，他们不会如此煞费苦心。可是，自己犯了什么案子呢？

尽管章文德一时还找不到两个“大角色”来抓自己的理由，可他的脑海里还是跳出了“跑”的念头。总不能束手就擒，稀里糊涂地被冤枉了吧。当然，跑得了一时跑不了一世，只是眼下自己不能考虑那么多。山里生活的经验告诉他，暴风雪来临之际，躲风头是人起码的本能反应。章文德敲了敲铜烟袋锅儿，想起身收拾东西，不知道为什么，两条腿却像灌了铅，死沉死沉的。他有些痛恨自己仍旧胆怯和懦弱，怎么啦这是？总不会连跑的勇气都没有了吧！

章文德也这样想过，这里面一定有什么误会，肖成峰和菊地直秋不是来抓他的，他不值得他们抓。肖成峰和菊地直秋只是来找他核实情况，问题是，仅仅核实情况，用不着他们亲自出马呀，让寒葱河警察署派一个警察过来找他不就完了。

无论是不是误会，他还是要跑的！章文德想。

肖成峰和菊地直秋都是催命鬼，这方面，章文德早就有所耳闻，他们一个是凶狠的魔头，一个是冷面的恶鬼。当年，一名抗联地下联络员被抓，三天没说一句话，肖成峰审讯时，解下自己腰上的军用皮带，用带铁卡子的一头猛抽联络员的嘴，联络员的嘴唇被打飞了三分之一，门牙打掉了三颗。联络员还是不服软，肖成峰又一次扬起了军用皮带，把联络员的嘴唇全给打飞了，颧骨塌陷，门牙全部打掉。还有响马河警察署的案子，那年，警察署副署长吴老六的枪丢了，案子也是肖成峰办的，响马河区五个村屯三千多口人，人人过筛子，压杠子，到底折腾死了三个年轻人，两个猎户，一个养蜂户。一年后，吴老六的傻儿子拿出枪来打鸟，丢枪事件才真相大白。吴老六虽然被扒了衣服，可冤死的灵魂仍旧在响马河边游荡……菊地直秋的名声更大，除了当年姜照成的案子，最有名的算是“白帽子”案了，那年实行“防范周”和“剔抉”计划，菊地直秋带领宪兵队和伪警务科联合进行拉网式大搜捕，把抓捕到的“抗日嫌疑”戴上白帽子投入监狱。仅下沟屯就失踪了三十多人。下沟屯村民种水稻，多半是朝鲜侨民。据说菊地直秋侦破的是反满抗日组织，可问题是，还有一些女人和孩子也失踪了，一年之后，人们修水坝时，挖出了一堆女人和孩子白森森的尸骨。

现在，两个“狠人”冲着自己来了，不跑还有别的选择吗？章文德可以设想到，落到肖成峰和菊地直秋手里，没罪他们也能给你整出罪来。当然，跑也是权宜之计，也只能跑一天算一天了。章文德被恐惧笼罩着，身子发冷，回想起离开家的下午，他身边只有二儿子章廷寿在家。

“老二！”章文德冲院子里喊。

章廷寿进了屋。

章文德对章廷寿说：“我出去几天，你抓紧回学校吧。”

章廷寿眨了眨眼睛，故作惊讶的模样问：“出远门吗？我可不愿意你走。”

章文德知道儿子说的不是心里话，他巴不得自己走得远远的，多离开一段时间，这样，他就可以随心所欲地逃学了。章廷寿在中心村的国民学舍上学，他上学时城镇小学已经改为国民学校，农村小学改为国民学舍，教材也改了，主要有《三言杂字》《四言杂字》《五言杂字》《弟子规》和《治家格言》。章文德知道章廷寿不怎么喜欢学习，这一点有点像小时候的自己，像自己又不像自己，自己不喜欢背古书却喜欢背农家谚语，喜欢学习农业知识。后来局势发生了变化，特别自去年夏天，学校不好好教课，有得玩，章廷寿反而高兴了。章文德听说，中心村小学每天集中背诵“时局诏书”，然后带学生到郊外采苍耳子，说是为了给日本制造飞机用油，有时候还到山里去采山葡萄叶，要制造淡化海水用的“酒石酸”什么的。开展了金属特别回收运动，如果不能上交铜铁器就不准上学，章廷寿就和同学去山里找子弹壳、炮弹皮……今年春天学校开始组织学生挖“防空洞”，每月八日为“防空演习日”，尤其是《时局民事特别法》和《时局刑事手续法》公布后，不准三人以上集会或随意交头接耳，“勿谈国事”“守口如瓶”的标语张贴得到处都是。这样的环境下，章廷寿不愿意上学，章文德是能够理解的。

“你大哥过几天回来，告诉他我要离开些日子，如果他要带你走，你就跟他去待几天。对了，如果七月十五（民间中元节）我赶不回来，别忘了去你娘坟上烧纸。”

阿满是前年去世的，也安葬在蛤蟆塘那个避风的山窝里，离章兆仁和章韩氏的坟不足十米。

章廷寿听章文德这样说，感觉哪儿有点不对劲儿，问章文德：“你去哪儿，爹？”

章文德说：“我身体不舒服，去沟外看看病。”

“寒葱河吗？”

“别问那么多了。”

“我哥要是问了，我咋告诉他？”

“告诉你别问那么多了。”

……此刻，章文德仍坐在头道沟的一块水磨石上。没有烟袋，他只好找一些树叶，用手搓了搓，随后将手掌放在鼻子下面，使劲儿闻着。章文德是不会去寒葱河的，尽管二儿子会猜测他去寒葱河。他不是不信任儿子，可他毕竟十五岁，如果遇到威胁、恫吓甚至暴力，不能指望一个孩子会守住秘密。当然，他也不会明确告诉章廷寿，自己去了寒葱河，那样同样会害了儿子，事实上，章廷寿并不知道他去什么地方，猜测则是另一回事儿了。

章文德要去的地方是花脸沟，这条秘密线路无人知晓。过了塔头甸子，天黑透之前，他就可以抵达那个地方。

章文德到了花脸沟，天已黑透。

车麻子的房子在坟茔地的北面，风水上讲的玄武位，那是一座人字形的木刻楞，半隐在松树和橡子树下面。章文德气喘吁吁、深一脚浅一脚、踉踉跄跄地向木刻楞走去。

章文德摸到柴门跟前，门是虚掩着的，里面还透出微弱的光来，那光是从里间屋子折射过来的，忽闪忽闪，有如鬼火。

“车老道、车老道！……我是章文德啊。”

屋里没有回应。章文德知道，往常车麻子也从不回应，他叫两声，也算打过招呼了，就推门走了进去。

车麻子没在外屋。里屋点着油灯，豆大的火苗蹿动着。里屋也没有车麻子的身影。

“人去哪儿了？”章文德自言自语。

油灯亮着，人也不会离开太远。章文德把干粮袋放在外屋的碗柜里，用葫芦瓢从缸里舀了水，咕嘟咕嘟喝了下去。喝过水，章文德又走到门口，他向外面望了望，雾气消散了，月亮孤寂地挂在空中。

“车老道，你在吗？”章文德冲着白花花的坟地里喊着。随即，一阵冷飕飕的风从他的腋下划过，他不由得打了个冷战，恐惧向他周身蔓延开来……深更半夜，还是别在坟圈子里喊了，反正车麻子不会离开多远，油灯是亮的，铁锅也是温乎的。

章文德回身将柴门关严实，进了里屋，一屁股坐在矮炕上。他实在是跑累了，身子骨像散了架似的。为了缓解紧张情绪，他四下找烟笸箩，炕头到炕梢，窗台到地桌儿，他拿眼睛扫了两圈儿，一直没见到烟笸箩的影儿。不对呀，车麻子本来是抽烟的，以前，他还给车麻子捎过黄烟，这一点他记得真真切切。

章文德正迷糊的时候，车麻子回来了，他的面孔很模糊，仿佛整个黑夜都从他的眼睛里弥漫开来似的，他的脸拉伸、平展，成了白花花的盐碱地，他的鼻翼鼓动，呼吸成了坟场里的旋风。车麻子怪笑一下，接着换了面孔，那个面孔变成了肖成峰，肖成峰一声不响地来捆绑章文德。章文德挣扎着，可是浑身无力，怎么也挣扎不起来。……章文德好不容易坐了起来，灵魂回到了木刻楞里间炕上。油灯不知道什么时候灭的，眼前一片漆黑。一个梦魇，章文德朝地上呸了一声，他发现自己的后背已经被汗浸透了。

章文德知道，自己整个人都被恐惧控制了，想转换一下心情都不行，心像浸泡过碱水的面团，你拉伸出一截儿，它自己又弹了回去。

菊地直秋来抓自己真的是一场误会吗？不不不，他绝不会轻易出面抓人的，那家伙一出面，注定要有大动作。这样说来，自己真的无辜吗？章文德开始想自己的问题，沉淀于记忆中的一些往事开始浮现，同时被快速剥离、分拣。难道是上山那件事？章文德的心缩紧了，像掉到了冰窟窿里一般，呼吸也开始放缓。

从寒葱河暴动开始，他就参加了民众自卫军，队伍被打散之后，他又在深山老林加入了人民革命军，两年后整编到东北抗日联军。他们和日伪军无数次交火，生死逃亡司空见惯。这件事过去七八年了，早已有了定论，按当时的说法，凡是主动下山具保的，既往不咎，章文礼是下山具保的，他是民众自卫军副司令、寒葱河自卫团团长，而他章文德是个小人物，不引人注目，加之他被挂了好几年失踪名单，下山错过了三个春秋，又住在偏僻而荒凉的马蹄沟耕田种地，所以具保都没人来找过他。如果要翻起以前的旧账，菊地直秋也该去找章文礼而不是他。这样想，章文德又觉得自己没有问题。可反过来想想，他又觉得头沉下来。自己与章文礼不同，章文礼半年不到就下山了，后来又跟日伪当局合作，当了保长。他不一样，他参加了人民革命军，之后还参加了抗日联军，到今天也算一条“漏网之鱼”。尤其那个肖成峰，说是自己的妹夫，老疙瘩死了，他们之间的纽带也就断了，况且，老疙瘩活着的时候，他们早就恩断义绝了。尽管他们已经没有了亲戚关系，可肖成峰还是比较了解他的底细。往往熟悉的人更容易坏事儿。还有被打死的那个日军中佐，他也不确定是不是自己打死的，开枪的时候他闭着眼睛，当时都无法确定，更何况过去这么多年了，如果菊地直秋认定是他击毙了日军中佐，他怎么证明不是他打死的呢？这样反反复复想下来，觉得身子上压的东西越来越多，呼吸越来越困难。到了后来，章文德还真的觉得自己有罪，有很多被抓捕的理由。人是经不起推敲的，假设你是好人，可以找到一大堆是好人的理由，假设你是个坏人，也可以找到一大堆自己是坏人的理由。另外，也许在某些人眼里你是好人，可在另外一些人眼里却恰恰相反，你就不一定是好人了。

什么都想过了，章文德也走到了悬崖的边上，他仿佛在呼吸自由的空气，嘟哝一句：“横竖不就是个死呗！”按说当年在山上打仗时就该死了，自己还多活了这么多年，赚了这么多年。这样一想，章文德反而有些轻松了，胆子也大了，他找出了镐头和铁锹，拎着工具走出木刻楞房，来到月光下，望着朦朦胧胧的谷仓。

是的，章文德要将自己埋藏的武器挖出来，他要做勇敢的战士。这个也许才是他来花脸沟真正的目的。表面上说，他到花脸沟是为了躲藏，为了避祸，实际在潜意识里，他是来拿枪，有了枪，他就可以跟菊地直秋和肖成峰做最后一搏，鹿死谁手还不好说呢。

那天晚上，菊地直秋和肖成峰折返到蛤蟆塘——开拓团五部落，他们准备休息一下，第二天再去马蹄沟，可就在那天晚上，菊地直秋听到了日本天皇宣布投降的消息，他站在“组合招待所”窗前，看着小广场上聚集的日本侨民，那个场面十分混乱。有人悲伤落泪，兔死狐悲；有人慷慨激昂，宣誓奋战到底；还有的剖腹自杀，以示效忠；还有人对妻子儿女下了毒手……菊地直秋没离开屋子，长久地在窗前站着，自始至终脸上都没有表情变化。

菊地直秋和肖成峰决定不去马蹄沟了，他们心照不宣地交换了一下眼神，然后就死一般地沉默。

肖成峰坐在雾气蒙蒙的院子里，像第二天上刑场的犯人一般，目光呆滞，脸如死灰。

章文德失踪了，急坏了儿子章廷喜、章廷寿。原本，在响水河车站木材厂工作的章廷喜半个月才能回马蹄沟一次，听到日本投降的消息，他连夜回家，到了家才知道章文德已经走了。

“去哪儿没说吗？”章廷喜焦急地问。

“没说。”章廷寿说。

“你也是，不知道问问吗？”

“问了好几遍，他就是不说。”

“现在外头乱糟糟的，多危险。”

“会不会去了寒葱河？”

“哪儿都不安生啊。”

章廷喜和章廷寿分头去找，想到的人都打听过了，没人见过章文德。那天傍晚，两个儿子在莲花泡章家老宅会合，准备第二天天亮去寒葱河。

莲花泡河西被日本开拓团占去之后，章家老宅一派衰败景象，院墙塌了，房子颓了，半截水缸上扣着锈蚀了的铁锅，柴火堆上爬满倭瓜秧，只有院子里的几棵槐树还有生机。他们哥俩在老宅里抱团取暖，凑合着过了一夜。

第二天早晨，老宅四周飘浮着淡雾，渐渐下沉的雾气围住残存房舍的裙脚……后院戏台子的柱子被浮了上来。章廷寿走过去，读着上面残留的字迹："尧舜净，汤武生，桓文丑旦，古今来多少角色；日月灯，山河彩，风雷鼓板，人世间一大舞台。"读过之后，他站立在那里长久地思忖着。

章廷喜走到他身后，对他说："听说这副对子是老掌柜的手迹。"

"谁是老掌柜的？"章廷寿问。

章廷喜说："老掌柜叫章秉麟，咱应该管他叫太爷，二太爷。"

"他现在在哪儿？死了吗？"

章廷喜说他不知道，想了想又说："有人说二太爷羽化成仙了。"

章廷寿说："羽化成仙？哪有这样的事儿。"

"我也是听别人传的。"

章廷寿说："爹说老宅这片土地上飘荡着咱爷爷的灵魂，还说这儿的泥土滴过咱祖辈的血滴，泥土是香的。"

章廷喜笑了，他说："爹这样说是想让你喜欢土地，将来跟着他学种地。"

章廷寿认真地在房后抓了一把土，在鼻子下闻了闻，他觉得有腥味儿，再闻还有股苦味儿，到了最后他的确闻到了芬芳。

"走吧，今天继续去找，咱俩去寒葱河。"章廷喜说。

说着，章廷喜瞅了瞅章廷寿，问："你身上带着啥？哗啦哗啦的。"

章廷寿用手捂了捂衣襟，章廷喜过去拉他的胳膊，两人推搡几下，章廷寿有些支撑不住，只好从口袋里拿出了木漆小盒。

“你怎么把这个带来了？”

章廷寿说：“这是爹的宝贝，不能丢了。”

章廷喜打开木盒，盒里装满了带壳的谷种，一不小心，几粒掉到了地上。

章廷寿严肃地说：“小心点儿，爹知道了一定会怪罪的！”

章廷喜用胳膊撞了章廷寿一下，小声说：“就知道添麻烦……走吧！”

他们哥俩一前一后，在淡淡的雾霭中，身影一个一个地消失了……

就在那天早晨，章文德恍惚在半梦半醒之间。他的眼前是茫茫雾霭，淡雾是鸭蛋青色的，还有点藕荷色，雾气渐渐下沉到了残存房舍的裙脚……后院戏台子的柱子被浮了上来。章文德的身子一抖，模糊的意识清晰起来，原来自己是章秉麟！

章秉麟从章文德的躯体里钻出来，飘浮在半空中，他俯瞰着躺在土炕上的章文德，眼前是迈向老年的章文德，而童年的章文德仿佛就在眼前。那年在虎山关帝庙，他长久地看着虎头虎脑的小文德，小小儿的魂魄已经离开了，只剩下尚有余温的躯体。在章家的后代中，他最中意这个小小儿，不知道为什么，他就是觉得跟小小儿有眼缘，合秉性。他不忍心把小小儿就这样扔了，当然，他自己的身体也一年比一年衰弱，明摆着熬不了多久啦。章秉麟倚坐在关帝庙的颓墙上，借着西斜的阳光，他想，如果自己能借尸还魂那该会是怎样一番情景呢。

章文德被偷偷背下了山，安放在玄微居草堂的偏房里。

章秉麟围在章文德身边做法事，他读过很多古代奇书，尝试着各种法事。然而做到中间，章秉麟又犹豫了，先不说是否可以灵魂转移，可万一能呢，如果自己的灵魂被置换到章文德的躯体里，他真的有勇气要放弃自己那个叫章秉麟的人生，而选择孙子那个叫章文德的人生吗？的确，他作为章秉麟的一生有很多遗憾和缺失，常常想，如果再活一回，那件事就不那样做了，那件事的结果大概会是另一种样子。是的，他壮志未酬，心有不甘。可真的让他再从小时候活一回，让他从自己的孙子开始，那将意味着什么？他真的能弥补他前一番人生的缺憾吗？可以活出一个崭新的人生吗？章秉麟越想头越疼，越来越不能自控，等那一切恢复过来时，为时已晚，他觉得自己已经进入章文德的躯体。

章文德苏醒了，章秉麟却失魂落魄一般，成了章家大院里不愿远离的游魂。

章秉麟不是没有过怀疑，他从章文德的角度来确认过自己，是的，早年的记忆仍旧十分清晰。从山东蓬莱过海的帆船，细腻腻带咸味儿的海风，海盗骚扰时折断的桅杆……冰天雪地的墨尔根，吃冰牙的冻秋梨子，用雪水融化沏茶……三岔口帮办“移民实边”，他陪同吴大澂围着俄式铁皮火炉饮酒，柴门外朔风凛冽、雪花飞舞，屋子却温暖如春，性情所至，吴大人开始吟诗：“前年泛粟使晋邦，今年击楫松花江。嗟我苍生色犹菜，朔风刁斗吹边腔。愿矢丹心一寸铁，锁断江流千尺雪……”庚子年事发，火光四溅、血雨腥风……佛爷沟采参、在交界顶子淘金，风餐露宿、日月星辰……莲花泡山清水秀，新垦泥香……章秉麟确定：没错，所有细微的体会是没人知道的，别人只知道事情，而独特感受只有他自己知道。他就是章秉麟，他已经寄生在章文德这个宿主身上。

问题是，章秉麟觉得一旦进入宿主的身上，他的魂儿也被拘禁了，犹如封冻在厚厚的冰层下面，在冰面上看，有的时候可以看到模模糊糊的影子，有的时候若隐若现，而更多的时候什么都看不到，那个灵魂被幽禁在黑暗的深处。就这样，他追随着章文德开始新的人生，人情冷暖，恩恩怨怨，生离死别……不管是直的路还是弯的路，都得走过去，不管是深的河还是浅的河，都得蹚过去。很多往事都是重复的，春天来了，夏天到了，秋天过后，冬天走来。日复一日，年复一年。他不知道他是在经历自己的事情，还是在经历孙子的事情。

章秉麟还想到这样一个问题，人的魂儿被身体囚禁，而人的身体却被大地囚禁着。那种感觉，就像不知不觉流逝的岁月，人是大地的记忆罢了。说到底，无论你怎么折腾，永远都离不开脚下的土地，土地不属于你，而你属于土地，最终身体都得腐烂成为泥渣，成为土地的一部分……

还是那天早晨，车麻子陪着一个人进了木刻楞房子。

“文德兄弟，看看谁来啦！”车麻子对屋里大声说。

章秉麟愣住了，他十分吃力地要变回章文德。车麻子带人站在木刻楞门口，发现章文德坐在床上发呆。他又喊了章文德两声，章文德还是没醒过来的样子。

“文德兄弟、文德兄弟！”

此时，章文德猛然醒了过来，醒过来的第一眼，他看到胸前有一只黄色的蝴蝶，那只蝴蝶扑闪着，绕了一圈儿，犹犹豫豫地飞走了。

“文德兄弟，看看谁来啦？”车麻子大声说。

车麻子和来人站在三角形门口，他们背对着热烈的阳光，强光直晃章文德的眼睛。

章文德骨碌一下跳到地上，枪口对准另外一个人。对方在拨章文德的枪口。

“砰”的一声，枪响了。

车麻子一把将章文德的步枪抱住。

“文德你疯了吗？他是你兄弟章文海呀！”

“文海？文海来了？”

章文德看着“章文海”的身影，愣住了，走近了再看，还是没看出章文海的模样。这个“章文海”最明显的是那双不协调的人造耳朵。章文德认出了章文智，怯懦地问：“大哥，难道是你？”

“是我，我现在不叫章文智，也不叫张胡，我叫章文海了。”

章文德过去拉住大哥的手，委屈地抖动着肩膀。他没有眼泪，只有低沉的悲伤，仿佛细鳞河在寒冷的月光下低声地呻吟。交谈之后章文德才知道，章文海早就牺牲了。那年初冬，章文海随张胡抗联小分队退往苏联，在穆棱河边与日伪军打了场遭遇战，当时章文海的旧病“攻心翻”发作，头晕恶心、剧烈呕吐，为掩护战友过河，他坚持留下来打阻击，后来掉到冰窟窿里淹死了。

张胡说：“为了纪念文海，也为了恢复我本家姓氏和文字辈儿，我就叫章文海了，以后我就是章文海，私下里我是哥哥，对外你是哥哥。”

章文德沉吟良久，突然问：“郝部长怎么样，他没回来吗？”

“章文海”说：“郝部长也走了……”

章文德小声嘟哝着：“他说话不算话，本来我们约定，我们都要活到最后，谁不活到最后谁是王八犊子。”

章文德开始摸烟。“章文海”递给他一棵卷烟。

不知道为什么，章秉麟又从章文德的脑子里现身了，他目瞪口呆地看着“章文海”。

“章文海”推了推章文德：“文德老弟，文德同志！你咋啦？”

章文德挣扎着，脑子里的章秉麟好不容易又换回了章文德。

“没事儿，就是觉得奇怪……”章文德镇定一番，一五一十地向“章文海”讲述了章秉麟的灵魂寄生在他身体里的事儿，“我的魂儿，可能真是爷爷的。”

“章文海”叹了口气说：“文德同志，这些年你受了太多的精神刺激，受了太多挫折和委屈。要我说，你别信那些东西，都是迷信。”

“不是迷信，都是真的。”

“章文海”说：“文德呀，我打小在这儿长大，知道那些乱七八糟的巫术到处都是。我们不能被这巴掌大的土地给束缚住了，还是要睁开眼睛看看外面的世界，我们要从这盘剥人、捆绑人的土地上解放出来，还回做人的尊严，真正为人民争取当家做主的权利。”

章文德愣愣地看着“章文海”，好像第一次认识他一样。

“章文海”拍了拍章文德的肩膀，语气坚定地说：“文德同志，不管怎么说，咱终于挺过来了。现在我是先遣人员，大部队随后就到……文德呀，天马上就亮了！”

2010—2018年9月初稿
2018年10月初改
2020年5月再改

图书在版编目(CIP)数据

十月的土地 / 津子围著. -- 长沙 : 湖南文艺出版社, 2021.1

ISBN 978-7-5404-4439-6

Ⅰ. ①十… Ⅱ. ①津… Ⅲ. ①长篇小说－中国－当代 Ⅳ. ①I247.5

中国版本图书馆CIP数据核字(2020)第194830号

十月的土地

SHIYUE DE TUDI

津子围/著

出 版 人　曾赛丰
责任编辑　汤亚竹
责任校对　彭　进
书籍设计　肖睿子

出版发行　湖南文艺出版社
（长沙市雨花区东二环一段508号　邮编：410014）
网　　址　http://www.hnwy.net
印　　刷　长沙超峰印刷有限公司
经　　销　新华书店
开　　本　710mm×1000mm 1/16
印　　张　23.5
字　　数　333千字
版　　次　2021年1月第1版
印　　次　2021年1月第1次印刷
书　　号　ISBN 978-7-5404-4439-6
定　　价　48.00元